C. Burri / W. Mutschler

Das Knie

Verletzungen, Verletzungsfolgen, Erkrankungen

Das Knie

Verletzungen, Verletzungsfolgen, Erkrankungen

Caius Burri und Wolf Mutschler

135 Abbildungen, 44 Tabellen

Hippokrates Verlag Stuttgart

CIP-Kurztitelaufnahme der Deutschen Bibliothek

Das Knie: Verletzungen, Verletzungsfolgen, Erkrankungen / hrsg. von Caius Burri u. Wolf Mutschler. – Stuttgart: Hippokrates-Verlag, 1982.
ISBN 3-7773-0578-2

NE: Burri, Caius [Hrsg.]

ISBN N 3–7773–0578–2

Printed in Germany 1982
Satz und Druck: Druckerei Schäuble, Botnang

Inhaltsverzeichnis

Mitarbeiter

Prof. Dr. C. Burri, Klinik für Unfallchirurgie, Hand-, Plastische und Wiederherstellungschirurgie der Universität Ulm

Dr. N. Degentesch, Institut für Sporttraumatologie und Poliklinik für Sportverletzungen Rechts der Isar der Technischen Universität München

Priv. Doz. Dr. G. Helbing, Klinik für Unfallchirurgie, Hand-, Plastische und Wiederherstellungschirurgie der Universität Ulm

Priv. Doz. Dr. L. Kinzl, Klinik für Unfallchirurgie, Hand-, Plastische und Wiederherstellungschirurgie der Universität Ulm

Dr. G. Kratzsch, Abteilung Innere Medizin I, Ambulanz für Klinische Immunologie und Rheumatologie der Universität Ulm

Priv. Doz. Dr. G. Lob, Klinik für Unfallchirurgie, Hand-, Plastische und Wiederherstellungschirurgie der Universität Ulm

Dr. W. Mutschler, Klinik für Unfallchirurgie, Hand-, Plastische und Wiederherstellungschirurgie der Universität Ulm

Dr. R. Neugebauer, Klinik für Unfallchirurgie, Hand-, Plastische und Wiederherstellungschirurgie der Universität Ulm

Prof. Dr. A. Rüter, Klinik für Unfallchirurgie, Hand-, Plastische und Wiederherstellungschirurgie der Universität Ulm

Prof. Dr. W. Spier, Klinik für Unfallchirurgie, Hand-, Plastische und Wiederherstellungschirurgie der Universität Ulm

Vorwort

Traumatische und degenerative Schädigungen der Kniegelenke beschäftigen den praktisch tätigen Arzt täglich. Insbesondere in der Traumatologie ist ein deutlicher Anstieg der sportbedingten Knieverletzungen festzustellen. Diagnostik und Therapie haben in den letzten Jahren bedeutende Fortschritte erzielt. So hat sich neben der Arthrographie die Arthroskopie ihren festen Platz im diagnostischen und therapeutischen Spektrum erobert. Pathophysiologische Erkenntnisse in der Biomechanik und der Ernährung der Knorpelbeläge durch elektronenmikroskopische Untersuchungen haben für die operative Therapie gesicherte Grundlagen geschaffen.

Das Ziel der Extremitätenchirurgie ist die vollständige anatomische und funktionelle Wiederherstellung. Bei Frakturen im Kniebereich kann dieses nur durch anatomische Reposition und stabile Fixation mit der Möglichkeit der frühfunktionellen Nachbehandlung erreicht werden. Heute gilt diese Tatsache mit Sicherheit auch für Knorpel-, Meniskus- und Bandläsionen am Kniegelenk. Gerade auf dem Gebiet der Bandverletzungen hat sich die operative Therapie in den Händen des Spezialisten eindeutig bewährt. Ruhigstellung von Kniegelenken über mehrere Monate ist heute nicht mehr aktuell. Bei Krankheiten des rheumatischen Formenkreises kann die Synovektomie einiges leisten, Umstellungsosteotomien geben bei arthrotischen Veränderungen eines Kompartiments erstaunliche Resultate und der alloplastische Gelenkersatz – vor allem partiell – ist bei kritischer Indikationsstellung heute durchaus vertretbar.

Die Ulmer Unfallchirurgen haben sich im vergangenen Jahrzehnt speziell mit der Problematik von Kniegelenksaffektionen befaßt. Das offensichtlich notwendige Interesse spiegelt sich auch an den Zahlen der durchgeführten Eingriffe eindeutig wider: 1975 führten wir 180 Eingriffe an diesem Gelenk durch, 1980 waren es deren 866. Die Mitarbeiter der Klinik für Unfallchirurgie, Plastische und Wiederherstellungschirurgie der Universität Ulm entsprechen deshalb dem Wunsch des Hippokrates-Verlages nach einem ›Kniebuch‹, nachdem hierzu bereits ein Heft der ZFA – Zeitschrift für Allgemeinmedizin [*56* SS 2050–2144 (1980)] vorausgegangen ist. Sie haben versucht, in kurzen Überblicken die Problematik der traumatischen und krankhaften Veränderungen am Kniegelenk für den praktisch Tätigen darzustellen und hoffen, daß ihm dieses Buch eine Hilfe für seine tägliche Arbeit werden wird.

Ulm, im Januar 1982 — Caius Burri

1. Anatomie und Biomechanik des Kniegelenkes

W. Mutschler

Das exzentrisch in das Bein eingebaute Kniegelenk ist das größte Gelenk des menschlichen Körpers. Es stellt die bewegliche Verbindung zwischen Ober- und Unterschenkel her. Sein komplizierter Aufbau erklärt sich durch seine zwei unterschiedlichen Aufgaben: Zum einen hat sich im Unterschied zu den Vierfüßlern, bei denen die Schnelligkeit der Bewegung und damit das schnelle Vorwärtsschieben des Kniegelenks entscheidend ist, bei den aufrechtgehenden Primaten die Funktion der unteren Extremität als Trageelement in den Vordergrund geschoben. Dazu ist das Kniegelenk so konstruiert, daß z. B. durch die Verstärkung des Kapsel-Band-Apparates und die Ausbildung einer Kniescheibe ein ausbalanciertes amuskuläres Stehen möglich wird.

Zum anderen ist weiterhin ein großer Bewegungsspielraum im Gelenk notwendig, damit beim Gehen das Bein frei durchschwingen kann.

Der komplizierte Aufbau des Gelenkes genügt beiden Anforderungen, der Tragefunktion und der Lokomotion und den dadurch entstehenden sehr variablen statischen und dynamischen Belastungen durch das Körpergewicht und durch die Gegenkräfte der Muskulatur.

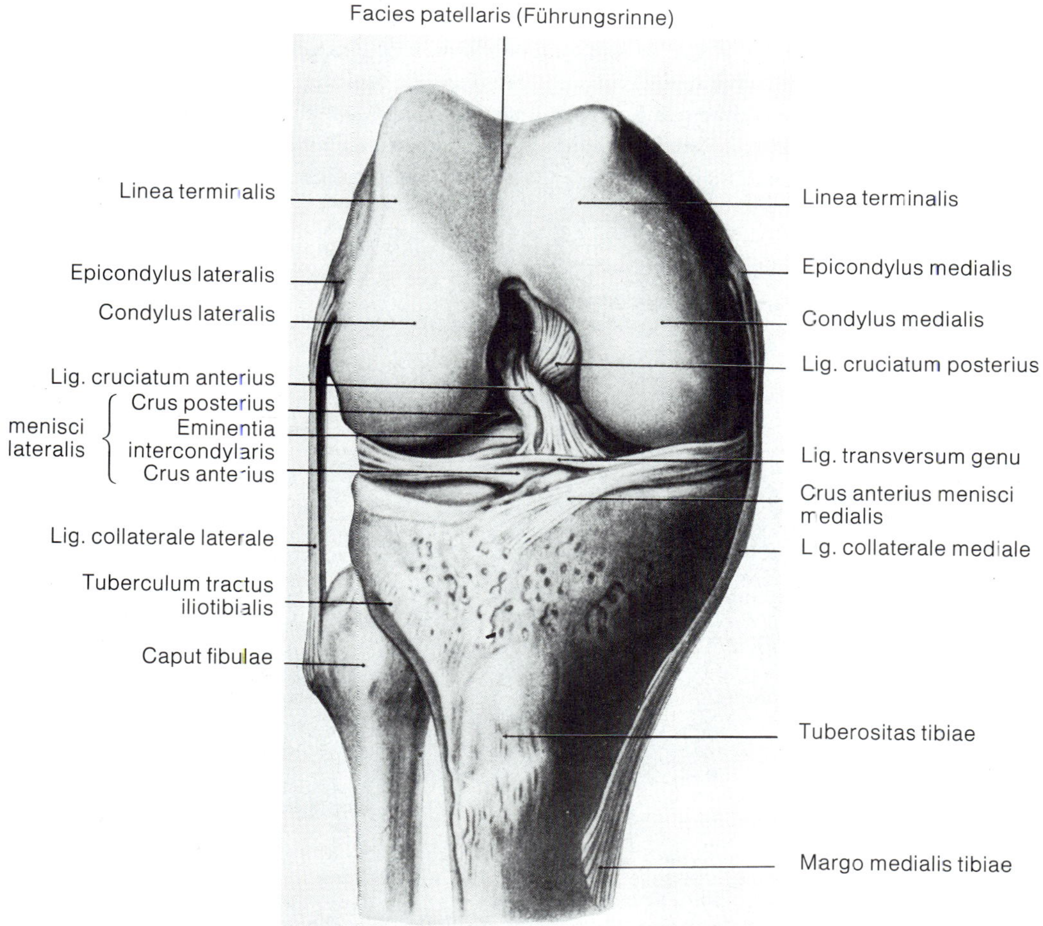

Abb. 1.1 Knochen und Bänder des Kniegelenkes

Anatomie

Das Kniegelenk setzt sich aus dem femorotibialen und dem femoro-patellaren Gelenk zusammen.

Die verbreiterten distalen Enden des Femur bilden die Gelenkrollen des Oberschenkels (Abb. 1.1). Sie sind in seitlicher Ansicht nicht kreisförmig, sondern spiralig mit nach hinten stärker werdender Krümmung geformt und weichen nach hinten und unten auseinander. Dorsal werden sie durch die Fossa intercondylaris getrennt, vorne durch die Facies patellaris miteinander verbunden.

Die Gelenkflächen der Tibia, auf denen sich die Oberschenkelrollen abstützen, sind nahezu plan und um den Retroversionswinkel der Tibia von etwa 6° nach hinten geneigt. Die Gelenkfläche ist aus der Längsachse der Tibia heraus nach dorsal verlagert. Das Tibiaplateau wird durch die Area intercondylica unterteilt, in der sich die Kreuzbandhöcker erheben.

Die Kniescheibe ist ein flacher dreieckförmiger Knochen, dessen Gelenkfläche mit Knorpel überzogen ist. Eine senkrechte Leiste teilt sie in einen lateralen und medialen Abschnitt.

Die knöcherne Inkongruenz der Gelenkflächen wird durch die Menisken und den Knorpelbelag einigermaßen ausgeglichen. Die *Menisken* bilden eine bewegliche Pfanne für die Femurgleitflächen. Sie haben die Funktion einer druckaufnehmenden Trennwand und verteilen damit das Gewicht bei Belastung des Kniegelenkes. Sie bestehen aus Bindegewebe mit reichlich kollagenem Fasermaterial. Der mediale Meniskus ist halbmondförmig und mit dem seitlichen Kollateralband verwachsen (Abb. 1.2). Das Vorderhorn ist an seiner Spitze bandartig mit der Tibiakante, oft auch mit dem vorderen Kreuzband verbunden. Der laterale Meniskus ist nahezu kreisförmig und viel beweglicher als der mediale Meniskus. Vorderhorn und Hinterhorn setzen hier in der Eminentia intercondylica an.

Der *hyaline Gelenkknorpel* ist im Kniegelenk bis zu 6 mm dick. Etwa 10% des Knorpelvolumens nehmen die Chondrozyten ein. Diese liegen an der Oberfläche parallel ausgerichtet vor und setzen sich zum Knochen hin in Säulen fort. Sie produzieren die Interzellularsubstanz, die sich im wesentlichen aus Proteoglykanen zusammensetzt, in die Kollagenfibrillen eingebettet sind.

Die Chondroitinsulfate in der Interzellular-

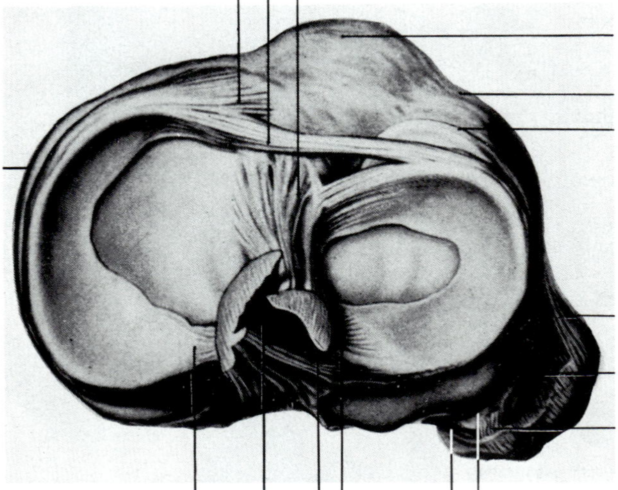

Abb. 1.2 Aufsicht auf das Kniegelenk

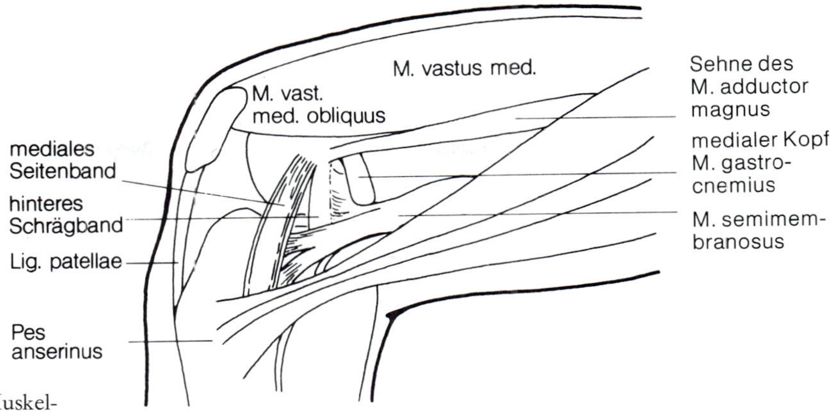

Abb. 1.3 Bänder und Muskelansätze der Medialseite

substanz sind verantwortlich für den Zusammenhalt und die Quellung der Kollagenfibrillen. Die Fibrillen umspannen die Chondrozyten zirkulär in allen Ebenen. Es entstehen so als funktionelle Einheiten sog. Chondrone, die die Druck- und Scherkräfte während der Gelenkbewegung auffangen. Die Chondrone verhalten sich dabei ähnlich wie Wasserkissen: Die Zellen nehmen den Druck auf und werden deformiert, wobei die Faserhülle der Deformationstendenz entgegenwirkt.

Die Ernährung dieses Verbundsystems erfolgt überwiegend durch Diffusion aus der *Synovialflüssigkeit.* Diese hat weiter die Aufgabe, als Schmierfilm zu dienen, wobei dem Hyaluronsäure-Proteinkomplex eine besondere Bedeutung zugemessen wird. Die Synovia entsteht durch aktive Sekretion der Zellen der Membrana synovialis. Dabei handelt es sich um die innerste Schicht der Gelenkkapsel, die aus dicht aneinandergelagerten Bindegewebszellen (Synoviozyten) gebildet wird. Eine eigentliche Basalmembran fehlt. Die Membrana synovialis ist reich vaskularisiert und springt mit Plicae und Villi in den Gelenkraum vor. Sie haftet am Rand des Gelenkknorpels an. Die äußere Schicht der Gelenkkapsel, die Membrana fibrosa, besteht aus gerichteten Kollagenfaserbündeln, die teilweise bandartig verstärkt sind.

Im Gelenkraum finden wir neben den Menisken und den Kreuzbändern noch das Corpus adiposum infrapatellare (*Hoffascher* Fettkörper). Von ihm verlaufen zwei Plicae alares zu den Seitenbändern der Patella. Mit der Gelenkhöhle stehen Schleimbeutel in Verbindung, die wichtigsten sind die Bursa suprapatellaris und die Bursa poplitea zwischen Gelenkkapsel und der Ursprungssehne des M. popliteus (Abb. 1.7).

Die Verbindung zwischen Tibia und Fibula durch die Articulatio tibio-fibularis, ein planes Gelenk, das eine geringe Gleitbewegung von vorne nach hinten und umgekehrt ermöglicht, wird nicht zum eigentlichen Gelenk gerechnet.

Die *Stabilität* des Kniegelenkes wird durch statische und dynamische Elemente gesichert. Statische Elemente sind neben den bereits besprochenen Knochen und Menisken die Gelenkkapsel mit ihren Verstärkungen und die Bänder. Dynamische Elemente sind die gelenkumspannenden Muskeln und Sehnen.

Sinnvollerweise faßt man die aktiven und passiven Stabilisatoren in einen medialen, lateralen, hinteren und vorderen Komplex zusammen (9).

Zum *medialen Komplex* gehören als statische Strukturen das mediale Kapselband und das tibiale Seitenband, das hintere Schrägband, die mediale Hälfte der dorsalen Kapsel, der mediale Meniskus, die beiden Kreuzbänder und die medialen Knochen. Dynamische Strukturen sind der M. vastus medialis, die Muskeln des Pes anserinus und der M. semimembranosus (Abb. 1.3).

Das tibiale (mediale) Seitenband entspringt am Epicondylus medialis des Femur und setzt breitflächig an der Innenseite des Schienbeines an. Es ist mit der Gelenkkapsel und damit dem Innenmeniskus verwachsen. Man unterscheidet drei Teile: Das eigentliche Ligament, eine tiefe Schicht und eine schrägverlaufende dorsomediale Kapselverstärkung, das »posterior oblique ligament«. Es verhindert die Außenrotation, die Valgisierung und die hintere Schublade

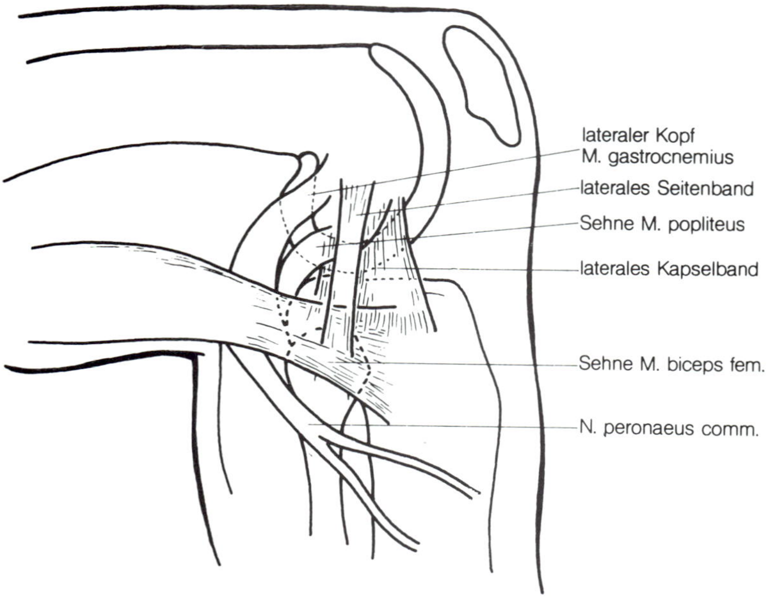

Abb. 1.4 Bänder und Muskelansätze der Lateralseite

des Kniegelenks. Der M. semimembranosus ist der wichtigste postero-mediale Stabilisator. Er rotiert nach innen und beugt. Auch die Muskeln des Pes anserinus (M. sartorius, M. gracilis und M. semitendinosus) sind Beuger und Innenrotatoren und wirken Außenrotation und Valgisierung entgegen.

Zum *lateralen Komplex* gehören der Tractus ilio-tibialis, das fibulare (laterale) Seitenband, die laterale Hälfte der dorsalen Kapsel, das Lig. po-

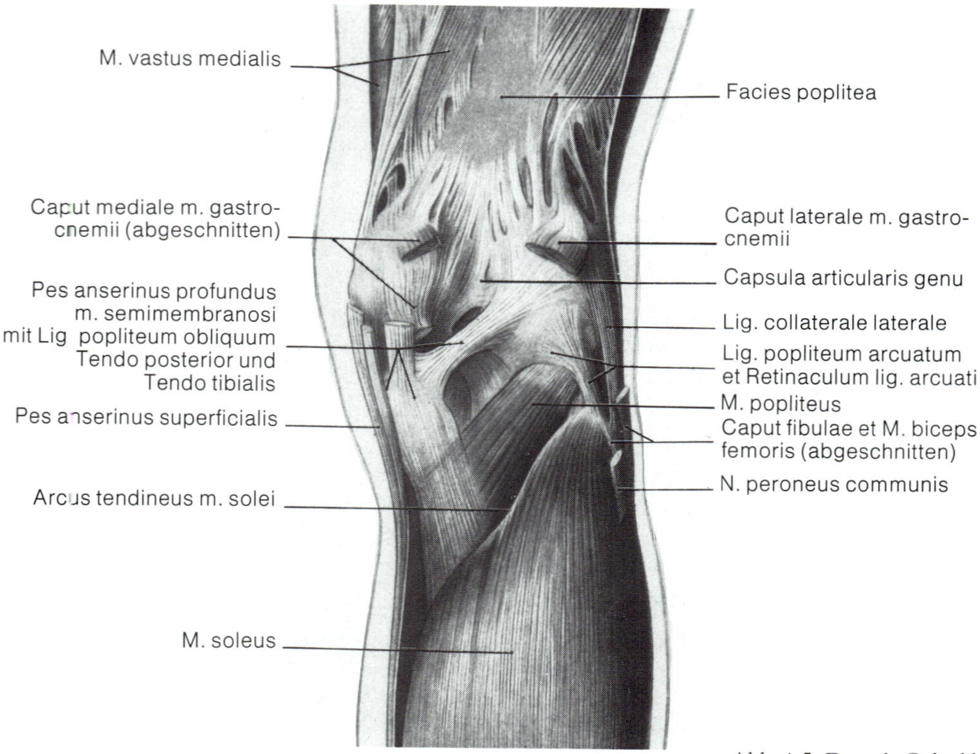

Abb. 1.5 Dorsale Gelenkkapsel

pliteum, der laterale Meniskus und wiederum beide Kreuzbänder. Dynamisch wirken M. biceps femoris, M. popliteus und M. vastus lateralis (Abb. 1.4).

Die Kapselverbindungen sind lateral lockerer als auf der Innenseite. Das laterale Seitenband zieht vom Epicondylus femoris lateralis ohne Verbindung mit der Gelenkkapsel zum Wadenbeinköpfchen. Der M. biceps femoris mit dem sehnigen Ansatz am Fibulaköpfchen bewirkt eine seitliche Stabilisierung in Streckstellung und eine Außenrotation der Tibia bei Beugestellung. Der M. popliteus spannt die Gelenkkapsel und rotiert die Tibia nach innen.

Im *hinteren Komplex* werden hintere Kapsel, Lig. popliteum, hinteres Schrägband, M. popliteus, M. gastrocnemius und Teile des M. semimembranosus zusammengefaßt (Abb. 1.5). Durch biomechanische Untersuchungen ist die Bedeutung dieser Gruppe besonders für die Rotationsstabilität des Kniegelenks in letzter Zeit klar herausgearbeitet worden.

Für den *vorderen Komplex* ist am wichtigsten der kräftigste Kniestabilisator, der M. quadriceps femoris. Daneben werden zu diesem Komplex gerechnet die Patella und ihre vier Aufhängungen, die Quadricepssehne, das Lig. patellae und die medialen und lateralen Retinacula (Abb. 1.6). Der Streckapparat stabilisiert zusammen mit dem hinteren Kreuzband das Knie in der Sagittalebene und verhindert die Luxation des Femurs nach vorne.

Die intraartikulären *Kreuzbänder* (Abb. 1.1, 1.2) sind das zentrale Führungselement (»pivot-central«) des Kniegelenks. Sie besorgen die Kontrolle des Bewegungsablaufes (s. unten). Das

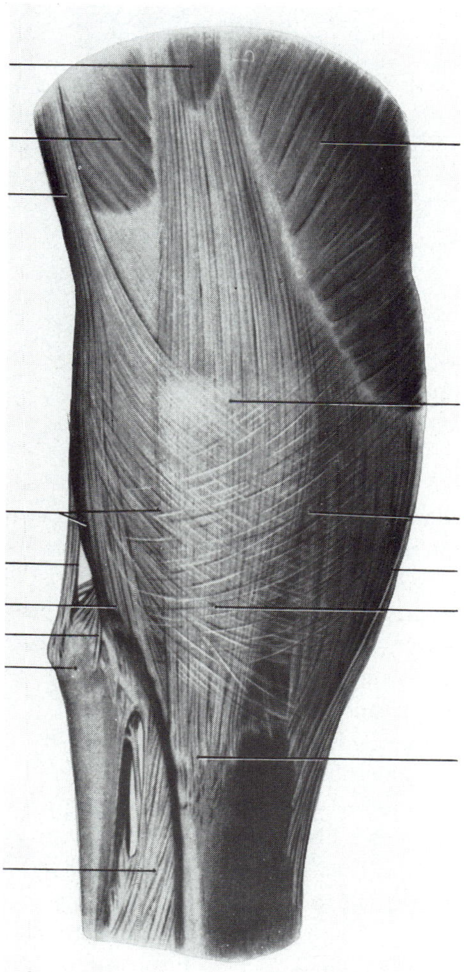

Abb. 1.6 Bänder und Muskeln der Frontalseite

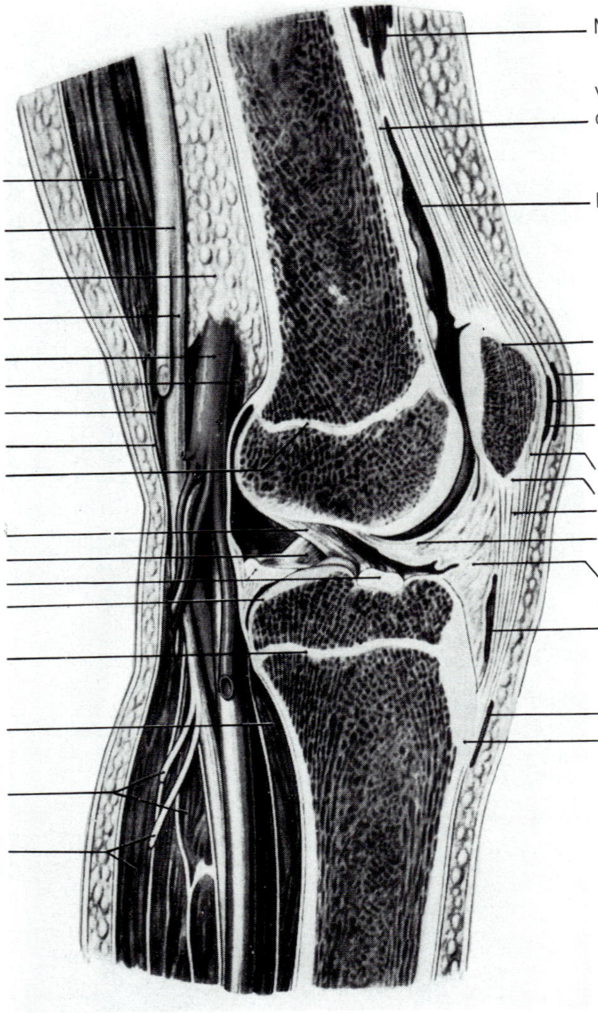

Abb. 1.7 Längsschnitt durch das Kniegelenk

vordere Kreuzband verläuft in drei Bündeln von der Area intercondylaris anterior tibiae zu der Innenfläche des lateralen Femurkondylus dorsal, also von unten innen vorne nach oben außen hinten. Es verhindert die Luxation nach vorne und die übermäßige Kniegelenksrotation.

Das kräftigere hintere Kreuzband zieht mit zwei Teilen vom medialen Femurkondylus vorne zur Area intercondylaris posterior tibiae sowie zwischen die beiden Meniskusansätze, also von oben innen vorne nach unten außen hinten. Es blockiert die Luxation des Tibiaplateaus nach dorsal bzw. wirkt es synergetisch mit dem Streckapparat.

Die *Kniekehle* (Abb. 1.7) wird durch die Beugemuskulatur rautenförmig begrenzt. Unter der oberflächlichen Gliedmaßenfaszie verlaufen V. saphena parva und N. suralis, in der Tiefe des Corpus adiposum popliteum die A. und V. poplitea und der N. tibialis. Der N. fibularis zieht entlang der tibialen Kante des M. biceps femoris zum Wadenbeinköpfchen.

Biomechanik

In den einzelnen Lebensaltern ändert sich die Achse des Kniegelenks. Neugeborene und Säuglinge haben O-Beine. Bis zum sechsten Lebensjahr stellt sich dann ein X-Bein ein, erst in der Pubertät erscheint die bleibende Gelenkform. Femur und Unterschenkel stehen dann in einer physiologischen Valgusstellung mit einem nach lateral offenen Winkel von 170° zueinander.

Normalerweise sind damit beim symmetrischen Stand auf beiden Beinen die Gelenkflächen gleichmäßig belastet und die Bänder gleichmäßig gespannt, denn die Traglinie – die Verbindungslinie zwischen Mittelpunkt des Femurkopfes und Mitte des Sprunggelenks – verläuft durch das Zentrum des Kniegelenks. Dagegen geht die Traglinie beim X-Bein (Genu valgum) lateral am Zentrum vorbei. Die fibular liegenden Strukturen werden vermehrt belastet, das mediale Seitenband steht unter erhöhter Zugspannung und wird allmählich überdehnt. Ein O-Bein (Genu varum) löst entsprechende Belastungen auf der Medialseite des Kniegelenkes aus.

Beim Stand auf einem Bein erfolgt die Belastung exzentrisch. Nach der Berechnung von *Maquet* (8) entspricht sie etwa dem doppelten Körpergewicht. Faßt man die wirksame Kraft in einem Vektor zusammen, so verläuft dieser medial vom Kniegelenk. Dem daraus resultierenden Kippmoment wirkt vorwiegend der M. tensor fasciae latae entgegen.

Auf die Kniegelenksbelastung während des normalen Gehens soll hier nicht ausführlich eingegangen werden. Während der drei Phasen eines Doppelschrittes: Abstoßphase, Sprungbeinphase und monopedale Abstützungsphase stellt sich ein ständig wechselndes Gleichgewicht von Kräften ein, das sich aus genau determinierten Beschleunigungen und Verzögerungen zusammensetzt, bis als Endpunkt die bipedale Abstützphase erreicht ist (11). Die Kniegelenksbeanspruchung ergibt sich dabei durch das Verhältnis der Gesamtbelastung des Gelenks (ein Mehrfaches des Körpergewichts) zu der Tragfläche des Gelenkes. Diese ist gleich groß oder kleiner als die Kontaktfläche zwischen den Gelenkanteilen. Die Kontaktfläche wiederum ist kleiner als die anatomische Gelenkfläche.

Für die Praxis sind solche Analysen der Belastung während des Gehens oder bei körperlicher Arbeit von Wichtigkeit, da hier ein wesentlicher Ansatzpunkt für das Verständnis z. B. der Entstehung einer Gonarthrose als Folge mechanischer Überlastung liegt.

Bei der Beugung und Streckung mit einem Gesamtbewegungsausschlag von aktiv 130 bis 140° unterliegt das Kniegelenk einem Zwangslauf, der durch das Zusammenwirken der Kreuzbänder und der Seitenbänder in einer Roll-Gleit-Bewegung gesteuert wird. Dies bedeutet, daß während der Bewegung in der Sagittalebene die

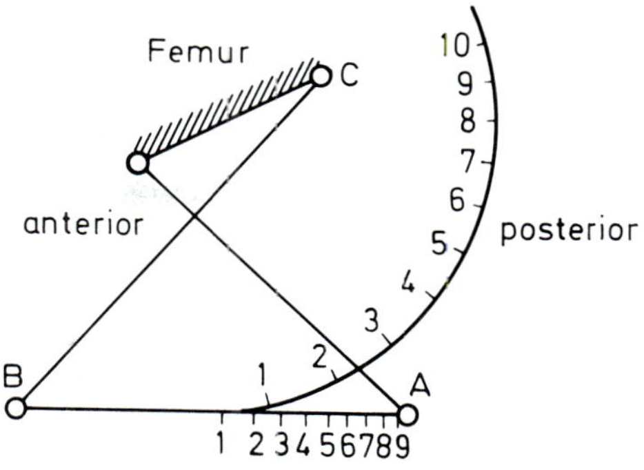

Abb. 1.8 Schema der Roll-Gleitbewegung zwischen Femur und Tibia. Die korrespondierenden Punkte 1 – 10 zeigen das Überwiegen der Gleitvorgänge in der Hocke an.

Tibiagelenkfläche eine komplizierte Bewegungsbahn längs den ellipsoiden Femurkondylen vollführt (11). Auf 1 mm Abrollbewegung kommen dabei 4 mm Dreh-Gleitstrecke der Tibia (Abb. 1.8). Modellmäßig läßt sich diese Bewegung einem mechanischen System, einer sog. geschlossenen ebenen kinematischen Vierergelenkkette zuordnen.

Beim Übergang aus voller Streckung zur Beugung hält dabei die Rollbewegung lateral länger an als medial. Dadurch wird die in Streckung außenrotierte Tibia in eine Mittelstellung bei der Beugung zurückgeführt.

Die Außenrotation der Tibia, die sog. Schlußrotation, erreicht 5–10°. Sie wird durch das vordere Kreuzband und die Form der Gelenkkörper erzwungen und bewirkt eine Vergrößerung der Standfläche des Fußes. Auch bei der Beugung ist eine begrenzte Rotation um die Unterschenkellängsachse möglich. Sie beträgt in 90°-Stellung nach innen etwa 10° und nach außen etwa 40°.

Anatomie und Biomechanik des Kniegelenkes zeigen, daß die Bänder und Gelenkkörper des Kniegelenks zu einer komplizierten funktionellen Einheit verbunden sind, deren Mechanik durch die Gesetze der Kinematik verständlich und berechenbar wird. Die umfangreiche Analyse der Bewegungs- und Belastungsvorgänge am Kniegelenk hat vor allem gezeigt, daß einzelne Kapsel-Bandstrukturen im Gesamtverband nur wirksam sind, wenn sie ihre definierte anatomische Lage einnehmen. Daraus leitet sich für die operative Versorgung von Kapsel-Band-Läsionen das eminent wichtige Prinzip ab, daß die

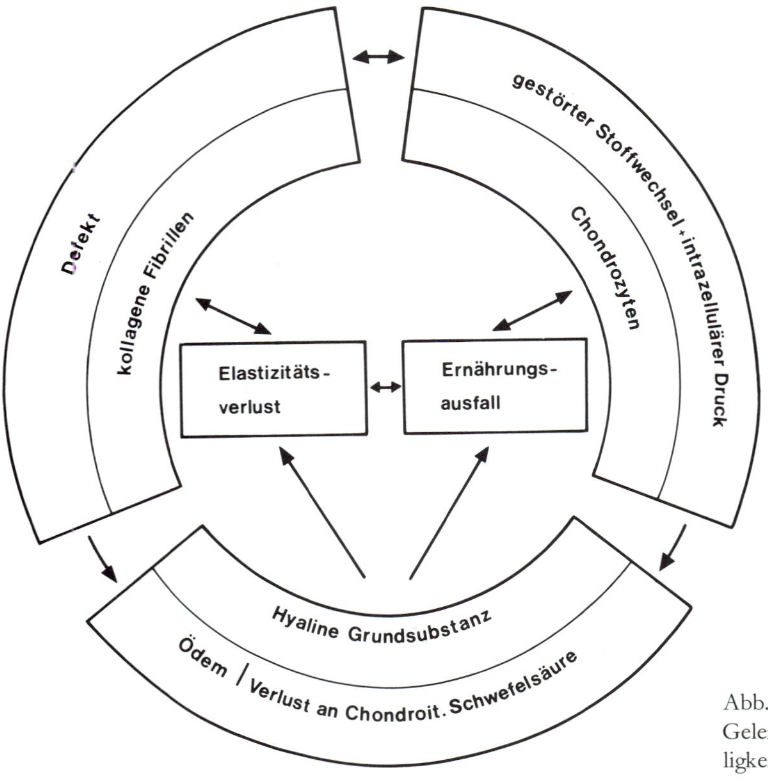

Abb. 1.9 Das Verbundsystem des Gelenkknorpels und seine Störanfälligkeit

Wiederherstellung oder der Ersatz solcher Strukturen anatomisch korrekt erfolgen muß.

Pathomechanik und Pathophysiologie

Wenn es um die Pathomechanik und Pathophysiologie des Kniegelenkes geht, muß letztlich über den Gelenkknorpel und seinen Stoffwechsel berichtet werden. Denn eine mechanische Überforderung des Gelenkes z. B. als Folge einer Fehlstellung ruft im Endeffekt eine Knorpelzerstörung hervor, ebenso wie auch eine chronische Bandinstabilität oder eine entzündliche Erkrankung in einer Arthrose münden können. Allein die Belastbarkeit des Knorpelgewebes zieht die Grenze zwischen normaler Gelenkbeanspruchung und pathologischer Überforderung.

Die empfindliche Funktionseinheit des Gelenkknorpels mit den drei Bauelementen Knorpelzellen, kollagenen Fibrillen und hyaline Grundsubstanz ist in Abb. 1.9 noch einmal dargestellt. An welcher Stelle das System auch gestört wird, immer kann sich ein Circulus vitiosus in Gang setzen, der über eine Beeinträchtigung aller drei Elemente irreversible Schädigungen hervorruft.

Denn die Regenerationsfähigkeit des Gelenkknorpels ist begrenzt. Vor dem Wachstumsabschluß ist durch eine Teilung der an der Oberfläche liegenden Knorpelzellen eine vollständige Reparation möglich. Danach bildet sich offenbar durch Transformation von subchondralem Granulationsgewebe nur noch ein qualitativ minderwertiger Faserknorpel mit ungenügender Stoffwechselleistung aus.

Nach *Cotta* (5) kann man fünf Gruppen von auslösenden Ursachen für die Gonarthrose unterscheiden, wobei die ersten drei die wichtigsten sind:

1. die Ernährungsstörung
2. der enzymatische Abbau des Gelenkknorpels durch knorpeleigene Enzyme oder Enzyme des Gelenkraumes,
3. mechanische Ursachen
4. genetisch determinierte Enzymfehlbildungen mit fehlerhafter Knorpelsynthese
5. immunologische Vorgänge.

Ernährung, enzymatisch-digestive Faktoren und mechanische Faktoren stehen in einem engen Wechselspiel, was am Beispiel der *Ernährungsstörung* des Knorpels, des Gelenkergusses und der posttraumatischen bzw. »Fehlstellungsarthrose« belegt werden soll.

Die Aufrechterhaltung der regelrechten Knorpelstrukturen, der Knorpelmechanik und der Knorpelchemie bedeutet für die Chondrozyten, daß sie eine kontinuierliche Syntheseleistung erbringen müssen. Das notwendige Nährsubstratangebot erhalten sie über die Gefäße der Gelenkkapsel mit Diffusion durch die Synovialflüssigkeit.

Mit zunehmendem Alter tritt nun eine Verdichtung und Verbreiterung der subsynovialen Schicht ein. Nährstoffantransport und Schlakkenabtransport müssen auf einer größeren Strecke erfolgen. Dies erklärt die eingeschränkte Kompensationsfähigkeit des Kniegelenkes im Alter. Entzündliche Erkrankungen und Stoffwechselleiden wie Diabetes und Gicht bewirken durch eine Veränderung der bindegewebigen Kapselstrukturen ebenfalls eine Ernährungsstörung. Auch die Arthrose nach langdauernder Immobilisation entsteht weitgehend auf dem Boden einer Ernährungsstörung. Neben einer Minderung der Kapseldurchblutung, einer mangelnden Durchmischung der Synovia mit der Folge eines verminderten Substrattransportes tritt auch eine Hyaluronsäurereduktion mit schlechterer Gelenkschmierung ein, was die Dystrophie der Knorpelzellen einleitet. Sie wird verstärkt durch die unter Immobilisation steigende Druckbelastung bestimmter Knorpelareale, die die Kollagenstrukturen zerstört.

Die *Ergußbildung* im Kniegelenk ist für den Gelenkknorpel aus zwei Gründen sehr gefährlich: Zum einen spielt sich der vorgenannte Prozeß ab, der mit der Überdehnung der Gelenkkapsel und dadurch der Kompression der Kapselkapillaren beginnt. Sekundäre Bindegewebseinlagerungen bei rezidivierenden Ergüssen bedeuten eine erneute Verlängerung und Verdichtung der Transitstrecken. Daneben treten als Folge der begleitenden Synovialitis Leukozyten in den Gelenkraum ein. Sie setzen lysosomale Enzyme frei, die den Knorpel enzymatisch destruieren können. Besonders blutige Ergüsse weisen hohe Konzentrationen dieser Enzyme auf. Schließlich führen starke Ergußbildungen zur Lockerung des Kapsel-Bandapparates, was zu teilweise unphysiologisch hoher Knorpelbelastung führt.

Bei den entzündlichen Erkrankungen sind überwiegend Enzyme aus der Gelenkkapsel, aus dem rheumatischen Pannus und aus Granulozyten im Gelenkraum für die Knorpeldestruktion verantwortlich.

Sterben die Knorpelzellen ab, werden primär zellgebundene Enzymsysteme freigesetzt, die zusammen mit abgeschilferten Synovialiszellen den Prozeß unterhalten.

Ist es erst einmal zu einer Eröffnung der Gelenkoberfläche gekommen, so sind die tieferen Knorpelschichten plötzlich dem »ungewohnten« Milieu der Synovia ausgesetzt. Im Extremfall einer eitrigen Entzündung kann das Knorpelgewebe innerhalb weniger Tage völlig zerstört werden.

Einen großen Raum nehmen die Knorpelschädigungen durch primär *mechanische Ursachen* ein.

Bei traumatischen intraartikulären Läsionen wirkt sich das Trauma direkt am Gelenkknorpel aus. Kontusionen, Distorsionen und Luxationen des Gelenkes zerstören das dreidimensionale Kollagennetz und quetschen die Knorpelzellen oft irreparabel. Frakturen in der Gelenkfläche zerreißen die Knorpelschicht. Außerdem bestehen dabei alle Schädigungsmöglichkeiten für den Knorpel, die beim Hämarthros angesprochen sind. Als Langzeiteffekt gleiten auch bei nur geringen Stufenbildungen die Gelenkflächen uneben aufeinander, was pathologische Scherkräfte erzeugt und Knorpelabrieb bewirkt. Der ursprünglich umschriebene Prozeß wird so auf eine größere Fläche ausgedehnt.

Kapsel-Band-Läsionen und Frakturen ohne Gelenkbeteiligung, aber in Kniegelenknähe, können eine statische und dynamische Fehlbelastung bewirken. Dadurch wird der Knorpel Kräften ausgesetzt, für die er nicht gerüstet ist. Die Kollagenfasern ermüden, die elastische Deformierbarkeit der Chondrone nimmt ab. Entwickelt sich eine Fehlstellung in der Ebene der Gelenkbewegung, muß die Muskelkraft erhöht werden, um das Gleichgewicht des Gelenkes zu gewährleisten. Das erhöht den einwirkenden Gesamtdruck, der eine oft nicht mehr voll nutzbare Gelenkfläche trifft. So wird die Druckbelastung pro Flächeneinheit pathologisch erhöht. Bei chronischen Bandinsuffizienzen kommt eine ungünstige Scherbeanspruchung des Knorpels durch das Verkanten der Gelenkflächen und den geänderten Gleitweg hinzu. Auf die Folgen der meist zusätzlich vorhandenen Synovialitis wurde bereits hingewiesen.

Zur mechanischen Zerstörung der Gelenkknorpeloberfläche kommt es auch, wenn ein Mißverhältnis zwischen Belastung und Belastbarkeit der Gelenkflächen durch nicht traumatische Gelenkfehlstellungen und Gelenkkörperverformungen entsteht. Am bekanntesten ist die *Varus-* oder *Valgusgonarthrose,* die auf dem Boden der Überlastung des medialen oder lateralen Kompartiments entsteht.

Ausführliche Untersuchungen gibt es zur Pathomechanik des *femoro-patellaren Gelenkes* (1, 6), die die Entstehung der Chondromalacia patellae erklären. Lange Zeit war die vorherrschende Lehrmeinung, daß die Kniescheibe hauptsächlich in Beugestellung durch eine Erhöhung des Streckerdrehmomentes und durch die knöcherne Stabilisierung des femoro-tibialen Gelenkes wirkt. Inzwischen wird die Stabilitätsfunktion in Streckstellung zusammen mit den vier Aufhängebändern (s. vorne) und den dorsalen Muskelgruppen betont. In Beugestellung tritt die Patella nämlich immer tiefer in die Facies patellaris der Kondylen ein, die Quadricepssehne liegt dann den Kondylen auf und übernimmt die Stabilisierung. Dies nennt man die funktionelle Höhenminderung der Patella, die dem Schutz der Kniescheibe vor zu großer Druckbelastung dient. Liegt nun z. B. eine Patella alta vor, d. h. die Patella steht höher vor den Kondylen als normal, tritt die Patella auch später in die Facies patellaris der Kondylen ein und ist damit einer höheren Druckbelastung von 20–40% ausgesetzt. Dies führt zur Chondromalazie. Neben dieser endogenen Noxe rufen auch exogene Faktoren (z. B. übermäßige Beanspruchung beim Hochleistungssport) einen erhöhten femoro-patellaren Druck hervor.

Auch Störungen der Druckverteilung in der Frontalebene lösen die Chondromalazie aus. Normalerweise liegt die Patella von medial und lateral gezügelt in einem labilen Gleichgewicht in der interkondylären Inzisur. *Ficat* (6) hat dies mit einer Seiltänzerin auf einem Seil verglichen. Dysplasien der Patella (Varietät nach *Wiberg* III und IV, Jägerhut Patella), die Patella bipartita, posttraumatische Rotations- und Achsenfehlstellungen können nun zu einem lateralen Überdruck und zu einem medialen Unterdruck auf den Knorpel führen (Abb. 1.10).

Denn normalerweise wird die Patella schon

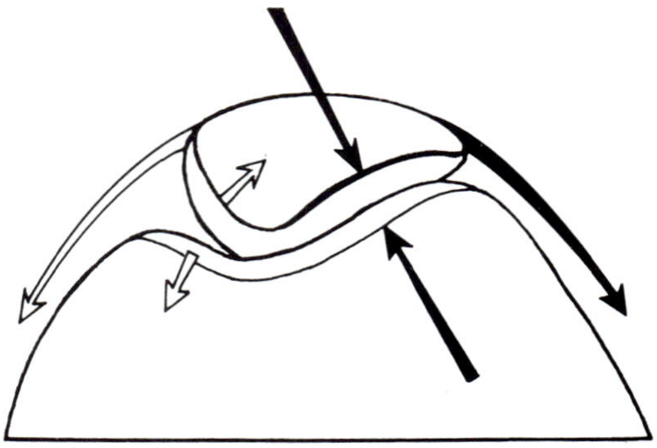

Abb. 1.10 Lateraler Überdruck und medialer Unterdruck als auslösendes Moment der Chondromalazie der Patella

durch die physiologische Valgusstellung nach lateral gezogen, wenn die Quadricepssehne angespannt wird. Dies wird durch die o. a. Faktoren verstärkt. Der laterale Überdruck schädigt direkt die Chondrozyten, medial stellt sich eine ungenügende Knorpeldurchwalkung mit der Folge einer Ernährungsstörung des Knorpels ein.

Aus biomechanischer Sicht ist auch bei Stoffwechselerkrankungen wie der Gicht, der Pseudogicht oder der Ochronose eine mechanische Teilursache anzunehmen. Zwar liegt hier eine physiologische Beanspruchung des Gelenkes vor, das Knorpelgewebe ist aber z. B. durch die Inkrustation mit Harnsäurekristallen so in seiner Belastbarkeit verringert, daß der Knorpel mechanisch zerstört wird.

Bringt man genetische Momente, Mikrotraumen, Traumen, Immobilisation, metabolische Fehlleistungen, entzündliche Erkrankungen und chronische Fehlbelastungen auf einen Nenner, so stellt sich die *Entwicklung der Gonarthrose* zusammengefaßt so dar: Überhöhte Belastungen oder physiologische Belastungen, die auf eine vorgeschädigte Gelenkfläche treffen, oder physiologische Belastungen unter verminderter Gelenkschmierung führen zur mechanischen Zerstörung der Gelenkknorpeloberfläche. Die Eröffnung der Oberfläche ist auch enzymatisch bei allen Entzündungen der Gelenkkapsel und bei intraartikulären Ergüssen und Blutungen möglich. Sterben dadurch Chondrozyten ab, geben diese ursprünglich zellständige Enzyme ab, die den Prozeß durch den Abbau der angrenzenden Knorpelmatrix unterhalten. Außerdem wird eine Synovialitis induziert, die über ein Ödem und narbige Kapselverschwielungen zur Verschlechterung der Gelenktrophik führt. Durch die Wechselwirkung zwischen mechanischer und enzymatischer Destruktion wird der Knorpel mehr oder weniger rasch verschlissen.

Literatur

1. *Bandi, W.*: Die retropatellaren Kniegelenkschäden. Aktuelle Probleme in Chirurgie und Orthopädie. Band 4. Verlag Hans Huber, Bern, Stuttgart, Wien 1977
2. *Baumgartl, F.*: Das Kniegelenk. Springer-Verlag, Berlin-Göttingen-Heidelberg, 1964
3. *Burri, C., Rüter A.* (Hrsg): Bandverletzungen am Knie. Hefte zur Unfallheilkunde 125. Springer-Verlag, Berlin-Heidelberg-New York, 1975
4. *Dies*: Knorpelschaden am Knie. Hefte zur Unfallheilkunde 127. Springer-Verlag, Berlin-Heidelberg-New York, 1976
5. *Cotta, H.*: Präarthrose und präarthrotische Deformität. Z. Orthop. 112, 8 – 23, 1974
6. *Ficat, P.*: Le déséquilibre rotuliens, de l'hyperpression à l'arthrose. Masson et. Cie., Paris 1973
7. *Lang, J. v., Wachsmuth, W.*: Praktische Anatomie. Bd. 1, Teil 4: Bein und Statik, 2. Aufl. Springer-Verlag, Berlin-Heidelberg-New York 1972
8. *Maquet, P.*: Biomécanique du genou. Springer-Verlag, Berlin-Heidelberg-New York 1977
9. *Muhr, G., Wagner, M.*: Kapsel-Band-Verletzungen des Kniegelenks. Springer-Verlag, Berlin-Heidelberg-New York 1981
10. *Thumb, N., Kellner, G., Klein, G., Zeidler, H.*: Synovialflüssigkeit und synoviales Milieu. Thieme Verlag, Stuttgart, 1979
11. *Witt, A.N., Rettig, H., Schlegel, K.F., Hackenbroch, M., Hupfauer, W.* (Hrsg): Orthopädie in Praxis und Klinik. Band 1, Allgemeine Orhopädie. Thieme Verlag, Stuttgart, 1980

Nachweis der Abbildungen

Abb. 1.1, 2, 5 bis 7 aus: *Lang, J., Wachsmuth, W.*: Praktische Anatomie Bd. 1, Teil 4: Bein und Statik, 2. Aufl., Springer-Verlag, Berlin-Heidelberg-New York 1972

Abb. 1.3, und 4 aus: *Muhr, G., Wagner, M.*: Kapsel-Band-Verletzungen des Kniegelenks. Springer-Verlag, Berlin-Heidelberg-New York 1981

2. Die Untersuchung des Kniegelenkes

W. Mutschler

Das Kniegelenk ist das größte, mechanisch komplizierteste und am meisten exponierte Gelenk des Körpers. Dies erklärt, warum es so häufig von Verletzungen und Erkrankungen betroffen ist. Patienten mit Kniegelenksbeschwerden stellen daher einen gewohnten Anblick in der täglichen Praxis dar. Gerade der erstbehandelnde Arzt darf sich aber nicht mit der Diagnose Wachstumsschmerz, Rheuma oder Gonarthrose zufrieden geben. Es muß sein Ziel sein, durch eine eingehende Untersuchung die Weichen für die weiterführende Diagnostik zu stellen und die notwendige Therapie einzuleiten.

Bei der Vielzahl der Verletzungen und Erkrankungen empfiehlt sich ein standardisierter *Untersuchungsgang*, der Anamnese, klinische Untersuchung und Zusatzuntersuchungen umfaßt (Tab. 2.1). Dabei sollte man sich die verschiedenen geweblichen Bestandteile und ihre Möglichkeiten der Funktionsstörung, der Verletzungsanfälligkeit und der Erkrankungshäufigkeit vor Augen halten: Verletzungen betreffen hauptsächlich Knochen, Bänder und Menisci. Degenerative Schäden finden sich vorwiegend am Knorpel, seltener am Meniskus. Entzündungen spielen sich an der synovialen Auskleidung des Gelenkes ab. Sie sind entweder lokal ausgelöst oder die Gelenkschleimhaut ist als Teil der serösen Körperhäute von systemischen Bindegewebserkrankungen mit betroffen. Stoffwechselleiden wie die Gicht tangieren Synovia und Knorpel, später den Knochen. Die sehr seltenen Tumoren schließlich können sich aus allen Geweben des Gelenkes entwickeln.

Tab. 2.1 Untersuchungsgang

Anamnese
Klinische Untersuchung
Inspektion
Funktionsprüfung
Druckpunkte
Spezialgriffe
Punktion
Röntgenuntersuchung
Standardaufnahmen
Spezialaufnahmen
Arthrographie
Arthroskopie

Tab. 2.2 Anamnese

Familiäre Belastung
berufliche Tätigkeit
frühere Tätigkeit
Unfallmechanismus (direkte, indirekte Gewalteinwirkung)
Schmerzen; wo, wann
Auftreten von Schwellungen
Einklemmungen
Behinderung im Alltag und Sport

Durch die *Anamnese* (Tab. 2.2) gilt es zunächst, akutes Krankheitsgeschehen vom chronischen, Unfall und Unfallfolgen von degenerativen Leiden oder entzündlichen Erkrankungen zu trennen. Dazu dienen Fragen nach ähnlichen Erkrankungen in der Familie, nach der Dauer der Schmerzen, nach einem Unfall und dem Unfallmechanismus, nach der Häufigkeit des Auftretens von Schwellung, Erguß und Gelenkblockierung, nach allgemeinen Symptomen wie Fieber, Abgeschlagenheit, Morgensteifigkeit von Gelenken und Schmerzen in anderen Gelenken. Die gezielte Anamnese lenkt den Verdacht z. B. auf eine Kapsel-Bandläsion (Torsionstrauma) oder einen Meniskusschaden (Gelenkblockierung ohne äußere Gewalteinwirkung).

Bei der *Inspektion* (Tab. 2.3) erfaßt man als erstes das Gangbild des Patienten: Hinkt er? Belastet er das Kniegelenk seitengleich? Bewegt und beugt er frei? Ist der Einbeinstand möglich? Man stellt Achsenabweichungen und Fehlstellungen wie ein Genu valgum (Abb. 2.1), varum oder recurvatum fest und kontrolliert die Außen- oder Innenrotation des Unterschenkels und die Lage der Patella. Manchmal fällt schon bei der Inspektion eine Schwellung des Kniegelenks auf. Chronische Erkrankungen gehen immer mit einer Muskelatrophie, beginnend am Musculus quadriceps femoris und hier vor allem am Musculus vastus medialis, einher.

Tab. 2.3 Inspektion

Gang und Stand
Achsenabweichung
Fehlstellung
Schwellung des Gelenks
Rötung
Muskulatur

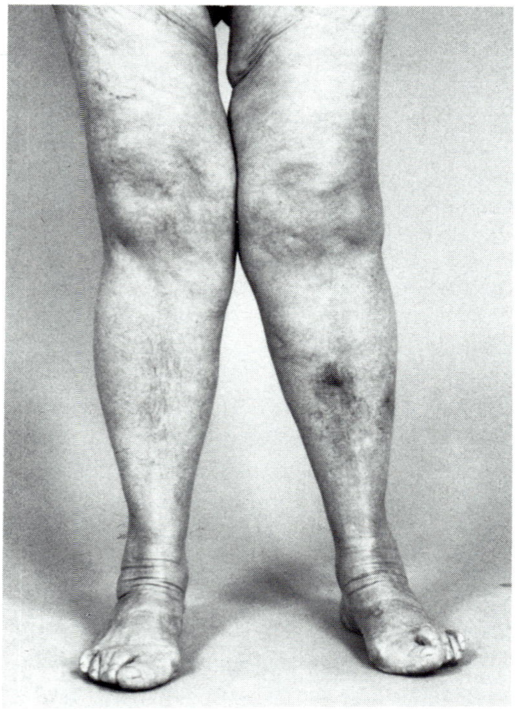

Abb. 2.1 Genu valgum

Zur *Untersuchung* liegt der Patient entspannt in Rückenlage, beide Beine sind entkleidet. Die Untersuchungsliege soll von drei Seiten zugänglich sein. Alle Befunde werden im Seitenvergleich erhoben, begonnen wird mit der gesunden Seite. Bei einem akuten Unfallereignis soll so früh wie möglich untersucht werden, andernfalls behindern reflektorische Muskelanspannung, Gelenkerguß oder Schmerzen die Befunderhebung. Hat man oft Kniegelenkserkrankte oder -verletzte zu beurteilen, empfiehlt es sich, einen Standarddokumentationsbogen anzulegen, der auch als Grundlage für spätere Nachkontrollen dient.

Zunächst ist es zweckmäßig, die Gelenkfunktion zu prüfen. Die aktive Extension beträgt nach der Neutral-O-Methode (die anatomische Extension gilt als O-Grad-Stellung) 0–5°, die aktive Flexion bis zu 150°. Während des Durchbewegens wird auf Gelenkgeräusche und ein Schnappen im Gelenk geachtet. Bei einem Abriß der Quadricepssehne bzw. des Ligamentum patellae oder bei einer dislozierten Patellafraktur kann das Bein nicht aktiv gehoben werden. Bei einer Meniskusblockade ist das Gelenk in Beugestellung federnd fixiert.

Tab. 2.4 Druckpunkte am Kniegelenk

Gelenkspalt vorn:	*Hoffa*scher Fettkörper Vorderhorn des Meniskus
Gelenkspalt innen:	Innenmeniskus
Gelenkspalt außen:	Außenmeniskus
Gelenkspalt dorsal:	Meniskus, Bursa
Seitenbänderverlauf:	Seitenbandläsion
Patellakanten:	Chondropathie
Patella ventral:	Bursa praepatellaris
Tuberositas tibiae:	Lig. patellae M. *Osgood-Schlatter*
diffuser Druckschmerz:	Synoviitis

Bei der *Palpation* stellt man als erstes fest, ob eine Überwärmung eines Gelenkes als Ausdruck einer Synoviitis vorliegt. Dann werden die in Tab. 2.4 angeführten Schmerzpunkte untersucht und den anatomischen Strukturen zugeordnet. Dabei können auch Verdickungen der Kapsel, Osteophyten, Schleimbeutelvergrößerungen und der Muskeltonus erfaßt werden. Als ein Beispiel ist die Palpation der Patellakanten dargestellt (Abb. 2.2).

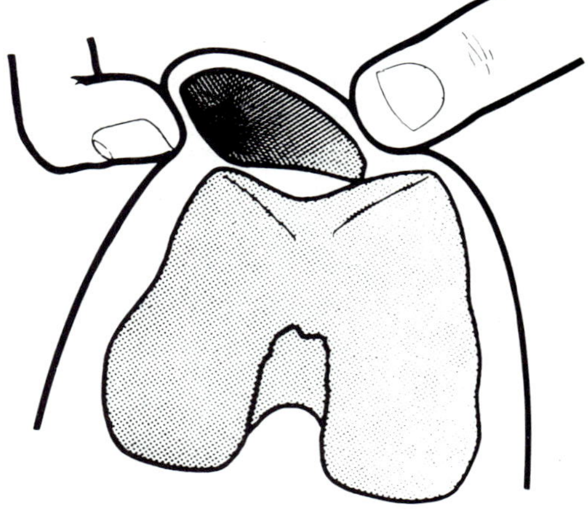

Abb. 2.2 Palpation der medialen Patellafacette mit Zeigefinger der einen und Daumen der anderen Hand

Es folgt eine Reihe von Handgriffen (Tab. 2.5), die vor allem Aufschluß über Meniskus- und/oder Bandläsionen oder über das Vorliegen einer Chondropathie geben. Sind die Kniegelenkskonturen verstrichen (Abb. 2.3) und wird das Kniegelenk in leichter Beugestellung gehalten, prüft man, ob ein Kniegelenkserguß vorliegt. Die gespannte Gelenkkapsel läßt sich als prallelastische Resistenz tasten. Beweisend ist die »tanzende Patella« (Abb. 2.4): Mit einer Hand wird die Flüssigkeitsansammlung im Rezessus suprapatellaris nach distal unter die Patella geschoben. Die abgehobene Patella wird dann von ventral gegen das femorale Gleitlager gedrückt und wieder losgelassen. Bei einem Erguß springt sie sofort wieder in die alte Stellung zurück. Dieses Ballottement ist typisch für den Erguß.

Auf die Meniskuszeichen und ihre Wertigkeit wird weiter unten eingegangen. Ihnen ist gemeinsam, daß bei positivem Ausfall mit einiger Sicherheit eine Meniskusschädigung vorausgesagt werden kann. Sind sie negativ, ist eine Meniskusläsion nicht ausgeschlossen. Für die Praxis spielt es keine wesentliche Rolle, welcher der Teste, die im Prinzip die Druckschmerzhaftigkeit bei bestimmten Bewegungen prüfen, angewandt wird. Wichtig ist, daß man sich auch hier an ein Schema hält und stets dieselben Griffe anwendet, um die eigene diagnostische Sicherheit zu erhöhen.

Zur Differentialdiagnose einer Meniskusläsion von einem Kapsel-Bandschaden eignet sich am besten der von *Apley* 1947 (4) beschriebene Test (Abb. 2.5).

Tab. 2.5 Spezialgriffe

Ergußprüfung	
Meniskuszeichen:	federnde Streckhemmung *Steinmann* I *Steinmann* II *Payr*sches Zeichen *Bragard*sches Zeichen *McMurray*-Test *Apley*-Test (Grinding)
Bandzeichen:	Abduktionsschmerz Adduktionsschmerz *Apley*-Test (Distraction) seitliche Aufklappbarkeit (innen, außen) vordere Schublade hintere Schublade Rotationsschublade
Chondropathie:	*Zohlen*sches Zeichen
frische Verletzungen:	Puls der A. poplitea und Unterschenkelarterien

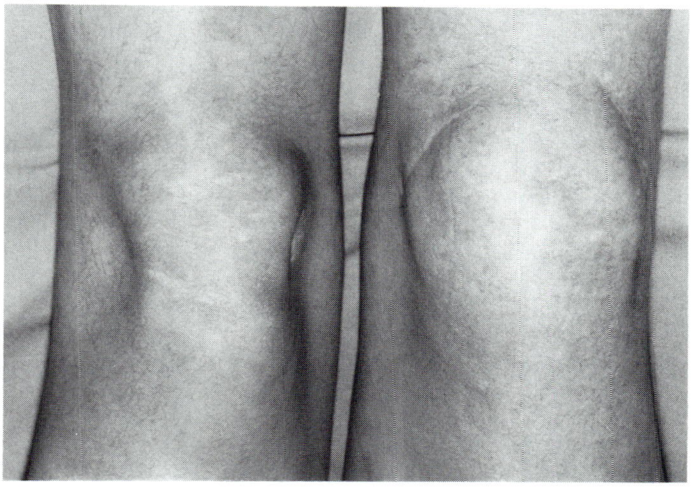

Abb. 2.3 Kniegelenkserguß links nach Bagatelltrauma (Zustand nach mehrfacher Knieoperation)

Hierzu befindet sich der Patient in Bauchlage. In Rechtwinkelstellung faßt man unter starkem Druck (»grinding test«) den Fuß und rotiert nach innen und außen. Ein lokaler Schmerz spricht für eine Meniskusläsion. Treten Schmerzen bei demselben Test unter Zug nach oben auf (»distraction test«), liegt mit großer Sicherheit ein Kapsel-Bandschaden vor.

Andere Zeichen der akuten Kapsel-Bandverletzung sind der provozierte Abduktionsschmerz oder Adduktionsschmerz. Chronische Bandschäden werden durch die Stabilitätsprüfung erkannt. Der Abduktions- bzw. Adduktionstest in Streckung und Beugung (seitliche

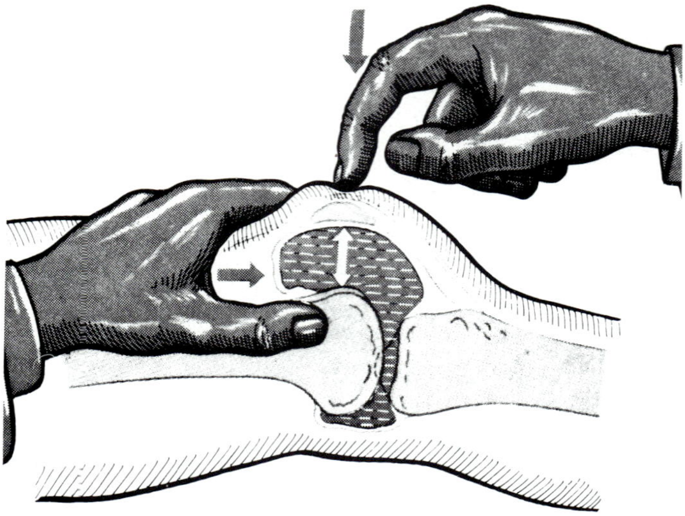

Abb. 2.4 Palpation des Kniegelenksergusses

Aufklappbarkeit), die Prüfung der vorderen und hinteren Schublade und weitere Handgriffe zur Feststellung komplexer Bandinstabilitäten werden in Kap. 5 ausführlich beschrieben. Als einziges Beispiel wird hier das vordere Schubladenphänomen dargestellt (Abb. 2.6). Das Kniegelenk wird in 90°-Stellung gebeugt. Der Untersucher sitzt auf dem Vorfuß und fixiert ihn. Mit beiden Händen wird dann der Tibiakopf gefaßt und nach vorn gezogen. Dieses Manöver wird auch in 60°-Beugestellung und neben der Neutralstellung auch in Außen- und Innenrotation durchgeführt. Dadurch ist es möglich, die Instabilität des vorderen Kreuzbandes und des hinteren Schrägbandes und z.T. der seitlichen Strukturen zu erfassen.

Als zuverlässigstes Zeichen der Chondropathia patellae gilt das *Zohlen*sche Zeichen. Die Patella wird nach unten und hinten gedrückt und der Patient aufgefordert, das gestreckte Bein von der Unterlage abzuheben. Ein so provozierbarer Schmerz weist auf den retropatellaren Knorpelschaden hin.

Vor allem bei frischen Verletzungen gehört die Überprüfung der peripheren Durchblutung zur Standarduntersuchung. Immerhin treten in knapp 30% aller Kniegelenksluxationen zusätzlich Intimaverletzungen der A. poplitea auf.

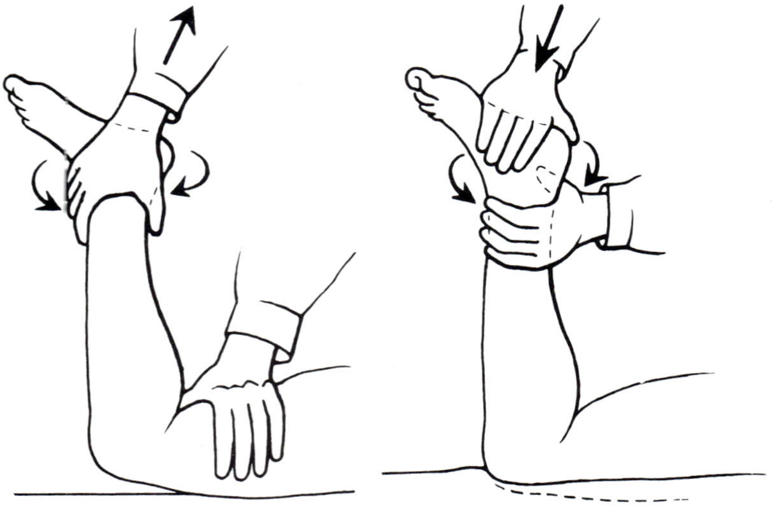

Abb. 2.5 Test nach *Apley*

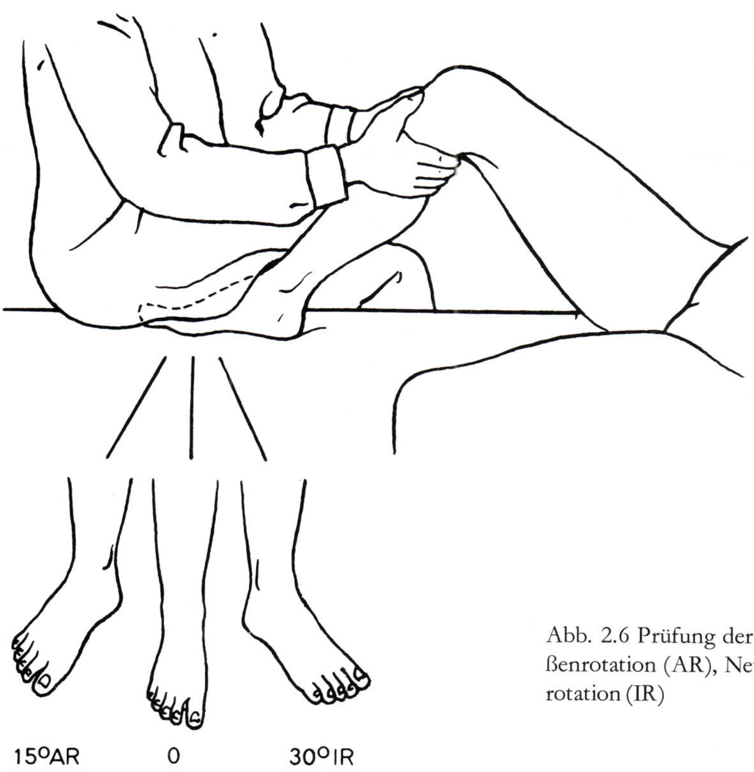

Abb. 2.6 Prüfung der vorderen Schublade in 15° Außenrotation (AR), Neutralstellung (0) und 30° Innenrotation (IR)

Zu jeder vollständigen Kniegelenksuntersuchung gehört die Umfangsmessung am Oberschenkel 20 cm oberhalb des Kniegelenkspaltes, in der Kniegelenksmitte und am Unterschenkel (größter Wadenumfang). Außerdem sollte die Beinlänge im Seitenvergleich ermittelt werden.

Die Kniegelenksuntersuchung wird mit einer Prüfung der motorischen und sensiblen Nervenfunktionen abgeschlossen.

Die Punktion des dicken Kniegelenks

Das häufigste Symptom, mit dem der Erstuntersucher konfrontiert wird, stellt wohl das »dicke Knie« dar. Für die differentialdiagnostischen Überlegungen zur Umfangsvermehrung des Kniegelenkes empfiehlt es sich, *Erguß, Kapselschwellung, extraartikuläre Schwellung* und umschriebene *Gelenkauftreibung* zu unterscheiden (Tab. 2.6).

Der Erguß wird durch den Nachweis einer »tanzenden Patella« (Abb. 2.3) gesichert. Die Punktion des Ergusses dient nicht nur als diagnostisches Hilfsmittel. Sie ist zugleich symptomatische Therapie, da die den Knorpel schädigende Flüssigkeit aus dem Kniegelenk entfernt wird.

Tab.2.6 Umfangsvermehrung des Kniegelenkes

- Erguß: transsudativ, exsudativ, blutig
- Kapselschwellung: akut, chronisch
- extraartikuläre Schwellung: „Weichteilrheumatismus"
- umschriebene Auftreibung: Osteophyten, Meniskusganglion, ***Baker***-Zyste, Knochentumoren

Die *Indikation* für eine Punktion des Ergusses muß, da es sich um einen intraartikulären Eingriff handelt, streng gestellt werden. Als absolute Indikation gelten:

1. Frische Ergüsse mit starker Anschwellung des Gelenkes, da bis zur Resorption eines ausgedehnten Ergusses bereits eine irreversible Schädigung des Knorpels eingesetzt haben kann
2. Blutige Gelenkergüsse nach Traumen, wenn nicht eine sofortige Operation erfolgt
3. Infektiöse Ergüsse

Relative Indikationen ergeben sich für die diagnostische Ergußpunktion und für rezidivierende Ergüsse nach unzureichendem konservativem Behandlungserfolg.

Eine Punktion ist kontraindiziert, wenn die Haut an der oder um die Punktionsstelle entzündlich verändert oder verletzt ist.

Das Kniegelenk läßt sich am besten von dem oberen Rezessus aus punktieren (Abb. 2.7). Der Arzt muß dazu sterile Handschuhe, einen sterilen Mantel, Kopfhaube und Mundschutz tragen. Das Kniegelenk wird mit einer alkoholhaltigen Lösung entfettet, dreimal zirkulär desinfiziert und steril abgedeckt. Anschließend wird die Einstichstelle durch ein Lokalanästhetikum betäubt, am besten eine kleine Stichinzision gesetzt und eine genügend dicke Kanüle eingeführt (Abb. 2.8). Blutkoagel und Eiter lassen sich nämlich nur durch dicke Kanülen aspirieren. Bei liegender Nadel kann dann der Rezessus ausgedrückt und so das Kniegelenk weitgehend entleert werden. Nach der Punktion wird die Punktionsstelle steril verbunden und ein Kompressionsverband angelegt, um ein Nachlaufen des Ergusses zu verhindern. Dabei soll die Kniescheibe ausgespart werden.

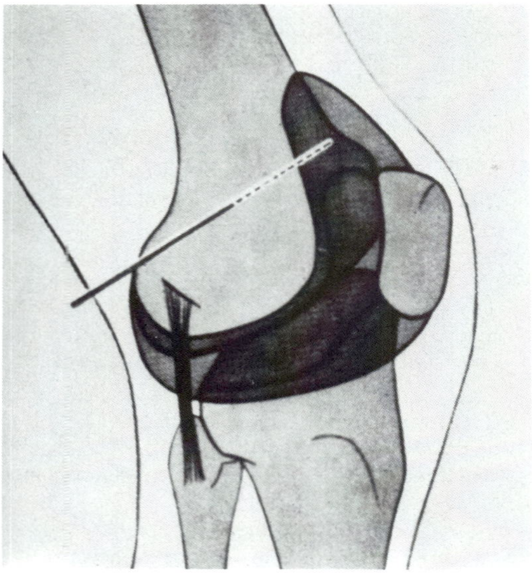

Abb. 2.7 Schema der Kniegelenkspunktion

Die *Beurteilung des Punktates* führt – zusammen mit der Anamnese, der klinischen Beurteilung und Röntgendiagnostik – in der Regel zu einer Charakterisierung des zugrundeliegenden Krankheitsbildes. Normale Synovialflüssigkeit erscheint klar und farblos. Bei Arthrosen wird sie bernsteinfarben, bei Arthritiden trüb und grau. Ein hämorrhagischer Erguß ist rot, später xanthochrom. Trübungen kommen durch die im Erguß vorhandenen Zellen zustande; die stärkste Trübung entsteht bei der eitrigen Arthritis.

Ein weiterer Parameter, entzündliche von nicht entzündlichen Ergüssen zu unterscheiden, ist die Prüfung der Viskosität. Bei normaler Viskosität läßt sich ein Tropfen Synovialflüssigkeit bis zu etwa 3 cm in die Länge ziehen. Bei entzündlichen Exsudaten reißt der Faden früher ab oder kommt überhaupt nicht zustande.

Auch die Mucinausfällprobe erlaubt eine Differenzierung zwischen entzündlichem und nicht entzündlichem Erguß. Man gibt Ergußflüssigkeit in eine 1%ige Essigsäurelösung und beurteilt die Qualität des Niederschlages. Normalerweise bildet sich ein kompakter Klumpen, bei Entzündungen entsteht ein flockiges Präzipitat (Abb. 2.9).

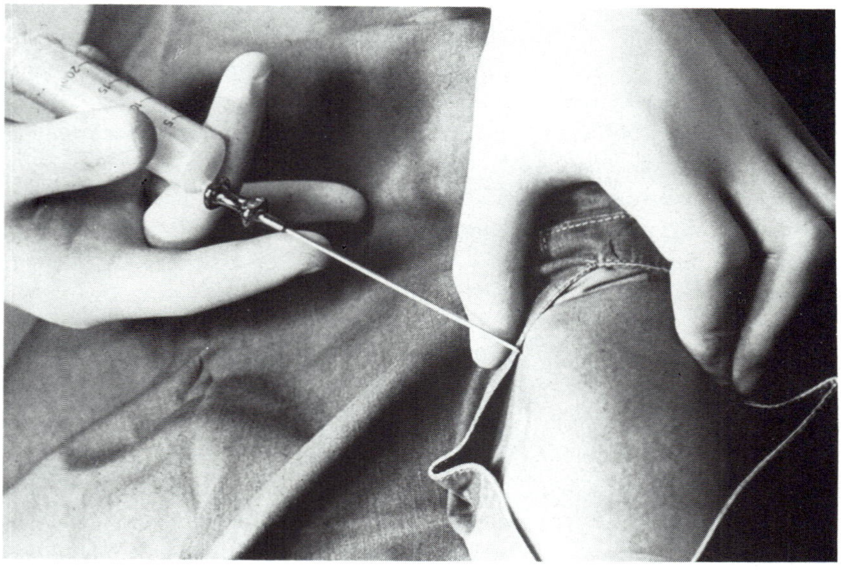

Abb. 2.8 Praxis der Kniegelenkspunktion

Die Anzahl der Leukozyten im Exsudat korreliert direkt mit dem Ausmaß der Entzündung. Bei Arthrosen finden wir unter 1000 Zellen je mm^3, ein entzündlicher rheumatischer Erguß enthält bis zu 20 000 Zellen je mm^3, eine eitrige Arthritis erreicht Werte von 200 000 Zellen je mm^3. Bei Entzündungen überwiegen die Granulozyten, während Lymphozyten auf einen Reizerguß oder eine chronische Gelenkaffektion hinweisen. Ergibt sich der Verdacht auf eine bakterielle Infektion, wird man versuchen, die Erreger anzuzüchten, sie zu differenzieren und ihre Sensibilität gegenüber Antibiotika zu testen.

Der Kristallnachweis in der Gelenkflüssigkeit ist vor allem für die Diagnose der Gicht und der Chondrokalzinose wichtig. Bei der Gicht liegen typischerweise Uratkristalle als nadelförmige Stäbchen frei im Exsudat oder phagozytiert in Granulozyten vor. Im polarisierten Licht sind sie negativ lichtbrechend. Hingegen sind die Kalziumpyrophosphatkristalle bei der Chondrokalzinose positiv lichtbrechend und scharfeckiglänglich.

In Tab. 2.7 sind die wichtigsten Punktatbefunde, die ohne Schwierigkeiten auch im »kleinen« Labor erhoben werden können, noch einmal zusammengestellt. Darüber hinausgehende Untersuchungen, wie Enzymbestimmungen, Elektrophorese und Nachweis von Immunkomplexen bleiben Speziallaboratorien vorbehalten.

Abb. 2.9 Mucin-Ausfällprobe
a) flockiges Mucin-Gerinnsel bei Entzündungen
b) kompaktes Mucin-Gerinnsel am Boden und klarer Überstand bei normalem Gelenkpunktat

Tab. 2.7 Die wichtigsten Punktatbefunde

Diagnose	Farbe	Trübung	Viskosität	Verklumpung mit Essigsäure	Leukozyten (µl)	Lymphozyten (%)	Erythrozyten	Kristalle	Bakterien
Normalwerte	farblos bis strohgelb		hoch	gut	~ 200	~ 75	Ø	Ø	Ø
Trauma	blutig xanthochrom	(+)	hoch	gut	< 10000	~ 50	+	Ø	Ø
Reizerguß bei Arthrose	bernsteinfarben		hoch	gut	< 2000	~ 75	Ø	Ø	Ø
Chronische Polyarthritis	gelb-grün	(+) flockig	$\downarrow$	$\downarrow$	~ 1000	< 25	Ø	Ø	Ø
Septische Arthritis	graucreme	+	$\downarrow$	$\downarrow$	> 20000	< 25	±	Ø	+
Gicht	milchig oder gelb	+	$\downarrow$	$\downarrow$	> 5000	< 25	Ø	+	Ø
Chondrokalzinose	milchig oder gelb	(+)	$\downarrow$	$\downarrow$	> 1000	< 50	Ø	+	Ø

Hauptursache der *chronischen Gelenkergüsse* ist die Gonarthrose. Die Ergußbildung ist dabei als prognostisch ungünstig zu werten, da die Aktivierung der Synovialis zur schnelleren Destruktion des Gelenkes führt. Die zweithäufigste Ursache sind die rheumatischen Erkrankungen des Kniegelenkes. Ihre Diagnose ist einfach, wenn ein typischer polyartikulärer Befall mit den klassischen Entzündungszeichen vorliegt. »Fallgru-

Tab. 2.8 Ursachen chronischer Gelenkergüsse

Häufig	Selten
Arthrosen	Gicht
Chron. Polyarthritis	Kollagenkrankheit
Spondylitis ankylopoetica	Colitis ulcerosa
Morbus Reiter	Sarkoidose
Chondrokalzinose	Hämophilie
Psoriasisarthritis	Neuropath. Arthropathie
Septische Arthritis	

Tab. 2.9 Differentialdiagnose der Monarthritis

Anamnese und lokale Diagnostik:

Klinische Untersuchung
Röntgen
Punktanalyse
eventuell Synoviabiopsie

Allgemeine Entzündungsaktivität:

Blutsenkungsgeschwindgkeit
weißes Blutbild
Elektrophorese

Spezielle serologische Diagnostik:

Rheumafaktor
antinukleäre Faktoren
Streptokokken-Antikörper
HL-A
(Komplement)

benc sind die symptomarmen monoartikulären Verläufe, wie sie immerhin bei etwa 15% der chronischen Polyarthritiden und 20% der Spondylitis ankylopoetica auftreten (1, 12). Auch können andere Erkrankungen isolierte chronische Kniegelenksergüsse hervorrufen (Tab. 2.8). Besteht der Verdacht auf eine Monarthritis, empfiehlt es sich, die in Tab. 2.9 angeführten Laboruntersuchungen zu veranlassen (Näheres in Kap. 10).

Ein »dickes Knie« kommt nicht nur durch intraartikuläre Krankheitsprozesse zustande, sondern kann auch Ausdruck eines *extraartikulär* liegenden Krankheitsgeschehens sein. In der unmittelbaren Umgebung des Kniegelenkes liegen eine Vielzahl von Sehnenansätzen und Schleimbeuteln, die Tendoperiostosen, Tendovaginitiden und Bursitiden entwickeln können (Abb. 2.10). Diese Erkrankungen werden der großen Gruppe des »Weichteilrheumatismus« zugerechnet. Sie treten einmal im Rahmen der klassischen rheumatischen Erkrankung auf oder entstehen als Folge von stumpfen Traumen oder wiederholten Mikrotraumen und als Reaktion auf chronisch vermehrte Reibung oder Zug- bzw. Druckbelastung der bindegewebigen Strukturen.

Als Beispiel sei die Bursitis praepatellaris genannt, die auch als »Putzfrauenknie« oder »Plattenlegerknie« bekannt ist. Der geschwollene Schleimbeutel läßt sich als deutliche Vorwölbung auf der Kniescheibe erkennen und ist bei der Palpation auf der Patella verschieblich (Abb. 2.11). Die Kniegelenkskonturen sind dabei nicht verstrichen.

Mit lokalem Druckschmerz und schmerzhafter Bewegungseinschränkung geht die Apexitis

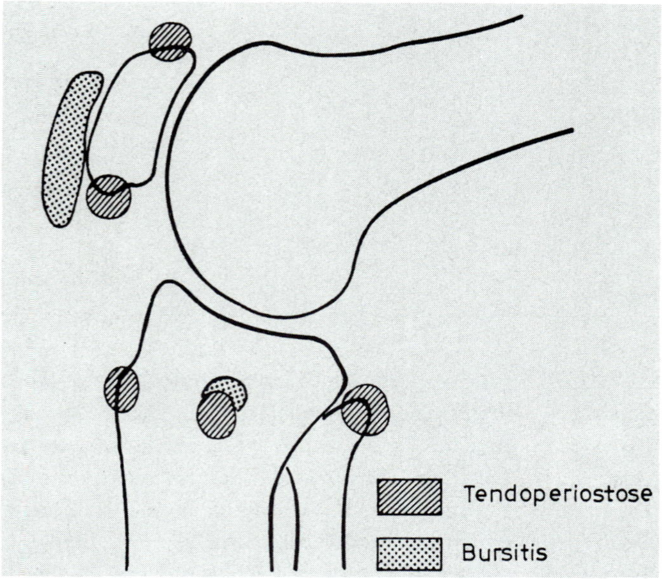

Abb. 2.10 Tendoperiostose – Bursitiden am Kniegelenk

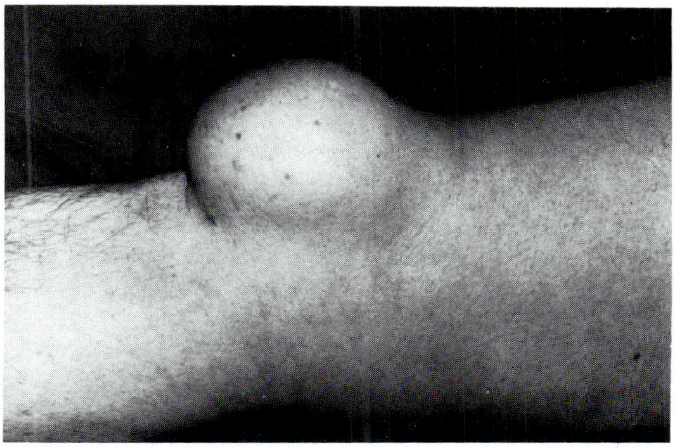

Abb. 2.11 Chronische Bursitis praepatellaris

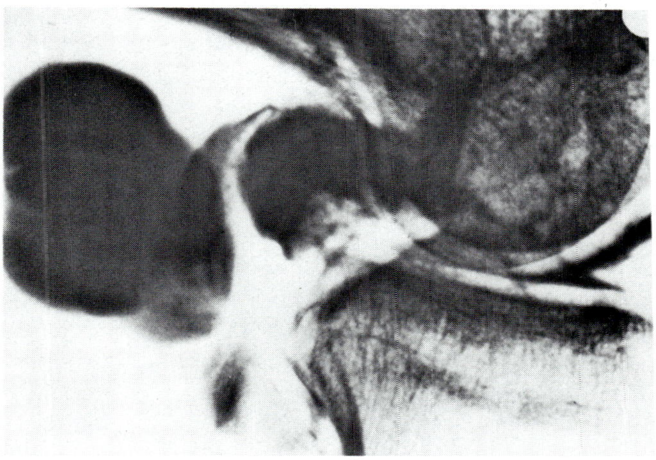

Abb. 2.12 Arthrographischer Nachweis einer *Baker*-Zyste

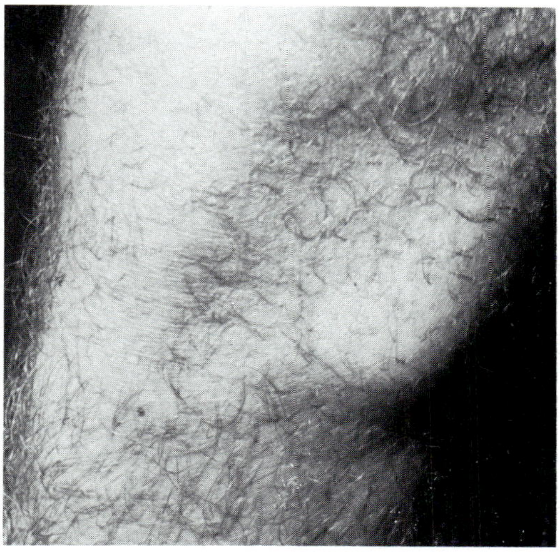

Abb. 2.13 Meniskus-Ganglion

patellae einher, die als Insertionstendinose aufzufassen ist. Reizzustände an der Innenseite des Tibiakopfes können durch eine Bursitis oder eine Tendoperiostose des Pes anserinus hervorgerufen sein.

Auch am Fibulaköpfchen ist eine Tendoperiostose der Sehne des Musculus biceps femoris möglich.

Die Therapie besteht in der Schmerzausschaltung durch die Injektion von Lokalanästhetika oder in der Kortikosteroidinfiltration der Insertionsstelle und des Sehnengleitgewebes. Kortikosteroide dürfen aber nur exakt dosiert und in beschränktem Maß angewendet werden. Versagt die konservative Therapie, kommen operative Verfahren, wie die Ablösung der Sehnenansätze und die Schleimbeutelentfernung, in Betracht.

Treten prallelastische Vorwölbungen mit wechselndem Füllungsgrad in der *Kniekehle* auf, wird man die Diagnose einer *Baker*-Zyste stellen (Abb. 2.12). Es handelt sich um eine Ausbuchtung des Synovialsackes an einem Schwachpunkt der Kapsel, der Bursa des Musculus popliteus oder Musculus semimembranosus. Differentialdiagnostisch ist an ein Lipom oder ein Aneurysma der Arteria poplitea zu denken.

Meniskusganglien sind Ausdruck einer mucoiden Veränderung des Meniskus in der Degenerationszone des Hinterhornes. Sie imponieren dementsprechend als lokalisierte Vorwölbung in Höhe des Gelenkspaltes praktisch immer auf der lateralen Gelenkseite (Abb. 2.13).

Kartilaginäre Exostosen und große Osteophyten bei der Gonarthrose sind eine weitere Ursache von *Gelenkauftreibungen*. Der Tastbefund von harten und zum Teil bizarr geformten Vorsprüngen und Röntgenaufnahmen sichern die Diagnose.

Besondere Sorgfalt ist bei der Abklärung von schnell zunehmenden Auftreibungen und »derben Schwellungen« geboten, vor allem wenn sie nicht mit Schmerzen verbunden sind, nur einen Teil der Kapsel betreffen und mit einer geringen Funktionseinschränkung des Kniegelenkes einhergehen. Hier muß im Erwachsenenalter ein Osteo-, Fibro- oder Liposarkom oder auch ein malignes Synovialom ausgeschlossen werden. Zwar machen die bösartigen Knochen- und Weichteiltumoren nur etwa 1% aller Malignome aus, sie zwingen aber zum raschen operativen Handeln.

Röntgenuntersuchung

Die Röntgenuntersuchung steht bei der Abklärung von Verletzungen und Erkrankungen des Kniegelenks an zentraler Stelle. Viele Binnenläsionen können allerdings nicht mit den üblichen Standardaufnahmen erkannt werden, da sie meist nicht das knöcherne Skelett betreffen. Deshalb müssen häufiger als bei anderen Gelenken Spezialmethoden herangezogen werden. Allgemein gilt:

1. Es ist stets im Vergleich zur Gegenseite zu röntgen
2. Die funktionelle Einheit des Beines ist zu berücksichtigen. Hüftgelenk und Sprunggelenk müssen daher ggf. mitgeröntgt werden
3 Zunächst werden Übersichtsaufnahmen angefertigt, denen gezielte Detailuntersuchungen folgen.

Einen Überblick über die häufigsten Röntgeneinstellungen und die Reihenfolge der Untersuchungen gibt Tab. 10. Auf technische Einzelheiten wird dabei im folgenden nicht eingegangen.

Für eine allgemeine Orientierung sind die drei Standardaufnahmen unerläßlich.

Tab. 2.10 Röntgenuntersuchung

Standardaufnahmen (stets im Seitenvergleich)
Gelenk anterior-posterior
Gelenk seitlich
Patella distal-proximal
Spezialaufnahmen
Défilé-Aufnahmen der Patella
Tunnel-Aufnahmen (interkondylär)
gehaltene Aufnahmen
Schichtaufnahmen
Arthrographie

Übersichtsaufnahmen in anterior-posteriorem und seitlichem Strahlengang (Abb. 2.14) zeigen angeborene Formabweichungen, Knochenanomalien, konstitutionelle Erkrankungen wie Gicht und Hämophilie, degenerative Prozesse, knöcherne Verletzungen, freie Gelenkkörper, entzündliche Veränderungen und Tumoren. Zur Beurteilung der Achsenverhältnisse (Varus-Valgus-Fehlstellung) sind Aufnahmen mit einem Format von 15 × 40 cm notwendig.

Weichteilläsionen lassen sich z. T. indirekt erschließen. Zum Beispiel verweist der knöcherne Ausriß der Eminentia intercondylica auf eine Kreuzbandläsion. Der *Stieda-Pellegrini*-Schatten, eine sichelförmige Verkalkung am oberen Rand des tibialen Epicondylus femoris zeigt die veraltete Bandruptur des medialen Seitenbandes an.

Eine knöcherne Ausziehung an der Tibiakante, das sog. *Rauber*sche Zeichen, läßt auf einen lädierten Meniskus schließen. In der seitlichen Aufnahme werden intraartikuläre Ergüsse als Verschattungen vor allem im Recessus suprapatellaris sichtbar.

Um auch die Patella bzw. das Femoropatellar-Gelenk genau studieren zu können, ist mindestens eine distal-proximale Darstellung der Patella notwendig. Besser sind die sogenannten *Défilé-Aufnahmen* der Patella (Abb. 2.15). Sie geben Aufschluß über die Form der Patella nach *Wiberg-Baumgartl,* über eine evtl. Subluxationsstellung und über diskrete Strukturveränderungen wie subchondrale Sklerosen als Zeichen eines retropatellaren Knorpelschadens.

Die interkondyläre *Tunnelaufnahme* nach *Frik* (Abb. 2.16) hat große Bedeutung für die Beurteilung der Fossa intercondylica. Hinter unklaren Kniegelenksbeschwerden verbirgt sich vor allem bei Jugendlichen nicht selten die Osteochondro-

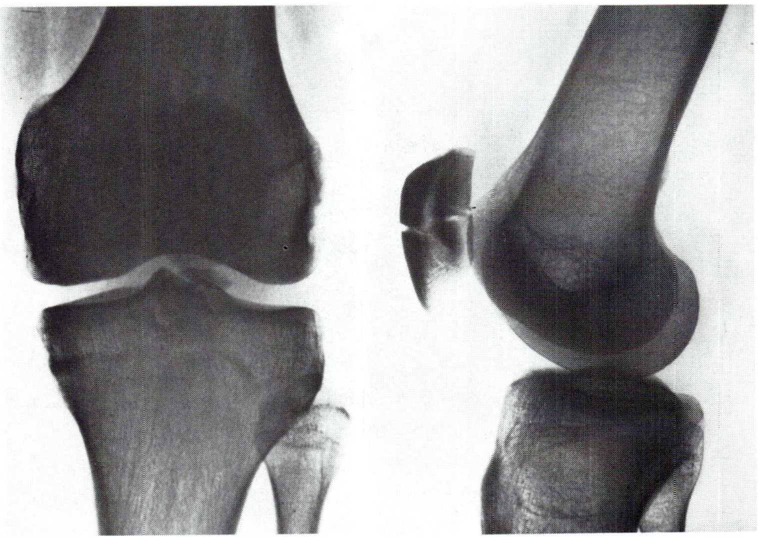

Abb. 2.14 anterior-posteriore (a) und seitliche Kniegelenksaufnahme (b)
a) freier Gelenkkörper
b) Patellafraktur

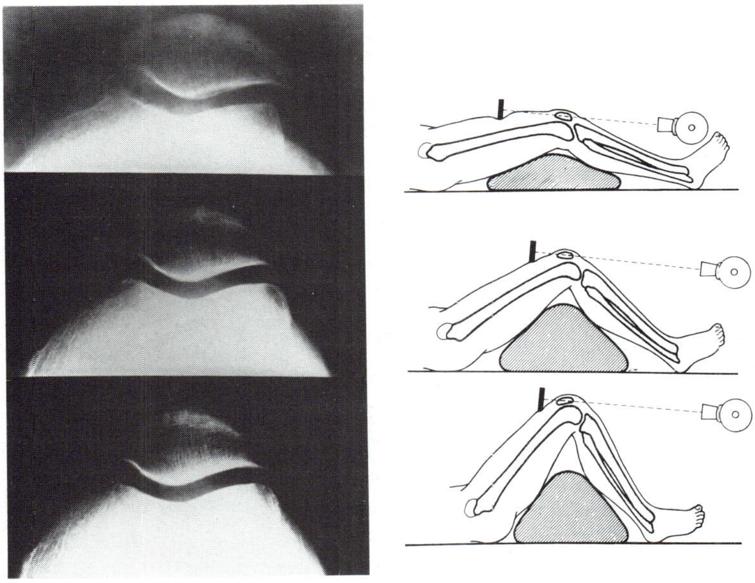

Abb. 2.15 Défilé-Aufnahmen der Patella bei 30°-, 60°- und 90°-Beugung des Kniegelenkes

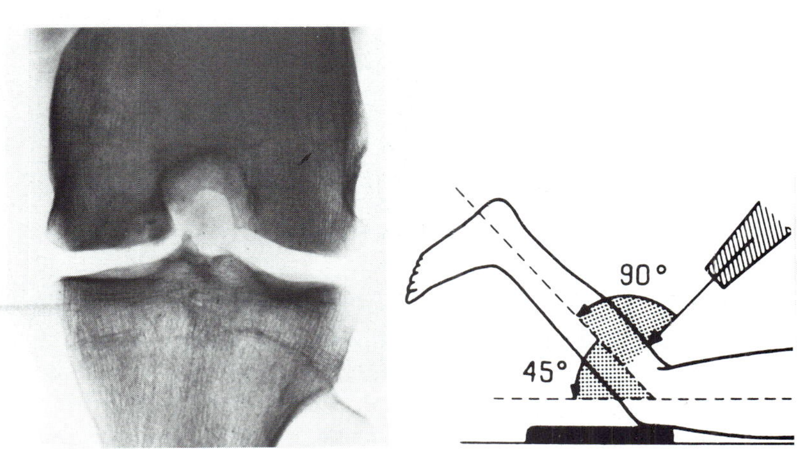

Abb. 2.16 Interkondyläre Tunnelaufnahme nach *Frik*
a) Osteochondrosis dissecans des medialen Femurkondylus
b) Schema

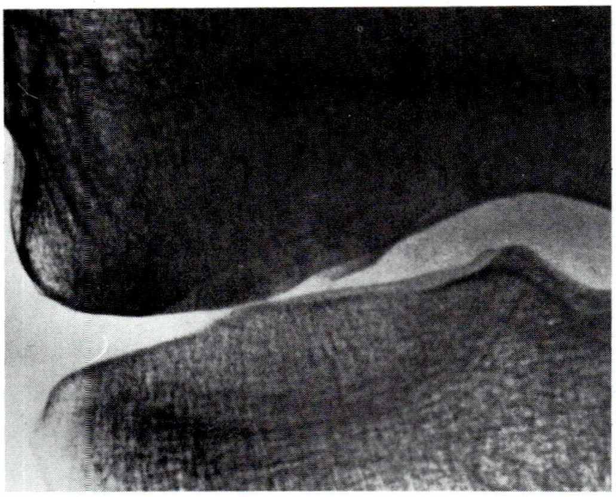

Abb. 2.17 Direkte Röntgenvergrößerungstechnik: Osteochondrosis dissecans des medialen Femurkondylus

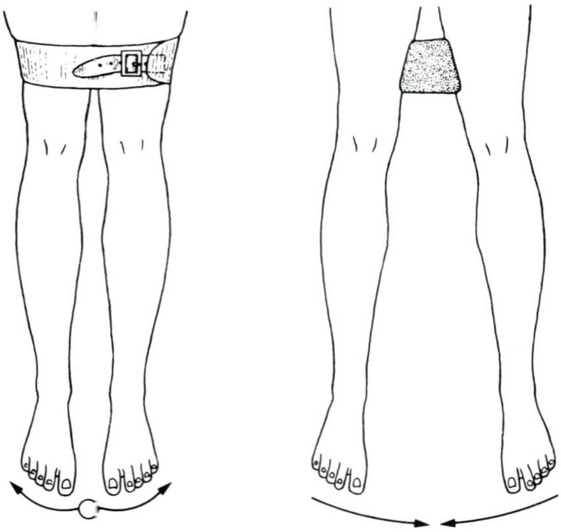

Abb. 2.18 Technik der gehaltenen Aufnahme zur Prüfung der Stabilität des lateralen (Bildhälfte links) und des medialen (Bildhälfte rechts) Seitenbandes

sis dissecans, die nur mit dieser Technik sicher beurteilt werden kann. Die Osteochondrosis dissecans stellt sich röntgenologisch zunächst als umschriebene subchondrale Rarefizierung dar, später imponiert ein unregelmäßig verdichtetes Knochenstück mit einem Skleroserandwall. In jüngerer Zeit wurde für die Diagnostik der Osteochondrosis dissecans auf den Wert der direkten Röntgenvergrößerungstechnik hingewiesen. Dabei werden mit der Mikrofokusröhre und unter Verwendung feinzeichnender Filmfolienkombinationen Vergrößerungen im Maßstab 1:4 von dem erkrankten Bezirk angefertigt (Abb. 2.17). Gegenüber der Übersichtsaufnahme kann hier z. B. die postoperative knöcherne Einheilung eines Dissekates besser verifiziert werden.

Gehaltene Aufnahmen dienen zur Dokumentation von Kapsel-Bandläsionen. Sie werden je nach Erfordernis in Abduktion oder Adduktion (Abb. 2.18), in 30° Beugung oder Streckstellung und in vorderer und hinterer Schubladenstellung angefertigt.

Die Indikation zur Operation soll von diesen Aufnahmen jedoch nicht abgeleitet werden (13).

Schichtaufnahmen helfen z. B. bei Tibiafrakturen, das volle Ausmaß der Zerstörung des Tibiaplateaus zu erfassen (Abb. 2.19). Sie erleichtern so die präoperative und intraoperative taktische Planung. Seltene Indikationen sind die genaue Lokalisierung von tumorösen oder entzündlichen Knochenherden.

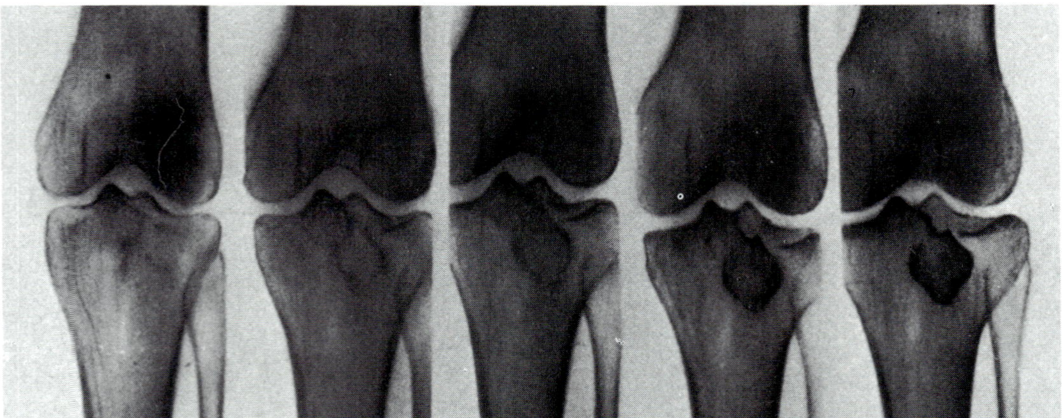

Abb. 2.19 Schichtaufnahmen einer monokondylären Impressionsfraktur der Tibia lateral. Nur so kommen Ausmaß und Tiefe des Imprimates richtig zur Darstellung

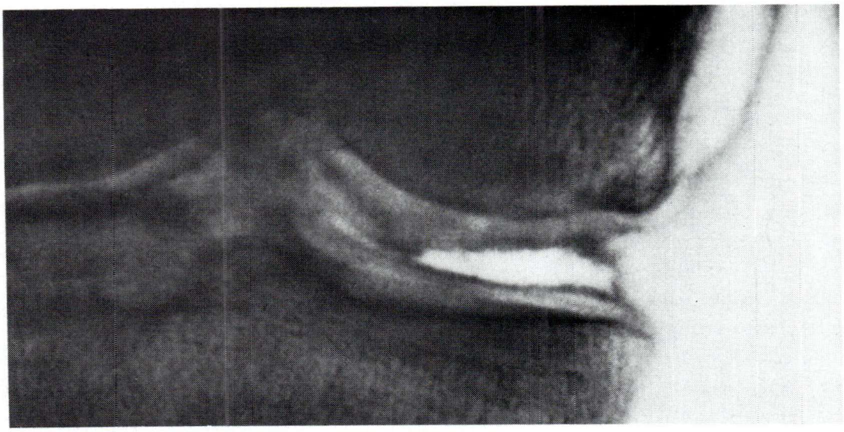

Abb. 2.20 Ruptur des medialen Meniskus im Arthrogramm

Arthrographie

Die Doppelkontrast-Arthrographie ist z. Z. wohl die gebräuchlichste Art, Meniskusläsionen nachzuweisen (16), sofern nicht die Arthroskopie bevorzugt wird. Daneben wird die Arthrographie auch zum Nachweis von Kniegelenkszysten und zur Darstellung von Knorpelschäden im femoro-patellaren Gelenk empfohlen.

Zur Doppelkontrast-Arthrographie werden Luft und flüssiges, wasserlösliches, z. B. dijodiertes oder trijodiertes Kontrastmittel verwendet. Unter sterilen Kautelen wird von lateral oben eine Nadel in das Kniegelenk eingeführt. Durch diese injiziert man etwa 40 ml Luft und 2–4 ml Kontrastmittel. Anschließend bewegt man das Gelenk durch, damit sich die Binnenorgane mit einem dünnen Film des Kontrastmittels überziehen. Als Röntgenröhre wird eine Feinstfokusröhre verwendet. Die Aufnahmen fertigt man unter Durchleuchtung an. Der Meniskus kommt am besten zur Darstellung, wenn er mit seiner Längsachse tangential zur Strahlenrichtung liegt. Zur vollständigen Erfassung des Meniskus ist eine Serie von Aufnahmen in 8–10 verschiedenen Positionen notwendig. Die Seriographie der Menisken soll durch eine seitliche Übersichtsaufnahme des ganzen Gelenkes ergänzt werden, in der der obere Rezessus, die Schleimbeutel und der Fettkörper im Gelenk dargestellt werden. Zum vollständigen Status gehört auch die axiale Aufnahme der Patella.

Abb. 2.20 zeigt als Beispiel die Ruptur eines medialen Meniskus.

Die falsch positiven bzw. falsch negativen Befunde bei der Arthrographie werden zwischen 5 und 25% angegeben (16). Sie hängen wesentlich von der technischen Ausführung der Arthrographie und der Erfahrung der Untersucher ab. Die unklaren Befunde, die auf die Grenzen der diagnostischen Leistungsfähigkeit zurückgeführt werden können (z. B. Meniskusquerrisse) liegen weit in der Minderzahl.

Ernste Komplikationen der Arthrographie wie allergische Reaktionen werden ganz selten angegeben (16). Ab und zu treten Reizergüsse auf, vor allem bei Patienten, die schon vorher rezidivierende Gelenkergüsse hatten. Die Strahlenbelastung des Patienten ist gering, die des Untersuchers zu vernachlässigen, sofern Bleischürze und Bleihandschuhe getragen werden.

Arthroskopie

Die Arthroskopie hat sich zu einem unverzichtbaren Zusatzdiagnostikum bei Kniebinnenschäden entwickelt, denn sie allein erlaubt eine direkte Betrachtung der intraartikulären Struktur. Die diagnostische Treffsicherheit für pathologische Prozesse im Gelenkraum kann dadurch auf über 95% erhöht werden. Allerdings erfordert die Arthroskopie als operativer Eingriff eine strenge Indikationsstellung, die Beachtung steriler Kautelen bei der Untersuchung und einen geübten Untersucher.

Da diese Untersuchungstechnik bisher größeren Kliniken vorbehalten ist, werden zur Verdeutlichung des Stellenwertes Instrumentarium und Technik, typische arthroskopische Befunde, Indikationen, Morbidität und Komplikationen ausführlicher dargestellt.

Die technischen Grundlagen für die Betrachtung von menschlichen Körperhöhlen wurden in der zweiten Hälfte des 19. Jahrhunderts gelegt. Die Erfindung des weißglühenden Platindrahtes und später der Kohlefadenglühlampe durch *Edison* machte es möglich, Licht direkt in den Körper zu bringen. *Max Nitze* stellte 1879 das erste praktikable Zystoskop vor; *Mikulicz* spiegelte 1881 den Magen, *Jacobäus* entwarf ein Instrument zur Inspektion der Bauchhöhle. 1918 führte *Takagi* erstmals ein Zystoskop in das Kniegelenk ein. Er entwickelte 1920 ein spezielles Gerät für die Endoskopie des Kniegelenkes, das sich wegen der Unhandlichkeit, der schwachen Lichtquelle und des unzureichenden Linsensystems jedoch zunächst nicht durchsetzen konnte. Unabhängig von ihm publizierte der Schweizer Chirurg *Bircher* 1921 und 1922 erste Ergebnisse der Kniegelenksspiegelung mit dem Laparoskop nach *Jacobäus* (6, 9).

Der Aufschwung der Arthroskopie setzte erst nach 1945 ein, als das Kaltlicht als Lichtquelle die gefürchteten thermischen Schäden vergessen ließ, die Lichtqualität und Farbwiedergabe erheblich verbessert und das Instrumentarium den speziellen Anforderungen besser gerecht wurde. 1959 stellte *Watanabe* sein Arthroskop Nr. 21 vor, das für ein Jahrzehnt konkurrenzlos war und weltweit benutzt wurde. Heute steht eine Vielzahl von Arthroskopiesystemen zur Verfügung, die sich in ihrer technischen Grundkonzeption jedoch nicht wesentlich unterscheiden.

Instrumentarium

Das Instrumentarium zur Arthroskopie besteht im Prinzip aus einer Lichtquelle, einem Lichtkabel, einem Schaft, dem Schafteinsatz mit der Optik und verschiedenen Zusatzinstrumenten (Abb. 2.21).

Die Lichtquelle liefert Kaltlicht, das über ein Fiberglaskabel zum optischen System geleitet wird. Stablinsenoptiken ermöglichen die beste Bildübertragung. Als Standardoptik empfiehlt sich eine solche von 30 Grad. Daneben wird häufig eine O-Grad-Optik benutzt. Sie wird in den Trokarschaft eingesetzt, nachdem dieser mit Hilfe eines spitzen und stumpfen Obturators in das Gelenk eingeführt wurde. Der Schaft besitzt einen Zuleitungshahn für Flüssigkeit oder Gas zur Gelenkfüllung und einen Ableithahn. Arthroskope sind mit einem Durchmesser von 1,7 mm (»Needlescope«) bis 6 mm erhältlich.

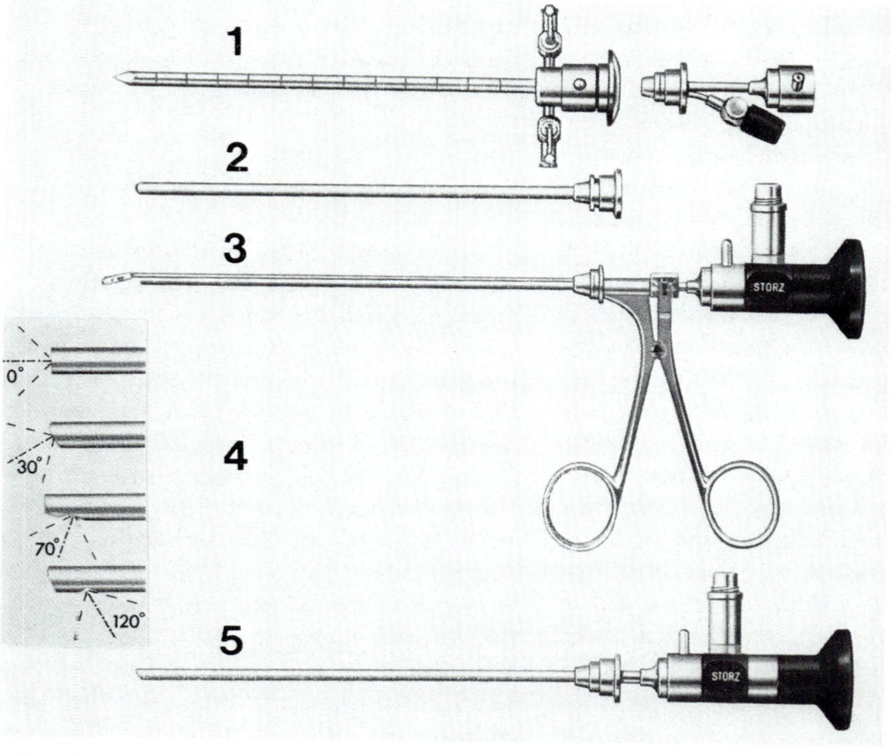

Abb. 2.21 Arthroskop-Instrumentarium (Fa. Storz, Tuttlingen). 1 Trokarschaft mit spitzem Obturator und Anschlußhähnen; 2 stumpfer Obturator; 3 Optik-Biopsiezangen-Kombination; 4 Optiken mit verschiedenen Blickwinkeln; 5 30-Grad-Vorausblick-Optik

Das wichtigste Zusatzinstrument ist eine Biopsiezange, die als Optik-Zangen-Kombination die Probebiopsie unter Sicht ermöglicht. Für transarthroskopische Operationen stehen spezielle Häkchen, Messer, Küretten, Scheren und Faßzangen zur Verfügung. Die Ausrüstung wird durch eine Endokamera mit 90-mm-Linse und mit Pilotlichtblitz zur Dokumentation der Befunde vervollständigt. Nützlich ist ein starres oder flexibles Doppelbetrachtungsgerät für einen zweiten Beobachter.

Technik der Kniegelenksarthroskopie

Die Arthroskopie ist wie eine aseptische Operation durchzuführen. Der Patient muß nach entsprechender Aufklärung hierzu schriftlich seine Einwilligung erteilen.

Die Arthroskopie ist ambulant und in Lokalanästhesie möglich, wenn im Anschluß eine Kniegelenksoperation nicht wahrscheinlich ist oder wenn es sich um eine postoperative Nachkontrolle handelt.

In der Regel werden aber die Patienten zur Arthroskopie stationär aufgenommen. Eine Allgemeinnarkose oder Periduralanästhesie bietet den Vorteil, daß die Untersuchung in Blutleere und bei relaxierter Muskulatur vorgenommen werden kann, so daß unerwartete Bewegungen des Patienten mit der Gefahr einer Knorpelverletzung durch das starre Arthroskop ausgeschaltet sind. Außerdem kann eine Arthrotomie unmittelbar angeschlossen werden.

Die arthroskopische Untersuchung wird auf dem Operationstisch vorgenommen. Das Kniegelenk wird am Vortag enthaart oder am Untersuchungstag rasiert. Der Patient liegt in Rückenlage, das Gelenk am besten in Rechtwinkellage auf dem Beinhalter. Nach der Entfettung und dreimaliger Desinfektion erfolgt das sterile Abdecken von Ober- und Unterschenkel mit Tüchern und die Bedeckung des Kniegelenkes mit einer selbstklebenden Plastikfolie.

Drei Standardzugänge erlauben einen Überblick über Innen- und Außenmeniskus, die vorderen und mittleren Anteile des femorotibialen Gelenks einschließlich der Interkondylärregion, über zwei Drittel des vorderen Kreuzbandes, das femoropatellare Gelenk und die synoviale Auskleidung des Kniegelenkes (Abb. 2.22).

Von dem am häufigsten gewählten ventrolateralen Zugang knapp oberhalb der Gelenksspalthöhe im Dreieck zwischen Femurkondylus, lateralem Rand des Tibiaplateaus und lateralem Rand des Ligamentum patellae lassen sich alle Kniegelenksanteile gut überblicken. Gelingt dies nicht, wird von medial das laterale Kompartiment eingesehen. Durch eine laterale Inzision im oberen Rezessus oberhalb des Patellapols erfolgt die Beurteilung der Patellarückfläche und der Facies patellaris femoris.

Nach der Hautstichinzision wird zunächst der Trokarschaft mit dem spitzen Obturator in die Gelenkkapsel gestoßen und dann mit dem stumpfen Obturator durch die Synovia ins Gelenk geführt (Abb. 2.23).

Nach gesicherter intraartikulärer Lage muß das Gelenk aufgebläht werden, da erst das Auseinanderdrängen der Synovia den intraartikulären Überblick verschafft. Dieses Aufblähen kann mit Ringer-Lactat-Lösung oder mit CO_2-Gas erfolgen.

Wie bei jeder endoskopischen Untersuchung ist ein standardisiertes Absuchen der einzelnen Strukturen notwendig, um alle Veränderungen zu erfassen. Wichtige Befunde sollten fotodokumentiert werden. Zum Schluß der Untersuchung werden gezielt unter Sicht Synoviabiopsien entnommen. Danach entleert man die Flüssigkeit oder das Gas wieder aus dem Gelenk und verschließt die Hautinzisionen.

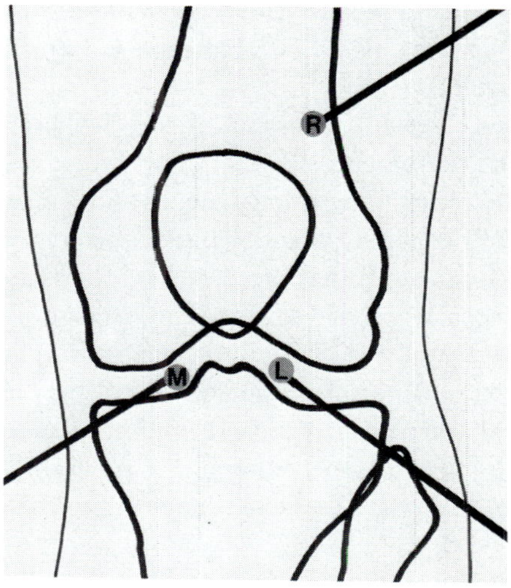

Abb. 2.22 Standardzugänge zum Kniegelenk, von vorne gesehen. M: medial; L: lateral; R: oberer Rezessus

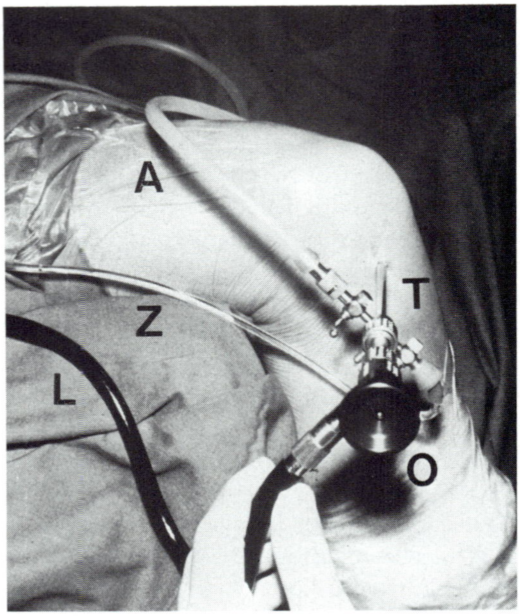

Abb. 2.23 Von medial in das Kniegelenk eingeführtes Arthroskop mit Lichtkabel (L), Optik (O), Trokar (T), Zuleitung (Z), und Ableitung (A)

Wurde nur die Arthroskopie und keine Arthrotomie durchgeführt, ist die Nachbehandlung einfach: Die Patienten können am Abend oder am folgenden Tag die Klinik wieder verlassen und sind arbeitsfähig, wenn sie nicht in einem Beruf mit großer Kniebelastung tätig sind.

Die Hautfäden sollten nach acht bis zehn Tagen entfernt werden. Dies bietet dem Untersucher die Möglichkeit zur klinischen Nachkontrolle. In Anbetracht der Seltenheit von Komplikationen ist diese einmalige Kontrolle ausreichend.

Welche diagnostischen Möglichkeiten die arthroskopische Betrachtung von Menisken, Knorpel, Gelenkschleimhaut und Kreuzband eröffnet, kann anhand der folgenden typischen Befunde vermittelt werden. Man halte sich dabei vor Augen, daß sich der Untersucher durch eine Vielzahl von Einstellungen eine räumliche Vorstellung verschafft und erst dann sein Urteil fällt. Mit den Schemata, die den intraartikulären Fotografien beigegeben sind, sollen die räumlichen Beziehungen andeutungsweise vermittelt werden.

Lateraler und medialer Meniskus werden mit dem Arthroskop vollständig überblickt. Der normale Meniskus zeigt eine homogene Oberfläche und einen scharf begrenzten Innenrand (Abb. 2.24). Bei den Meniskusverletzungen finden sich am häufigsten Quer- oder Längsrisse, die leicht zu erkennen sind. Auch ein eingeschlagener Korbhenkelriß kann praktisch nicht übersehen werden (Abb. 2.25). Auf ältere Verletzungen weisen oft multiple Einrisse hin (Abb. 2.26). Ist der Meniskus im Rahmen einer Gonarthrose degeneriert, zeigt er typischerweise ein Auffasern seines Randes mit Abrieb einzelner Anteile. Auch hier darf sich der Untersucher nicht mit der Feststellung der Läsion begnügen. Ihm fällt die Entscheidung zu, ob der Meniskus entfernt werden soll (weil z. B. eine zusätzliche Rißbildung vorliegt), oder ob er trotz massiver Degeneration als »Puffer« im Gelenk belassen werden muß.

Vor der Einführung der Arthroskopie stellte das Erkennen von Knorpelschäden eines der größten diagnostischen Probleme dar, was lange Zeit auch zu einer therapeutischen Vernachlässigung dieser wichtigen Krankheitsgruppe führte. Heute zeigt sich, daß Knorpelläsionen die häufigsten arthroskopischen Diagnosen sind.

Der größte Teil der Knorpelflächen des Kniegelenkes ist mit dem Arthroskop einsehbar. Der normale Knorpel hat eine spiegelnde Oberfläche und ist völlig glatt (Abb. 2.27).

Frische Knorpelverletzungen stellen sich als Kontusionen, scharf begrenzte Einrisse, Ausbrüche mit zackigen Defekten oder schuppenförmige Knorpelabhebungen dar. Abb. 2.28 zeigt eine sechs Wochen zurückliegende Knorpelverletzung an der Patellarückfläche bei einem jungen Fußballspieler mit uncharakteristischen Knieschmerzen.

Beginnende degenerative Veränderungen des Knorpels führen zu einer gelb-braunen Verfärbung der Oberfläche und zu einer Verminderung der Elastizität. Die Farbbeurteilung des Knorpels ist wegen der Abhängigkeit von der benutzten Lichtintensität so unzuverlässig, daß zur Diagnose einer Chondromalazie I. Grades die Palpation des Knorpels mit der Sonde gehört. Dieser federt vom normalen Knorpel elastisch zurück und versinkt im geschädigten Areal. Bei zunehmender Chondromalazie fasert der Knorpelbelag zottig auf (Abb. 2.29) oder weist tiefe Ulzera auf (Abb. 2.30). Diese Läsionen finden sich nicht nur an der Patellarückfläche, sondern auch im femoralen Gleitlager (Abb. 2.31) oder im femorotibialen Gelenk.

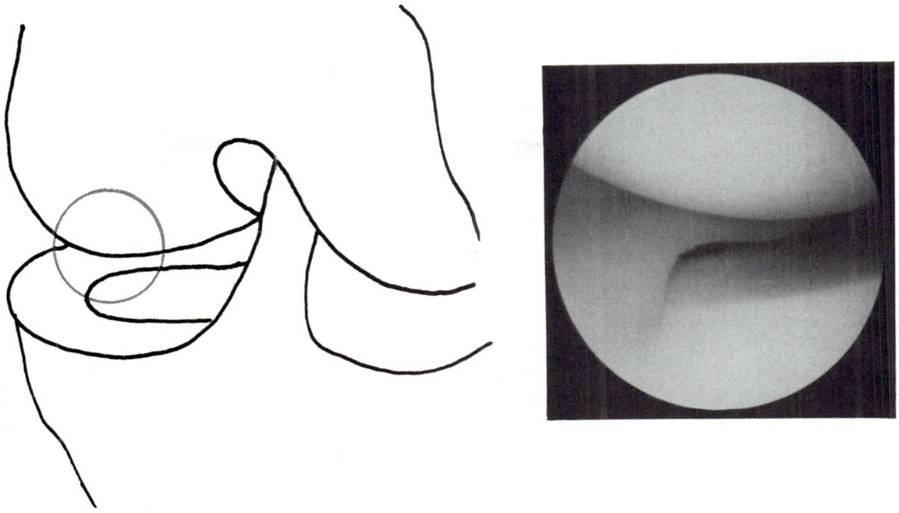

Abb. 2.24 Normaler medialer Meniskus

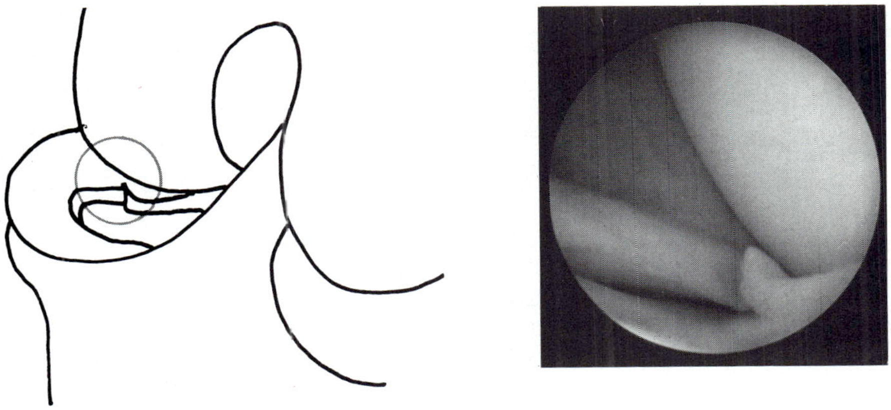

Abb. 2.25 Korbhenkelruptur des medialen Meniskus mit interkondylär eingeschlagenem Korbhenkel

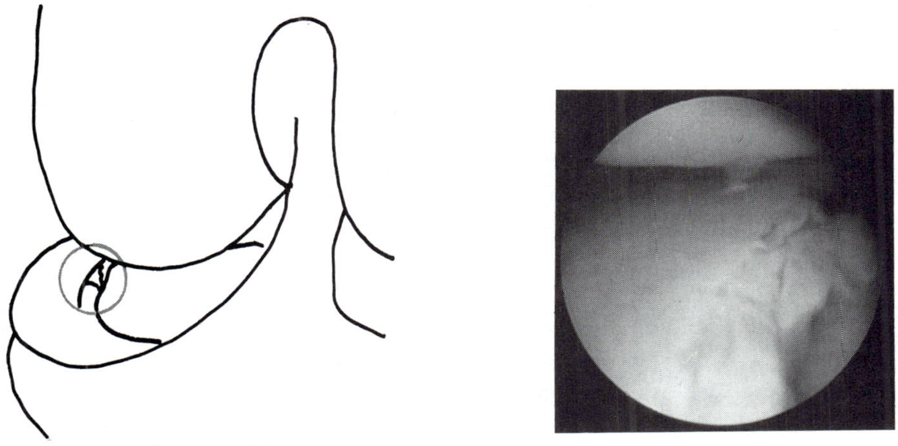

Abb. 2.26 Ältere Ruptur des medialen Meniskus

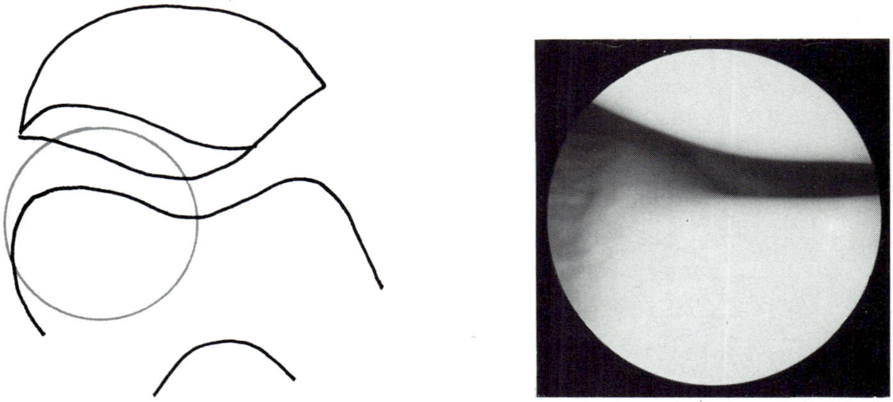

Abb. 2.27 Normales Femoropatellar-Gelenk

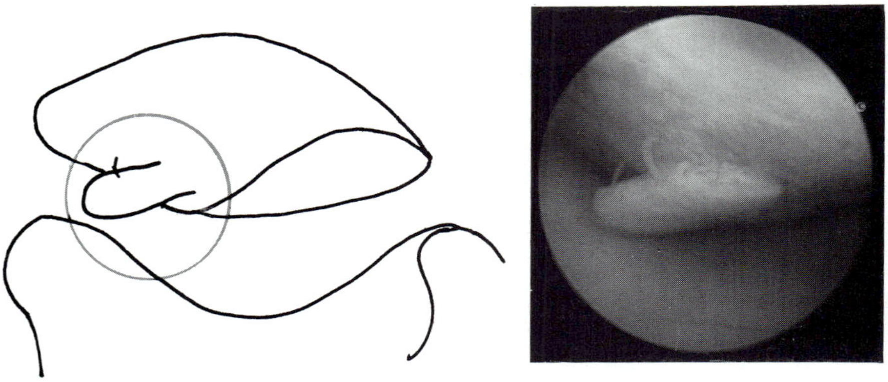

Abb. 2.28 Ältere Knorpelverletzung an der Patellarückfläche

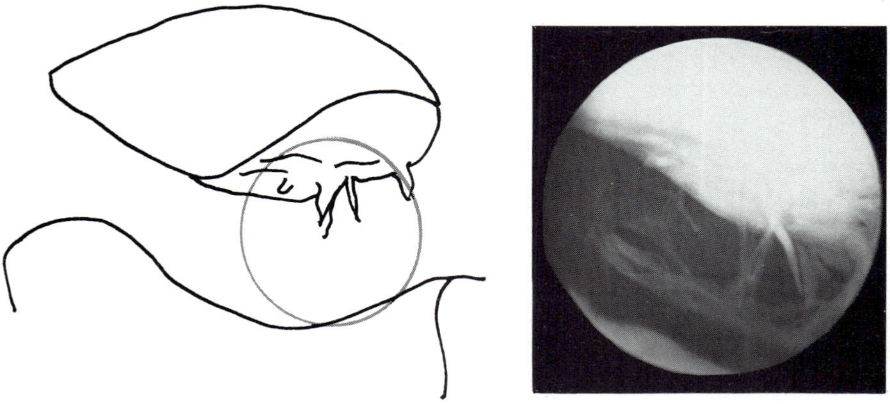

Abb 2.29 Chondromalazie der Patella mit Auffaserung des Knorpelbelags

Zu erwähnen sind weiter Knorpelschädigungen durch die Auflagerung von Kristallen bei der Gicht, der Chondrokalzinose und nach intraartikulärer Applikation von Steroiden. Hier kann die Arthroskopie zur Differentialdiagnose beitragen. Freie Gelenkkörper entwickeln sich nach Traumen, bei der Osteochondrosis dissecans und bei der Chondromatose.

Die Arthroskopie hilft bei der Beurteilung, ob das Knorpel-Knochen-Fragment aus seinem Bett gelöst ist und dann refixiert oder entfernt werden soll. Kleinere Gelenkkörper lassen sich gut transarthroskopisch oder über einen separaten Zugang entfernen.

Bandverletzungen werden in der Regel bei der klinischen Untersuchung erkannt. Durch die Arthroskopie werden die – häufigen – Begleitverletzungen von Menisken und Knorpel ausgeschlossen oder bestätigt. Von den Bändern ist lediglich das intraartikulär liegende vordere Kreuzband zu überblicken (Abb. 2.32). Hier können frische oder alte Rupturen verifiziert werden. Das hintere Kreuzband ist verdeckt, wenn nicht ein spezieller Zugang von posteromedial gewählt wird. Die beiden Seitenbänder verlaufen extraartikulär und entziehen sich so der Beurteilung. Es gehört daher zum Standardvorgehen, die Bandstabilität in Narkose zu überprüfen.

Die arthroskopische Beurteilung der Synovia ist schwierig, da ihre Farbe und das Aussehen der Schleimhaut von der Beleuchtung, dem Füllungszustand des Gelenkes und der Blutleere beeinflußt werden. Trotzdem wird der Untersucher zu klären versuchen, ob die Synovia ödematös-hyperämisch, zottig-hypertrophisch oder fibrotisch ist und ob Hämosiderineinlagerungen auf ein Trauma, Kristallauflagerungen auf eine Gicht oder ähnliches hinweisen. Abb. 2.33 läßt den Unterschied zwischen normaler synovialer Auskleidung und hypertrophen Synovialzotten gut erkennen. Es empfiehlt sich stets, unter Sicht gezielte Synoviabiopsien zu entnehmen.

Synoviale Adhäsionen lassen sich, vor allem wenn sie im oberen Rezessus liegen, unter arthroskopischer Sicht scharf durchtrennen.

Bei frischen Kniebinnenschäden zeichnet sich in letzter Zeit der Wert der Akutarthroskopie ab. Blutige Gelenkergüsse ohne Nachweis einer Bandinstabilität oder einer knöchernen Verletzung haben ihre Ursache in einer Synovia-, Meniskus- oder Knorpelverletzung, von denen über ein Drittel operationsbedürftig ist. Bei osteochondralen Frakturen gibt die Akutarthroskopie Auskunft über das Ausmaß der Knorpelläsion und über eine evtl. Dislokation der Gelenkflächen (Abb. 2.34).

Indikationen zur Arthroskopie

Aus der Darstellung der arthroskopischen Befunde geht hervor, wo die Domäne der Arthroskopie liegt: bei der Beurteilung von Traumen oder Erkrankungen des Gelenkknorpels, der Menisken und der Gelenkschleimhaut. Hier ist sie allen anderen, auch invasiven Methoden, wie der Doppelkontrastarthrographie, eindeutig überlegen (6, 9). Dies darf nicht zu dem Schluß führen, daß die Arthroskopie Anamnese, klinische Untersuchungen und Röntgendiagnostik ersetzt; sie soll am Ende der Untersuchungskette stehen.

Im einzelnen sehen wir in Anlehnung an *Glinz* (6) folgende Indikation für die Arthroskopie:

1. Unklare, langanhaltende Kniegelenksbeschwerden, vor allem bei Kindern und Jugendlichen, hinter denen sich eine therapiebedürftige Osteochondrosis dissecans, eine Chondropathie oder ein entzündlicher Prozeß verbergen kann. Normale Befunde beruhigen Angehörige und behandelnde Ärzte.

2. Therapieresistente Kniegelenksergüsse, bei denen durch die Arthroskopie z. B. eine Erkrankung des rheumatischen Formenkreises mit Hilfe der gezielten Synoviabiopsie ausgeschlossen oder bestätigt werden kann oder deren Ursache eine Gicht oder eine Chondrokalzinose sein kann.

3. Degenerative oder traumatische Veränderungen des Gelenkknorpels. Bei Verdacht auf eine Knorpelschädigung ist die Arthroskopie unentbehrlich. Verletzungen können weder klinisch noch röntgenologisch zuverlässig erkannt werden und bergen die Gefahr einer posttraumatischen Arthrose in sich. Mit dem Arthroskop werden diese Läsionen exakt erfaßt. Dies ist auch für Begutachtungsfragen wichtig.

Bei der Chondropathia patellae, bei der subjektive Symptome und objektiver Befund häufig nicht übereinstimmen, geben das arthroskopisch festgehaltene Ausmaß und der Grad der Degeneration die entscheidenden Hinweise für die operative Therapie. Bei Knorpelschäden im femorotibialen Gelenk wird die Indikation zur Fehlstellungskorrektur (valgisierende bzw. varisierende Osteotomie) erleichtert.

4. Eindeutige Meniskusverletzungen sollen operiert werden. Bestehen jedoch Zweifel an der Diagnose, ist die Arthroskopie mit einer Trefferquote von über 95% indiziert.

5. Bandrupturen werden in der Regel klinisch, osteochondrale Frakturen röntgenologisch diagnostiziert. Die Arthroskopie hilft hier, Läsionen des vorderen Kreuzbandes einzusehen, Begleitverletzungen zu erkennen und kleine Fragmente zu entfernen. In letzter Zeit hat die

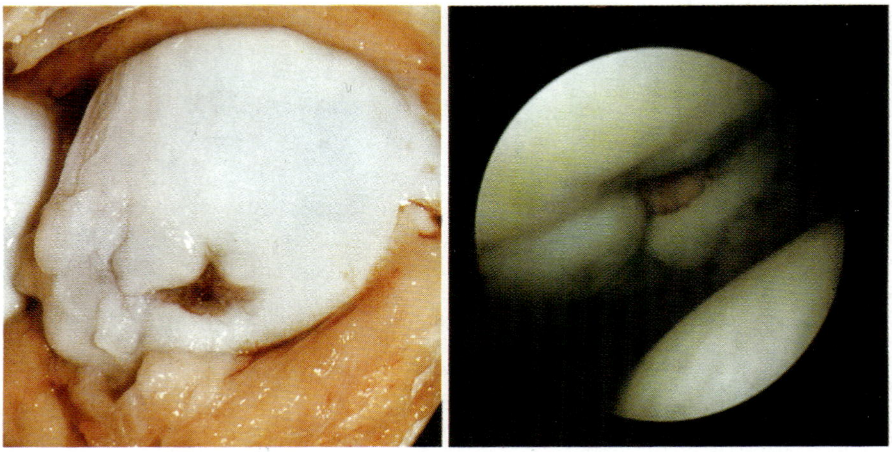

Abb. 2.30 Arthroskopischer und intraoperativer Aspekt eines tiefen Knorpelulkus an der Patellarückfläche

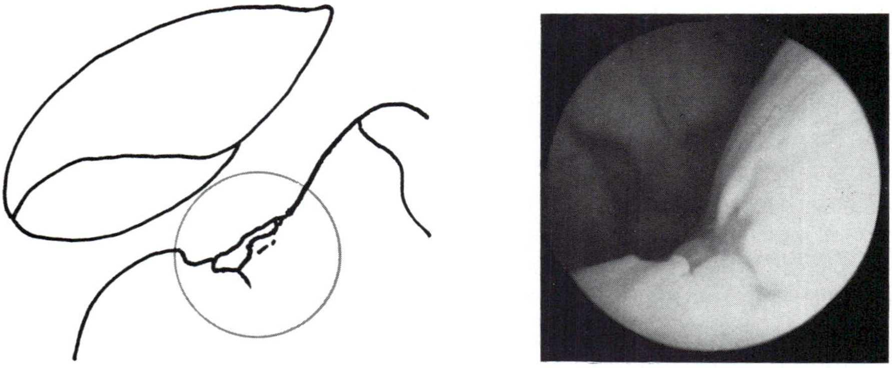

Abb. 2.31 Knorpelulkus in der Mitte der femoralen Gleitfläche

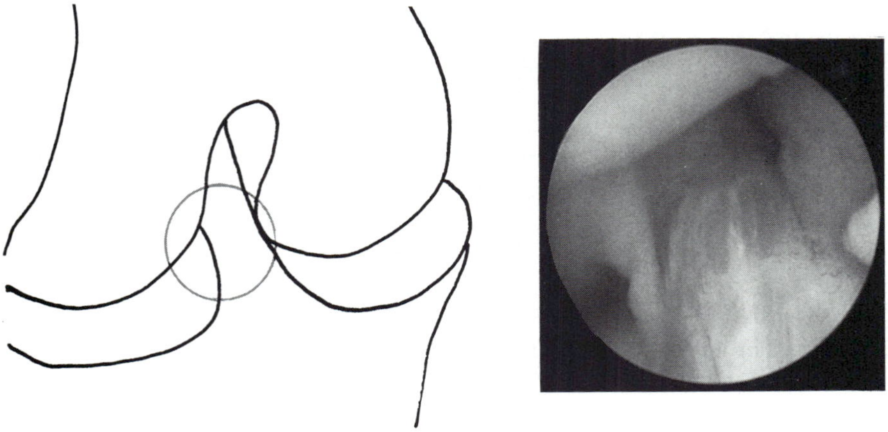

Abb. 2.32 Normales vorderes Kreuzband

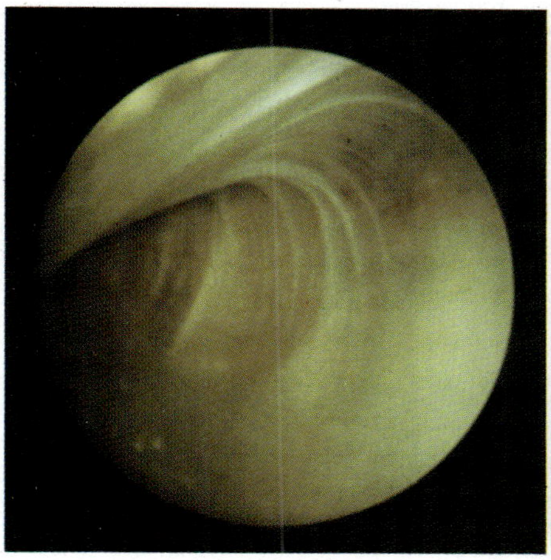

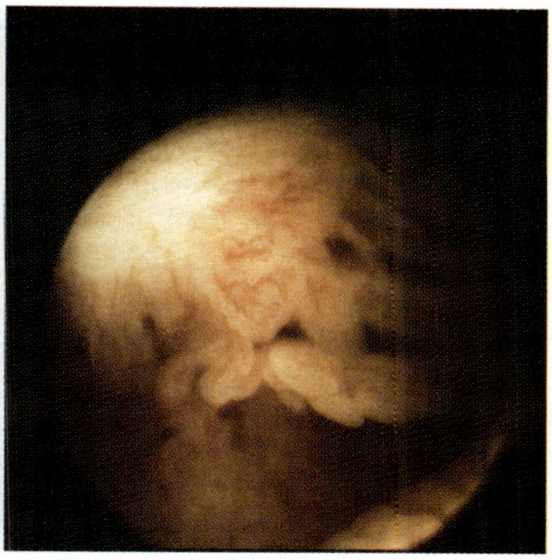

Abb. 2.33 Normale Synovia (links) und hypertrophe Synoviitis (rechts)

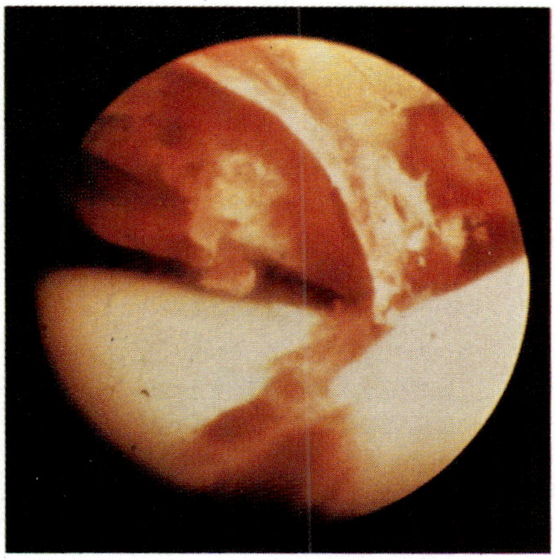

Abb. 2.34 Akutarthroskopie: frische osteochondrale Fraktur im femoralen Gleitlager der Patella. Die Patella ist von eingerissenen Synovialzotten und Blutkoageln verdeckt

Akutarthroskopie unmittelbar nach einer Verletzung des Kniegelenkes, vor allem beim Vorliegen eines Hämarthros, an Bedeutung gewonnen.

6. Patienten mit anhaltenden posttraumatischen und postoperativen Kniegelenksbeschwerden, z. B. nach Meniskektomie oder Abrasio des Knorpels, sollten arthroskopisch nachkontrolliert werden.

7. Transarthroskopische Operationen gehören noch nicht zu den Standardverfahren. Mit der Entwicklung des Instrumentariums und mit der zunehmenden Verbreiterung der arthroskopischen Grundtechnik wird ihre Zahl in den nächsten Jahren gewiß zunehmen. Mögliche Routineeingriffe sind die Entfernung von freien Gelenkkörpern und Fremdkörpern, partielle Meniskektomien sowie Resektionen von Synoviazotten und Narbensträngen.

Morbidität und Komplikationen

Eine diagnostische Methode wie die Arthroskopie, die einen Eingriff in die körperliche Integrität darstellt, kann nur dann empfohlen werden, wenn die Morbidität sowie Ausmaß und Zahl der Komplikationen anderen invasiven Methoden vergleichbar und sehr klein ist.

Die geringe Morbidität der Arthroskopie ist eindrücklich; sie steht in keinem Verhältnis zur Morbidität der explorativen Arthrotomie. Die meisten Patienten können einen Tag später wieder arbeiten und nach 10–14 Tagen Sport treiben.

Dick et al.(5) haben 1978 die Komplikationen bei 3714 Arthroskopien aus sechs Kliniken analysiert. Sie teilten diese in vier Gruppen ein:

1. Infektionen
2. durch die Untersuchung gesetzte Schäden
3. allgemeine Komplikationen und
4. technische Fehler.

Nach alleiniger Arthroskopie trat glücklicherweise keine Infektion auf. Bei den Binnenschäden, die durch die Spitze des Arthroskops gesetzt werden können, wurde für Knorpelverletzungen eine Häufigkeit von 2% ermittelt. Die Häufigkeit nahm mit zunehmender Erfahrung des Untersuchers deutlich ab. Die Verletzung anderer Strukturen war eine Rarität. Nennenswerte Blutungen oder Ergußbildungen traten nach der Arthroskopie nur in fünf der 3714 Fälle auf. Unter den Komplikationen mit allgemeiner Auswirkung wurde über vier Fälle mit ausgedehntem subkutanem Emphysem nach Gasfüllung und über zwei Narkosezwischenfälle berichtet. Technische Fehler, wie das versehentliche Auffüllen des *Hoffa*schen Fettkörpers, zwingen zwar zum Abbruch der Arthroskopie, stellen aber keine lokale oder allgemeine Gefährdung dar.

Die Arthroskopie kann somit als aussagefähiges Verfahren mit geringerer Belastung des Patienten und überaus niedriger Komplikationsrate ohne Bedenken in der Kniegelenksdiagnostik eingesetzt werden. Sie steht als operativer Eingriff am Schluß der diagnostischen Maßnahmen und ersetzt heute die explorative Arthrotomie.

Literatur

1. *Bader, G. l., Schilling, F.*: Kennbilder der wichtigsten rheumatischen Erkrankungen für die Diagnostik in der Praxis. Teil 1: Entzündlicher Rheumatismus. Eular Verlag, Basel, 1977
2. *Baumgartl, F.*: Das Kniegelenk. Springer-Verlag, Berlin-Heidelberg-New York, 1964
3. *Burri, C., Rüter, A.*: Knorpelschaden am Knie. Hefte zur Unfallheilkunde 127 (1976)
4. *Dies*: Meniskusläsion und posttraumatische Arthrose am Kniegelenk. Hefte zur Unfallheilkunde 128 (1976)
5. *Dick, W., Glinz, W., Henche, H.R., Ruckstuhl, J., Wruhs, O., Zollinger, H.*: Komplikationen der Arthroskopie. Eine Analyse von 3714 Fällen. Arch. Orthop. Traumat. Surg. 92, (1978) 69
6. *Glinz, W.*: Diagnostische Arthroskopie und arthroskopische Operationen am Kniegelenk. Huber-Verlag, Bern-Stuttgart-Wien 1979
7. *Hafner, E., Meuli, H. Ch.*: Röntgenuntersuchung in der Orthopädie. Huber-Verlag, Bern-Stuttgart-Wien 1975
8. *Hegglin J.*: Chirurgische Untersuchung. 2. Aufl. Georg Thieme Verlag, Stuttgart 1978
9. *Henche, H. R.*: Die Arthroskopie des Kniegelenkes. Springer-Verlag, Berlin-Heidelberg-New York 1978
10. *Kaganas, G., Müller, W., Wagenhäuser, F.*: Fortbildungskurse für Rheumatologie, Band 1, Der „Weichteilrheumatismus". S. Karger Verlag, Basel-München-Paris 1971
11. *Dies*: Fortbildungskurse für Rheumatologie, Band 4, Untersuchungsmethoden in der Rheumatologie. S. Karger Verlag, Basel-München-Paris 1976
12. *Mason, R. M., Currey, H. L. F., Zinn, W. M.*: Einführung in die klinische Rheumatologie. Huber-Verlag, Bern-Stuttgart-Wien 1973
13. *Muhr, G., Wagner, M.*: Kapsel-Band-Verletzungen des Kniegelenks. Springer-Verlag, Berlin-Heidelberg-New York 1981
14. *Müller, W.*: Der entzündliche Gelenkerguß. Med. Klin. 74, (1979) 789
15. *Poppe, H.*: Technik der Röntgendiagnostik. 3. Auflage. Georg Thieme Verlag, Stuttgart 1980
16. *Ricklin, P., Rüttmann, A., Del Buono, M. S.*: Die Meniskusläsion. 2. Auflage, Georg Thieme Verlag, Stuttgart 1980

Nachweis der Abbildungen

Abb. 2.4 aus: *Hegglin, J.*: Chirurgische Untersuchung, 2. Aufl. Georg Thieme Verlag, Stuttgart 1978

Tb. 2.7 und 2.8, Abb. 2.10, 2.15, 2.21, 2.23–2.29 aus Zeitschrift für Allgemeinmedizin 56, 31, 1980

3. Knieschmerzen beim Kind

N. Deigentesch

An erster Stelle: Die Untersuchung

Extremitätenschmerzen bei Kindern werden gerade an den Beinen gerne als Überlastungs- oder Wachstumsschmerzen abgetan. Doch: Kann normales Wachstum überhaupt Beschwerden verursachen? Muß nicht beim Knieschmerz des Kindes viel eher an die vielfältigen Möglichkeiten der Kniegelenksläsion oder der kniegelenksfernen Erkrankung gedacht werden?

Die Abklärung von Kniegelenksbeschwerden ist bei Kindern problematisch. Jeder, der mit Kindern umzugehen hat, weiß, daß diese mit Vorliebe Beschwerden in die unteren Extremitäten projizieren. Selbst bei absolut kniegelenksfernen Beschwerden, wie z. B. einer Appendizitis, wird zuweilen der Schmerz ins Kniegelenk transferiert. Die objektive Feststellung krankhafter Zustände an anderer Stelle führt nicht immer zur Klärung der Diagnose, da die kleinen Patienten häufig auf ihrer ursprünglichen Schmerzlokalisation beharren.

Anamnestisch ergeben sich durch die anders geartete Vorstellungswelt der Kinder Schwierigkeiten in der zeitlichen Abfolge der Beschwerden. Auch aus der drohenden zeitlichen und räumlichen Trennung von der Mutter resultieren Probleme, dann nämlich, wenn deshalb erhebliche Beschwerden negiert werden. Nur die intensive Beschäftigung mit dem Kind und die gezielte Befragung der Eltern ergibt eine ausreichende Basis für die Diagnosestellung. Allein durch die Gewinnung des kindlichen Vertrauens ist die passive Duldung einer Untersuchung und eine Aktivierung zur Mitarbeit möglich.

Gerade beim Kind gelingt es bereits durch Beobachtung beim Betreten des Sprechzimmers und dann beim einleitenden Gespräch erste Hinweise auf Veränderungen im Bewegungsablauf zu eruieren. Durch die Bitte an die Eltern, das Kind zu entkleiden, gewinnt man einen Einblick in aktive und passive Bewegungsmöglichkeit und in die Schmerzhaftigkeit einer Erkrankung. Die Spontanbewegungen sind ein weiteres Kriterium. Ein kleiner Spaziergang im Untersuchungszimmer mit dem Kind an der Hand, evtl. zur Bonbonbüchse oder zu einem Aquarium, sichert die Zuneigung des Kindes und läßt Rückschlüsse auf Bewegungsablauf und Belastbarkeit zu. Durch das hergestellte Vertrauen läßt sich jetzt ohne weiteres die Untersuchung des Kindes durchführen.

Beginnt man dabei an den krankheitsfernen Extremitäten, demonstriert man einerseits die Harmlosigkeit der Untersuchung und stellt andererseits den allgemeinen Muskeltonus, die Gelenkbeweglichkeit und die Gelenkstabilität fest. Die Inspektion der Wirbelsäule und der Beckenkämme schließt sich an, wobei die aktive und passive Beweglichkeit festgehalten werden.

Erkennbare Achsen- und sichtbare Rotationsfehlstellungen der unteren Extremität bedürfen der Kontrolle im Liegen. Die unteren Extremitäten werden dabei systematisch von oben nach unten durchuntersucht. Am Kniegelenk selbst soll entsprechend dem Untersuchungsgang beim Erwachsenen (Kap. 2) ein diffiziler Gelenkstatus erhoben werden.

In den meisten Fällen folgt dann die Röntgenuntersuchung beider Kniegelenke in zwei Ebenen, gegebenenfalls schließen sich Spezialaufnahmen und Laboruntersuchung an.

Entzündung

Ein hochrotes, geschwollenes und schmerzhaftes Kniegelenk führt schnell zur Diagnose der Entzündung. Nun setzen die differentialdiagnostischen Überlegungen ein, denn nur eine fundierte Diagnostik läßt eine effektive Therapie erwarten (11).

Bei *Dolor, Rubor* und *Calor* ist immer an eine isolierte monartikuläre Form der *rheumatoiden Arthritis* zu denken. Die Diagnose wird nach den in Kap. 9 geschilderten Kriterien gestellt.

Generalisierte Krankheitszeichen wie Müdigkeit, Nachtschweiß und wechselnde Temperaturen stehen bei der *Gonitis-Tbc* im Vordergrund.

Die bei Entzündungen sonst heftige lokale Symptomatik tritt zumindest in der Anfangsphase der Gonitis-Tbc nur sehr diskret auf (11). Bei einem unauffälligen Röntgenbild und Laborwerten, die auf eine Entzündung hinweisen, wird die Gelenkpunktion mit dem Nachweis der Tuberkelbazillen die Diagnose sichern (7).

Beim Kind ist die *unspezifische Arthritis* selten. Sie kommt jedoch im Gefolge des Durchbruchs einer Osteomyelitis in den Gelenkbereich vor und führt zur Destruierung der knöchernen Gelenkanteile.

Die Gefahr dieser Osteitiden liegt daneben in der möglichen Zerstörung der Wachstumsfugen, welche ein erhebliches Minder- oder Fehlwachstum zur Folge haben können. Infolge der bindegewebigen Abkapselung des Infektes erscheint die konservative Behandlung mit Ruhigstellung und Gabe von Antibiotika wenig aussichtsreich. Die frühzeitige operative Ausräumung des Herdes, kombiniert mit einer geschlossenen Spül-Saugdrainage und dem gezielten Einsatz von Antibiotika bieten hier mehr Aussicht, das Fortschreiten des Krankheitsprozesses zu verhindern.

Bei einer persistierenden Monarthritis des Kniegelenks ist vor allem bei jungen Knaben als Rarität an einen beginnenden Morbus *Bechterew* zu denken.

Etwas häufiger sind die am Kniegelenk vorkommenden *Bursitiden.* Diese entstehen entweder traumatisch durch Perforation mit sekundärer Infektion oder durch chronische Irritation. Die traumatisch perforierte Bursa muß primär exzidiert werden, die sekundär infizierte Bursitis bedarf ebenfalls der operativen Revision. Bei geschlossener, primär abakterieller Bursitis kann der Versuch einer konservativen Behandlung mit Ruhigstellung, abschwellenden Medikamenten und Analgetika unternommen werden. Diese Bursitiden kommen hauptsächlich als Bursitis praepatellaris vor; das Fehlen der tanzenden Patella ist typisch und grenzt diese deutlich gegen den Kniegelenkserguß ab.

Darüber hinaus kennen wir die Bursitis infrapatellaris profunda und superficialis im Bereich des Lig. patellae.

In allen Fällen mit typischen Entzündungszeichen ist das Kind stationär aufzunehmen, um eine möglichst schnelle Abklärung der Krankheit zu erhalten und durch eine gezielte Therapie Schäden am Kniegelenk zu verhindern.

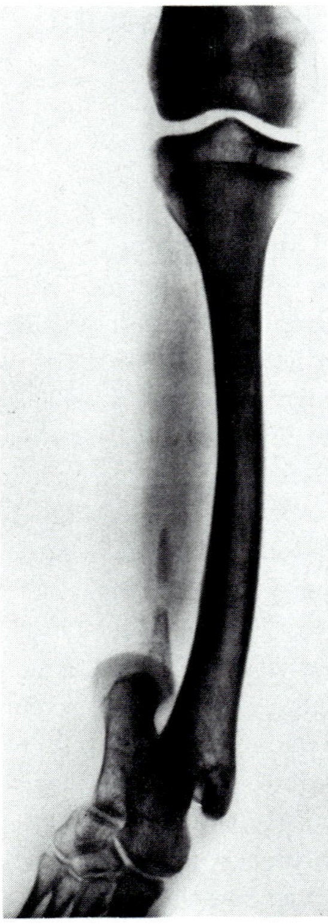

Abb. 3.1 Sichtbare Deformität der unteren Extremität durch Fibulaplasie

Fehlstellungen

Häufige Ursachen kindlicher Knieschmerzen sind die Abweichungen von der normalen anatomischen Form. Während Fibula- und Tibiadefekte mit erheblichen Mißbildungen einhergehen (Abb. 3.1), sind andere Anomalien nur nach gezielter Untersuchung festzustellen.

Beim Säugling ist das O-Bein physiologisch, beim Kleinkind das X-Bein. Bleibt die *O- oder X-Beinstellung* bestehen, können bei höhergradiger Achsenabweichung wegen verstärkter einseitiger Belastung der Kniegelenke erhebliche Beschwerden auftreten.

Im Kleinkindesalter und im frühen Schulalter kann man eine abwartende Haltung einnehmen. Beim älteren Kind ist jedoch bei signifikanten Fehlstellungen eine operative Korrektur unumgänglich notwendig. In der Wachstumsphase wird durch eine Wuchslenkung mit temporärer Verblockung der Epiphysenfugen unter Zuhilfenahme von *Blount*schen Klammern eine zufriedenstellende Achsenkorrektur erreicht. Diesem kleinen Eingriff sollte der Vorzug gegenüber der umstellenden Osteotomie gegeben werden.

Keine Spontankorrektur ist von Rotations-

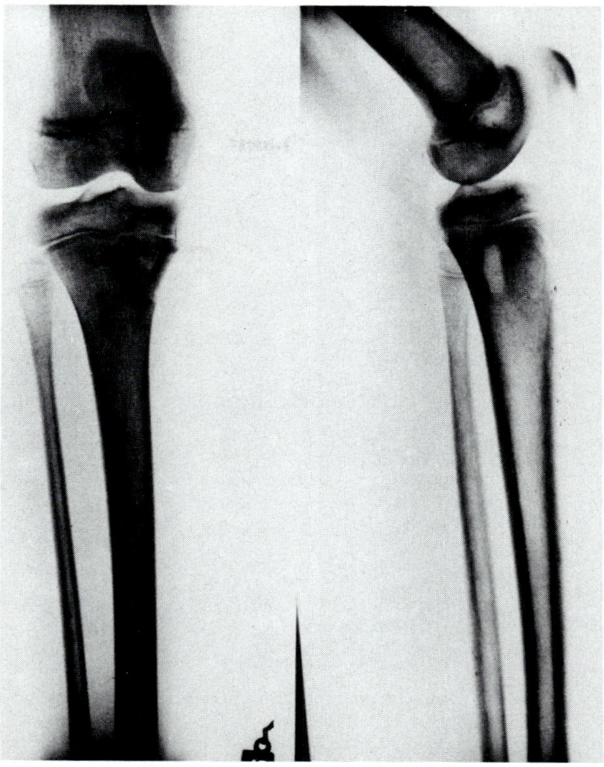

Abb. 3.2 *Brodie*-Abszeß. Klinisch unklare Knieschmerzen ohne lokale Symptomatik

fehlstellungen zu erwarten. Die dadurch bedingten Ganganomalien führen zu Überlastungen im oberen Sprunggelenk und lassen schon bei Kindern Überlastungsschmerzen auftreten. Hier muß deshalb eine frühzeitige operative Korrektur erfolgen.

Das schwere *Genu ante-* und *recurvatum* muß ebenfalls operiert werden, da durch die Hypermobilität eine Instabilität des Kniegelenkes vorgegeben ist, die zum vorzeitigen Knorpelverschleiß führt.

Die angeborene Kniegelenksluxation bedarf der frühzeitigen, apparativen Versorgung des Beines, damit das Kind Gehen und Stehen erlernt. Später kann man dann versuchen, durch Bandplastiken ein funktionstüchtiges Kniegelenk zu schaffen.

Die Knorpelläsionen durch vielfache Luxationen bei der angeborenen bzw. habituellen *Patellaluxation* nach lateral lassen die operative mediale Fesselung der Kniescheibe angeraten erscheinen.

Verschieden lange untere Extremitäten führen beim längeren Bein zu einer Knie-Beugestellung. Dies hat eine Kniegelenksüberlastung zur Folge, was zur sogenannten Long-Leg-Arthropathie führt. Im Kleinkindes- bzw. Schulalter gelingt es durch orthopädischen Beinlängenausgleich, diese Beschwerden zu verhindern. Bei größeren Längendifferenzen ist evtl. eine Verlängerungsosteotomie am kürzeren bzw. eine Blockierung der Wachstumsfugen am längeren Bein notwendig.

Tumoren

Geben Kinder diffuse Kniegelenksschmerzen ohne erkennbare Ursache an, muß trotz der Seltenheit von Tumoren ein Tumor ausgeschlossen werden. Die klinische Untersuchung bringt hier wenig Klarheit, deshalb sind Röntgenaufnahme, evtl. Szintigraphie, Arteriographie und Computertomogramm notwendig. Letztendlich wird die feingewebliche Untersuchung des tumorösen Gewebes Klarheit über die Dignität des Prozesses verschaffen.

Bei kniegelenksnahen Veränderungen ist differentialdiagnostisch immer der *Brodie*-Abszeß mit in Erwägung zu ziehen. Es handelt sich dabei um einen lokal begrenzten, osteomyelitischen Herd, der durchaus eine maligne Geschwulst vortäuschen kann (Abb. 3.2).

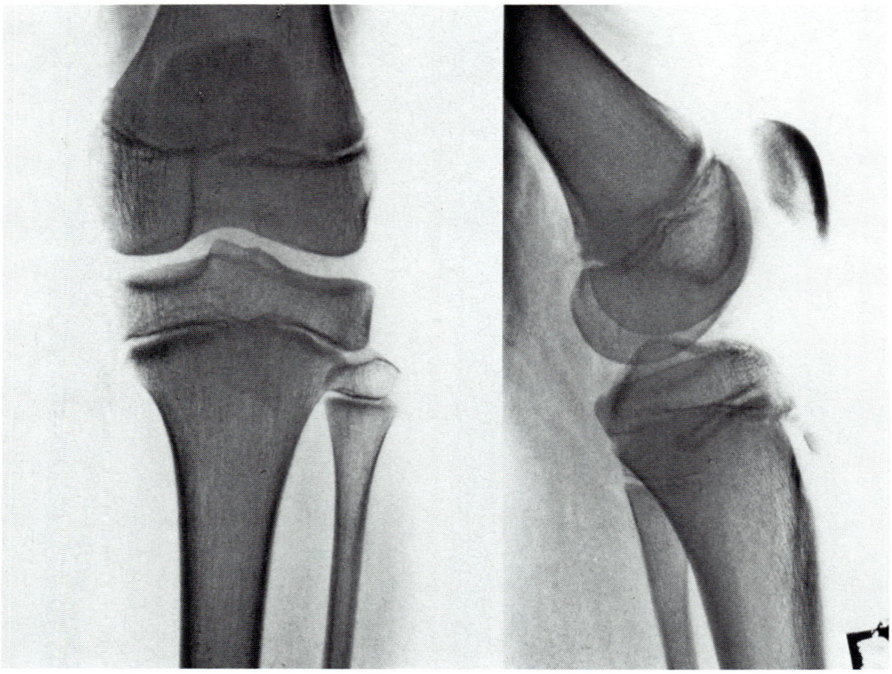

Abb. 3.3 M. *Osgood-Schlatter* mit typischen Beschwerden, Schwellung und Rötung über der Tuberositas tibiae

Therapeutisch muß die radikale Ausräumung des *Brodie*-Abszesses erfolgen.

Bei tumorösen Veränderungen im Kniekehlenbereich ist an eine *Baker-Zyste* zu denken. Durch die Arthrographie gelingt der Nachweis der Zyste. Schwieriger gestaltet sich die Diagnostik von poplitealen Zysten, die, z. T. nur hirsegroß, eine Reizung des N. tibialis verursachen können. Die Anpunktion von poplitealen Zysten ist wegen des Gefäß-Nervenstranges gefährlich und auch meist erfolglos, da der Zysteninhalt zu zähflüssig ist.

Im Kleinkindesalter finden wir im Kniegelenksbereich an *gutartigen Tumoren* das Osteochondrom, die cartilaginäre Exostose sowie das Chondromyxofibrom und das Osteoidosteom. Mit in die differentialdiagnostische Überlegung ist das Osteoblastom einzubeziehen. Im Schulalter und beim Jugendlichen gewinnen das Fibrom und die solitären Exostosen an Bedeutung. Beim Jugendlichen finden wir etwas häufiger Geschwülste des Gleitgewebes, z. B. als Synoviitis villosa nodularis (2).

Allen diesen Tumoren ist die Gutartigkeit und damit die gute Prognose gemeinsam.

Tumorähnliche Läsionen sind im Kindesalter die solitäre Knochenzyste, die aneurysmatische Knochenzyste, das nichtossifizierende Fibrom sowie das eosinophile Granulom und der braune Riesentumor bei Hyperparathyreoidismus. Die Prognose ist in allen Fällen gut, jedoch droht durch Ausdünnung der Knochenkortikalis die pathologische Fraktur.

Potentiell maligne Tumoren sind die fibröse Dysplasie (*Albright*-Syndrom), die Riesenzellgeschwulst (Osteoklastom) und, ausgehend von den Weichteilen, das Synovialom. Während die fibröse Dysplasie nur in seltenen Fällen maligne entartet, ist beim Osteoklastom mit Entartungsraten bis zu 50% zu rechnen. Auch Synovialome neigen zu häufiger maligner Entartung, vorwiegend aber zu lokalen Rezidiven.

An *malignen Formen* findet sich im Säuglings- und Kindesalter vorwiegend das Chondrosarkom. *Ewing*- und Retothelsarkom gewinnen ab dem 5. Lebensjahr an Bedeutung. In der späten Kindheit sind bösartige Erkrankungen das Osteosarkom, das Fibrosarkom und Liposarkom. Die Prognose ist hier insgesamt sehr schlecht.

Das therapeutische Handeln gestaltet sich je nach Dignität des Tumors und ist ausführlich in Kapitel 11 abgehandelt.

Aseptische Knochennekrosen: Typisch bei Kindern und Jugendlichen

Nur im Kindes- und Jugendalter, bei noch offenen Wachstumsfugen, finden wir Veränderungen, die primär zu Abbau und sekundär zu deformem Aufbau von Knochen führen: die aseptischen Knochennekrosen.

Eine Ursache für die Erkrankungen konnte bisher nicht eindeutig gefunden werden. Angenommen wird eine Unterbrechung der Blutzufuhr bei einer primär bereits gefährdeten Blutversorgung.

Ein Großteil dieser Veränderungen ist asymptomatisch und wird nur als Zufallsbefund erkannt. Andererseits sehen wir so hartnäckige Beschwerden, die allen konservativen Therapieversuchen trotzen, daß nach Monaten unbefriedigenden Handelns die operative Revision notwendig wird.

Bei Knieschmerzen männlicher Jugendlicher, die nur z. T. an der Tuberositas tibiae angegeben werden, sollte man an einen Morbus *Osgood-Schlatter* denken (Abb. 3.3). Klinisch zeigt sich hier im Bereich der Tuberositas tibiae eine druckdolente Aufwerfung, die manchmal mit einer Rötung kombiniert ist. Röntgenologisch finden wir eine Auflockerung der Epiphysenfuge mit Umwandlung der Tuberositas tibiae. Therapeutisch ist die Ruhigstellung im Gipstutor meist erfolgreich. Therapieresistente Fälle kann man mit lokalen Cortikosteroidinfiltrationen angehen. In Ausnahmefällen ist auch die operative Revision erforderlich (4).

Die aseptischen Knochennekrosen im Bereich der proximalen Tibiaepiphyse, der Morbus *Blount,* sind selten. Therapeutisch ist hier zur Ausheilung die mehrmonatige Ruhigstellung im Gipsverband unter Entlastung notwendig.

An der Kniescheibe sehen wir Knochennekrosen an der Spitze als *Sinding-Larson-Johannson-Syndrom* sowie an der Basis der Kniescheibe *(Müller).* Je nach Symptomatik wird man sich hierbei auf eine Beobachtung des Krankheitsbildes beschränken oder auch das Bein im Gipsverband ruhigstellen (5).

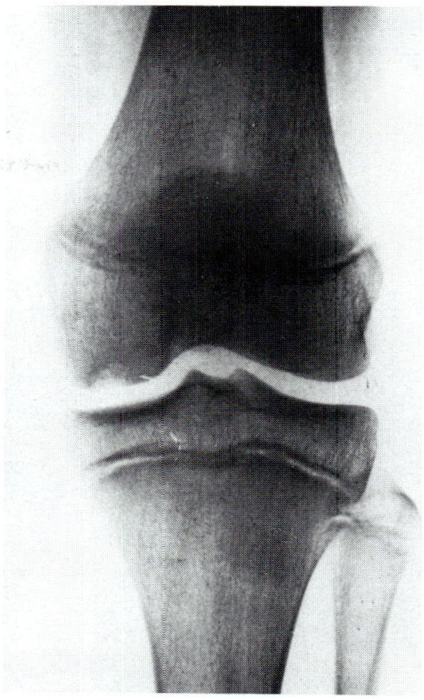

Abb. 3.4 Osteochondrosis dissecans am medialen Femurkondylus bei unklaren Kniebeschwerden

Die Diagnostik der aseptischen Knochennekrosen gestaltet sich insbesondere zu Beginn der Krankheit schwierig. Nur die sorgfältige Betrachtung der Röntgenbilder mit Vergleich der Gegenseite lassen die Erkrankung erkennen.

Im Initialstadium sehen wir röntgenologisch leichte Strukturunregelmäßigkeiten und eine Verwaschenheit. Im Sklerosestadium zeigt sich eine deutliche Verdichtung des betroffenen Knochens, während im Fragmentationsstadium zusätzlich noch ein scholliger Zerfall hinzutritt. Im osteolytischen Stadium kann es zum vollständigen Verschwinden des betroffenen Knochenanteils im Röntgenbild kommen. Im Reparationsstadium erfolgt dann der allmähliche knöcherne Wiederaufbau.

Gegen Ende der Wachstumsphase ist die *Osteochondrosis dissecans* (Abb. 3.4) eine häufige Ursache von Kniebeschwerden. Besonders häufig betroffen ist der mediale Femurkondylus, jedoch finden wir Knochen-Knorpel-Defekte auch retropatellar (ausführliche Darstellung in Kapitel 7).

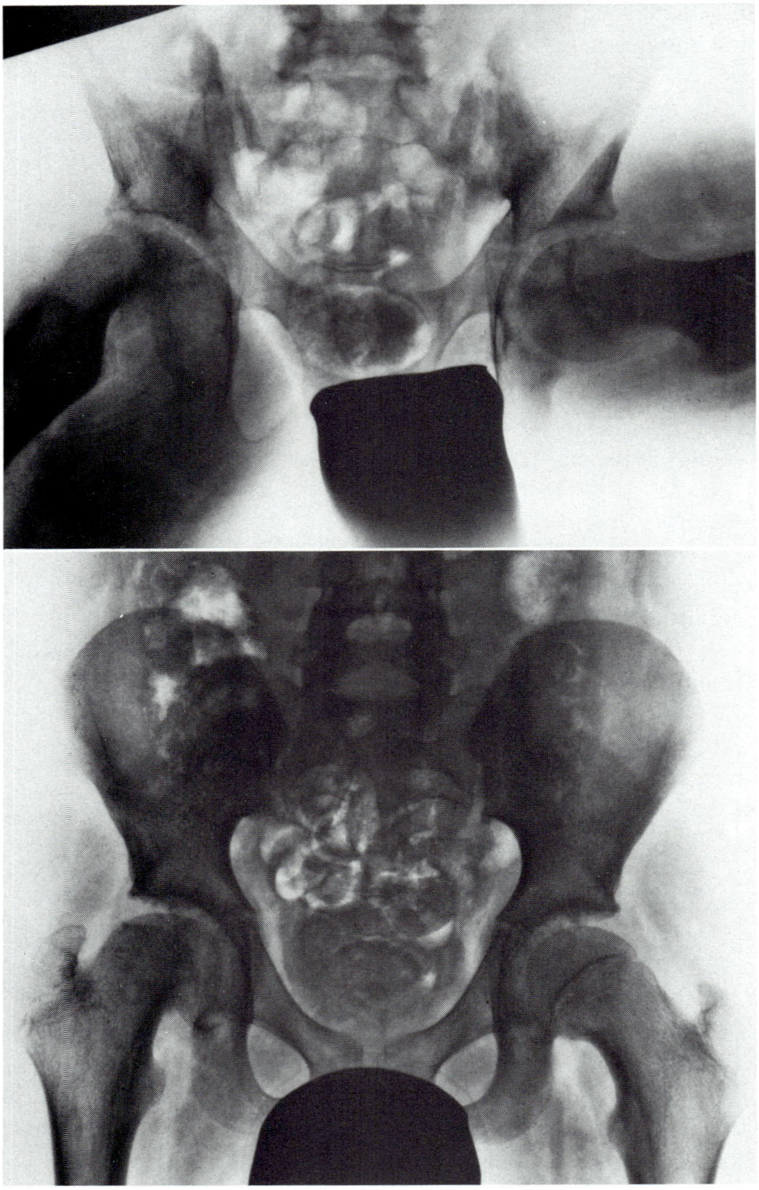

Abb. 3.5 Epiphysiolysis capitis femoris. Erst die Aufnahme nach *Dunn-Rippstein* zeigt für die rechte Seite das volle Ausmaß des Abrutschens der Hüftkappe

Traumatologie

Die Traumatologie des kindlichen Kniegelenks bereitet erhebliche diagnostische Schwierigkeiten. Leichte Prellungen und Distorsionen werden von Kindern und Untersuchern wegen der schmerzhaften Untersuchung häufig überbewertet. Die klinische Abklärung ergibt nur selten eindeutige Ergebnisse, da immer das gesamte Kniegelenk weh tut und eine Differenzierung der Schmerzhaftigkeit einzelner Untersuchungsvorgänge meist nicht möglich ist. Schwere Verletzungen, insbesondere des Bandapparates, lassen sich wegen der Angst vor Schmerzen bei der Untersuchung kaum objektivieren. Schwere Traumen des Kniegelenkes erfordern daher, sofern nicht röntgenologisch ein Frakturnachweis zu liefern ist, bei Kindern mehr noch als bei Erwachsenen die Untersuchung in Narkose.

Die Risiken der Allgemeinnarkose haben uns dazu veranlaßt, unklare Kniegelenksverletzungen in Lokalanästhesie zu untersuchen. Dabei wird das Lokalanästhetikum direkt ins Kniegelenk injiziert.

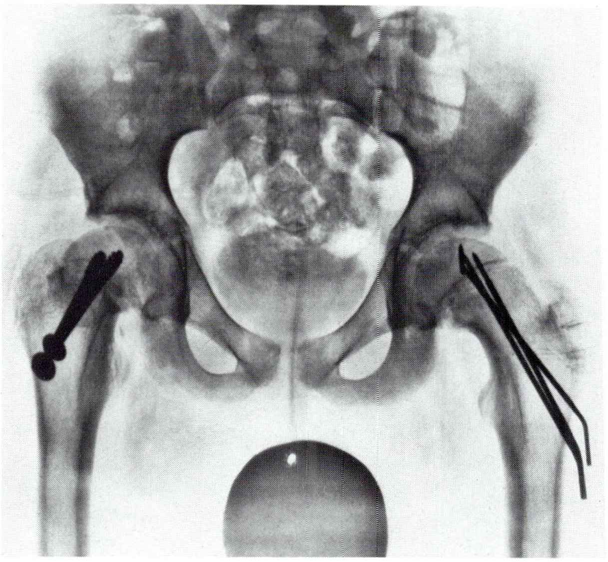

Abb. 3.6 Gleicher Patient wie Abbildung 5 nach subkapitaler Korrektur rechts und Spickung links

Zeigt die Narkoseuntersuchung beim Kind eine ausgeprägte Instabilität, muß das Kniegelenk eröffnet werden. Die Versorgung von frischen Kapsel-Bandläsionen erfolgt im Prinzip wie beim Erwachsenen (Kap. 5).

Bei Verdacht auf eine kindliche Meniskusläsion hat sich die Arthroskopie bewährt, da die Probearthrotomie mit entsprechend langem Krankenhausaufenthalt gerade beim Kind nicht zu rechtfertigen ist. Die Arthroskopie mit ihrer nur ein bis zwei Tage dauernden Hospitalisierung der kleinen Patienten und der geringen Komplikationsrate kann überhaupt bei unklaren Kniebinnenverletzungen unbedenklich eingesetzt werden.

Knieschmerz auch bei kniegelenksfernen Erkrankungen

Wir wissen, daß kniegelenksferne Erkrankungen z. B. im Hüftgelenk erstmals Beschwerden im Kniegelenk verursachen können. Deshalb ist bei unklaren Knieschmerzen immer nach kniegelenksfernen Erkrankungen zu fahnden.

Die beginnende *Epiphysiolysis capitis femoris* ist häufig charakterisiert durch Schmerzen im Quadricepsverlauf bis zum Kniegelenk. Das Gangbild zeigt typischerweise ein Hinken, das jedoch nicht eindeutig dem Hüftgelenk zugeordnet werden kann. Die klinische Untersuchung mit dem positiven *Drehmann*'schen Zeichen – beim Versuch der Beugung des Hüftgelenkes über 90° hinaus dreht sich der Unterschenkel nach medial – zeigt die Ursache der Schmerzen an.

Je nach Grad der Epiphysenlösung und nach Ort des Abrutschens der Epiphyse werden sich weitere Bewegungseinschränkungen im Hüftgelenk zeigen. Die Diagnosesicherung erfolgt mit Hilfe der Beckenübersichtsaufnahme und der Aufnahme nach *Dunn-Rippstein* (Beckenübersicht in 90° Hüftbeugung bei 20° Abduktion und Neutralstellung der Unterschenkel, Knie 90° gebeugt, Abb. 3.5).

Bei der akuten Hüftkopfkappenlösung mag der Versuch einer Reposition angebracht sein, bei der chronischen Hüftkopfkappenlösung muß der Versuch wegen der Nekrosegefahr unterbleiben. In jedem Fall ist jedoch eine operative Fixierung der Hüftkopfkappe vorzunehmen. Gleichzeitig sollte eine Fixierung der Gegenseite stattfinden, da Epiphysenlösungen gehäuft beidseitig auftreten. Bei einer Epiphysiolysis über 25°, gemessen auf der Aufnahme nach *Dunn-Rippstein,* wird eine subtrochantäre Korrekturosteotomie durchgeführt. Bei noch weitergehendem Abrutschen über 50° hinaus ist die subkapitale Osteotomie zur optimalen Einstellung des Kopfes in der Gelenkpfanne angezeigt (Abb. 3.6). Auf die Gefahr einer Hüftkopfnekrose durch die subkapitale Korrektur muß jedoch hingewiesen werden (13).

Der Morbus *Perthes,* die aseptische Knochen-

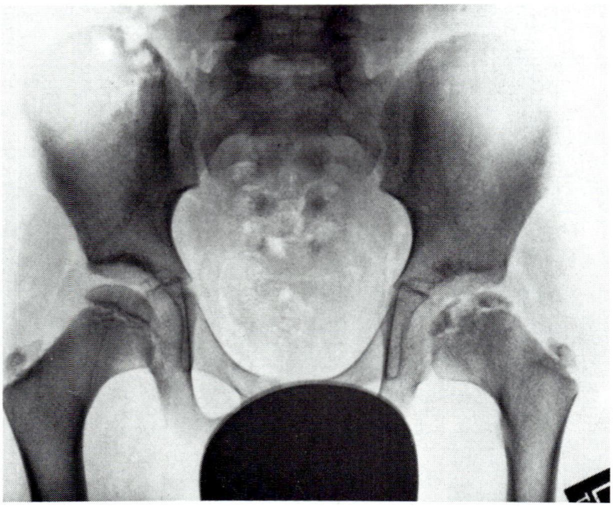

Abb. 3.7 M. *Perthes*. Erste Beschwerden am Oberschenkel, zum Knie hinziehend leichtes Schonhinken. Klinisch Bewegungseinschränkung des linken Hüftgelenkes

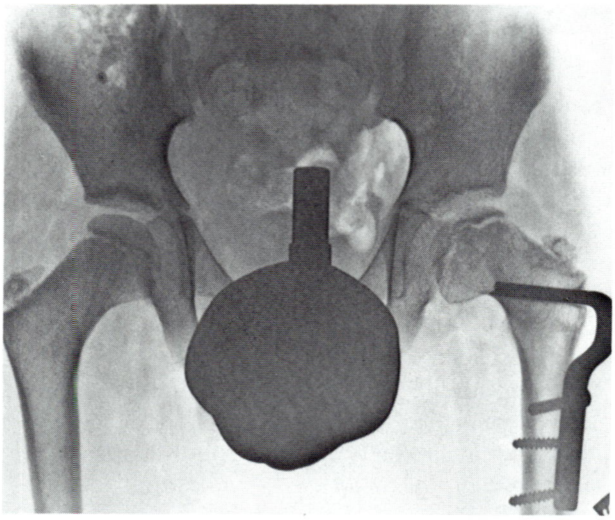

Abb. 3.8 Gleicher Patient wie Abbildung 7, sechs Monate nach Varisierungsosteomie. Deutlich verplumpter Schenkelhals mit Verbreiterung des Kopfes und Höhenminderung der Kopfkappe

nekrose der Hüftkopfkappe bzw. im Kleinkindesalter des Hüftkopfkernes, beginnt oftmals mit Schmerzen im Kniegelenk (Abb. 3.7).

Die Beckenübersichtsaufnahme läßt im Frühstadium der Erkrankung eine Verbreiterung des Hüftgelenkspaltes bei noch unauffälligen Kopfstrukturen erkennen. Im weiteren Verlauf zeigt sich dann röntgenologisch der gesetzmäßige Ablauf des Morbus *Perthes* mit Initialstadium, Sklerosierungsstadium, Fragmentationsstadium, Osteolysestadium und schließlich Reparationsstadium.

Eine konsequente Entlastung des Hüftkopfes ist von Anfang an anzustreben. Ob die Entlastung mit Stützkrücken oder mit *Thomas*splint ausreicht oder ob eine varisierende Osteotomie intertrochantär erfolgen soll, um den Gelenkbinnendruck auf den Kopf zu vermindern und gleichzeitig eine Reizosteotomie zu setzen, ist noch offen (10). In letzter Zeit wird die Indikation zur operativen Behandlung des Morbus *Perthes* wegen z. T. schlechter Resultate zurückhaltender beurteilt (Abb. 3.8).

Die gar nicht so seltene *Osteochondrosis dissecans* des Hüftgelenkes kann ebenfalls primär Schmerzen im Kniegelenk auslösen. Als Spezialröntgenaufnahmen sind evtl. Défilé-Aufnahmen notwendig, um die genaue Lage des Dissekates zu erkennen. Die operative Revision mit Fixierung des Dissekates muß angestrebt werden, anschließend ist eine Entlastung des betroffenen Hüftgelenkes notwendig.

Schmerzen im Bereich des Oberschenkels sollten auch an eine *Coxa valga* denken lassen.

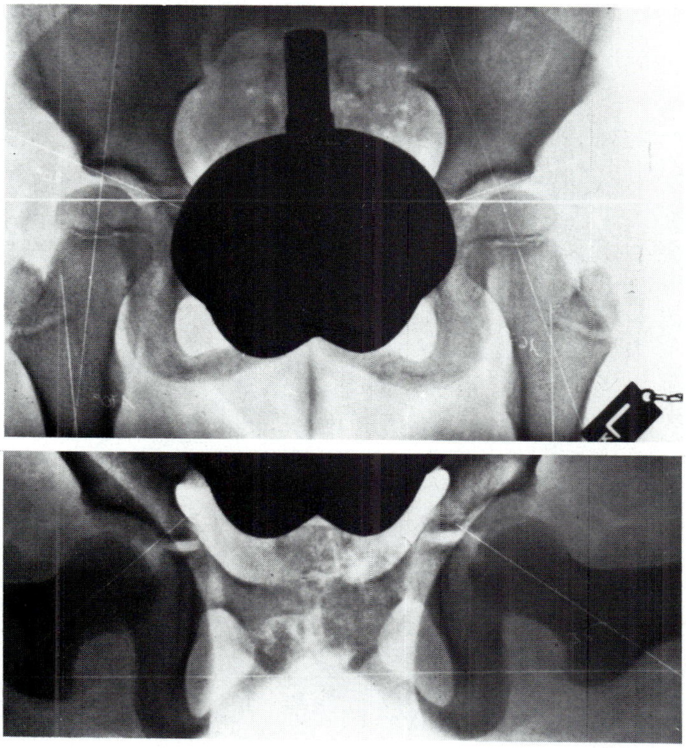

Abb. 3.9 Beckenübersicht und *Dunn-Rippstein*-Aufnahme zeigen extreme Coxa valga antetorta

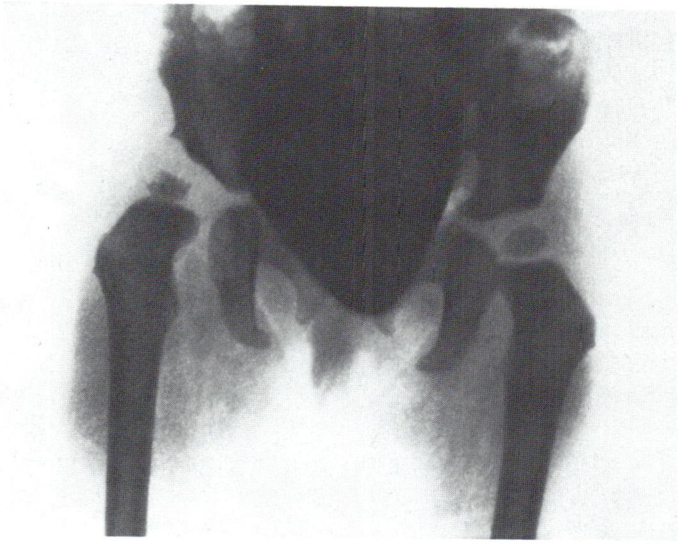

Abb. 3.10 Hüftgelenksdysplasie rechts mit fortdauernden Beschwerden im Kniegelenk

Besteht darüber hinaus noch die Möglichkeit des Najadensitzes – bei aneinandergelegten Oberschenkeln gelingt es den Kindern, sich zu setzen, wobei die Unterschenkel nach außen zeigen – so ist die Coxa valga antetorta (Abb. 3.9) in Erwägung zu ziehen. Diese vermehrte Steilstellung des Schenkelhalses mit Vordrehung gegen die Kniegelenksachse ist vielfach ein asymptomatischer Zufallsbefund. Neuere Langzeituntersuchungen zeigen, daß eine spontane Rückbildungsmöglichkeit der Valgusstellung möglich ist und auch eine Normalisierung der Rotationsfehlstellung zu erwarten ist (2).

Bei Beschwerdefreiheit kann deshalb mit einer operativen Korrektur der Coxa valga antetorta bis zur Pubertät gewartet werden.

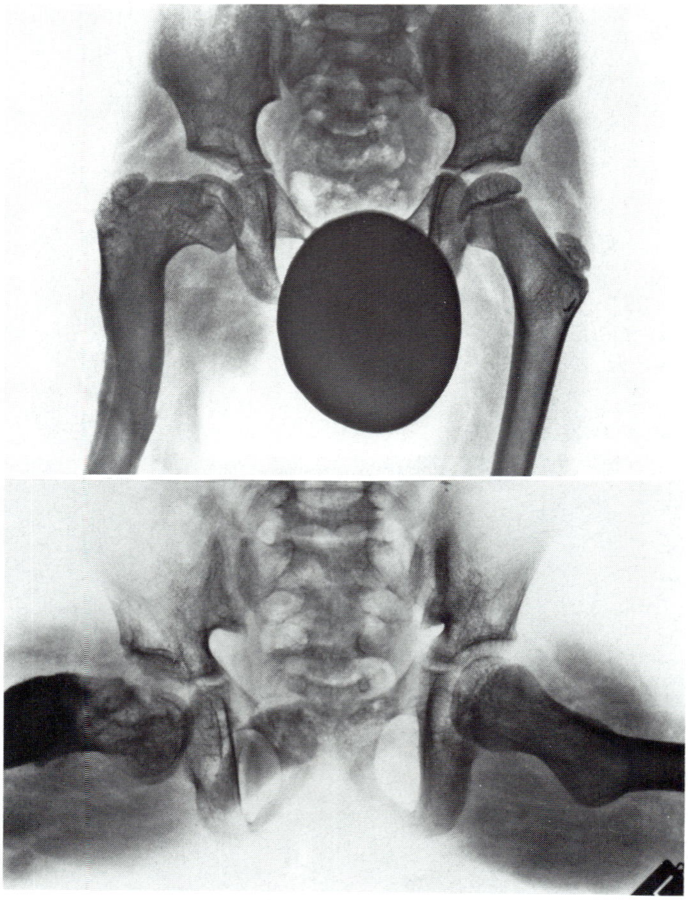

Abb. 3.11 Coxum varum retrotortum, Zustand nach jahrelang unbehandelter, haematogen entstandener Femurosteomyelitis

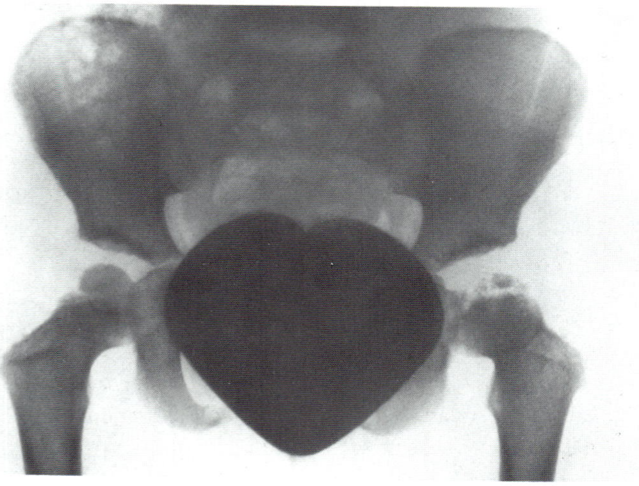

Abb. 3.12 Morbus *Perthes* links im Fragmentationsstadium

Die *Hüftgelenksdysplasie* muß ebenfalls zu den Erkrankungen gezählt werden, die primär mit Kniebeschwerden einhergehen können (Abb. 3.10). Diese wohl ererbte Deformität ist durch eine Minderausbildung der Hüftpfanne und einer damit verbundenen vermehrten Gelenkbelastung gekennzeichnet. Diese Belastung führt letztendlich zum vorzeitigen Gelenkverschleiß, so daß frühzeitig operiert werden muß. Gerade im kindlichen Alter lassen sich noch vorhandende Wachstumspotenzen zum Aufbau eines nahezu normalen Gelenkes nutzen.

Zur operativen Behandlung der Hüftgelenksdysplasie sind einige Verfahren geeignet, wobei die reine Varisierungsosteotomie nicht den gewünschten Erfolg gebracht hat. Nur die Kombination dieser Osteotomien mit einem hüftpfannenverbessernden Eingriff, etwa durch die Operation nach *Pemperton* oder *Chiari* geben Aussicht auf Erfolg.

Die Coxa retrotorta kommen selten und nur in Verbindung mit der Coxa vara vor (2), (Abb. 3.11).

Wie die Erkrankungen des Hüftgelenkes, können auch *Fußdeformitäten* ebenfalls zu Kniegelenksbeschwerden führen. Die klassischen Deformitäten wie Klumpfuß, Hohlfuß oder Sichelfuß spielen hier eine untergeordnete Rolle, da sie über Jahre fachärztlich versorgt werden. Der haltungsschwache Senk-Spreizfuß hat hier mehr Bedeutung, überträgt sich doch die Fehlstatik des Fußes mit den entsprechenden Belastungsbeschwerden bis ins Kniegelenk. Im allgemeinen reichen als Behandlung die aktive krankengymnastische Übungsbehandlung zur Stärkung der Fußmuskulatur und eine Einlagenversorgung aus.

Abb. 3.13 Gleiche Pat. wie in Abb. 12, versorgt mit Thomassplint

Wachstumsschmerz

Nach dem Gesagten wird verständlich, daß die »bequeme« Diagnose des Wachstumsschmerzes nur sehr zurückhaltend, wenn überhaupt, gestellt werden darf. Nach *Cotta* (6) verursacht normales Wachstum keine Beschwerden, wohingegen der wachsende Organismus auf »Unstimmigkeiten« sehr sensibel reagiert.

Abschließend sei eine Kasuistik dargelegt, die davor warnen soll, unkritisch die Diagnose Wachstumsschmerz zu stellen.

1977 wird ein dreijähriges Mädchen erstmalig wegen Schmerzen im rechten Kniegelenk beim Chirurgen vorgestellt. Die klinische Untersuchung zeigt unauffällige Kniegelenke. Im Röntgenbild erkennt man diskrete Strukturunregelmäßigkeiten im Bereich der Epiphysen des rechten Kniegelenkes. Eine ambulante Untersuchung in einer orthopädischen Universitätsklinik bringt keine weiteren diagnostischen Aufschlüsse. Erst 1980 zeigt die kleine Patientin dann im Hüftgelenk links eine geringfügige Einschränkung der Innenrotation gegenüber der Gegenseite um 20° und eine Abduktionshemmung um 15°. Die daraufhin durchgeführte Beckenübersichtsaufnahme läßt einen ausgedehnten Morbus *Perthes* links im Stadium der Fragmentation erkennen (Abb. 3.12).

Was hier besonders auffällt, ist die totale Umkehr der Schmerzprojektion. Diese werden in das gegenseitige Kniegelenk projiziert, nicht wie üblicherweise auf die ipsilaterale Seite. Darüber hinaus traten die Beschwerden anamnestisch nur vereinzelt und nicht immer nur unter Belastung, sondern abends im Bett auf. Allein die exakte klinische Untersuchung konnte hier ganz diskrete Bewegungsveränderungen aufzeigen, die dann schließlich zur röntgenologischen Verifizierung der Erkrankung führten. Die zwischenzeitlich durchgeführte Versorgung mit einem Thomassplint (Abb. 3.13) erbrachte vorläufige Beschwerdefreiheit.

Literatur

1. *Bandi, W.:* Zur Pathogenese der Osteochondritis dissecans (König). Unfallheilkunde 81, (1978) 295
2. *Bernbeck, R.* und *Damen, G.:* Kinderorthopädie. Georg Thieme, Stuttgart 1976
3. *Bernett, P.* und *Pfister, A.:* Klebung von Knorpelfrakturen (bisher unveröffentlicht)
4. *Brandt, H.:* Beitrag zur operativen Behandlung zur *Osgood-Schlatter*schen Erkrankung. Z. Orthop. 100, (1965) 340
5. *Classen, H.:* Beitrag zur Larsen-Johannson'schen Erkrankung der Patella. Z. Orthop. 78, (1949) 180
6. *Cotta, H.:* Orthopädie. Georg Thieme, Stuttgart 1978
7. *Hagedorn, K.:* Kongenitale Streckhemmung am linken Kniegelenk durch Scheibenmeniskus. Z. Orthop. 102, (1966) 624
8. *Hepp, O.:* Über das temporäre X-Knie. Arch. Orthop. Unfall-Chir. 51, (1966) 536
9. *Huth, F.* und *Klein, W.:* Punktionsdiagnostik von Gelenken. Enke, Stuttgart, 1977
10. *Kaufmann, L.* und *Scherer, H.:* Zehn-Jahres-Resultate der konservativen Behandlung bei Morbus Perthes. Orthopädie 8, (1979) 56
11. *Keitel, W.:* Differentialdiagnose der Gelenkerkrankung. VEB Fischer, Jena 1977
12. *Lange, M.,* und *Hipp, E.:* Lehrbuch der Orthopädie und Traumatologie. Band II, Teil 1, Enke, Stuttgart 1976
13. *Morscher, E., Stabli, A., Meier, S. G.* und *Imhof, A.:* Zehn-Jahres-Resultate der Nagelung und Verschraubung bei Epiphysiolysis capitis femoris. Orthopädie 8, (1979) 60
14. *Neurath, S.:* Die kindlichen Reizgelenke als Präarthrose. Z. Orthop. 112, (1974) 563
15. *Schmid, G. W.:* Leitfaden der Säuglings- und Kinderheilkunde. Tropon, Köln-Mülheim 1976

Nachweis der Abbildungen

Abb. 3.2–3.8 aus Zeitschrift für Allgemeinmedizin 56, 31, 1980

4. Meniskusläsionen

C. Burri

Mechanik und Morphologie

Artikulierende Gelenkflächen, Bandapparat und Muskulatur bilden am Knie zusammen mit den Menisken ein Bewegungssystem, wobei den Menisken die wichtige Aufgabe zukommt, die ungleich runden Femurkondylen zu führen und einen festen Gelenkschluß sicherzustellen. Mechanisch sind die Menisken elastisch und verformbar, morphologisch besteht ihre Ober- und Unterfläche aus straffem Faserknorpel, der Kern aus Bindegewebe. In dieses Bindegewebe dringen von der Randzone aus Gefäße ein. Die Menisken eines Kniegelenkes unterscheiden sich in ihrer Form: medial findet sich eine mehr sichelförmige Zwischenscheibe, die mit ihren Enden diejenigen der lateralen umfaßt, die mehr rund bis scheibenförmig ausgebildet ist. Während der äußere Meniskus im Sagittalschnitt gleichmäßig dick erscheint, ist der mediale bikonkav und verjüngt sich von hinten nach vorne keilförmig (2).

Die Verankerung der Menisken mit den umgebenden Strukturen ist vielfältig: Ihre äußere Circumferenz geht in die Lamina synovialis der Gelenkkapsel über, daneben finden sich Bindegewebszüge zu den Seitenrändern der Patella. Lateral strahlen Sehnenfasern des Musculus popliteus, medial des Musculus semimembranosus in die hinteren Anteile der Gelenkscheiben ein. Vorder- und Hinterhörner sind gegen das Tibiaplateau fixiert, außerdem bestehen Verbindungen vom vorderen Pol des inneren Meniskus zum vorderen Kreuzband sowie vom hinteren Pol des Außenmeniskus zum hinteren Kreuzband (Abb. 4.1). Über die direkte Verbindung des medialen Seitenbandes mit den medialen Anteilen der Gelenkkapsel besteht auf dieser Seite auch eine innigere Verbindung zwischen Seitenband und Meniskus (2).

Die Menisken werden hauptsächlich passiv bei den Bewegungen des Kniegelenkes durch die Femurkondylen hin- und hergeschoben. Daneben ist die einstrahlende Muskulatur in einem geringen Grade in der Lage, die Menisken aktiv nach hinten zu ziehen. In Extension des Kniegelenkes liegen die Menisken mit den nach vorne gerollten Kondylen maximal nach ventral verschoben, dadurch bleibt auf der hinteren Tibiafläche ein schmaler Rand frei. Mit zunehmender Beugung werden die Menisken nach dorsal verlagert, wobei der äußere aufgrund der Rotation des Kniegelenkes um seine Längsachse etwa den doppelten Weg des inneren zurücklegt. Hierbei werden beide Menisken deformiert, wobei der äußere die stärkere Verformung erfährt (Abb. 4.2). Die Gelenkscheiben müssen den aktiven und passiven Rotationsbewegungen des gebeugten Kniegelenkes folgen, hierbei schiebt sich bei Außenrotation des Unterschenkels der laterale Meniskus nach vorn und der mediale nach hinten, wobei sich sein Rand vom inneren Gelenkspalt entfernt. Bei Innendrehung erfolgt die Verschiebung in umgekehrter Richtung. Auch bei diesen Bewegungen legt der Außenmeniskus die doppelte Strecke des inneren zurück (4).

Inwieweit die Menisken axiale Kräfte vom Femur auf die Tibia übertragen, ist noch nicht geklärt. Der Faserverlauf in den Zwischenscheiben spricht gegen das Einwirken solcher Kräfte, andererseits finden sich in der Literatur aber auch Angaben, daß bei vollständig gestrecktem Knie den Menisken Bedeutung bei der Kraftübertragung zukommt (1, 2).

Die komplexe Problematik der Mechanik, Pathophysiologie, Diagnostik, Therapie und Begutachtung der Meniskusläsionen wurde auf dem unfallchirurgischen Workshop auf Schloß Reisensburg 1976 ausgiebig von Fachleuten diskutiert. Die hier niedergelegten Äußerungen entsprechen dem Ergebnis dieser Diskussion und den dabei erarbeiteten Richtlinien (2).

(Teilnehmer s. S. 66)

Pathophysiologie

Die Menisken gehören zu den bradytrophen Geweben, wie beispielsweise die Sehnen. Lediglich ungefähr ein Fünftel wird von der Mikrozirkulation erfaßt, die »Ernährung« erfolgt über die Synovialflüssigkeit. Aus diesem Grunde fallen

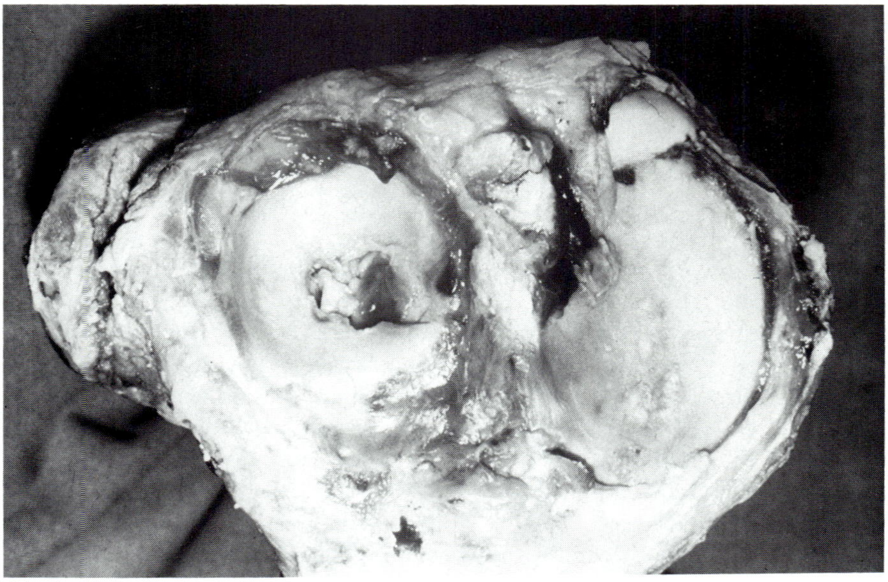

Abb. 4.1 Form, Lage und Bedeutung des lateralen Meniskus: Der laterale Meniskus bei einer 90jährigen Frau ist praktisch intakt und zeigt eindeutig seine Schutzfunktion für die tibiale Gelenkfläche. Mediales Tibiaplateau ohne Knorpelbelag

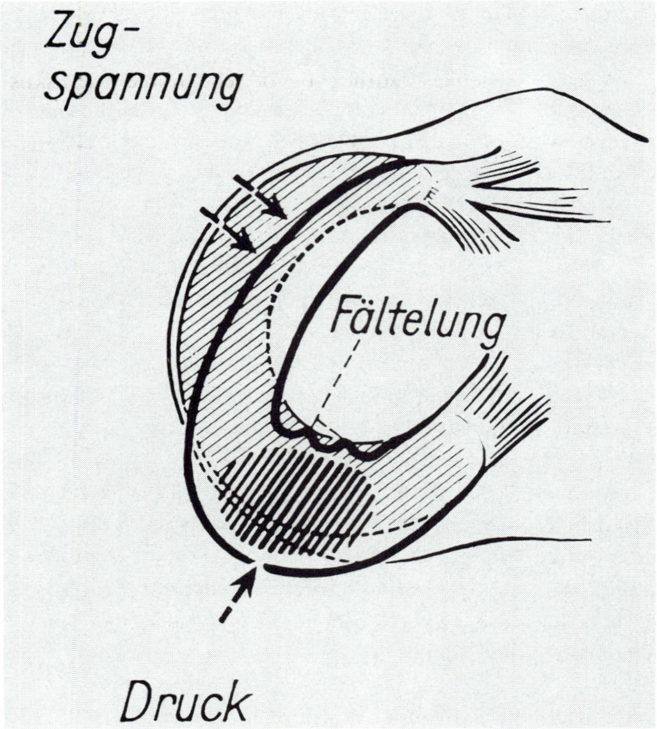

Abb. 4.2 Lageveränderung des Meniskus bei Bewegung des Kniegelenks. Am Übergang zum hinteren Drittel Ort der meisten Rißbildungen

die Gelenkscheiben leicht degenerativen Veränderungen anheim.

Ausmaß und Geschwindigkeit degenerativer Prozesse sind großen individuellen Schwankungen unterworfen. So lassen sich bereits bei 15jährigen deutliche degenerative Veränderungen nachweisen, andererseits finden sich nicht selten Menisken bei 70jährigen, die vollständig

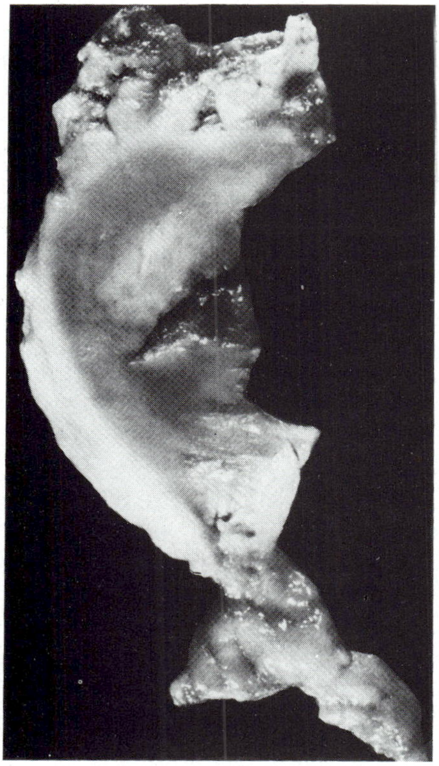

Abb. 4.3 Frischer Querriß bei wenig degenerativ verändertem Meniskus am Übergang mittleres hinteres Drittel

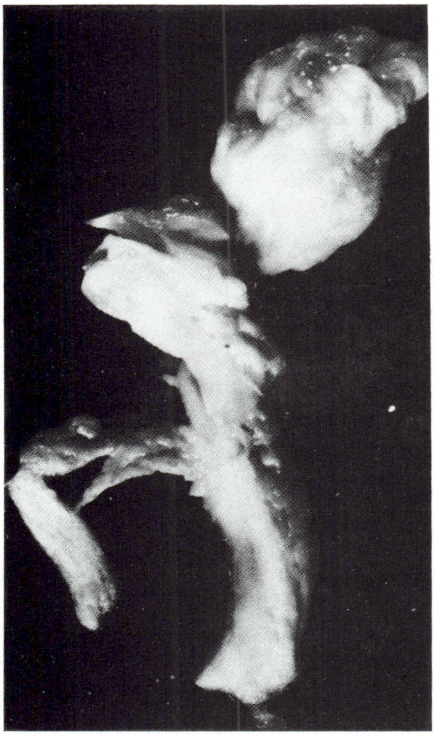

Abb. 4.4 Multiple Einrisse an einem schwer degenerierten Meniskus

frei von solchen Erscheinungen sind. Insgesamt sind degenerative Veränderungen in traumatisch geschädigten und anschließend operativ entfernten Menisken deutlich stärker ausgeprägt als im altersentsprechenden Sektionsgut. Da die Menisken integrierte Bestandteile des gesamten Kniebandapparates sind, ist eine isolierte traumatische Schädigung eines Meniskus, analog zu den Bändern, mechanisch nur schwer vorstellbar. In der Mehrzahl der Fälle stellt die Läsion eines nicht oder kaum degenerierten Meniskus nur den Schwerpunkt der Verletzung im Rahmen einer komplexeren Kniegelenksverletzung dar. Dies gilt insbesondere für die sogenannte Unhappy triad, bei der mediales Seitenband, Meniskus und vorderes Kreuzband beteiligt sind. Dabei ist in der Mehrzahl der Fälle nicht der Meniskus in sich gerissen, sondern seine Verbindungen zur Kapsel werden abgelöst. Die Ruhigstellung vermag – bei nicht ausgeprägter Bandschädigung – die entsprechende Läsion vollständig auszuheilen. Hat der Verletzungsmechanismus jedoch zu einer Rißbildung im Meniskus selbst geführt, bringt die Ruhigstellung zwar eine annähernd vollständige Stabilität des Kniegelenkes, zurück bleibt jedoch die Meniskussymptomatik. Für eine isolierte Meniskusverletzung kommt als Unfallmechanismus lediglich die kraftvolle passive Streckung des Kniegelenkes in Betracht, bei der die mechanische Unfallsituation die physiologische Schlußrotation verhindert. Daß auch ein gesunder Meniskus hierbei an die sogenannte Condylenklemme geraten und dabei verletzt werden kann, ist um so eher denkbar, als die Laxität des den Meniskus führenden Kapsel-Bandapparates individuellen Schwankungen unterliegt (2).

In der überwiegenden Zahl der Fälle findet die Rißbildung jedoch sicher in einem degenerativ vorgeschädigten Meniskus statt. Da solche Veränderungen fortschreiten, ist auch für den versierten Pathologen die ätiologische Würdigung der gefundenen Verletzung um so schwieriger, je mehr Zeit zwischen dem angeschuldigten Trauma und der Meniskektomie vergangen ist. Degenerative Prozesse betreffen häufig das Gelenk als Gesamtheit. Die Zuordnung histologischer Befunde am Meniskus wird dem Pathologen wesentlich erleichtert, wenn bei der Meniskektomie auch eine Probeexzision aus der Gelenkinnenhaut durchgeführt wird. Da dieser Schritt keinerlei Ausweitung der Operation bedeutet, sollte er bei allen Meniskektomien routinemäßig durchgeführt werden.

Die Treffsicherheit der histologischen Diagnose läßt sich weiterhin dadurch erhöhen, daß dem Pathologen der Mechanismus des angeschuldigten Unfalles, die seither vergangene Zeit sowie der intraoperative Befund am Meniskus sowie des gesamten Kniebinnenraumes mitgeteilt werden.

Die Unfallzusammenhangsfrage ist weiterhin dadurch erschwert, daß sicher häufig kleine Rißbildungen in einem Meniskus auftreten, die zunächst zu keinerlei Störungen der Gelenkfunktion führen. Durch ein zusätzliches Trauma können sich diese Risse dann so weit ausdehnen, daß nun eine Situation entsteht, die das Gelenkspiel stört (Abb. 4.3 und 4.4).

Diagnostik der Meniskusläsion (1, 2, 5, 7, 8, 9)

Die *anamnestischen Angaben* des Patienten variieren mit der Ätiologie und dem Ausmaß des Schadens:

Eine frische, vorwiegend oder hauptsächlich traumatische Läsion des Meniskus geht mit dem Erlebnis einer erheblichen Kniebinnenschädigung einher. Der Patient hört ein Knacken oder fühlt, daß etwas zerreißt. Einrisse in einem degenerativ veränderten Meniskus verlaufen, je nach Ausmaß der Vorschädigung, wesentlich weniger dramatisch. Auch die Lokalisation der Verletzung beeinflußt die geklagten Beschwerden: Gerade große Korbhenkelläsionen mit vollständiger Dislokation des Korbhenkels nach intercondylär brauchen nach Abklingen der Initialsymptome fast keine Beschwerden mehr zu verursachen.

Besteht in der Anamnese bei einer Rotation des belasteten Kniegelenkes ein plötzlich einsetzender Schmerz mit nachfolgender schmerzhafter Streckhemmung, ist an der Diagnose Meniskusläsion kaum zu zweifeln. Rezidivierende Einklemmung durch einen geschädigten Meniskus führt zu arthrotischen Veränderungen des Kniegelenks. Unserer Ansicht nach ist jedes meniskektomierte Knie arthrosegefährdet, ein gerissener Meniskus führt jedoch rascher zu degenerativen Veränderungen des betroffenen Gelenkabschnittes, das heißt, *kein Meniskus ist besser als ein geschädigter Meniskus.*

Objektive Befunde

Die bei der Untersuchung festgestellten objektivierbaren Befunde differieren von der akuten Läsion bis zum chronischen Schaden erheblich. Neben der Prüfung der Bandstabilität, dem Nachweis eines Gelenkergusses, der aktiven und passiven Beweglichkeit des Gelenkes, wobei insbesondere auf Streckhemmung und Überstrekkungsschmerz zu achten ist, haben sich in der Praxis mehrere sogenannte Meniskuszeichen bewährt, deren Aussagekraft für akute und chronische Meniskusläsionen unterschiedlich bewertet werden müssen. Sogenannte Meniskuszeichen sind:

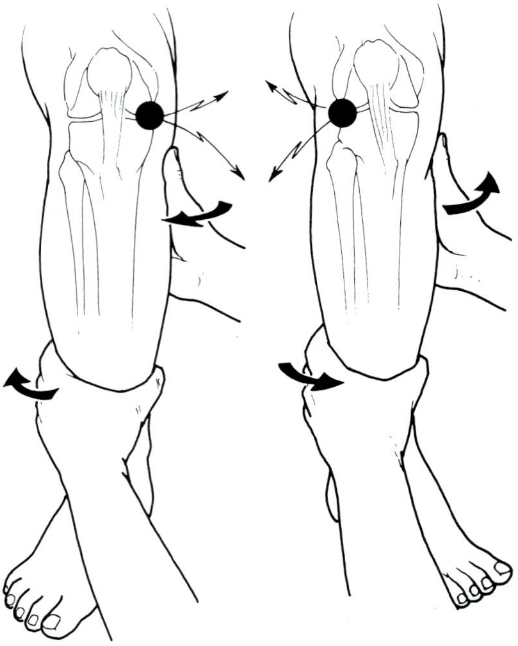

Abb. 4.5 Zeichen nach Steinmann I

Steinmann I: (Abb. 4.5)
Schmerzen am inneren Gelenkspalt bei Außenrotation

Steinmann II:
Wandernder Druckschmerz bei passiven Bewegungen des Kniegelenkes

Bragard:
Druckschmerz über dem Vorderhorn bei Innenrotation

Mc Murray: (Abb. 4.6)
Tastbarer Klick im Bereich des medialen Gelenkspaltes, wenn das Knie aus voller Beugung und Außenrotation rasch passiv gestreckt wird. Der mediale Kondylus springt hierbei über das nach innen geschlagene Hinterhorn.

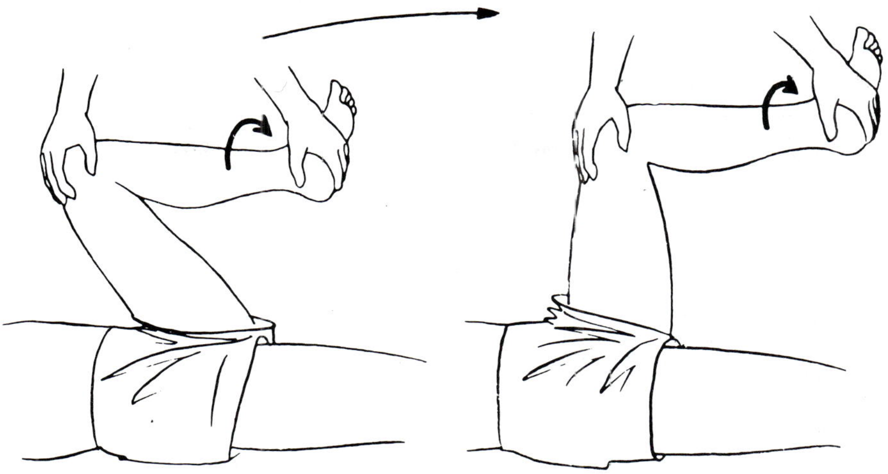

Abb. 4.6 Test nach *Mc Murray*

Tab. 4.1 Bedeutung verschiedener Untersuchungen für die Diagnostik frischer und chronischer Meniskusschäden

	frisch	chronisch
Anamnese	+++	+++
Quadricepsatrophie	–	++
Gelenkerguß	++	+ (intermittierend)
Streckhemmung	++	+ (intermittierend
Überstreckungsschmerz	++	(+)
Druckschmerz des Hinterhornes	++	+
Steinmann I	++	++
Steinmann II	++	++
Bragard	++	(+)
Mc Murray	(+++)[1]	+++
Apley/Grinding	(+++)[1]	+++
Böhler	++	+
Arthroskopie	(+)	++
Arthrographie	(+)	++

[1] Wegen Schmerzhaftigkeit oft nicht überprüfbar

Apley:

Der Patient wird in Bauchlage gebracht, das Bein auf harter Unterlage um 90 Grad gebeugt und durch möglichst kraftvollen axialen Druck am Unterschenkel komprimiert und auf Rotationsschmerz geprüft (*Grinding*-Test, Abb. 2.5).

Beim Extensionstest wird das ebenso gelagerte Knie durch Zug am Unterschenkel extendiert und dann die Rotationsschmerzhaftigkeit geprüft. Verstärkung der Schmerzen unter diesem Vorgehen weist auf eine Bandläsion hin.

Böhler (modifiziert):

Adduktionsschmerz bei gleichzeitigem Daumendruck auf den Meniskus, wodurch ein Ausweichen aus der Condylenklemme verhindert wird.

Druckschmerz des Hinterhornes:

Druck auf die hinteren Anteile des Gelenkspaltes durch die Kniekehle in Bauchlage des Patienten.

Arthrographie (Abb. 4.7)

Diese Untersuchung hat für die Diagnose einer frischen Meniskusverletzung keine entscheidende Bedeutung mehr. Die Treffsicherheit der Methode liegt im allgemeinen bei 70 bis 80%, während ein gewiegter Diagnostiker eine Meniskusläsion klinisch in über 90% richtig feststellen kann. Die Indikation der Arthrographie wird mehr und mehr auf die Fälle beschränkt, bei denen nach Meniskektomie Restbeschwerden bestehen, die den Verdacht auf zurückgelassene

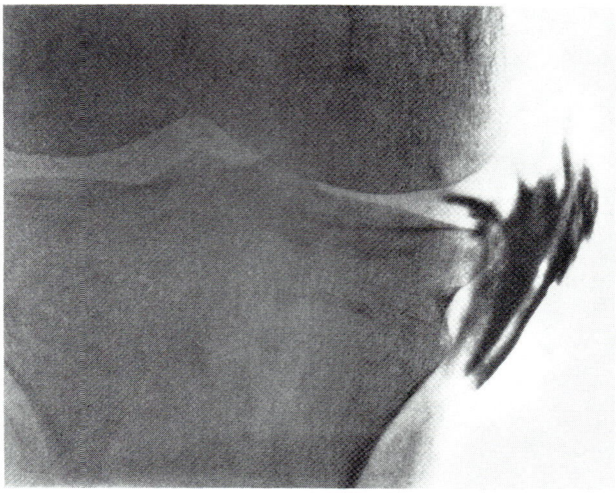

Abb. 4.7 Diagnostik der Meniskusläsion: Die Arthrographie zeigt einen Einriß im Meniskus sowie ein Meniskusganglion

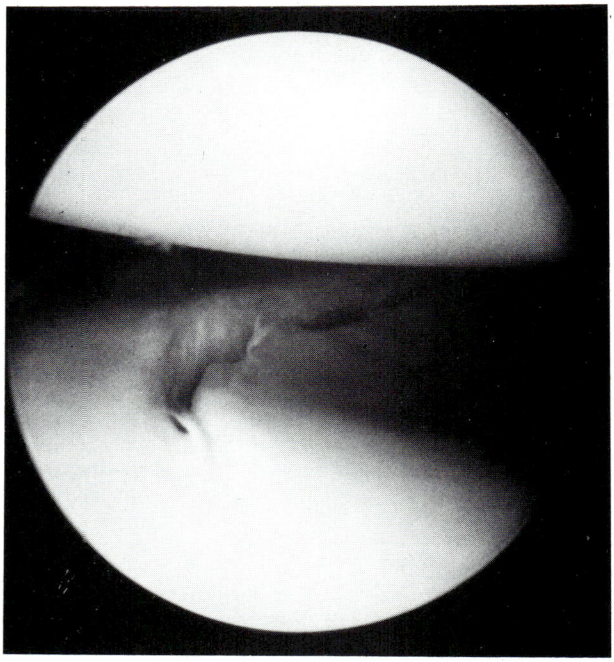

Abb. 4.8 Diagnostik der Meniskusläsion: Bei der Arthroskopie sind die Läsionen am Meniskus klar erkennbar

Meniskusteile oder, weit seltener, ein störendes Meniskusregenerat lenken.

Arthroskopie (Abb. 4.8)

Dieses Verfahren bringt eine Trefferquote von über 95%. Es bleibt auf die Fälle beschränkt, bei denen eine subtile klinische Untersuchung keine sichere Diagnose erlaubt, das Ausmaß der Beschwerden aber eine Arthrotomie nicht unbedingt erforderlich erscheinen läßt. Die Arthroskopie ist außerdem in der Situation von Nutzen, in der das klinische Bild zwar eine Arthrotomie notwendig macht, die Wahl des besten Zuganges aber anhand der klinischen Untersuchung nicht sicher entschieden werden kann (2).

Indikation zur Meniskektomie

Auf dem genannten Reisensburger Workshop haben sich 35 Fachleute aus dem deutschsprachigen Gebiet auf folgende Empfehlungen geeinigt:

- Bei Rißbildungen im Meniskus muß dieser entfernt werden.
- Dagegen ist ein Meniskus, der an sich intakt und nur durch eine »kurze« Rißbildung in der vaskularisierten Zone vom Kapsel-Band-

apparat gelöst ist, zu belassen und durch feine, atraumatische Nähte zu reinserieren.

- Nach frischen Verletzungen mit Gelenkerguß und Streckhemmung ist die Indikation zur Arthrotomie mit dem Ziel der Meniskektomie gegeben.
- Findet sich lediglich ein lokaler Druckschmerz bei intaktem Bandapparat, ohne Ergußbildung oder Blockaden, soll zunächst konservativ vorgegangen werden. Das Knie wird, je nach Ausmaß der Beschwerden, einige Tage auf einer Gipsschiene ruhiggestellt und danach mit elastischer Binde gewickelt. Das weitere Vorgehen richtet sich nach den verbleibenden Beschwerden. Eine Ruhigstellung über mehrere Wochen im Gipsverband ist bei den heutigen Kenntnissen der Pathophysiologie der Meniskusverletzung nicht mehr gerechtfertigt.
- Wenn wegen starker Schmerzhaftigkeit eine differenzierte Untersuchung des Gelenkes nicht möglich ist, muß angenommen werden, daß ein komplexer Kniebinnenschaden vorliegt. Dieser macht in aller Regel die operative Revision des Gelenkes notwendig. Falls man sich jedoch vorher noch zu einer Narkoseuntersuchung entschließt, ist diese in Operationsbereitschaft und nach Einholung einer entsprechenden Operationseinwilligung des Patienten durchzuführen.
- Das Vorgehen beim chronischen Meniskusschaden richtet sich nach Klinik und Beschwerden. Ein einmaliger Gelenkerguß oder eine einmalige Blockade rechtfertigen noch nicht unbedingt die Entfernung eines Meniskus, es sei denn, die Schädigung wurde einwandfrei klinisch, arthrographisch oder arthroskopisch erwiesen. Wiederholen sich allerdings die klinischen Erscheinungen, sollte mit der Arthrotomie nicht gezögert werden.
- Findet man einen degenerierten, aber nicht gerissenen Meniskus im Rahmen eines instabilen Gelenkes, soll dieser, wenn irgend möglich, belassen werden, da die Erfahrung gezeigt hat, daß die Instabilität, insbesondere bezüglich der Rotation, nach Meniskektomie meist deutlich zunimmt. Therapeutisch steht in diesen Fällen die Bandrekonstruktion im Vordergrund.
- Dieselbe Zurückhaltung ist geboten, wenn ein entsprechend geschädigter Meniskus im Rahmen einer femoro-tibialen Arthrose, insbesondere mit Achsenfehlern, angetroffen wird. Auch hier geht der Verschleiß des betroffenen Gelenkanteils nach Meniskektomie oft beschleunigt weiter. Hier sind Achsenkorrekturen zur Entlastung des geschädigten Kompartimentes angezeigt.

Für das Vorgehen im einzelnen ergeben sich damit folgende Vorschläge:

Degeneration und Riß bei Arthrose ohne Achsenabweichung → Meniskektomie.

Degeneration und Riß bei Arthrose ohne Achsenabweichung mit Ergüssen → Meniskektomie und Synoviektomie.

Degeneration und Riß bei Arthrose mit Achsenabweichung → Meniskektomie und Osteotomie.

Degeneration ohne Rißbildung bei Instabilität → Bandrekonstruktion, Belassen des Meniskus.

Degeneration ohne Rißbildung bei Arthrose mit Achsenabweichung → Osteotomie, Belassen des Meniskus.

Operationstechnik

Die folgenden Ausführungen sollen dem niedergelassenen Arzt den heutigen Stand der Vorbereitung, der Technik des Eingriffes und der Nachbehandlung vor Augen führen:

Operationsvorbereitung

a) Die Rasur mit einem normalen Rasiermesser am Vortage hat sich nicht bewährt, da danach gehäuft Follikulitiden auftreten. Mit normalen Messern sollte nur unmittelbar vor der Operation rasiert werden. Hautschonender sind elektrische Rasiermaschinen mit sterilisierbaren Köpfen. Diese führen zu keiner Hautreizung, so daß die Haare bereits am Vortage entfernt werden können. Haarentfernungsmittel sind teuer und verursachen gelegentlich allergische Reaktionen.

b) In den meisten Kliniken wird am Vortag ein antiseptischer Hautanstrich aufgebracht und anschließend ein Schutzverband angelegt.

c) Die postoperative Remobilisation wird erleichtert, wenn der Patient bereits präoperativ Spannungsübungen des M. quadriceps erlernt hat. Die hiermit beauftragte Krankengymnastin sollte gleichzeitig das Gehen unter Teilbelastung üben.

d) Zur sorgfältigen Operationsvorbereitung gehören Unterlagen, aus denen mit Sicherheit hervorgeht, welcher Meniskus revidiert werden muß. Den sichersten Schutz vor Eröffnung des falschen Kompartiments oder des falschen Knies bietet die einfache Methode, die entsprechende Seite des richtigen Knies mit einem Farbstift zu markieren.

e) Unmittelbar vor der Operation wird die Haut durch Äther entfettet und danach dreimal mit einer desinfizierenden Lösung, wie Merfen, Kodan oder ähnlichem, angestrichen.

f) Das Operationsfeld wird durch eine Folie abgedeckt, durch die die Hautinzision erfolgt.

Lagerung

Um eine ausreichende Revision des gesamten Meniskus sowie eine schonende Meniskektomie durchführen zu können, muß es möglich sein, das Knie frei zu strecken und über den rechten Winkel zu beugen. Hierbei dürfen die Weichteile der Kniekehle nicht von hinten in den Gelenkraum gedrückt werden.

In den meisten Kliniken wird die Operation bei frei hängendem Unterschenkel durchgeführt. Speziell bewährt hat sich die von *Trillat* (7) angegebene Lagerungsschale, die auf Höhe des halben Oberschenkels neben der normalen Tischplatte montiert wird. Je nach den Erfordernissen der Operation kann das Bein dann gestreckt auf der Platte gelagert oder rechtwinkelig über diese kleine Schale gebeugt werden.

Über die Frage, ob das Anlegen einer Blutleere oder nur einer Blutsperre zu bevorzugen sei, herrscht keine einheitliche Meinung, da über Nutzen oder Schaden des bei der Blutsperre in den Gefäßen verbleibenden Blutes unterschiedliche Literaturangaben existieren. Die Mehrzahl der Unfallchirurgen und Orthopäden operiert jedoch in Blutsperre. Bei vorbestehenden schweren Gefäßschäden verbietet sich jede Unterbrechung der Blutversorgung.

Zugang

Eine 4 cm lange Inzision über dem Gelenkspalt in der Verbindungslinie zwischen Epicondylus femoris und Tuberositas tibiae erlaubt guten Einblick in das Gelenk. Falls es die angetroffene Situation erfordert, kann dieser Schnitt zu einer *Payr*schen Inzision erweitert werden. Es ist jedoch darauf zu achten, daß der Schnitt medialdistal nicht weiter als 1 cm über die Gelenkfläche des Schienbeinkopfes geführt wird, um Verletzungen des Ramus infrapatellaris des Nervus femoralis zu vermeiden. Verletzungen dieses Nervenastes führen zu erheblich störenden Dysästhesien unter der Kniescheibe.

Der oben beschriebene Zugang erlaubt gegebenenfalls auch die Revision der hinteren Anteile des Meniskus durch zusätzliche Kapseleröffnung hinter dem Seitenband vom selben Hautschnitt aus. Die Eröffnung der Kapsel selbst erfolgt beim Standardzugang in Faserrichtung. Zusätzliche Inzisionen hinter dem Seitenband werden in Längsrichtung durchgeführt, da bei anderer Schnittführung das Seitenband bzw. der Tractus iliofemoralis, dessen Strukturen ebenso in jedem Falle geschont werden müssen, durchtrennt werden können.

Instrumentarium (Abb. 4.9a und 4.9b)

Mit dem von *Smillie* angegebenen Messer-Set von vier Meniskotomen läßt sich der Meniskus vollständig und schonend entfernen. Zur ausreichenden Darstellung sind kleine Haken nach *Langenbeck* oder S-förmig gekrümmte, ebenfalls von *Smillie* angegebene Haken zu empfehlen. Eine gebogene Knopfsonde zum Unterfahren des Meniskus ist sicherer und schonender als das sogenannte Meniskushäkchen. Bei geringsten Zweifeln über den Zustand des Hinterhornes oder bei Schwierigkeiten, dieses zu entfernen, muß zusätzlich hinter dem Seitenband inzidiert werden. Dieser zusätzliche kleine Schritt erlaubt einen sicheren Zugang zu den dorsalen Anteilen des Meniskus (3).

Vorgehen im einzelnen (Abb. 4.10a und 4.10b)

Vor dem Entschluß zur Entfernung oder Belassung eines Meniskus muß sich der Operateur über den Zustand des gesamten Knieinnenraumes Gewißheit verschafft haben. Hierzu gehört im einzelnen die Beurteilung:

- der Menge, Farbe und Beschaffenheit der Gelenkflüssigkeit,
- des gesamten zu revidierenden Meniskus,
- zumindest der vorderen Anteile des anderen Meniskus,

a

b

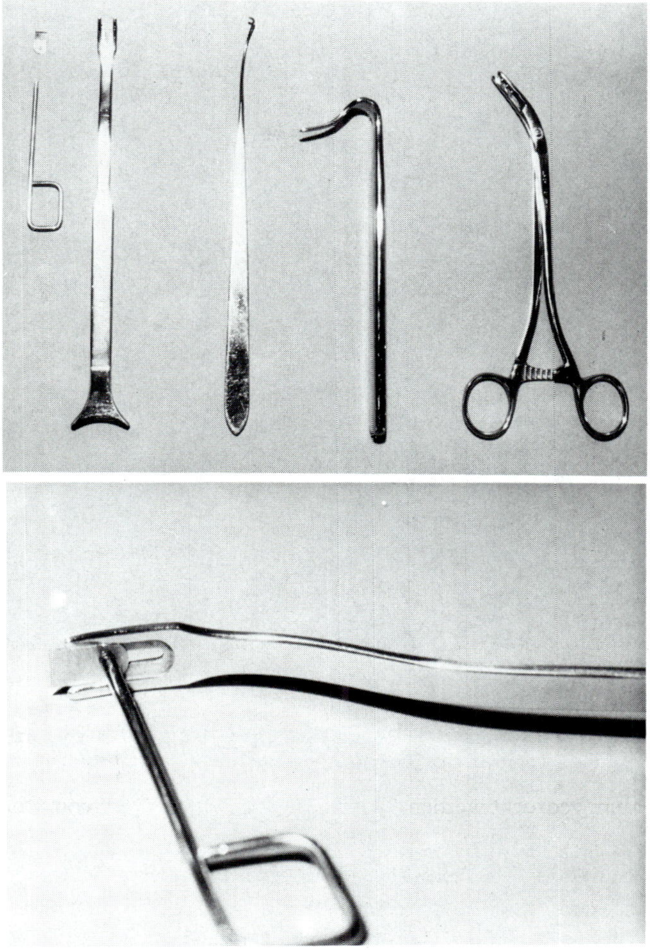

Abb. 4.9 Instrumentarium zur Menisk-ektomie:
a) Vollständiges Meniskus-Set
b) Meniskotom mit Einmalklinge

- der Kreuzbänder,
- der Gelenkinnenhaut,
- des Knorpelbelages an Femurcondylen und Patellarückfläche,
- des *Hoffa*schen Fettkörpers,
- des oberen Recessus.

Außerdem ist die Stabilität der Seiten- und Kreuzbänder vor und nach Meniskektomie zu prüfen.

Die entsprechenden Befunde müssen im Operationsbericht festgelegt werden, nicht zuletzt, da ihre Kenntnis für die Beurteilung eventueller Restbeschwerden von grundlegender Bedeutung ist. Zusätzlich empfiehlt es sich, einen Stempelvordruck, wie er auch für das Begleitschreiben des Präparates zur histologischen Untersuchung verwendet werden kann, im Operationsbericht anzubringen. In diesem wird dann die gefundene Läsion eingezeichnet.

Längsrisse innerhalb eines Meniskus selbst zu vernähen, ist sinnlos, da sie in dem bradytrophen Gewebe nicht heilen können.

Der etwas irreführende Ausdruck »Meniskusnaht« bezieht sich vielmehr auf die Verletzungen, bei denen der Meniskus in seiner gefäßführenden Randzone rißförmig von der Gelenkkapsel gelöst ist. Bei dieser Verletzung soll der Meniskus durch feines atraumatisches und verzögert resorbierbares Nahtmaterial reinseriert werden.

Ein unverletzter Meniskus muß belassen werden!

Eine Hypertrophie des *Hoffa*schen Fettkörpers ist immer reaktiv und gibt Veranlassung zur sorgfältigen Revision des gesamten Gelenkes.

Über das Vorgehen bei Korbhenkelläsionen herrscht keine einheitliche Meinung. Die Mehrzahl der Chirurgen und Orthopäden plädiert je-

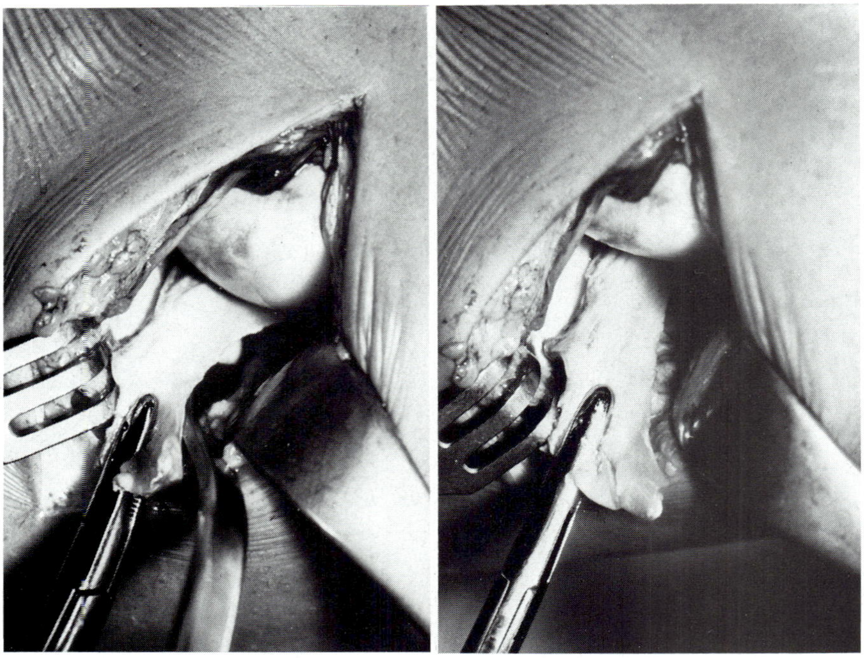

Abb. 4.10 Technik der Meniskektomie
a) Loslösen des Vorderhornes, Ablösen am Rande des Meniskus mit dem Meniskotom
b) Einschlagen bei abgelöstem Rand und Hinterhornresektion intercondylär

doch dafür, bei Menisken, die glatte Rißränder aufweisen und makroskopisch nicht degeneriert erscheinen, nur den Korbhenkel zu resezieren.

Falls die Revision des Kniegelenkes weitere Schäden aufweist, die der operativen Behandlung bedürfen, sollten diese Maßnahmen in derselben Sitzung angeschlossen werden. Dies setzt voraus, daß der Patient präoperativ entsprechend unterrichtet wurde und sein Einverständnis für weitere Maßnahmen gegeben hat. Ein entsprechendes Gespräch gehört zur Indikationsstellung.

Wurde nur der Meniskus entfernt, ist in der Regel das Einlegen eines intraartikulären Saugdrains nicht erforderlich. Entschließt man sich jedoch hierzu, ist dieses spätestens nach 24 Stunden zu entfernen.

Der Verschluß der Kapsel kann ein- oder zweischichtig erfolgen. In jedem Fall ist auf Schonung der dünnen, fetthaltigen Bindegewebsschicht zwischen Gelenkinnenhaut und eigentlicher Kapsel zu achten, da in dieser das Gefäßnetz verläuft, das die Gelenkinnenhaut ernährt und damit Grundlage der Synoviaproduktion ist.

Einige Chirurgen bevorzugen die Öffnung der Blutsperre vor Beginn des Wundverschlusses, um eine sorgfältige Blutstillung sicherzustellen.

Falls man dies nicht durchführt, darf die Zirkulation erst freigegeben werden, wenn das Kniegelenk mit einem gut sitzenden Druckverband versorgt ist. Um eine strangulationsartige Störung des venösen Rückflusses zu vermeiden, ist dieser Druckverband gleichmäßig von den Metatarsalköpfchen bis über das Kniegelenk zu führen. Alternativ bietet sich das Anlegen eines entsprechend dimensionierten Gummistützstrumpfes an.

Nachbehandlung

Aus analgetischen Gründen wird das Bein in den ersten zwei bis drei postoperativen Tagen auf einer dorsalen Gipsschiene oder einer festen Schaumstoffschiene ruhiggestellt.

Der Patient ist anzuhalten, Spannungsübungen des Quadriceps durchzuführen, sobald es seine Beschwerden erlauben.

Die unterstützte Mobilisation des Gelenkes beginnt am dritten oder vierten Tag. Je nach

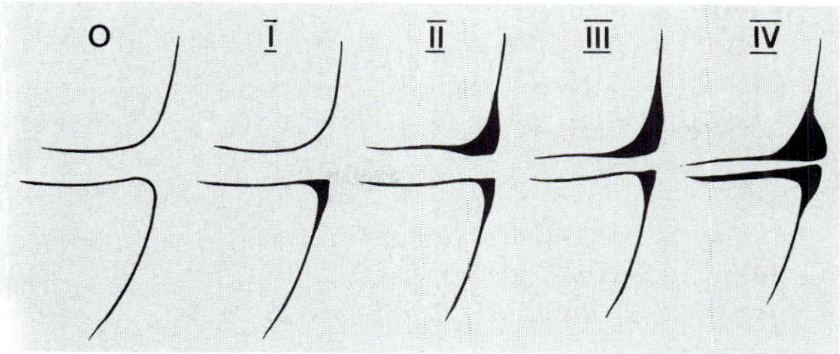

Abb. 4.11 Klassifikation der Röntgenveränderungen nach der Meniskektomie (6)

Restbeschwerden und Beweglichkeit des Patienten kann die Belastung des Beines zwischen dem sechsten und zehnten Tag erlaubt werden.

In der Regel wird die Teilbelastung bis zum Abschluß der dritten postoperativen Woche fortgesetzt, danach einige Tage zunehmende Belastung geübt und die Vollbelastung des Beines spätestens nach vier Wochen freigegeben. Entscheidend für die Belastbarkeit ist die Funktion des Vastus medialis. Ist sie wiederhergestellt, kann auf weitere Entlastung verzichtet werden.

Stärkere Belastungen, vor allem sportliche Extremsituationen, sollen in den ersten drei Monaten vermieden werden, da sich die mechanische Belastung des Knorpelbelages des Tibiakopfes nach einer Meniskektomie mit großer Wahrscheinlichkeit ändert und dem Knorpel entsprechende Zeit zur morphologischen Anpassung gegeben werden muß.

Begutachtung

Degenerative Veränderungen finden sich zumindest in den meisten Menisken, die Rißbildungen aufweisen. Ihr Ausmaß schwankt von Fall zu Fall, die Degeneration geht nach stattgehabter Rißbildung beschleunigt weiter. Diese Verhältnisse sowie die sich daraus ergebenden Probleme der histologischen Begutachtung wurden im Kapitel »Pathophysiologie« diskutiert.

Da der histologische Befund oft zur Klärung der Unfallzusammenhangsfrage herangezogen wird, ist es unerläßlich, dem begutachtenden Pathologen mit dem Meniskus klinische Daten anzugeben, aus denen der intraoperative Befund, das Zeitintervall zwischen angeschuldigtem Trauma und Meniskektomie, der mechanische Ablauf des fraglichen Unfalles sowie die Beschaffenheit der Synovialismembran hervorgehen. Da letztere oft die Beurteilung des degenerativen Vorschadens wesentlich erleichtert, wird nochmals auf den Wert einer gleichzeitig entnommenen Synovialis-PE hingewiesen.

Ein guter Parameter für die Bewertung, ob der angeschuldigte Unfall zumindest als wesentliche Teilursache oder nur als Gelegenheitsursache bewertet werden kann, ist das Verhalten des Verletzten nach diesem Trauma. Verläuft die Schädigung klinisch fast stumm und treten danach intermittierende Beschwerden im Sinne einer chronischen Meniskusschädigung auf, ist die Bedeutung des Traumas als gering oder unwesentlich zu veranschlagen. Führt der Unfall dagegen zu den akuten Zeichen einer Kniebinnenverletzung mit Schmerz, Schwellung, Einschränkung oder Aufhebung der Belastungsfähigkeit und denselben Behinderungen der Beweglichkeit, muß das Trauma als verantwortlich angeschuldigt werden.

Folgen der Meniskektomie (Abb. 4.11)

Die Frage, inwieweit die Resektion eines Meniskus zu schädigenden Einwirkungen auf das Kniegelenk führt, ist noch keineswegs eindeutig geklärt. Immerhin läßt sich feststellen, daß trotz der erheblichen Zahl postoperativ aufgetretener Arthrosen die klinisch guten und sehr guten Resultate weit überwiegen. Nach *Ricklin* (5, 6), der anhand klinischer und radiologischer Kriterien (Abb. 4.9) eine sehr sorgfältige Nachkontrollstudie 15 bis 19 Jahre nach Meniskektomie durchgeführt hat, können 41% der Fälle als sehr gut, 44% als gut bezeichnet werden, 12% sind als mäßig und lediglich 3% als schlecht einzustufen.

Aufgrund dieser Erhebungen muß eine strenge Indikationsstellung zur Meniskektomie gestellt werden. Die konservative Behandlung eines signifikanten Meniskusschadens über längere Zeit mit Ruhigstellung oder gar intraartikulären Injektionen ist heute nicht mehr angezeigt.

Literatur

1. *Baumgartl, F.:* Das Kniegelenk. Springer Verlag, Berlin/Göttingen/Heidelberg 1964
2. *Burri, C.,* und *Rüter, A.* (ed.): Meniskusläsion und posttraumatische Arthrose am Kniegelenk. Springer Verlag, Berlin/Heidelberg/New York 1976
3. *Burri, C.,* und *Rüter, A.:* Meniskektomie. Unfallheilkunde 82, (1979) 177
4. *Müller, W.:* Die verschiedenen Typen von Meniskusläsion und ihre Entstehungs-Mechanismen. Hefte zur Unfallheilkunde 128, (1976) 39
5. *Ricklin, P., Rüttmann, A.,* und *Del Buono, M. S.:* Meniskus Lesions. Georg Thieme Verlag, Stuttgart 1971
6. *Ricklin, P.:* Spätergebnisse nach Meniskektomie. Hefte zur Unfallheilkunde 128, (1976) 51
7. *Trillat, A.:* Lésions traumatiques du ménisque interne du genou. Rev. Chir. orthop. 48, 551 (1962)
8. *Weller, S.,* und *Köhnlein, E.:* Die Traumatologie des Kniegelenkes. Georg Thieme Verlag, Stuttgart 1962
9. *Zippel, H.:* Meniskusverletzungen und Meniskusschäden. J. A. Barth, Leipzig 1973

Teilnehmer am Workshop 1976:

J. Blömer (Hannover), *B. Brunner* (Bochum), *F. Brussatis* (Mainz), *C. Burri* (Ulm), *H. Contzen* (Frankfurt), *H. Cotta* (Heidelberg), *K. D. Draenert* (Bern), *H. O. Dustmann* (Heidelberg), *R. Fricke* (Höxter), *P. Freiburghaus* (Bern), *G. Friedebold* (Berlin), *H. Greiling* (Aachen), *H. B. Groeneveld* (Neuwied), *P. Hertel* (Homburg), *G. Hierholzer* (Duisburg), *G. Hörster* (Duisburg), *U. Holz* (Tübingen), *K. H. Jungbluth* (Hamburg), *G. Könn* (Bochum), *K. Miehlke* (Neuwied), *W. Müller* (Basel), *B. Noesberger* (Bern), *J. Pallesen* (Bochum), *W. Puhl* (Heidelberg), *P. Puls* (Mainz), *P. Ricklin* (Männedorf-Zürich), *A. Rüter* (Ulm), *M. Rüther* (Bochum), *O. Russe* (Innsbruck), *R. K. Schenk* (Bern), *L. Schweiberer* (Homburg), *C. H. Schweikert* (Mainz), *H. Wagner* (Altdorf), *S. Weller* (Tübingen), *B. Winckelmann* (Stuttgart-Bad Cannstatt).

5. Das instabile Knie

C. Burri, G. Helbing, R. Neugebauer

Einleitung

In den letzten drei Jahrzehnten hat sich in der therapeutischen Einstellung gegenüber Knieverletzungen insofern ein Wandel vollzogen, als der operativen Behandlung zunehmend mehr Platz eingeräumt wird. Die Indikation zur Operation wurde früher fast ausschließlich bei chronischer Instabilität im Sinne eines Schlotterknies gestellt.

Stellvertretend für eine ganze Reihe plastischer Bandoperationen am Kniegelenk kann die bereits 1917 von *Hey-Groves* (8) angegebene Methode, bei der ein Fascia lata-Streifen sowohl zum Ersatz des vorderen Kreuzbandes, als auch des medialen Kollateralbandes benutzt wurde, gelten (Abb. 5.11). Zahlreiche später angegebene Verfahren lehnen sich daran an. Daneben wurden aber auch Sehnen aus der Pes anserinus-Gruppe sowohl zum Innenbandersatz (6) als auch zum Kreuzbandersatz (10), wie auch Patellarsehnenstreifen zum Kreuzbandersatz (1, 9) benutzt (Abb. 5.11). Schon die Vielfalt der im Laufe der Jahre angegebenen Methoden läßt vermuten, daß keine für sich zu befriedigenden Resultaten führte.

Frische Bandverletzungen wurden konservativ durch Ruhigstellung im Gipstutor behandelt. So ist noch in der fünften Auflage des Lehrbuchs für Chirurgie von *Hellner, Nissen* und *Vossschulte* (7) aus dem Jahre 1967 nachzulesen, daß für eine Wiederherstellung gerissener Kreuzbänder nur solche Verletzungen in Frage kämen, die trotz dreimonatiger Ruhigstellung nicht ausgeheilt seien, und diejenigen Kreuzbandrisse, die Monate zurücklägen und eine starke Standunsicherheit des Kniegelenkes aufwiesen. Bei der Indikation zur Operation müsse außerdem an einer Altersbegrenzung bis etwa 30 Jahre festgehalten werden. Nach Luxation des Kniegelenkes werde einem Schlottergelenk nur dann vorgebeugt, wenn das Bein für vier Monate in annähernd gestreckter Haltung in einer Gipshülse ruhiggestellt würde.

An einer solchen Haltung kann aufgrund neuerer Ergebnisse aus experimentellen Untersuchungen und aus der klinischen Erfahrung heraus nicht mehr festgehalten werden. Gerade die umgekehrte Argumentation erweist sich heute als stichhaltig, daß nämlich die möglichst rasche Versorgung frisch verletzter Bandstrukturen die besten Voraussetzungen schafft, einer chronischen Instabilität vorzubeugen (11).

Schließlich wurden wesentliche Erkenntnisse über die Komplexität der meisten Bandverletzungen erst aus den Beobachtungen bei der operativen Behandlung gewonnen. Auch Begleitverletzungen des Knorpels oder der Menisken, die unbehandelt ein gutes funktionelles Ergebnis in jedem Fall langfristig zunichte machen, müßten unter einer konservativen Therapie unerkannt bleiben.

Das therapeutische Vorgehen bei der frischen Bandverletzung besteht heute darin, die lädierten Bandstrukturen durch Naht oder Reinsertion zu rekonstruieren, durch eine frühfunktionelle Behandlung ein gutes Resultat anzustreben und damit einer chronischen Instabilität vorzubeugen.

Nicht zuletzt sprechen die eindeutig besseren Ergebnisse nach Rekonstruktion frisch verletzter Bänder im Vergleich mit plastisch ersetzten Bändern für ein frühzeitiges, aktives Vorgehen, zumal beim plastischen Bandersatz immer schlechtere Voraussetzungen angetroffen werden: In Ermangelung brauchbaren alloplastischen Ersatzmaterials ist es bislang dabei notwendig gewesen, das Ersatzgewebe aus intakten Strukturen (Fascia lata, Ligamentum patellae u. ä.) zu entnehmen, was nicht zuletzt zu einer zwangsläufigen Ausweitung des Eingriffes führte.

Die weltweite Zunahme der Bandverletzungen am Kniegelenk wird durch unsere eigene klinische Beobachtung bestätigt: In Ulm versorgten wir 1976 50 frische und veraltete Verletzungen von Kniebändern. 1980 waren es 192 Fälle, die Summe der letzten 5 Jahre beträgt 557 Patienten. Diese Beobachtung ist auf zwei Tatsachen zurückzuführen, nämlich auf die absolute Zunahme der Bandläsionen am Kniegelenk durch sportliche Betätigung und auf die sich vermehrt durchsetzende Ansicht der Chirurgen, daß Verletzungen mit Stabilitätsverlust der operativen Therapie zugeführt werden sollen. Das Ziel der Behandlung von Kniebandläsionen besteht aus der vollständigen anatomischen und funktionellen Wiederherstellung, d. h., Stabilität, Motilität und Kraft der Extremität sollen möglichst vollständig restituiert werden.

Auch auf dem Gebiet der Grundlagenforschung sind bedeutende Fortschritte erzielt worden. Heute muß die Vorstellung, das Knie sei ein einfaches Scharniergelenk, das von zwei Seiten- und zwei Kreuzbändern stabilisiert werde, als vollkommen überholt bezeichnet werden. Das größte der menschlichen Gelenke stellt vielmehr eine komplexe Einheit aus knöchernen und knorpeligen Strukturen dar, deren Inkongruenz durch die Menisken verbessert und das von einem komplexen Kapsel-Band-Apparat passiv sowie durch die das Gelenk überbrückende Muskulatur aktiv stabilisiert wird. Unterschiedliche Verletzungsmechanismen führen zu verschiedenen Läsionen, die zur Instabilität und damit unbehandelt mit Sicherheit zur Inkongruenzarthrose führen müssen.

Kenntnisse der wesentlichsten pathophysiologischen Merkmale der Verletzungsarten, eine differenzierte Diagnostik sowie die richtige therapeutische Einstellung vermögen betroffene Patienten vor einem Dauerschaden zu bewahren (4, 5, 15).

Akute Kapsel-Bandverletzungen

Ursachen und Verletzungsformen

Distorsionen des Kniegelenkes können durch direkte oder indirekte Gewalteinwirkung entstehen. Bei einem Schlag auf die eine Seite des Knies erfolgt eine Verletzung der Gegenseite. Häufiger finden wir als Ursache des Bandschadens eine indirekte Gewalteinwirkung in Form von Abduktion/Adduktion, Flexion/Extension und Rotation.

Isolierte Verletzungen eines einzelnen Bandes stellen die Ausnahme dar, in der Regel treten Kombinationsformen mit Beteiligung von Kapsel und Bändern, seltener der aktiven Stabilisatoren mit fließenden Übergängen, aber mit Prädominanzen (Seiten- und Kreuzbänder) auf. Klinisch unterscheiden wir Bandschäden ohne (Zerrung) und mit Stabilitätsverlust (Bänderriß). Bänderrisse können ossär, am Ansatz oder interligamentär lokalisiert sein. In neuerer Zeit wurde von *Nicholas* (12) ein Schema mit vier klar definierten Komplexinstabilitäten angegeben (Abb. 5.1), das die meisten vorkommenden Bandschäden des Kniegelenkes berücksichtigt:

1. Antero-mediale Instabilität: (Valgus/Außenrotation/ Flexion)	mediales Seitenband, Kapselbänder, vorderes Kreuzband, (Unhappy triad)
2. Postero-mediale Instabilität: (Hyperextension, direkt)	mediales Seitenband, Kapselbänder hinteres Kreuzband
3. Antero-laterale Instabilität: (Varus/Innenrotation/ Flexion)	laterales Seitenband, Kapsel, vorderes Kreuzband
4. Postero-laterale Instabilität: (direktes Trauma)	laterales Seitenband, Kapsel, hinteres Kreuzband.

Wirken hohe Kräfte über längere Zeit auf ein Kniegelenk ein, so können noch komplexere Verletzungen, wie z. B. die Pentade malheureuse interne (Trillat) entstehen:

- Innenband,
- beide Kreuzbänder,
- beide Menisken
- (+ ausgedehnte Kapselschäden)

Diagnostik

Nur eine subtile klinische und radiologische Diagnostik bringt über die richtige Therapie gute Ergebnisse beim Kniebandschaden: Eine nicht diagnostisch erfaßte Bandruptur mit ungenügender konservativer Behandlung führt zum Schlotterknie, zur sekundären Arthrose mit Geh-

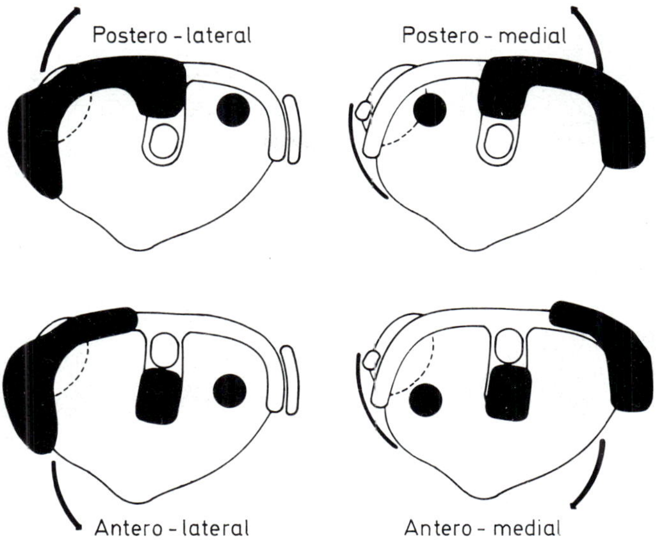

Abb. 5.1 Die vier verschiedenen *Komplexinstabilitäten* nach *Nicholas* (Aufsicht der rechten Tibiagelenkfläche). Schwarzer Kreis = Drehpunkt, Schwarze Flächen = lädierter Bandapparat

behinderung und Sportunfähigkeit. Die Untersuchung des Patienten umfaßt die Anamnese, Inspektion, klinische Prüfung, Röntgendiagnostik und u. U. die Arthroskopie.

Anamnese

Die Erhebung der Anamnese macht in der Regel keine Schwierigkeiten, da Bandverletzungen, die zu einer Instabilität führen, ein markantes Trauma voraussetzen. Speziell bei Sportverletzungen (Fußball, Skifahren) läßt sich das Unfallereignis meist mit genügender Sicherheit rekonstruieren, um sich schon vor der Untersuchung ein ungefähres Bild über die Art des Bandschadens machen zu können. Leitsymptom ist naturgemäß die Instabilität, die subjektiv fast immer als solche empfunden wird, und häufig zu einer Belastungsunfähigkeit des verletzten Beines beiträgt. Eine beim Patienten in kurzer Zeit auftretende Schwellung entspricht immer einem Haemarthros, das seinerseits auf eine Kapselbandläsion oder eine osteochondrale Fraktur hinweist.

Klinische Untersuchung

Klinische Zeichen der Kniebandverletzung sind:

1. Schwellung (Konturverlust)
2. Schmerzhaft eingeschränkte Beweglichkeit
3. Haemarthros (tanzende Patella)
4. Druckdolenz über der verletzten Stelle.

Einklemmungserscheinungen mit Blockaden deuten auf einen mitverletzten Meniskus oder eine osteochondrale Fraktur.

Die *Stabilitätsprüfung* stellt mit Sicherheit den wichtigsten Schritt in der Diagnostik einer Bandläsion am Kniegelenk dar, sie ist unmittelbar nach der Verletzung oft schmerzhaft; eine Untersuchung unter Schmerzausschaltung wird deshalb von vielen Autoren empfohlen.

Zeichen der Instabilität sind:

- Vermehrte seitliche Aufklappbarkeit (Abb. 5.2)
- Anterior-posteriore Schublade (Abb. 5.3 und 4)
- Rotationsschublade (Abb. 5.3 und 5)

Die Stabilitätsprüfung hat immer beide Kniegelenke zu umfassen, um Unterschiede gegenüber der unverletzten Seite zu erfassen. Die Prüfung der Seitenbänder hat zudem in Streckstellung sowie in 20–30°-Beugung zu erfolgen. Eindeutige klinische Befunde bei der Stabilitätsprüfung weisen auf bestimmte Verletzungen hin:

- Vermehrte Aufklappbarkeit medial in Streckstellung: mediales Seitenband, hintere Kapsel (Kreuzband)
- Vermehrte Aufklappbarkeit in *20–30*°-Beugestellung: mediales Seitenband, Kreuzband (hintere Kapsel intakt)
- Adduktion (laterale Instabilität): gleich wie

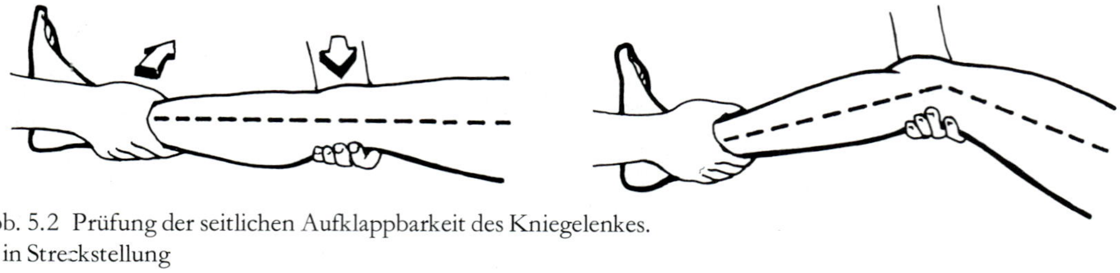

Abb. 5.2 Prüfung der seitlichen Aufklappbarkeit des Kniegelenkes.
a) in Streckstellung
b) in 20–30° Beugung

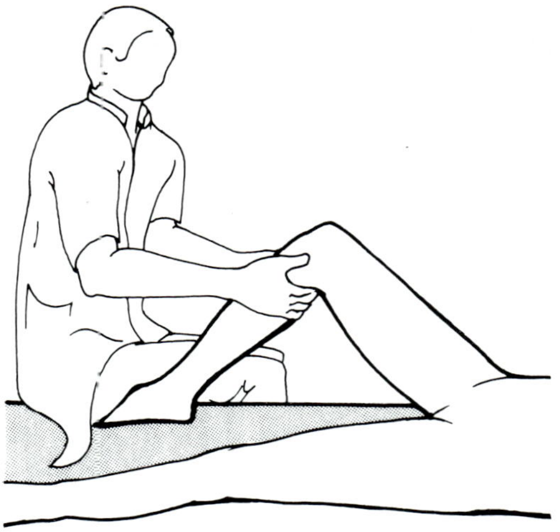

Abb. 5.3 Prüfung der anterior-posterioren Schublade und der Rotationsschublade

Abduktion für den äußeren Bewegungsapparat, hinteres Kreuzband
- Vordere Schublade: In Rechtwinkelstellung des Knies Subluxation des Tibiakopfes in der Sagittalebene nach vorne
- Geringe vordere Schublade: Vorderes Kreuzband
- Starke vordere Schublade: Vorderes Kreuzband, Seitenbänder
- Hintere Schublade: wie vordere in bezug auf hinteres Kreuzband und Seitenbänder.

Meistens ist eine hintere Schublade nicht durch Druck auf den Tibiakopf nachweisbar, da das Gelenk bereits in einer hinteren Subluxationsstellung steht. Vielmehr wird dadurch eine verstärkte vordere Schublade vorgetäuscht (Abb. 5.4).

Rotationsschubladen (Abb. 5.5): Der Patient wird in Rückenlage gebracht, das Knie 90° gebeugt, der Fuß liegt auf der Unterlage unter dem Schenkel des Untersuchers in Innenrotation von 30° oder Außenrotation von 15° fixiert (Abb. 5.3). Geprüft wird die Subluxationsmöglichkeit des Tibiakopfes nach vorne. Positive Zeichen in Abhängigkeit von ihrem Ausmaß bedeuten:
- Innenrotationsschublade (Abb. 5.5): mediales Kapselband, Innenband, dorso-mediale Kapsel, Innenmeniskus, vorderes Kreuzband.
- Außenrotationsschublade (Abb. 5.5): laterales Kapselband, Außenband, dorso-laterale Kapsel, Außenmeniskus, vorderes Kreuzband.

Die posttraumatische Hyperextension gilt als wesentliches Merkmal für den Riß des vorderen Kreuzbandes.

»Jerk-Test«: Ausgangslage: 90° gebeugtes Knie, Innenrotation des Unterschenkels und Valgisation. Wird nun das Knie gestreckt, kommt es bei 30° zu einem plötzlichen Ruck, wenn der laterale Tibiakopf gegen den Femurkondylus nach vorne subluxiert. Der positive Ausfall dieses Testes deutet auf eine antero-laterale Instabilität.

»Pivot-Shift-Test«: Eine Hand des Untersuchers umfaßt die Ferse des Patienten, die andere den dorso-lateralen Tibiakopf, das Bein wird in volle Streckung gebracht. Bei antero-lateraler Instabilität Subluxation des Tibiakopfes nach vorn. Unter zusätzlicher Valgisation wird das Kniegelenk in Subluxation fixiert. Unter Beibehaltung der Valgisation und Beugung um 30–50° erfolgt die spontane Reposition des Gelenkes.

Röntgenuntersuchung

Übersichtsaufnahmen: Sie werden im a. p.-Strahlengang und seitlich durchgeführt, eine Ergänzung bringen die Tunnelaufnahmen (Abb. 2.16). Die Übersichtsröntgenuntersuchung (Abb. 5.6) läßt ossäre Ausrisse der Seiten- und Kreuzbänder, der Kapsel sowie osteochondrale Frakturen erkennen. Gehaltene Aufnahmen in 20–30° Beugung in standardisierter Technik in

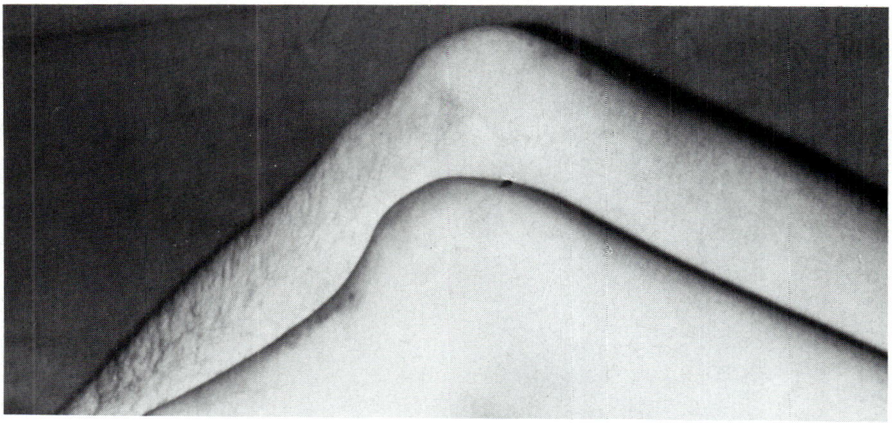

Abb. 5.4 Positive hintere Schublade bei lateraler Unhappy triad links

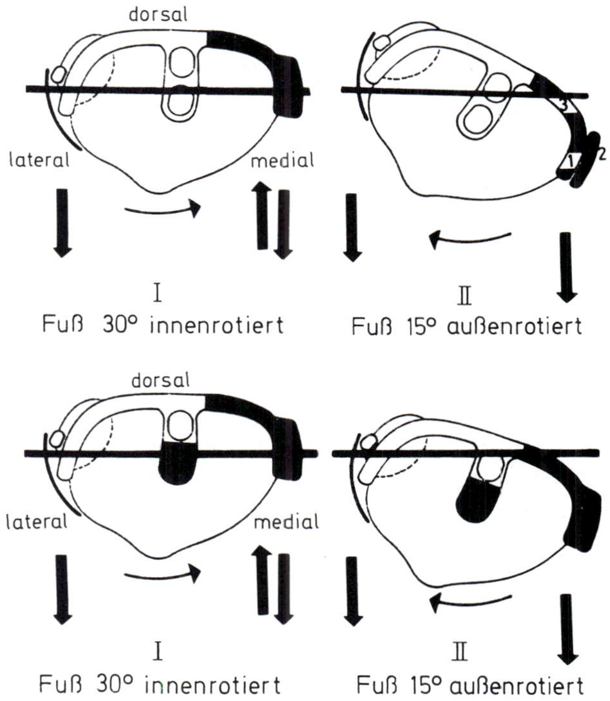

Abb. 5.5 Test der Außenrotationsinstabilität nach *Slocum* und *Larson*. Die vordere Schublade wird in zwei Positionen der Unterschenkelrotation ausgeführt (I und II). In der Position I wird durch Innenrotation des Unterschenkels der Zug am medialen Tibiakondylus neutralisiert. Die vordere Schublade kann nur bei Instabilität der dorsolateralen Strukturen ausgelöst werden. In Position II wird bei Läsionen des medialen Kapselbandapparates (rechts oben: Reihenfolge bei Außenrotationstrauma 1 - 2 - 3) lediglich eine verstärkte Außenrotation möglich. Erst bei zusätzlicher Läsion des vorderen Kreuzbandes (rechts unten) kann eine echte Rotationsschublade erzeugt werden

a. p.-Richtung stellen ein wichtiges Kriterium zur Diagnostik von Seitenbandläsionen dar, seitlich entsprechend für die Kreuzbänder. Eine vermehrte Aufklappbarkeit von mehr als 3–5° gegenüber der unverletzten Seite bedeutet Stabilitätsverlust (Abb. 5.7).

Die *Arthrographie* ist in der Diagnostik von Bandverletzungen von absolut untergeordneter Bedeutung.

Die *Arthroskopie* dient weniger zur Diagnostik von Band- und Kapselschäden, sie ist ein wichtiges Untersuchungsmittel zur Feststellung von Knorpel- und Meniskusschäden (14).

Therapie der akuten Kapselbandverletzungen

Liegt eine leichte Distorsion ohne Stabilitätsverlust (Zerrung) vor, genügt eine kurzfristige Ruhigstellung mit funktioneller Nachbehandlung.

Der Bandschaden mit Stabilitätsverlust soll beim aktiven Menschen operativ angegangen

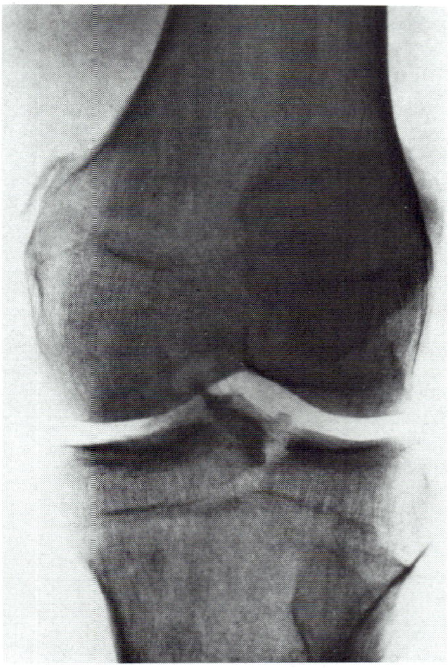

Abb. 5.6 Komplexe mediale Kniebandverletzung mit knöchernem Ausriß der proximalen Kollateralbandinsertion und der Eminentia intercondylica

werden. Wir bevorzugen den frühestmöglichen Zeitpunkt zum operativen Eingreifen. Das Ziel des Eingriffes ist die vollständige anatomische und funktionelle Wiederherstellung des Kniegelenks.

Der Zugang wird entsprechend den diagnostizierten Verletzungen gewählt, unter dem Eingriff ist sorgfältig darauf zu achten, zusätzliche Schäden (Poplitealgefäße/Nerven, insbesondere Nervus saphenus und Ramus infrapatellaris) zu verhüten. Die Rekonstruktion am Kapselbandapparat hat sämtliche betroffene Strukturen zu erfassen (Abb. 5.8, 9, 10):

Kapselrupturen: feine Adaptationsnähte, hintere Kapsel transossäre Drahtnaht (Abb. 5.9e).

Bandrupturen: interligamentär: feine Adaptationsnähte

Ligamentäre Bandausrisse: Naht oder Fixationsplatte (2) (Abb. 5.10)

Ossäre Bandausrisse: Verschraubung, Fixationsplatte (2) (Abb. 5.10)

Kreuzband: Adaptation, transossäre Drahtnaht, knöcherner Ausriß bei genügend großem Fragment: Schraube (Abb. 5.8)

Meniskusriß im Bereich der Kapsel: Reinsertion (Abb. 5.9a)

Meniskusriß: Resektion.

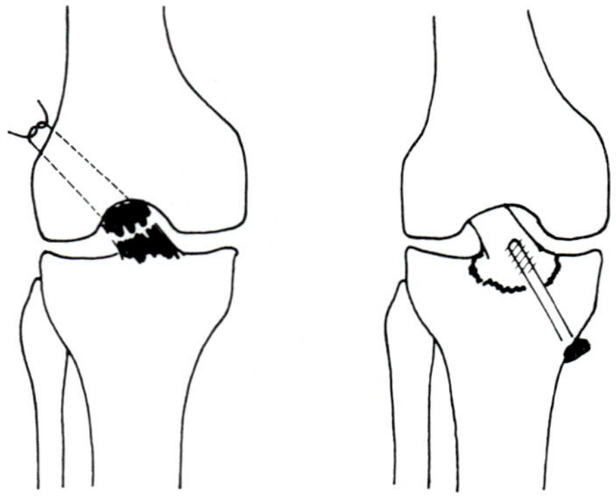

Abb. 5.8 Rekonstruktion des vorderen Kreuzbandes
a) Adaptationsnaht, transossäre Drahtnaht bei interligamentärem Riß
b) Verschraubung bei ossärem Ausriß

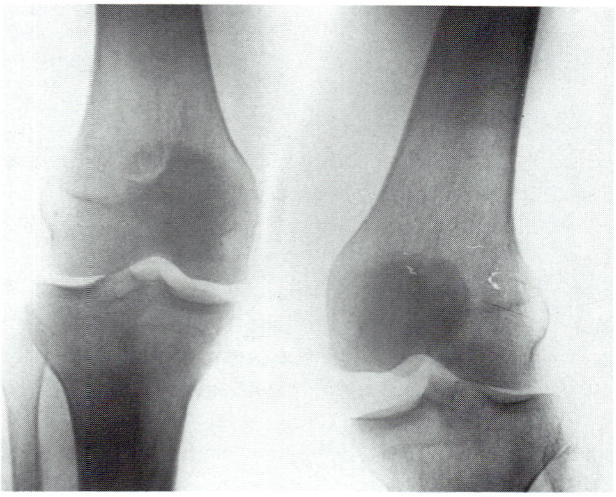

Abb. 5.7 Mediale Komplexinstabilität links mit Innenband-Kapselruptur und Verletzungen beider Kreuzbänder

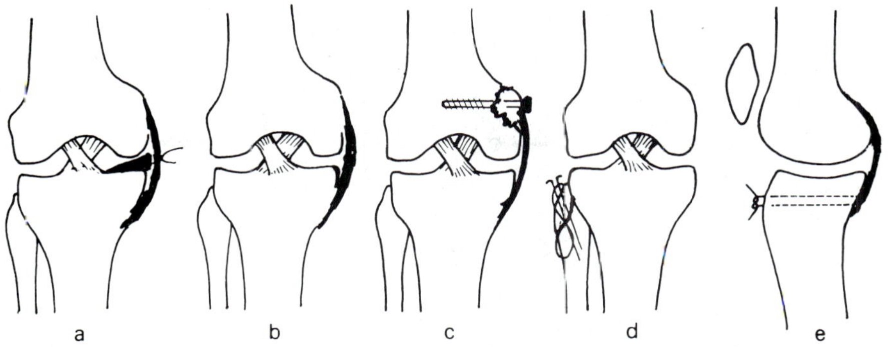

Abb. 5.9 Rekonstruktion des Kapselbandapparates am Knie
a) Reinsertion Meniskus-Kapsel
b) Adaptationsnaht des Bandrisses
c) Reinsertion des ossären Ausrisses (Spongiosaschraube)
d) Spickung und Zuggurtung am Fibulaköpfchen (lateraler Bandausriß)
e) Transossäre Reinsertion der hinteren Kapsel

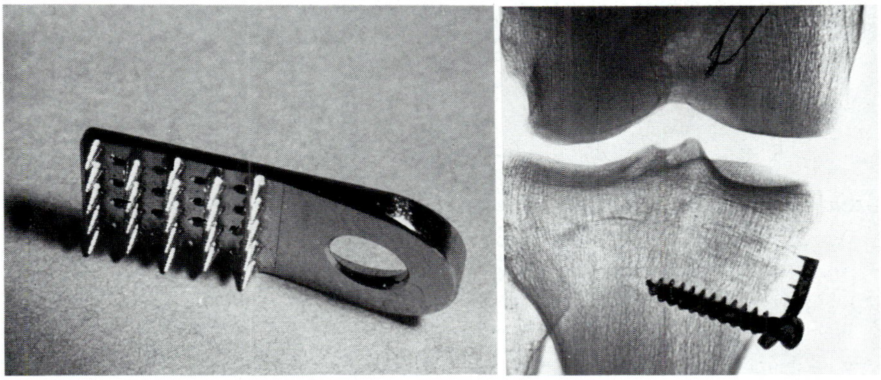

Abb. 5.10 1-Loch-Platte zur schonenden Reflexation ausgerissener Bänder
a) Implantat
b) in situ

Komplikationen:

- Zusätzliche Verletzungen (Gefäß/Nerven)
- Infektion (seltene, aber schwere Komplikationen mit möglichem Bewegungsverlust)
- Ungenügende Rekonstruktion: verbleibende Meniskusläsion, Instabilität (Schlotterknie) mit innerhalb kurzer Zeit auftretender posttraumatischer Inkongruenzarthrose.

Der chronische Bandschaden

Bei falscher Diagnostik oder ungenügender Behandlung kann ein chronischer Bandschaden mit Stabilitätsverlust auftreten. Das Knie bleibt instabil und bedeutet für den Patienten eine schwere Einschränkung in seiner täglichen Betätigung, vor allem aber oft den vollständigen Verlust der Sportfähigkeit. Beim aktiven Menschen ist die Wiederherstellung der Gebrauchs- und Belastungsfähigkeit des Kniegelenkes anzustreben. Dabei erlangen die aktiven Stabilisatoren (Muskulatur) überragende Bedeutung. Bevor an einen Eingriff gedacht werden soll, ist demnach die Muskulatur intensiv zu trainieren. Allein durch diese Maßnahme kann ein Stabilitätsgewinn erreicht werden.

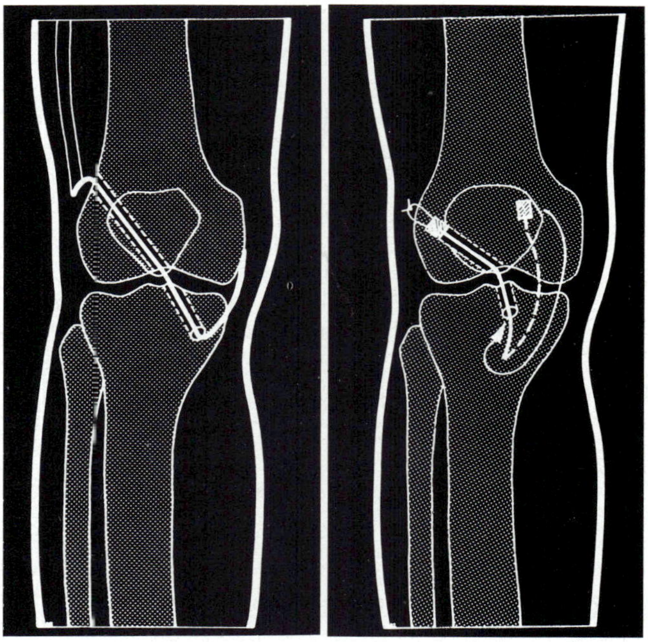

Abb. 5.11 Schematische Darstellung der kombinierten Seitenband-Kreuzbandplastik mit Fascia lata nach *Hey-Groves* (links) und der Kreuzbandplastik mit einem Patellarsehnenstreifen nach *Jones* bzw. *Brückner* (rechts)

Diagnostik der chronischen Instabilität:

- Gehunsicherheit, Schlotterknie, vom Patienten selbst bemerkte Luxationstendenz
- Muskelatrophie, Schwächegefühl, Ermüdbarkeit,
- Unsicherheit auf unebenem Gelände
- willkürliche Schublade bei muskulärer Kompensation
- Seitenschlottern,
- evtl. rezidivierende Einklemmungen

Die *Stabilitätsprüfung* gestaltet sich gegenüber der frischen Verletzung einfacher, da der Patient keine oder kaum Schmerzen verspürt. Sie hat jedoch in jedem Falle vor einem Eingriff in Narkose wiederholt zu werden, da sie hier differenziertere Aussagen erlaubt (Ausschaltung der aktiven Stabilisatoren).

Wie bei der frischen Verletzung erfolgt die diagnostische Röntgenuntersuchung sowie unter bestimmten Indikationen die Arthrographie oder insbesondere die Arthroskopie.

Therapie

Auch beim chronisch instabilen Knie soll das Ziel die anatomische und funktionelle Wiederherstellung des Gelenkes sein. Während bei der akuten Verletzung die Strukturen zwar zerrissen und zum Teil massiv disloziert sind, sich aber durch eine sorgfältige Technik unter Kenntnis der anatomischen Verhältnisse rekonstruieren lassen, ist dies bei alten Band- und Kapselverletzungen nicht mehr möglich: Kreuzbänder atrophieren, im Bereich von Kapsel und Kollateralbändern bilden sich insuffiziente Narbenplatten. In diesen Fällen ist bereits der Versuch zu einer sekundären Rekonstruktion zum Scheitern verurteilt. Man versucht daher, die anatomischen Verhältnisse durch plastische Verfahren zu imitieren oder gar unter Verzicht auf die Anatomie die Funktion der verletzten Bänder wiederherzustellen. Dazu stehen derzeit in der Literatur weit über 250 Verfahren mit Modifikationen zur Verfügung. Am häufigsten werden Operationen aufgeführt, die auf ortsständiges Gewebe (Sehnen, Sehnen mit Knochenschuppen, Faszie oder Verlagerung von Muskelansätzen) zurückgreifen.

Die Auswahl bei Verwendung von gestielten Transplantaten wird von der Lokalisation des Bandschadens mitbestimmt: Dabei sind an ortsständigem Material neben der lateral kräftigen Faszie und dem Musculus biceps femoris die Sehnen des Streckapparates (Quadriceps und Patellarsehne) verfügbar sowie die an der medialen Knieregion inserierenden Sehnen von Sartorius, Gracilis, Semitendinosus, die den Pes anserinus bilden, und darüber hinaus der Semimembrano-

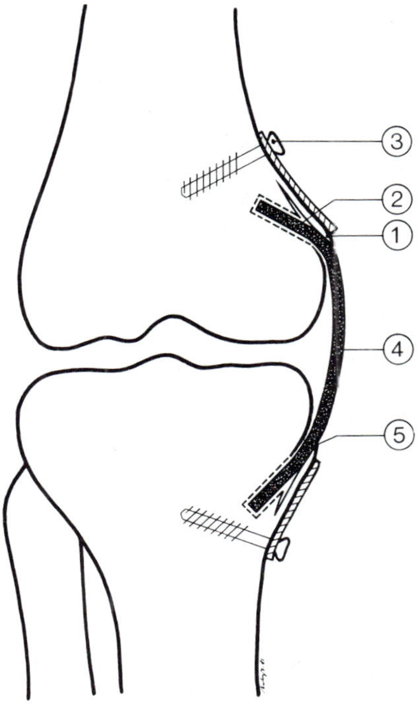

Abb. 5.12 Kohlefaserbandplastik des medialen Seitenbandes
a) Schematische Darstellung:
1 Knochenschuppe
2 In ossärem Kanal versenktes Band
3 Fixationsplatte
4 Kohlefaserband
5 Eintritt in den Knochen

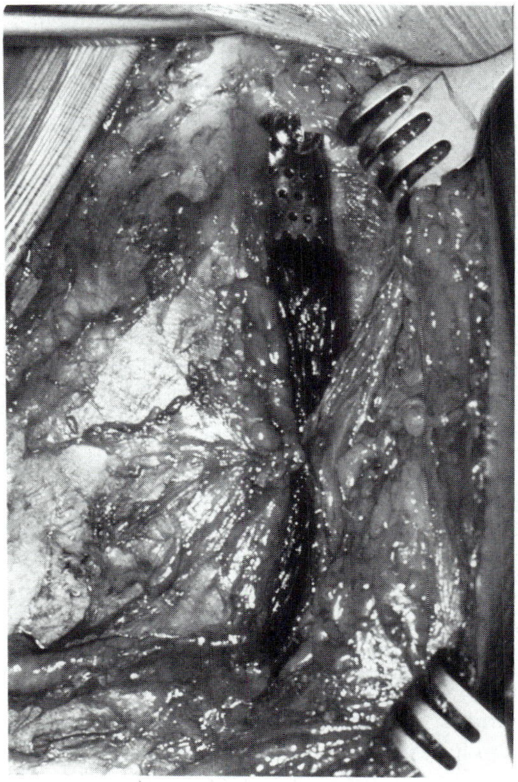

b) Intraoperativer Situs: Extraartikuläre Lage des Bandes mit bindegewebiger Einscheidung. Fixationsplatte mit der Knochenschuppe proximal

sus und ein Teil der Adduktoren. Zwei der häufig angewendeten Verfahren sind auf Abb. 5.11 dargestellt. Neben Sehnengewebe werden auch autologe oder homologe Kutis, homo- oder heterologe Sehnen, z. T. konserviert, lyophilisierte Dura und anders angewendet. In der dritten großen Materialgruppe schließlich finden wir die alloplastischen Stoffe.

Nachdem wir über viele Jahre autologes Gewebe verwendet hatten, mußten wir nach ein bis zwei Jahren bei der Kontrolle der Patienten häufig eine Nachlockerung der Bandersatzstrukturen feststellen. Seit mehreren Jahren sind wir nach erfolgreichen tierexperimentellen Studien (13) dazu übergegangen, die Bänder des Kniegelenkes durch geflochtene Bänder aus Kohlefasern zu ersetzen. Dieses Material besitzt eine äußerst hohe Biokompatibilität, es wird in geflochtenen Strängen mit einem Flechtwinkel von 43° eingebracht und histologisch nachweisbar von gerichteten Bindegewebsfaserzügen aus hauptsächlich kollagenem Gewebe durchwachsen. Die Verankerung in den Knochen geschieht an den anatomisch richtigen, ursprünglichen Stellen. Die Technik für die einzelnen Bänder sei in der Folge kurz dargestellt:

Mediales Seitenband (Abb. 5.12)

Leicht schräg von dorsal proximal nach distal ventral verlaufende Inzision, Eröffnung des Gelenkes nach *Payr* parapatellar zur Revision (Meniskus, Seitenband, Knorpel). Sind die Binnenstrukturen des Kniegelenkes intakt, wird längs der insuffizienten medialen Bandstrukturen inzidiert, das Gelenk nicht mehr eröffnet. Der Bandersatz mit Kohlefaser soll extraartikulär erfolgen und von den oberflächlichen Bandteilen wieder bedeckt werden. Die Verankerung geschieht durch Ausmeißelung eines nach proximal und distal gestielten Fensters am Condylus und Tibiakopf unter Bildung einer Knochenschuppe.

Nach Setzen eines Bohrkanals mit dem 4,5 mm Bohrer, am Condylus schräg nach proximal, am Tibiakopf schräg nach distal verlaufend, wird das Kohlefaserband in diesen Kanal eingeschoben, wobei auf eine genügende Spannung geachtet werden muß. Dies geschieht am besten unter leichter Varisation des Gelenkes. Beim Setzen der Bohrkanäle ist zu berücksichtigen, daß scharfe Kanten vermieden werden, da diese ein Abscheren der Kohlefasern bewirken können. Nach Reposition der Knochenschuppe über dem Kohlefaserband wird diese mit der kleinen Fixationsplatte (2), die eine entsprechende Vorbiegung erhalten soll, über dem eingeführten Band festgedrückt. Der Verschluß über dem Band geschieht durch Einzelknopfnähte mit Dexon. Es sei darauf hingewiesen, daß auch die Stabilität der hinteren Kapsel sowie des »posterieur oblique« beachtet werden muß. Jedwelche Insuffizienz ist zu beseitigen, da der alleinige Ersatz des medialen Seitenbandes in den meisten Fällen ungenügend sein wird. Eine Modifikation des beschriebenen Verfahrens stellt der doppelläufige Bandersatz zur Imitation der tatsächlichen Strukturen dar. Wird dieses Vorgehen angestrebt, so wählt man eine V-förmige Einlage des Kohlefaserbandes unter Einbringen des doppelläufigen Endes proximal und Verankerung der distalen Enden in zwei verschiedenen Kanälen, ventral distaler, dorsal proximaler. Auch hier werden die übrigen Strukturen über den Kohlefaserbändern sorgfältig vernäht, der Verschluß erfolgt unter Einlage von Saugdrainagen.

Laterale Bandinstabilität

Zugang und Vorgehen am Condylus gestalten sich identisch wie beim medialen Bandersatz. Auch hier wird nach sorgfältiger Abrundung der Eintrittsstellen in den Knochen das Band in die Narbe des ursprünglichen, strangförmigen Seitenbandes eingebracht, nachdem auch hier das Kniegelenk zunächst sorgfältig revidiert wurde. Die Verankerung am Fibulaköpfchen geschieht durch einen Bohrkanal, der von ventral distal beginnend am ursprünglichen Bandansatz proximal aus dem Knochen heraustritt. Die distale Fixation kann durch Einnähen des Kohlefaserbandendes in das Periost erreicht werden, oder man verwendet dazu auch hier eine Fixationsplatte (2).

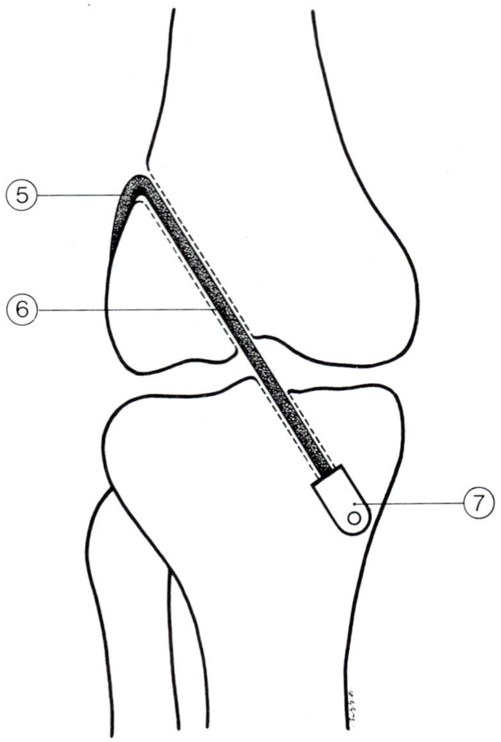

Abb. 5.13 Schematische Darstellung des vorderen Kreuzbandersatzes mit Faszieneinscheidung.
5 Eintrittsstelle der gestielten Plastik
6 Knochenkanal mit Kohlefaserband
7 Fixation am Tibiakopf mit Fixationsplatte

Ersatz des vorderen Kreuzbandes (Abb. 5.13, 5.14)

Eröffnung des Gelenkes medial wie beim medialen Seitenband. Lateral erfolgt eine ca. 20 cm lange Inzision, über dem Condylus beginnend, dem Tractus iliotibialis folgend nach proximal. Die Revision des Kniegelenkes geschieht nach Eröffnung medial parapatellar, wobei der Ramus infrapatellaris geschont werden soll. Von lateral proximal wird nun ein Bohrkanal mit dem 6 mm-Bohrer gelegt, der am Condylus extraartikulär beginnen und an der ursprünglichen Ansatzstelle des vorderen Kreuzbandes intraartikulär enden soll. Ein gleichermaßen dimensionierter intraossärer Kanal am medialen Tibiakopf zielt auf die ursprüngliche distale Ansatzstelle. Auf der lateralen Seite wird aus dem Tractus iliotibialis ein ca. 15 cm langer und 1,5 cm breiter Streifen gebildet. Verschluß der Faszie darunter und Einnähen des breiten Kohlefaserbandes in

a

c

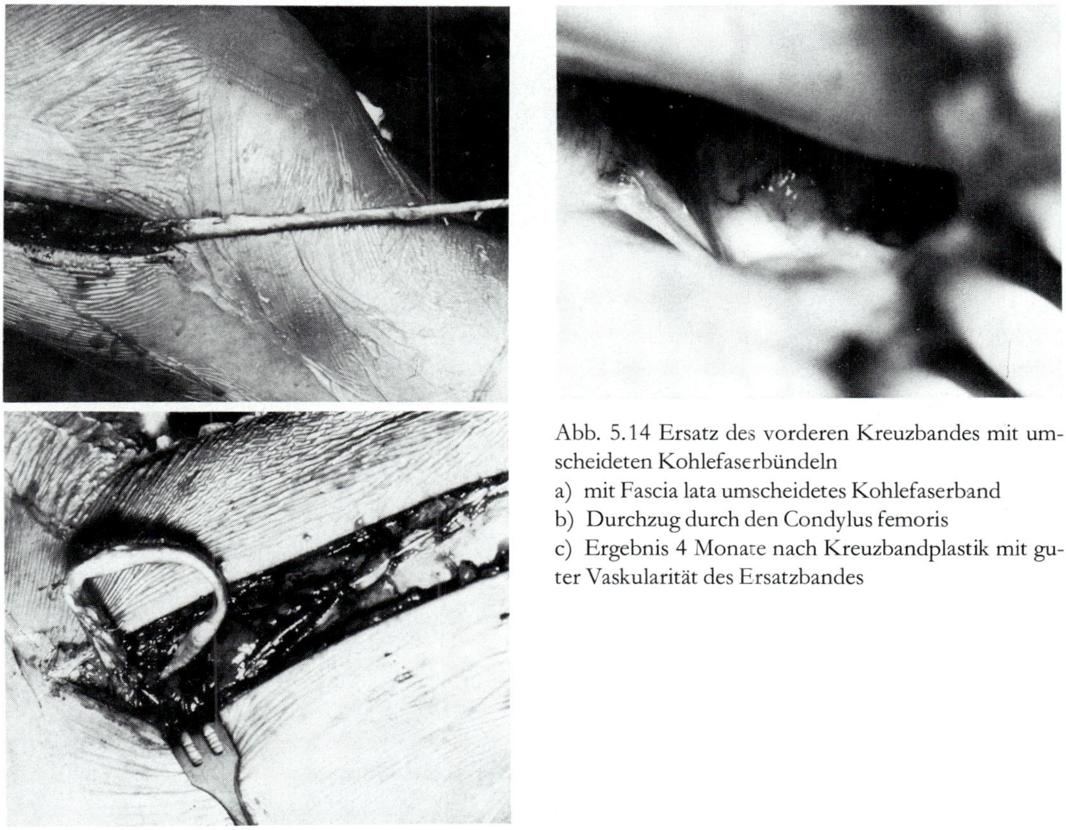

b

Abb. 5.14 Ersatz des vorderen Kreuzbandes mit umscheideten Kohlefaserbündeln
a) mit Fascia lata umscheidetes Kohlefaserband
b) Durchzug durch den Condylus femoris
c) Ergebnis 4 Monate nach Kreuzbandplastik mit guter Vaskularität des Ersatzbandes

den genannten Faszienstreifen. Das Ende dieses kombinierten Bandersatzes wird mittels eines Fadens durch den proximalen Knochenkanal ins Kniegelenk hineingezogen, wobei die Faszie distal gestielt bleibt und sich damit eine zusätzliche Verankerung erübrigt. Nach Durchzug durch den tibialen Kanal erfolgt die Befestigung an der medialen vorderen Tibiafläche wie beim Ersatz des medialen Seitenbandes durch Bildung einer Knochenschuppe, Setzen eines Bohrkanals mit Einbringen des Bandes und Retention der Knochenschuppe durch eine Fixationsplatte. Verschluß der medialen und lateralen Operationswunde mit Saugdrainage. Bei Bestehen einer antero-medialen Komplexinstabilität kann der Faszienstreifen länger gewählt, das Band vom Tibiakopf her an den distalen Ansatz des medialen Seitenbandes geführt, nach oben geschlagen und hier entsprechend verankert werden.

Abb. 5.14 c zeigt einen entsprechenden Kreuzbandersatz mit wiederhergestellter Vaskularität vier Monate nach dem Eingriff anläßlich der Entfernung der Fixationsplatte.

Ersatz des hinteren Kreuzbandes

Dieser Eingriff stellt die höchsten Anforderungen an Material, Operationstechnik und somit auch an den Operateur.

Hier wird ein freier Faszienstreifen, der wie beim vorderen Kreuzbandersatz entnommen wird, gebildet, um das »dicke« Kohlefaserband genäht und dann durch das Kniegelenk geführt: Die proximale Befestigung am medialen Condylus geschieht wie beim medialen Seitenband, der 6 mm breite Bohrkanal führt zur ursprünglichen Insertionsstelle des Bandes. Dieses wird dann durch das Kniegelenk gezogen, nach hinten geführt und hier durch einen Bohrkanal oder die »over the top«-Technik um die Insertionsstelle an die hintere Tibiafläche gebracht. Hier kann es durch eine Fixationsplatte oder durch Naht befestigt werden. Bei dieser Technik müssen zwei Inzisionen angelegt werden, wobei die laterale hintere unter Schonung des Nervus fibularis besonders zu beachten ist. Eine Verbesserung des distalen Ansatzes könnte die noch unveröffent-

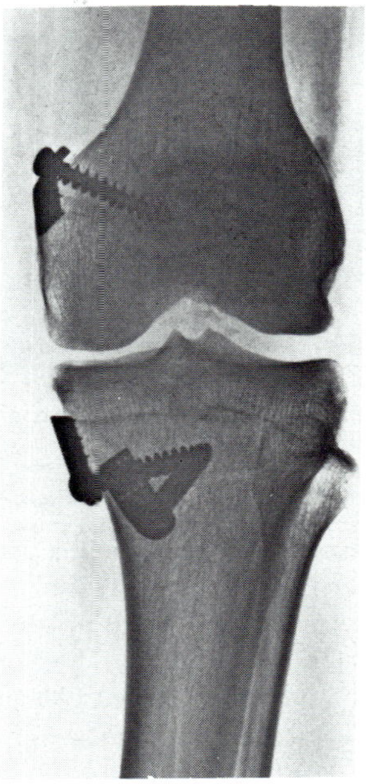

a

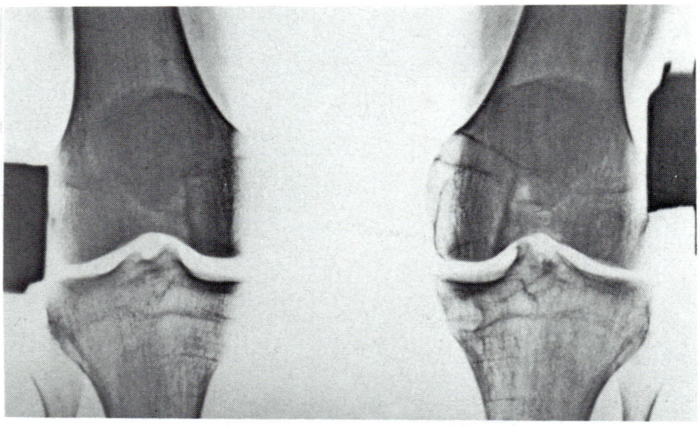

b

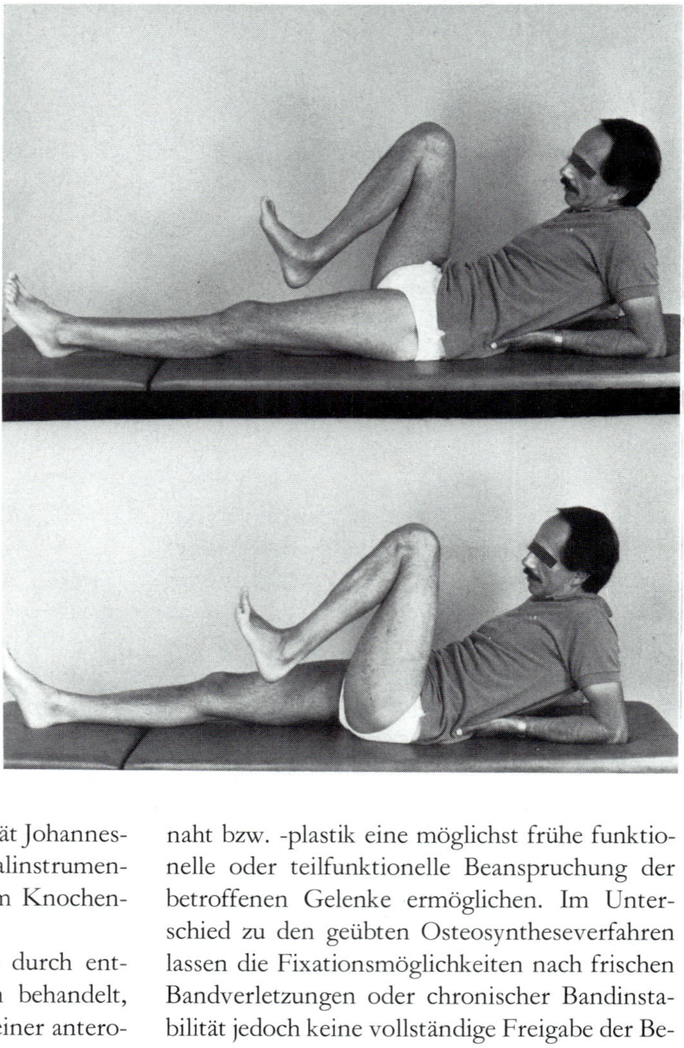

c

Abb. 5.15 Klinischer Fall mit Komplexinstabilität
a) nach Ersatz des vorderen Kreuzbandes, des medialen Seitenbandes, Raffung der hinteren Kapsel und Meniskusreinsertion
b) radiologisches Ergebnis mit gehaltenen Aufnahmen nach Metallentfernung
c) funktionelles Ergebnis

lichte Technik von *Strover* (Universität Johannesburg) bringen, der mit einem Spezialinstrumentarium den distalen Bandanteil vom Knochenkanal nach ventral führt.

Komplexe Instabilitäten werden durch entsprechende Kombinationsverfahren behandelt, wie dies auf Abb. 5.15 am Beispiel einer anteromedialen Komplexinstabilität dargestellt ist.

Nachbehandlung

Analog der Zielsetzung bei der operativen Knochenbruchbehandlung sollen auch Bandnaht bzw. -plastik eine möglichst frühe funktionelle oder teilfunktionelle Beanspruchung der betroffenen Gelenke ermöglichen. Im Unterschied zu den geübten Osteosyntheseverfahren lassen die Fixationsmöglichkeiten nach frischen Bandverletzungen oder chronischer Bandinstabilität jedoch keine vollständige Freigabe der Bewegung zu, ohne das Resultat der Operation zu gefährden. Eine funktionelle Behandlung ist jedoch unter bestimmten Voraussetzungen möglich, wie experimentelle Untersuchungen zeigten: Dabei wurde in Versuchen an Leichenkniegelenken nachgewiesen, daß bei Bewegung für jedes

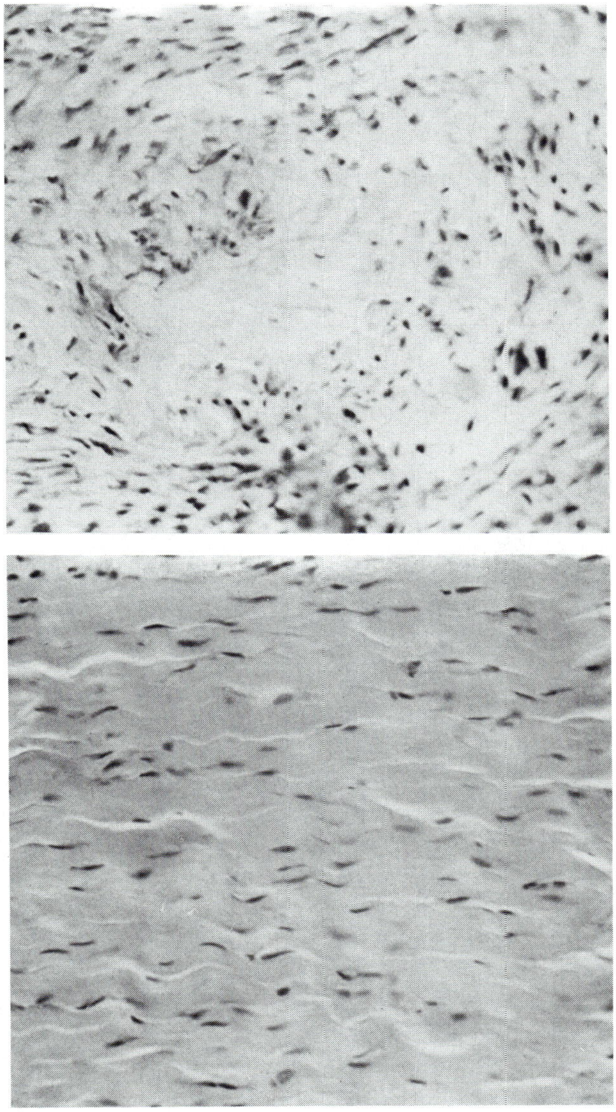

Abb. 5.16 Histologisches Bild nach Heilung partiell durchtrennter medialer Kollateralbänder am Kaninchenknie unter dreiwöchiger Gipsfixation (oben) und unter funktioneller Beanspruchung (unten)

Knieband ein unterschiedlicher Toleranzbereich besteht, in dem die Masse der Fasern nicht auf Zug beansprucht wird (3). Dieser Bereich kann für die Behandlung genutzt werden. In Tierexperimenten konnte demonstriert werden, daß unter funktioneller Behandlung Bänder am Kaninchenknie besser verheilen (3). Sie wiesen im histologischen Präparat eine im Sinne der Zugbeanspruchung gerichtete Struktur auf, nach Immobilisation dagegen eine ungeordnete Narbenbildung (Abb. 5.16).

Aufgrund dieser experimentellen Erkenntnisse kann und sollte für die postoperative funktionelle Behandlung ein Bewegungsausmaß zwischen 20 und 60 Grad Beugung im Kniegelenk genutzt werden. In diesem Toleranzbereich wird unter den Bedingungen eines physiologischen Bewegungsablaufs keines der Kniebänder wesentlich auf Zug beansprucht und die Heilung nicht gestört. Wesentliche Nachteile einer längerdauernden Immobilisation können so vermieden werden. Zu diesen Immobilisationsfolgen zählen in erster Linie die Quadricepsatrophie, eine Schrumpfung der Gelenkkapsel, welche eine stärkere Einschränkung der Beweglichkeit nach Freigabe bewirkt, sowie eine zusätzliche Schwächung der im Gips nicht beanspruchten und auch nicht verletzten Bandstrukturen. Darüber hinaus wirkt sich eine Ruhigstellung, zumal beim Erwachsenen, nachteilig auf den Gelenkknorpel aus, besonders in Begleitung eines Hämarthros (4). Die Kombination dieser Immo-

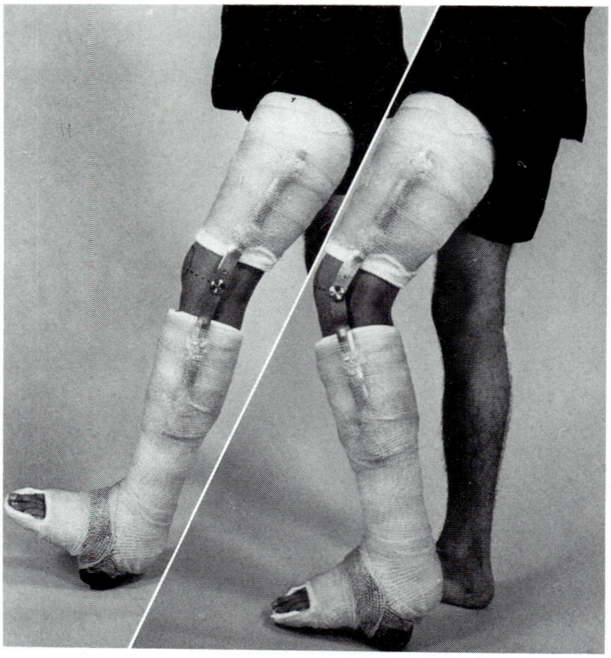

Abb. 5.17 „Bewegungsgips“ in maximaler Streck- und Beugestellung

bilisationsfolgen muß heute als arthroseauslösend angesehen werden.

Zur Nachbehandlung mit einem, in den vorgenannten Grenzen möglichen und für die frisch versorgten Bänder unbedenklichen Bewegungsbereich zwischen 20 und 60 Grad Beugung wurde bei uns ein sog. Bewegungsgips entwickelt (Abb. 5.17), mit dem seit 1973 sämtliche Patienten postoperativ versorgt werden. Der Vorteil besteht darin, daß das betroffene Bein unbedenklich voll belastet werden kann, da eine Abknickung im Varus- oder Valgus-Sinne sowie Rotationsbewegungen zuverlässig vermieden werden. Zudem kann über isometrische Übungen hinaus ein aktives Muskeltraining durchgeführt werden. Wird dieser Verband aus wasserfestem Material angefertigt, besteht sogar die Möglichkeit einer Behandlung im Bewegungsbad.

Der Ablauf des Therapiekonzeptes gestaltet sich dabei wie folgt (5): Sobald die Indikation zur Operation feststeht, wird eine dorsale Oberschenkel-Gipsschiene mit Einschluß der Fußsohle bei 20 Grad gebeugtem Kniegelenk angelegt. Zwar ist eine Gipsfixation bei gestellter Operationsindikation nicht unbedingt notwendig, die Gipsschiene wird aber für die frühe postoperative Phase ohnedies benötigt und muß dann nicht erst im Operationssaal angefertigt werden.

Nach dem Eingriff wird das operierte Bein in der Gipsschale auf einer *Kirschner*schiene hochgelagert und das Gelenk bis zur Entfernung der Saugdrainagen in Ruhe gelassen. Danach, das heißt am zweiten bis dritten postoperativen Tag, kann mit vorsichtig geführten Bewegungen bis 60°, unter Vermeidung von Adduktion und Abduktion sowie Rotation, begonnen werden. Diese Übungen sollten vom Physiotherapeuten möglichst zweimal täglich durchgeführt werden, anschließend wird das Bein wieder in der Gipsschale festgewickelt.

Die Hautfäden werden am zehnten Tag entfernt, ab diesem Zeitpunkt kann auch der Bewegungsgips hergestellt werden. Zuvor muß aber das operierte Kniegelenk mit einer elastischen Kniekappe nach Maß versorgt werden, um einem Fensterödem der Knieregion vorzubeugen.

Das Prinzip des Bewegungsgipses besteht darin, daß ein Unterschenkelgips und eine Oberschenkelmanschette durch je eine mediale und laterale Schiene beweglich verbunden werden. Ein Arretierungsmechanismus in den Gelenken dieser Schiene verhindert dabei Bewegungen über ein Ausmaß zwischen 20 und 60° Beugung hinaus.

Patienten mit Bewegungsgips werden angewiesen, den Spielraum voll zu nutzen und ihre Streckmuskulatur besonders zu trainieren. Eine krankengymnastische Betreuung ist in dieser Phase meistens nicht notwendig. Fünf bis sechs Wochen postoperativ kann der Bewegungsgips entfernt und eine zunehmend freie Funktion des Gelenkes angestrebt werden, da nach insgesamt sechs Wochen operativ versorgte Bandstrukturen als ausreichend übungsstabil anzusehen sind.

Der individuell sehr unterschiedlichen Einstellung der Patienten hinsichtlich einer aktiven Beanspruchung der operierten Kniegelenke und hinsichtlich der Schmerzbelastung kann in der anschließenden Behandlungsphase Rechnung getragen werden. Wird rasch eine freie Funktion erreicht, lassen wir den Patienten selbst über den Zeitpunkt einer eventuell notwendigen Entfernung von Implantaten (Schrauben, Unterlagscheiben bzw. Spezialplatten) entscheiden. Ist jedoch innerhalb eines Zeitraumes von zehn bis zwölf Wochen kein wesentlicher Fortschritt zu erzielen, kann »nachgeholfen werden«. Es empfiehlt sich dann, diese Patienten frühzeitig zur Implantatentfernung einzubestellen, um anläßlich dieses kleinen Eingriffes eine Knierevision und -mobilisation vorzunehmen. Besonders bei eher zaghaft eingestellten Verletzten kann damit in wesentlich kürzerer Zeit eine Normalisierung des funktionellen Resultates erreicht werden.

Ergebnisse

Die Frequenz von Kniebandverletzungen, die eine operative Versorgung nötig machen, ist in den letzten Jahren in unserer Klinik stetig angestiegen; sie lag 1979 bei 141 derartigen Eingriffen. Unter 180 nachkontrollierten Fällen aus der letzten Zeit waren 119 frische Läsionen, bei denen die Bänder genäht oder reinseriert werden konnten, und 61 chronische Instabilitäten, die durch einen plastischen Bandersatz versorgt werden mußten. Unter den Verletzten befanden sich doppelt so viele Männer wie Frauen. Das Durchschnittsalter betrug unabhängig vom Geschlecht etwas mehr als 34 Jahre.

Die Bandverletzungen waren überwiegend komplexer Art, wobei die häufigste Kombination den medialen Kapsel-Band-Apparat und das vordere Kreuzband im Sinne der Unhappy triad betraf. Isolierte Verletzungen der Kollateralbänder wurden 56mal festgestellt, nur die Kreuzbänder betreffende Läsionen oder Instabilitäten 23mal (Tab. 5.1).

Tab. 5.1 Verletzte Bandstrukturen am Kniegelenk

Verletzungen	frisch	alt	zusammen
Komplexverletzungen	67	34	101
Kollateralbänder	36	20	56
Kreuzbänder	16	7	23
Ingesamt	119	61	180

Eine Meniskusbegleitverletzung hatten insgesamt 81 Patienten, darunter konnte 45mal ein rupturierter Meniskus reinseriert und voll erhalten werden. In den übrigen Fällen war wegen ausgedehnter Meniskuskontusionen oder -zerreißungen eine partielle oder totale Meniskektomie nicht zu umgehen.

Nach durchschnittlich sieben Monaten erhobene Kontrollbefunde erbrachten in 90% ein gutes funktionelles Resultat mit stabilen Bändern und nahezu freier Beweglichkeit. Bei insgesamt 10% der Operierten waren die Bänder bei der Abschlußkontrolle nicht ganz stabil (21% nach Bandplastik, 5% nach Bandrekonstruktion).

Eine eingeschränkte Beweglichkeit mit einem Beugedefizit zwischen 20 und 40° oder, seltener, einem Streckdefizit von weniger als 10° resultierte insgesamt 24mal, wobei eine Beugung bis 120° keine Einschränkung der Alltagsfunktion bedeutet.

Die fortlaufende Messung der Oberschenkelumfänge auf beiden Seiten unter der funktionellen Behandlung an 35 Patienten ließ erkennen, daß von der Muskelatrophie auch das nicht verletzte Bein, wenn auch in geringerem Umfang, betroffen wird. Während der Muskelumfang auf der nicht verletzten Seite unter der Bewegungsgipsbehandlung gleich bleibt, tritt auf der verletzten Seite noch eine weitere Verschmächtigung ein. Erst nach Entfernen des Bewegungsgipses kommt es auf beiden Seiten zu einer raschen Zunahme der Muskulatur, wobei die nicht verletzte Seite temporär etwas hypertrophiert. Nach zwölf Wochen wurde noch ein durchschnittliches Umfangsdefizit von 1,2 cm gemessen (Abb. 5.18).

Spätergebnisse, die anhand von Kontrolluntersuchungen 6, 8 (4–7) Jahre nach der Operation erhoben wurden, können als exemplarisch für die Problematik der Bandnaht und -plastik gelten und geben zudem Aufschluß über die Arthroseinzidenz nach Versorgung instabiler Kniegelenke. Knapp die Hälfte der Patienten eines in

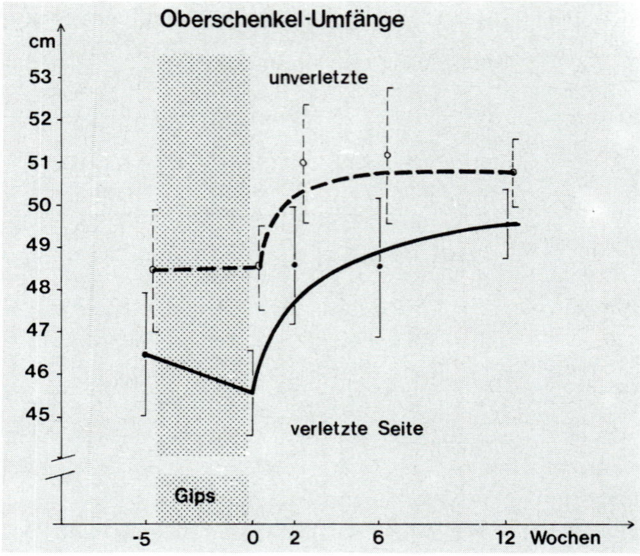

Abb. 5.18 Muskelatrophie vor, während und nach der Behandlung mit dem Bewegungsgips

den Jahren 1973/74 dokumentierten Kollektivs von 80 Verletzten konnten nachuntersucht und die Befunde mit den Frühresultaten verglichen werden.

Dabei war vor allem bei rund 20% der nach Abschluß der Behandlung nicht ganz stabilen, rekonstruierten Kniebänder noch eine Besserung bzw. Normalisierung der Stabilität im Vergleich zur Gegenseite festzustellen. Gleichzeitig hatte sich der Muskelumfang in den meisten Fällen normalisiert. Im Gegensatz dazu wurde nach plastischem Bandersatz bei 25% der primär nicht voll stabilen Patienten noch eine Zunahme der Instabilität konstatiert. Entsprechend häufiger fand sich eine persistierende Muskelatrophie. Bei der überwiegenden Anzahl der Patienten war der Befund jedoch unverändert, das heißt, funktionell befriedigend.

Eine im Vergleich zur nicht verletzten Seite durch Röntgenaufnahmen beider Kniegelenke verifizierte Arthrose wiesen sechs von zehn Patienten nach Bandverletzung auf. Eine wesentliche Rolle kommt jedoch dabei den Menisken zu: vier Fünftel der Patienten, bei denen ein lädierter Meniskus nicht erhalten werden konnte, hatten vermehrt Arthrosezeichen, jedoch nur zwei Fünftel der Patienten mit intaktem oder reinseriertem Meniskus.

Das subjektive Resultat wurde von den Verletzten bei der Nachuntersuchung wesentlich häufiger mit gut bis sehr gut eingestuft als nach Abschluß der Behandlung, nämlich mit 83% gegenüber 65% anläßlich der ersten Kontrolluntersuchung. Mit 3% gegenüber 11% waren auch weniger Patienten unzufrieden als nach Abschluß der Behandlung.

In einer weiteren Serie haben wir weit über 150 Patienten mit Kohlefaserbändern behandelt. Die ersten Nachuntersuchungen von 65 Patienten ergaben für dieses Verfahren ermutigende Ergebnisse, ein abschließendes Urteil über das genannte Verfahren läßt sich jedoch heute noch nicht abgeben.

Die Darstellung der Ergebnisse unterstreicht nachhaltig die Notwendigkeit einer adäquaten und individuellen Behandlung instabiler Kniegelenke. Dazu gehört in erster Linie die möglichst umgehende Erkennung eines Bandschadens, damit operative Maßnahmen zur Rekonstruktion frühzeitig eingeleitet werden können. Die wesentlich besseren Ergebnisse der Frühversorgung sind ein Beweis für die Richtigkeit dieser Forderung.

Des weiteren soll anhand der Ergebnisse nochmals darauf hingewiesen werden, daß bei der Entfernung von Menisken größte Zurückhaltung zu üben ist. Man muß sich immer im klaren sein, daß eine Meniskektomie fast zwangsläufig eine Arthrose des betreffenden Gelenkanteils zur Folge hat. Ein defekter Meniskus stellt jedoch andererseits eine permanente Gefahr für den Gelenkknorpel dar und muß deshalb so sparsam wie möglich reseziert werden. Unkritisch oder leichtfertig darf ein Meniskus nie geopfert werden.

Die operative Behandlung instabiler Kniegelenke ist um so leistungsfähiger, je früher die Therapie eingeleitet wird. Die meisten Verletzungen können bei adäquater Behandlung beruflich wie auch sportlich voll rehabilitiert werden. Die chronische Instabilität sollte gerade in Anbetracht einer Zunahme von Kniebandverletzungen als Folge von Arbeits-, Verkehrs- und Sportunfällen die Ausnahme bleiben.

Literatur

1. *Brückner, H.:* Eine neue Methode der Kreuzbandplastik. Chirurg 37, (1966) 413
2. *Burri, C., Claes, L.,* und *Mutschler, W.:* Eine neue 1-Loch-Platte zur Reinsertion von Bandansätzen. Unfallchirurgie 5, (1979) 100
3. *Burri, C., Pässler, H.,* und *Radde, J.:* Experimentelle Grundlagen zur funktionellen Behandlung nach Bandnaht und -plastik am Kniegelenk. Z. Orthop. 11, (1973) 378
4. *Dustmann, H. O.,* und *Puhl, W.:* Hämarthros und Arthrose. Langenbecks Arch. Chir. Suppl. 111, (1971) 47
5. *Helbing, G.,* und *Burri, C.:* Kniebandverletzungen – Operation und funktionelle Nachbehandlung. Zbl. Chirurgie 102, (1977) 787
6. *Helfet, A. J.:* The management of internal derangements of the knee joints. Pitman, London 1963
7. *Hellner, H., Nissen, R.,* und *Vossschulte, K.:* Lehrbuch der Chirurgie. Georg Thieme Verlag, Stuttgart 1967
8. *Hey-Groves, E. W.:* Operation for repair of the cruciate ligaments. Lancet II, (1917) 674
9. *Jones, K. G.:* Reconstruction of the anterior cruciate ligament. J. Bone Jt. Surg. 45A, (1963) 925
10. *Lindemann, K.:* Über den plastischen Einsatz der Kreuzbänder durch gestielte Sehnenverpflanzung. Z. Orthop. 79 (1950) 316
11. *Müller, W.,* und *Gächter, A.:* Das posttraumatisch instabile Kniegelenk. Chirurg 50, (1979) 605
12. *Nicholas, J. A.:* The five-one reconstruction for antero-medial instability of the knee. J. Bone Jt. Surg. 55A, (1973) 899
13. *Neugebauer, R., Claes, L., Helbing, G.,* und *Wolter, D.:* Kohlenstoffasern als Bandersatz am Kniegelenk, eine biomechanische und histologische Untersuchung. Langenbecks Arch. Chir. Suppl. 35 (1980)
14. *Noyes, F. R.:* Arthroscopy in acute traumatic haemarthroses of the knee. AAOS-meeting San Francisco 1979
15. *O'Donoghue, D. H.:* Surgical treatment of fresh injuries to the major ligaments of the knee. J. Bone Jt. Surg. 32A, (1950) 721

Nachweis der Abbildungen

Abb. 5.1, 5.5 aus *C. Burri, A. Rüter:* Bandverletzungen am Knie. Hefte zur Unfallheilkunde 125, Springer, 1975

Abb. 5.2, 5.3, 5.8 aus *C. Burri:* Unfallchirurgie. Springer, Heidelberg, Berlin, New York 1982

6. Knöcherne Verletzungen des Kniegelenkes

A. Rüter, C. Burri

Pathophysiologie

Durch die langen Hebelarme des angrenzenden Ober- und Unterschenkels ist das Kniegelenk des Menschen in Unfallsituationen über die physiologische Belastung durch das Körpergewicht hinaus hohen Krafteinwirkungen ausgesetzt. Diese Kräfte werden bis zu den Grenzen der Belastbarkeit durch die breiten Gelenkflächen und den verbindenden Kapselapparat aufgefangen. Der distale Ausläufer des Femur gleicht einer quergestellten Walze, die in einen medialen und lateralen Kondylus unterteilt ist. Da der mediale Anteil tiefer herabreicht als der laterale, bildet die Längsachse des Femur mit der Horizontalen und damit der Kniegelenksachse einen nach außen offenen Winkel von durchschnittlich 81 Grad. Die Gelenkfläche des Tibiakopfes wird durch die Eminentia intercondylica in zwei ovaläre Areale unterteilt. Insgesamt ist das Gelenkplateau gegenüber der Tibiaachse nach hinten versetzt und in unterschiedlichem Ausmaß gering nach dorsal gekippt.

Ober- bzw. unterhalb der eigentlichen Gelenkanteile beider Knochen verjüngt sich die im Schaftbereich kräftige Corticalis bis zu einer dünnen Grenzlamelle. Die knorpeltragenden Gelenkflächen selbst sitzen spongiösem Knochen auf. Die Streckung des Kniegelenkes erfolgt durch den Zug des Musculus quadriceps. In seine Sehne ist die Patella als größtes Sesambein des menschlichen Körpers eingelagert.

Ihre Artikulation mit dem Oberschenkel wird als Femoropatellargelenk von den femorotibialen Anteilen dieses Gelenkes begrifflich unterschieden (1).

Da die Form der knöchernen Gelenkanteile selbst kaum mechanischen Schutz gegen Rotations-, Biege- und Scherkräfte bietet, muß die Gelenkstabilisierung fast ausschließlich durch den Kapselbandapparat und die gelenküberbrückende Muskulatur bewerkstelligt werden. Durch diese enge Verflechtung ossärer und ligamentärer Struktur treten isolierte Verletzungen einer Gelenkkomponente nur in seltenen Ausnahmefällen auf. Meist handelt es sich um komplexe ossär-ligamentäre und cartilaginäre Schäden. Diese können jedoch schwerpunktmäßig so differieren, daß die Veränderungen an einer oder zwei Komponenten therapeutisch und prognostisch allein in Betracht gezogen werden müssen.

Formen der Knochen- und Knorpelverletzungen

Knöcherne Verletzungen des Kniegelenkes gehen immer mit Frakturen der tragenden Flächen und damit des Gelenkknorpels einher. Hierbei findet sich auch bei einfacheren Bruchformen meist eine umschriebene Quetschung des frakturnahen Knorpelbelages.

Ein spezifisches Problem der Kniegelenksfrakturen ergibt sich aus dem Umstand, daß unter der meist zugrunde liegenden hohen Gewalteinwirkung nicht einzelne Gelenkanteile »abbrechen«, sondern häufig darüber hinaus eine Einstauchung von Gelenkanteilen in das tragende Spongiosagerüst eintritt. Diese Spongiosa sintert hierbei unter Volumenverkleinerung ein und muß bei der Gelenkrekonstruktion ersetzt werden.

Die aufgrund therapeutischer und prognostischer Besonderheiten sinnvoll erscheinende, heute übliche Einteilung der Frakturen sei im folgenden skizziert:

Distale intraartikuläre Femurfrakturen

Bei diesen Verletzungen werden monokondyläre Brüche von suprakondylären Querfrakturen und transcondylären T- bzw. Y-Formen unterschieden.

Die Zone der suprakondylären Brüche liegt zwischen dem Beginn der trompetenartigen Erweiterung des distalen Femur und dem Ansatz der Seitenbänder.

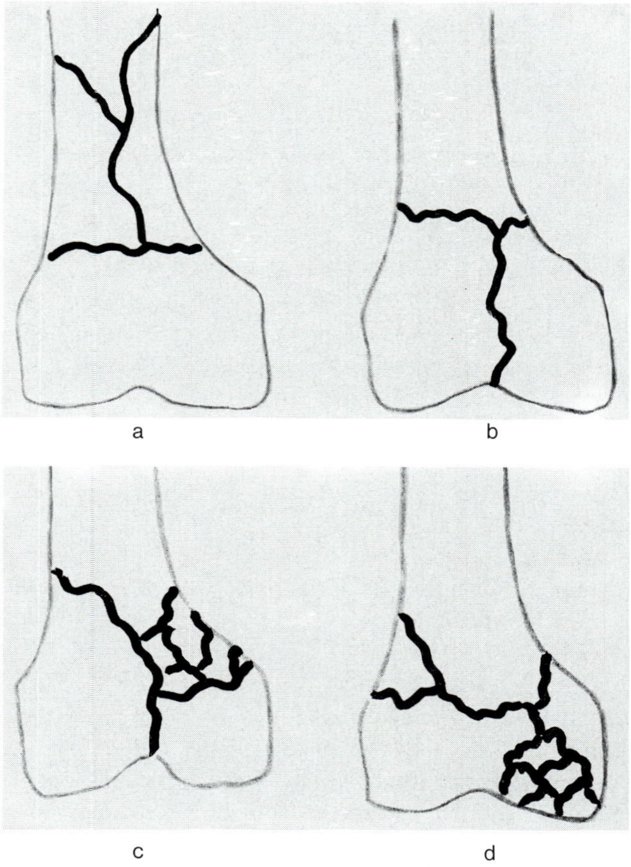

Abb. 6.1 Einteilung der distalen intraartikulären Femurfrakturen
a) Suprakondyläre Fraktur
b) Supra- und diakondyläre Frakturen, als Unterform monokondyläre Frakturen
c) Supra- und diakondyläre Frakturen mit kondylärer Trümmerzone
d) Supra- und diakondyläre Frakturen mit Trümmerzone im tragenden Gelenkanteil

Das gemeinsame Kennzeichen der T- und Y-Frakturen ist, daß neben einer suprakondylären Fraktur ein diakondylärer Bruchspalt den medialen vom lateralen Kondylus getrennt hat. Wie erwähnt, gehen diese Brüche häufig mit Mehrfragment- und Trümmerzonen unter Einstauchung der tragenden Gelenkanteile einher.

Die distalen intraartikulären Frakturen des Femur werden in folgende Gruppen unterteilt (Abb. 6.1):

- Suprakondyläre Frakturen
- Monokondyläre Frakturen
- Supra- und diakondyläre Frakturen
- Supra- und diakondyläre Frakturen mit kondylärer Trümmerzone
- Supra- und diakondyläre Frakturen mit Trümmerzone im tragenden Gelenkanteil.

Tibiakopffrakturen

Entsprechend der Situation am Femur finden sich auch hier neben einfachen Spaltfrakturen und Absprengungen Brüche mit Impressionen der Gelenkfläche und der Spongiosa. Entsprechend der physiologischen X-Stellung des Kniegelenkes und der meist von außen kommenden Gewalteinwirkung treten diese Verletzungen in der überwiegenden Anzahl an der lateralen Konsole auf. Isolierte Brüche des medialen Tibiakopfes gehören zu den Seltenheiten. Häufiger entstehen bikondyläre Brüche, bei denen dann meist das laterale Plateau imprimiert ist und das mediale einen verschobenen Spaltbruch aufweist.

Die knöchernen Ausrisse der Eminentia intercondylica, die ja auch Frakturen des Tibiakopfes darstellen, werden im Rahmen der Bandverletzungen abgehandelt.

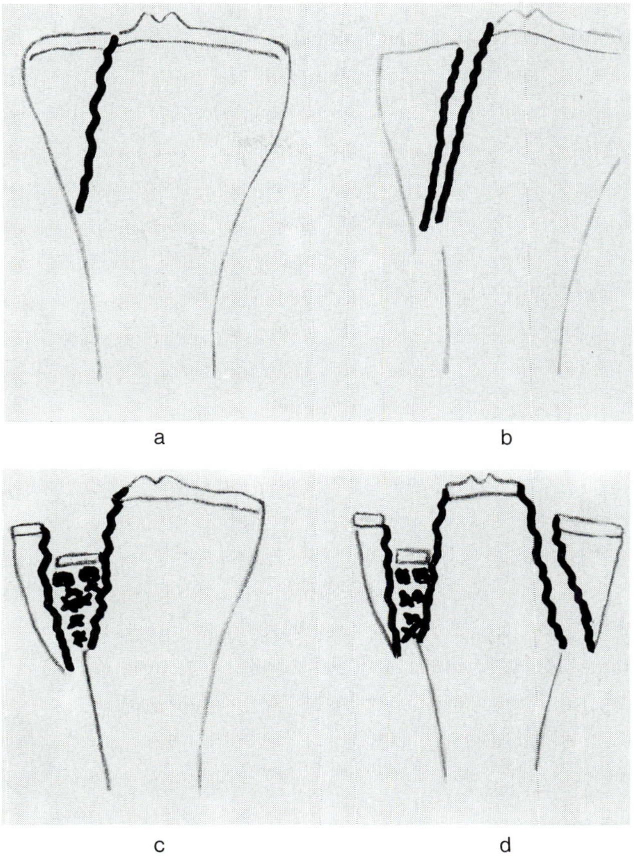

Abb. 6.2 Einteilung der Tibiakopffrakturen
a) Unverschobene Spaltbrüche
b) Verschobene Spaltbrüche
c) Impressionsfrakturen
d) Bicondyläre Kombinationen

Die Brüche des Tibiakopfes werden wie folgt gegliedert (Abb. 6.2):
- Unverschobene Spaltbrüche
- Verschobene Spaltbrüche
- Impressionsfrakturen
- Bikondyläre Kombinationsformen.

Patellafrakturen

Brüche der Patella können durch Überschreiten der tolerierbaren Zugbelastung des Knochens oder durch eine »Zertrümmerung« zwischen einwirkender Gewalt und Femurwiderlager entstehen. Die ersten Formen geben sich als Querfrakturen in verschiedener Höhe zu erkennen. Die zweiten sind durch mehrere Bruchstücke mit spinnennetzartigem Frakturverlauf gekennzeichnet.

Als Sonderform findet sich gelegentlich eine Längsfraktur der Kniescheibe. Ihre Abgrenzung gegenüber der Patella bipartita kann schwierig sein. Auch frische Verletzungszeichen erleichtern diese Entscheidung nicht, da an das Vorliegen einer Kapselbandläsion bei Patella bipartita gedacht werden muß. Klassische Unterscheidungszeichen sind die schmale Sklerosezone, die abgerundeten Begrenzungslinien und die typische Lokalisation am craniolateralen Pol, die diese Fehlbildung auszeichnen.

Die Querbrüche gehen mit Ruptur des Streckapparates einher, der jedoch unvollständig sein kann. Im Gegensatz dazu findet sich bei den Mehrfragment- und Trümmerfrakturen nicht selten die Strecksehne und der umgebende Weichteilmantel intakt. Das auslösende Anpralltrauma verursacht jedoch hier häufig Impressionen von Knorpel und Spongiosa. Entsprechend dem Unfallmechanismus bestehen sehr oft zusätzliche Quetschzonen am Knorpelbelag des femoralen Patellalagers.

Zur Einteilung dieser Frakturen werden folgende Gruppen gebildet (Abb. 6.3):
- Polabrisse
- Querfrakturen
- Längsfrakturen
- Stern- und Trümmerfrakturen.

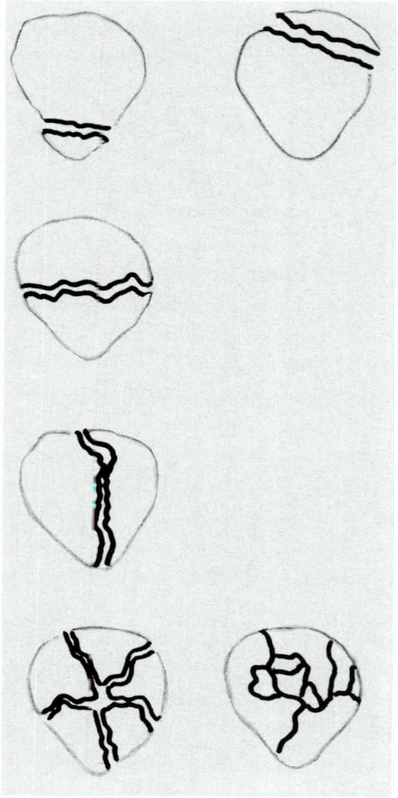

Abb. 6.3 Einteilung der Patellafrakturen
a) Obere und untere Polabrisse
b) Querfrakturen
c) Längsfrakturen
d) Stern- und Trümmerfrakturen

Knöcherne Bandausrisse

Solche Verletzungen können am proximalen Ansatz beider Seitenbänder sowie am distalen Ansatz des lateralen Bandes am Fibulaköpfchen auftreten. Sie sind immer mit ausgedehnteren Kapselbandschäden vergesellschaftet. Bei Kindern und Jugendlichen wird ein knöcherner Ausriß des vorderen Kreuzbandes mit der Eminentia intercondylica relativ häufig beobachtet. Knöcherne Ausrisse der proximalen Kreuzbandansätze treten nur im Rahmen condylärer Trümmerzonen auf.

Cartilaginäre und osteocartilaginäre Frakturen

Durch ein Zusammentreffen von hoher axialer Kompression und gleichzeitiger Drehung können Abscherungen des Gelenkknorpels in der osteocartilaginären Grenzschicht oder unter Mitnahme einer flachen Knochenlamelle entstehen (4).

Frakturen bei Kindern und Jugendlichen

Relativ häufig finden sich in diesem Lebensalter Epiphysenlösungen des distalen Femur mit oder ohne metaphysären Keil (Abb. 6.4). Entsprechende Verletzungen am Tibiakopf sind wesentlich seltener. Bei beiden ist die Gefahr von Gefäß- und Nervenverletzungen in der Kniekehle gegeben. Diese müssen zuverlässig abgeklärt werden.

Besondere Sorgfalt in diagnostischer und therapeutischer Hinsicht erfordern die eigentlichen Epiphysenfrakturen. Bei diesen kreuzt die Bruchlinie die Wachstumszone der Fuge. Bei inadäquater Behandlung führen diese Verletzungen zu einem ausgeprägten Fehlwachstum sowohl der Knieachse wie der Beinlänge insgesamt. Diese Komplikation entsteht dadurch, daß der nicht reponierte, die Wachstumsschicht der Fuge kreuzende Frakturspalt durch Kallus aufgefüllt wird. Diese nicht mitwachsende Brücke wirkt wie eine Klammer und stoppt das Fugenwachstum asymmetrisch lokal (Achsenabweichung) und bremst es allgemein (Verkürzung) (Abb. 6.5).

Unter den meist einwirkenden Valgisationskräften können monokondyläre Abscherungen des lateralen Femurkondylus oder verschobene laterale Spaltbrüche des Tibiakopfes entstehen. Mediale Brüche oder bikondyläre Kombinationen gehören zu den Seltenheiten. Eigentliche Impressionsfrakturen des Tibiakopfes, die beim Erwachsenen zu den typischen Verletzungen zählen, werden beim Jugendlichen aufgrund der harten Spongiosa fast nie beobachtet.

Als Äquivalent der Bandruptur des Erwachsenen treten bei Kindern und Jugendlichen eher Bandausrisse mit kleiner Knochenschale vorwiegend am Epicondylus medialis femoris auf. Auch diese stellen eine die Fuge überschreitende Fraktur dar und bedürfen entsprechender therapeutischer Konsequenzen.

Typisch für dieses Alter sind knöcherne Ausrisse der Tuberositas tibiae als Ausdruck einer Verletzung des vorderen Kreuzbandes (Abb. 6.6).

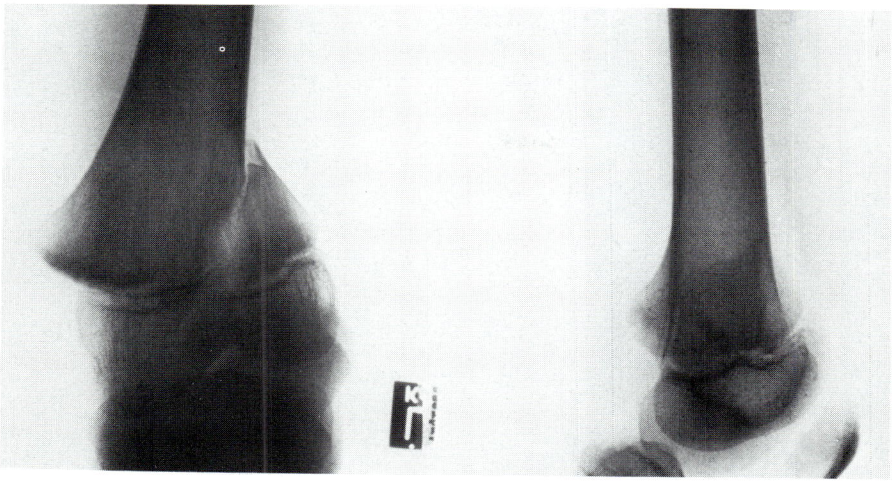

Abb. 6.4 Epiphysenlösung des distalen Femur mit metaphysärem Keil (Frakturtyp Aitken I)

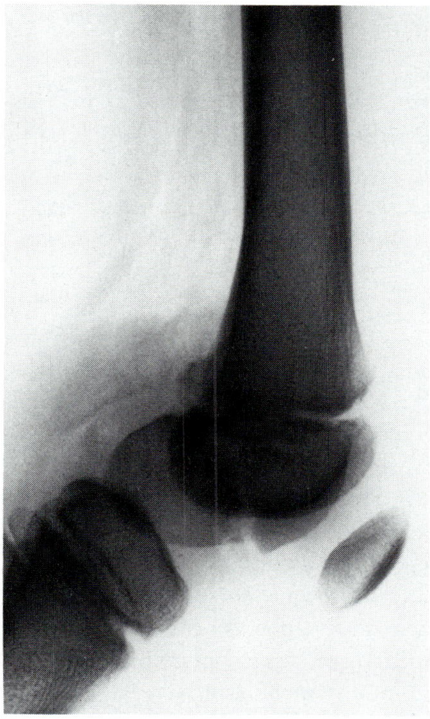

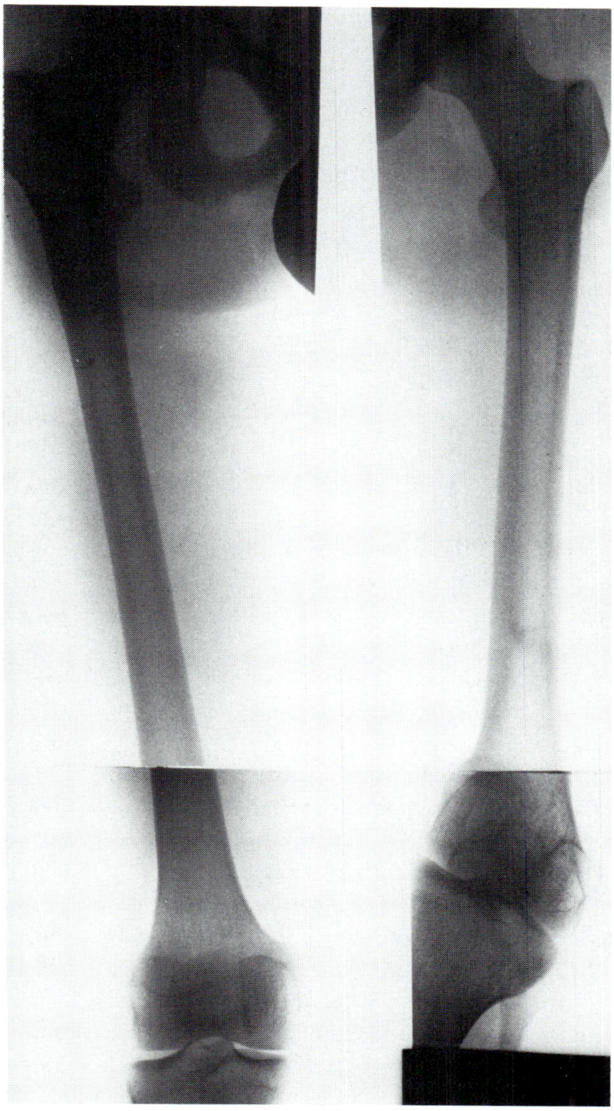

Abb. 6.5 Verlauf einer inadäquat behandelten Epiphysenfraktur des distalen Femurs bei einem achtjährigen Jungen
a) Unfallbild: Tangentiale Abscherung der Kondylenrolle, entsprechend einer Fraktur Aitken III
b) Situation elf Jahre nach konservativer Behandlung bei Wachstumsstop medial: 25 Grad Varus, 6 cm Beinverkürzung

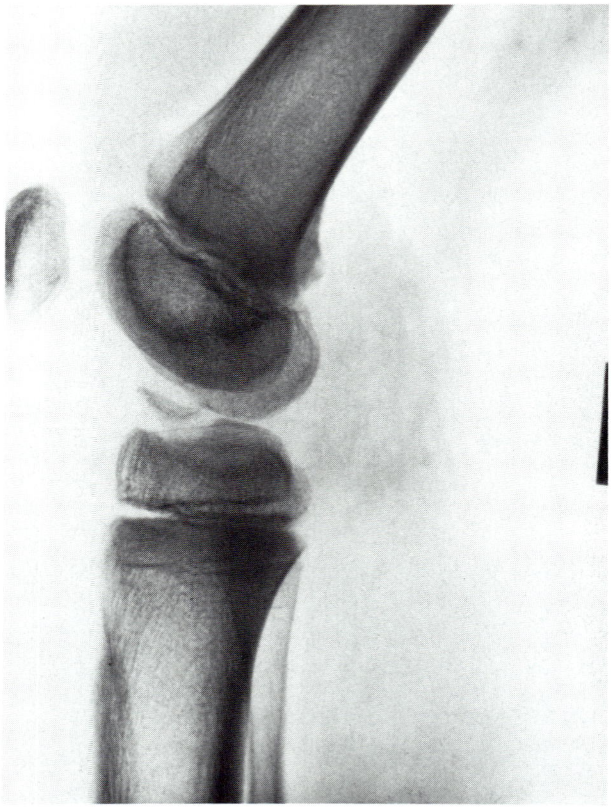

Abb. 6.6 Knöcherner Ausriß des vorderen Kreuzbandes bei einem zehnjährigen Jungen

Diagnostik

Tragende Pfeiler sind selbstverständlich qualitativ ausreichende Röntgenbilder in mindestens zwei senkrecht aufeinander stehenden Ebenen (2). Ergänzenden Aufschluß geben Schrägaufnahmen, gegebenenfalls Schichtuntersuchungen oder das moderne Verfahren der Computertomographie.

Die Beurteilung von Brüchen der Kniescheibe, aber auch des interkondylären Patellagleitweges wird durch Axialaufnahmen des Femoropatellargelenkes wesentlich verfeinert.

Das Ausmaß der Spongiosaimpression kommt speziell am Tibiakopf meist nur auf Schichtaufnahmen vollständig zur Darstellung (Abb. 6.7).

Auch im Hinblick auf die knöchernen Verletzungen dieses Skelettabschnittes darf sich die Diagnostik aber keinesfalls auf die Anordnung und Befundung von Röntgenbildern beschränken. Durch die engen topographischen Beziehungen von Nerven und Gefäßen der Kniekehle müssen begleitende Schäden dieser Gebilde in jedem Fall sorgfältig ausgeschlossen werden. Hierbei können diese durch das auslösende Trauma direkt verletzt worden sein, häufiger erfolgt ihre Schädigung jedoch sekundär durch dislozierte Bruchstücke oder anhaltende Kompression bei verzögerter oder ausgebliebener Reposition.

Da das Schicksal des Unterschenkels richtungsweisend von möglichen Nerven- und Gefäßverletzungen abhängt, sind diese Zusatzuntersuchungen ein Pflichtbestandteil der ersten Diagnostik. Bezüglich einer erfolgreichen Gefäßrekonstruktion müssen sechs Stunden als oberste Grenze angesehen werden. Daher ist bei geringstem Verdacht auf einen Arterienschaden frühzeitig die Indikation zur Angiographie zu stellen (8). Falls für diesen diagnostischen Schritt und seine möglicherweise notwendig werdenden

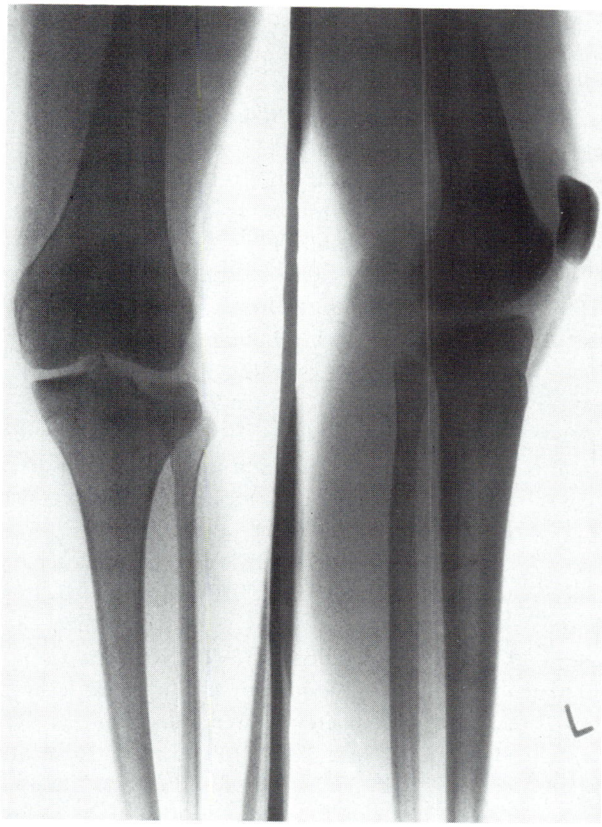

a

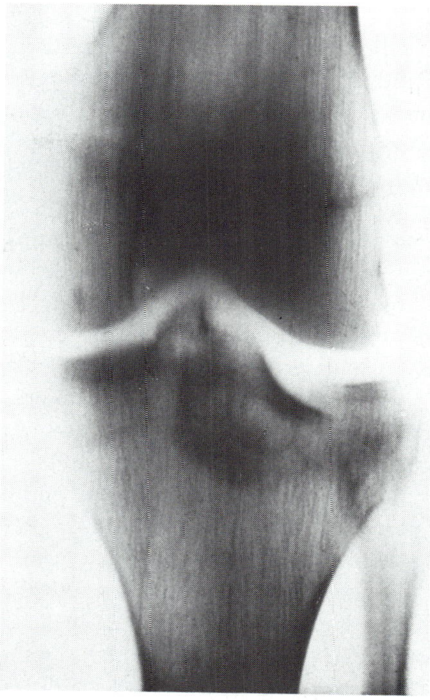

b

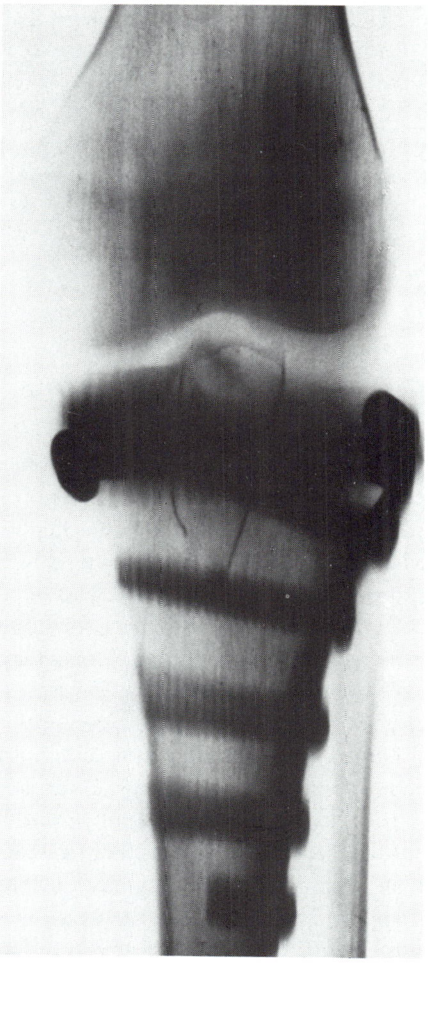

c

Abb. 6.7 Impressionsfraktur des Tibiakopfes
a) Standardaufnahme
b) Tomographie: Erst durch diese Technik kommt das Ausmaß der Spongiosaimpression vollständig zur Darstellung. Die Methode eignet sich auch zur
c) tomographischen Kontrolle der Rekonstruktion

chirurgischen Konsequenzen technische oder personelle Voraussetzungen fehlen, ist der Verletzte dringlich einem entsprechenden Zentrum zuzuweisen.

Darüber hinaus gehört die Inspektion und kritische Beurteilung des Weichteilmantels zu den ersten diagnostischen Schritten. Die Terminierung jedes operativen Eingriffes ist durch Begleitschäden von Haut und Weichteilen grundlegend beeinflußt. Wenn Hautverletzungen bereits außerhalb steril abgedeckt wurden, müssen diese Verbände belassen werden, um die Besiedlung einer fraglichen, erst recht einer sicheren offenen Fraktur durch Hospitalkeime zu verhindern.

Bei ausreichendem Verdacht auf eine knöcherne Verletzung ist die Untersuchung der Bandstabilität des Gelenkes nicht angezeigt. Die hierzu notwendigen Bewegungen könnten eine weitere Dislokation der Bruchstücke mit zusätzlicher Gefährdung der Weichteile auslösen und gehen mit erheblicher Schmerzverstärkung einher. Außerdem sind die bei begleitenden Frakturen erhobenen Befunde nicht beweisend, da durch das fehlende knöcherne Widerlager auch bei intaktem Kapselbandapparat der Eindruck der »Aufklappbarkeit« entstehen kann.

Die Erstuntersuchung wird zumindest durch den klinischen Ausschluß von weiteren Verletzungen in der »mechanischen Kette der unteren Extremität« abgerundet. Hierbei sind bei Stürzen aus größerer Höhe vor allem Brüche des Calcaneus auszuschließen.

Der typische Unfallmechanismus bei Autofahrern – Krafteinwirkung auf das gebeugte Knie bei durch die Rückenlehne fixiertem Rumpf – löst häufig Frakturen und Luxationsfrakturen der Hüftpfanne, seltener des Schenkelhalses aus.

Falls bei dringendem Verdacht auf eine Gelenkflächenverletzung – blutiger Gelenkerguß bei erhaltener Bandstabilität – die Röntgenuntersuchung keine entsprechende Verletzung nachweist, erlaubt die endoskopische Untersuchung als sogenannte Akutarthroskopie die Diagnose bzw. den Ausschluß rein cartilaginärer Fragmente (Kap. 2).

Therapie

Die physiologische Funktion des Kniegelenkes wird durch das diffizile Zusammenspiel von Form und Größe der Gelenkflächen einerseits und Länge und Ansatzpunkten des Kapselbandapparates andererseits gewährleistet. Dies bedeutet, daß nur eine möglichst anatomische Rekonstruktion aller verletzten Gebilde die optimalen Voraussetzungen für eine Restitutio ad integrum der Gelenkfunktion schaffen kann.

Diese Forderung gilt somit auch für die Wiederherstellung der knöchernen Gelenkanteile.

Dies rechtfertigt eine weite Indikationsstellung zur operativen Frakturbehandlung, die zu einer übungsstabilen Situation führen muß.

Hierbei ist jedoch abzuwägen, inwieweit durch fortgeschrittenes Lebensalter oder sonstige Allgemeinerkrankungen des Patienten eine solche Erhöhung des Operationsrisikos vorliegt, daß der Grundsatz »life before limb« eine konservative Frakturbehandlung zum Vorgehen der Wahl werden läßt.

Diese Überlegungen erfordern bei bekannter Prognose einer Verletzung auch die Berücksichtigung der persönlichen Erwartungen des Patienten an die spätere Leistungsfähigkeit seines Gelenkes. Auch hierdurch kann bei älteren Patienten eine Einschränkung des Entschlusses zum operativen Eingriff gegeben sein. Jeweils sind jedoch die möglichen Folgen einer länger dauernden lokalen oder allgemeinen Immobilisierung des Verletzten durch Gipsverband oder Extensionen zu berücksichtigen und gegen die Risiken der Osteosynthese abzugrenzen.

Die von der Schweizer Arbeitsgemeinschaft für Osteosynthesefragen (AO) entwickelten Implantate und Operationstechniken bilden die Grundlage der modernen operativen Frakturbehandlung (5). Die hierdurch eröffneten technischen Möglichkeiten führen jedoch nur in der Hand eines Erfahrenen mit ausreichender Sicherheit zum Erfolg. Die großzügige Indikationsstellung zur Operation ist also nur gerechtfertigt, wenn alle notwendigen Techniken gekannt und beherrscht werden und Komplikationen, vor allem Infektionen, den primär erreichten Erfolg nicht zunichte machen.

Sammelstatistiken der Deutschen Sektion der AO International belegen, daß mit einer subtil durchgeführten operativen Behandlung der Frakturen des Kniegelenkes sehr gute und gute Ergebnisse in einer Häufigkeit erzielt werden können, die durch konservative Maßnahmen nicht erreicht werden und somit die aktive Einstellung rechtfertigen.

So konnten bei Nachkontrollen von 164 distalen Femurfrakturen zwei Drittel der Ergebnisse als gut bezeichnet werden, nur 9% waren als schlecht anzusehen (7).

Entsprechende Kontrollen von 278 Tibiakopffrakturen belegten, daß 70% der Patienten die Gebrauchsfähigkeit ihres Beines selbst als gut bis sehr gut klassifizierten. 87% dieses Krankengutes konnten das Kniegelenk frei strecken. Bei einer Untergruppe von 179 Patienten aus dieser Statistik, die von besonders erfahrenen Teams behandelt worden war, verbesserten sich die guten und sehr guten Ergebnisse auf 76% (6). Ähnlich gute Resultate konnten durch die Nach-

a b

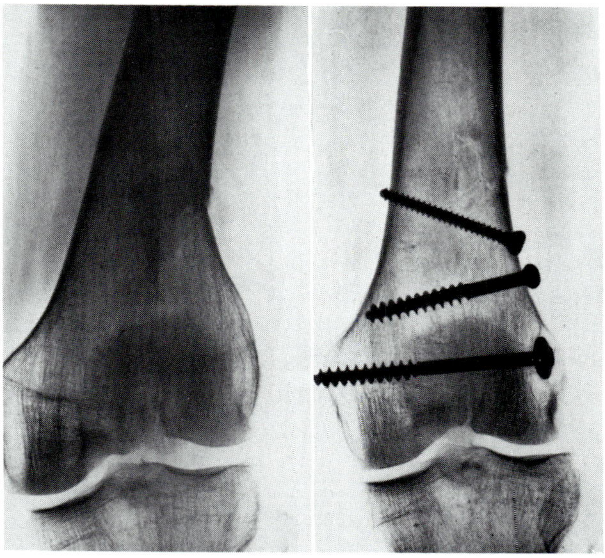

Abb. 6.8 Versorgung einer monokondylären distalen Femurfraktur
a) Unfallbild
b) Kontrolle nach Schraubenosteosynthese

a b

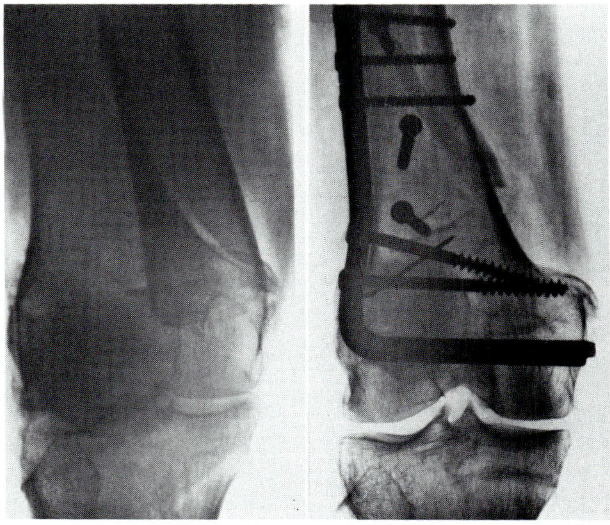

Abb. 6.9 Versorgung einer T-Fraktur des distalen Femur mit suprakondylärer Trümmerzone
a) Unfallbild
b) Kontrolle nach Osteosynthese mit Kondylenplatte

untersuchung von 73 Patellafrakturen verifiziert werden. Von diesen Patienten waren 65 vollständig oder fast vollständig beschwerdefrei, 63 waren uneingeschränkt gehfähig, 68 wieder voll in ihrem alten Beruf tätig (3).

Diese Zahlen belegen, daß knöcherne Verletzungen des Kniegelenkes heute in aller Regel durch operative Rekonstruktion und Stabilisation behandelt werden sollen. Lediglich bei unverschobenen monokondylären Brüchen, der Femurkondylen oder des Tibiakopfes sind konservative Maßnahmen ebenbürtig oder gar günstiger. Hierbei erfordert aber die Diagnose »unverschoben« besondere Sorgfalt, da Übersichtsaufnahmen die Fragmentstellung nicht sicher beurteilen lassen. Größere Gewißheit schaffen Schrägaufnahmen, Sicherheit ist nur durch Tomographien zu erreichen.

Selbstverständlich haben bei jedem Verletzten die Abklärung vitaler Gefährdungen sowie alle sich hieraus ergebenden diagnostischen und therapeutischen Schritte absoluten Vorrang vor der Behandlung der Extremitätenverletzung selbst. Zeitpunkt und Art der lokalen Therapie richten sich nach diesen entscheidenden Fragen.

Falls die Frakturen des Kniegelenkes nicht innerhalb der ersten Stunden versorgt werden können oder konservativ behandelt werden sollen, muß der fast immer anzutreffende blutige Gelenkerguß unter sterilen Kautelen abpunktiert werden. Diese Maßnahme entlastet die Weichteile, verhindert Knorpelschädigung

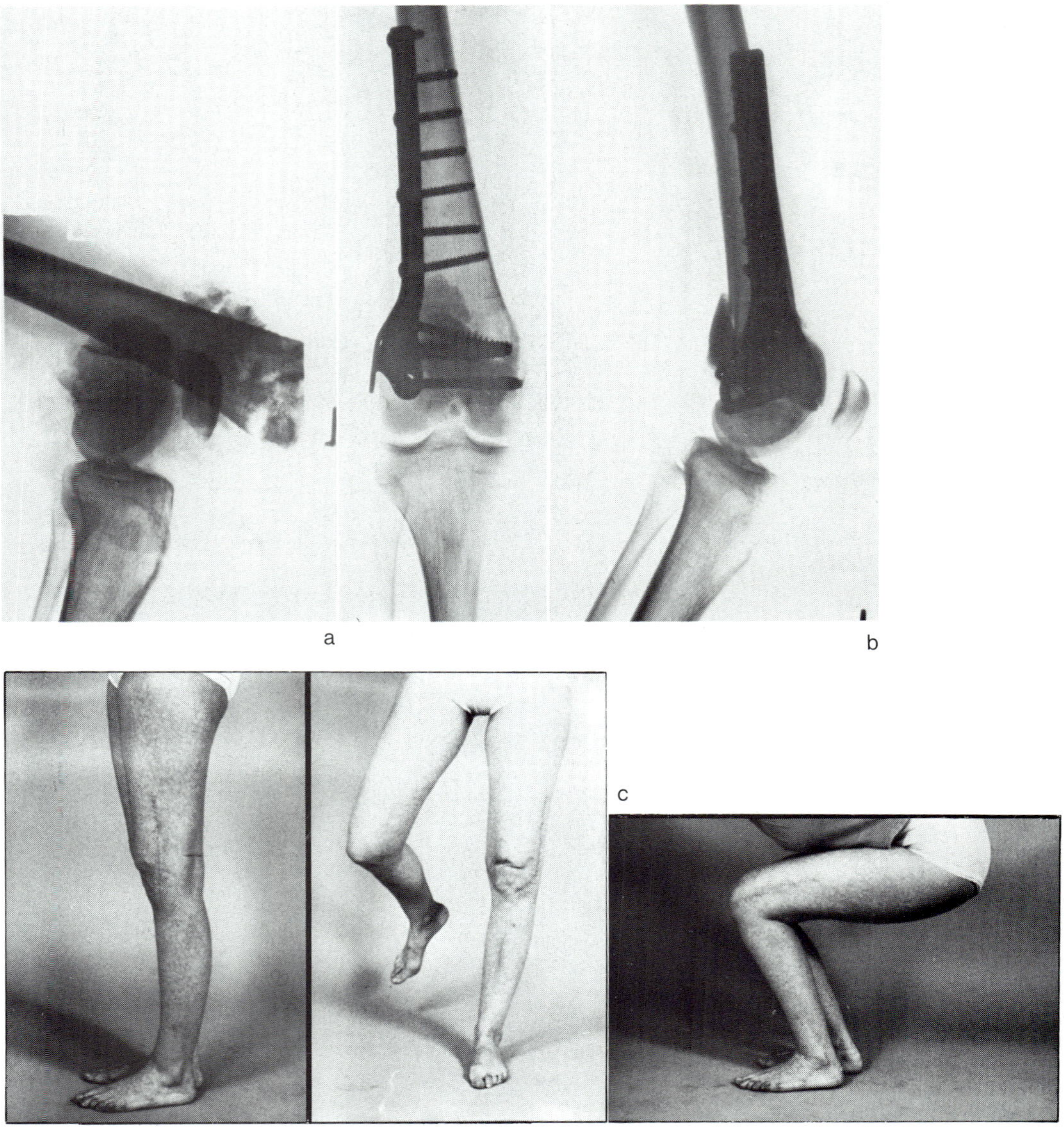

Abb. 6.10 Versorgung einer Kondylentrümmerfraktur
a) Unfallbild
b) Kontrolle nach Osteosynthese mit Kondylenabstützplatte
c) Funktionen nach vier Monaten

durch frei werdende Enzyme und führt zu einer deutlichen Schmerzminderung.

Spaltbrüche eines Femurkondylus können bei ausreichender Knochenqualität durch zwei oder drei isolierte Zugschrauben ausreichend stabilisiert werden. Abb. 6.8 zeigt als entsprechendes Beispiel eine monokondyläre Fraktur des lateralen Femurkondylus. Selbstverständlich schließt die Operation eine Gelenkeröffnung mit Revision der Knorpelflächen und subtiler Beurteilung der erreichten Wiederherstellung ein.

Einfache T- und Y-Frakturen des distalen Femur sind eine Domäne der Osteosynthese mittels Kondylenplatte. Hierbei werden in einem ersten Schritt die voneinander getrennten Kondylen durch zwei Spongiosaschrauben wieder vereinigt und dann das wiederhergestellte Kondylenmassiv durch die Winkelplatte gegen den Schaft stabilisiert (Abb. 6.9).

Mehrfragment- und Trümmerzonen der Kondylen können mit dieser Technik nicht ausreichend aufgebaut werden. Vielmehr wird es hier-

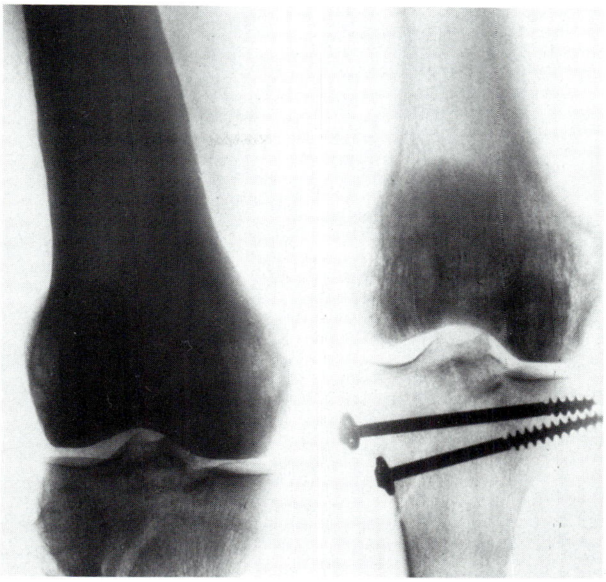

Abb. 6.11 Versorgung eines verschobenen Spaltbruches des Tibiakopfes
a) Unfallbild
b) Kontrolle nach Osteosynthese mit zwei Spongiosaschrauben

bei notwendig, nach Wiederherstellung der Gelenkfläche Spongiosadefekte durch autologe Transplantate aufzufüllen, kleinere Bruchstücke durch isolierte Kleinfragmentschrauben, notfalls nur durch Spickdrähte zu fassen oder bei der Osteosynthese größere Fragmente einzuklemmen. Das Implantat der Wahl bei diesen Verletzungen stellt die sogenannte Kondylenabstützplatte dar. Diese erlaubt durch die Form des Plattenkopfes eine frakturspezifische Schraubenlage. Nur in Ausnahmefällen wird die zusätzliche Verwendung einer zweiten, medialen Platte notwendig. Abb. 6.10 zeigt die Versorgung einer Kondylentrümmerfraktur und das erreichte funktionelle Ergebnis.

Unverschobene Spaltbrüche des Tibiakopfes können konservativ durch Gipsruhigstellung behandelt werden, sofern eine Verschiebung der Bruchstücke, das heißt eine Stufenbildung in der Gelenkfläche mit Sicherheit ausgeschlossen ist.

Die Fixierung dieser Frakturen durch zwei Spongiosaschrauben erlaubt eine sofortige funktionelle Nachbehandlung. Dieses Vorgehen ist auch bei allen verschobenen Spaltbrüchen angezeigt. Nach Gelenkeröffnung wird das Fragment unter Sicht des Auges und Bildwandlerkontrolle stufenfrei adaptiert. Bei ausreichender Spongiosaqualität reichen zur Übungsstabilität zwei Spongiosaschrauben (Abb. 6.11). Sicheren Halt gibt die Verwendung einer T-Platte.

Alle Impressionsfrakturen des Tibiakopfes machen eine sorgfältige Rekonstruktion der Gelenkfläche und des tragenden Spongiosagerüstes notwendig. Nach Anhebung der imprimierten Gelenkanteile wird der nun frei werdende Impressionsdefekt des Knochens mit autologer Spongiosa aufgefüllt und die Rekonstruktion durch eine abstützende Plattenosteosynthese gesichert (Abb. 6.12).

Grundlage der operativen Behandlung von Patellafrakturen bildet das sogenannte Zuggurtungsprinzip. Hierbei werden durch einen ventral in den Streckapparat eingebrachten Draht, der vom oberen zum unteren Patellapol führt, Zugkräfte in Druckkräfte auf die Fraktur umgewandelt. Durch zwei zusätzliche, parallel craniocaudal eingebrachte *Kirschner*-Drähte läßt sich die Stabilität der Osteosynthese gegen Scher- und Rotationskräfte verbessern. Diese Erweiterung der einfachen Drahtzuggurtung ist vor allem bei kleinen Impressionen und Defekten in den Frakturflächen nützlich (Abb. 6.13).

Mehrfragmentbrüche fordern häufig die zusätzliche Einbringung von Kleinfragmentschrauben.

Unverschobene Brüche bei erhaltenem Streckapparat können konservativ behandelt werden. Die Voraussetzung zu diesem Vorgehen – erhaltener Streckapparat – macht eine Gipsruhigstellung unnötig, ja kontraindiziert. Die Pa-

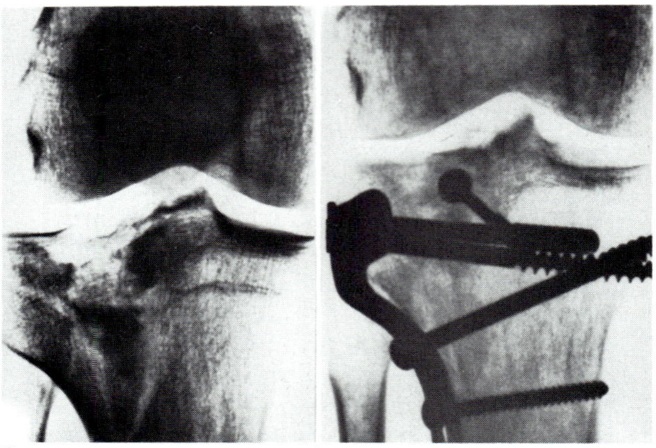

a b

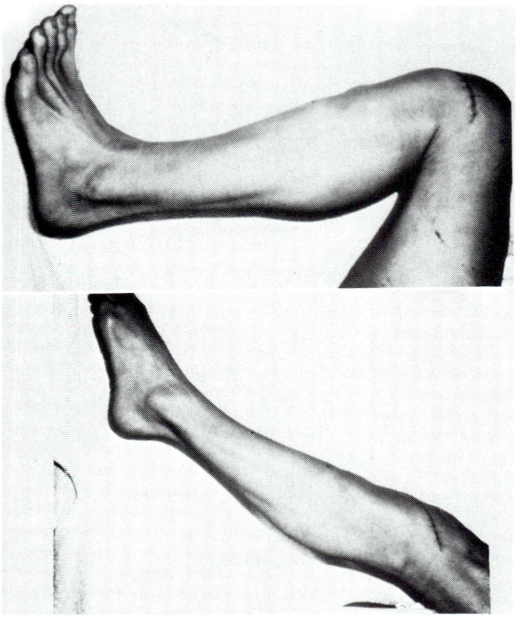

c

Abb. 6.12 Versorgung einer Tibiakopfimpressionsfraktur
a) Unfallbild
b) Kontrolle nach Gelenkrekonstruktion in den Schritten:
- Wiederherstellung der Gelenkfläche
- Auffüllung des Spongiosadefektes durch autologes Transplantat
- Abstützende Osteosynthese
c) Funktion nach drei Wochen

tienten müssen das Knie sechs bis acht Wochen durch Gehen an Unterarmstützen entlasten und Aufstehen aus der Hocke usw. vermeiden.

Cartilaginäre und osteocartilaginäre Bruchstücke müssen refixiert werden, da bei beiden Formen eine folgenlose Einheilung möglich ist.

Metallische Implantate, die von außen kommend das kleine Fragment halten, sichern zwar die Fixierung, finden aber häufig nur ausreichend Verankerung, wenn sie die Fragmentoberfläche perforieren. Bei einer Verschraubung von der Gelenkinnenseite her müssen, wenn irgend möglich, die klein zu wählenden Schraubenköpfe (Kleinfragment- oder Minischrauben) in das Knorpelniveau versenkt werden. Auf dem Gelenkknorpel liegende Schraubenköpfe und Drahtenden führen zu Verletzungen der Knorpelbedeckung des Gelenkpartners. Falls diese Technik jedoch unumgänglich wird, muß die Metallentfernung zum frühestmöglichen Zeitpunkt, das heißt nach sechs bis sieben Wochen, durchgeführt werden.

Die Fibrinklebung solcher cartilaginärer und osteocartilaginärer Fragmente hat neue schonende Möglichkeiten zur Behandlung dieser Verletzungen eröffnet und stellt heute das Vorgehen der Wahl dar.

Epiphysenlösungen des distalen Femur oder der proximalen Tibia werden konservativ behandelt, sofern die Reposition vollständig oder fast vollständig gelingt. Gelegentlich ist dies jedoch durch Interposition eines kräftigen Periostlappens unmöglich, so daß auch diese Verletzungen operativ eingerichtet werden müssen.

Speziell bei kleineren Kindern reicht danach eine »adaptierende« Osteosynthese aus, die das Repositionsergebnis hält, jedoch keine Übungsstabilität bringt. Eine anschließende Ruhigstellung im Gipsverband kann ohne die Gefahr von sekundären »Ruhigstellungsschäden« erfolgen.

Dagegen müssen alle Frakturen der Wachstumsfuge exakt operativ eingerichtet und »wasserdicht« fixiert werden. Dies gelingt mit ausreichender Sicherheit nur operativ. Das zur Fixierung verwendete Material, meist Kleinfragmentschrauben, darf hierbei die Wachstumsfuge nicht kreuzen. Vielmehr sind sie, je nach Bruchverlauf, ein- oder beidseitig parallel zur Fuge unter Wahrung des Zugschraubenprinzips einzubringen.

Die dargestellten Möglichkeiten der Osteosynthese können auch zur Korrektur verbliebener Fehlstellungen, sekundärer Dislokationen und ungenügender Achsenverhältnisse angewendet werden. Ein derartiges Beispiel ist auf

a

b

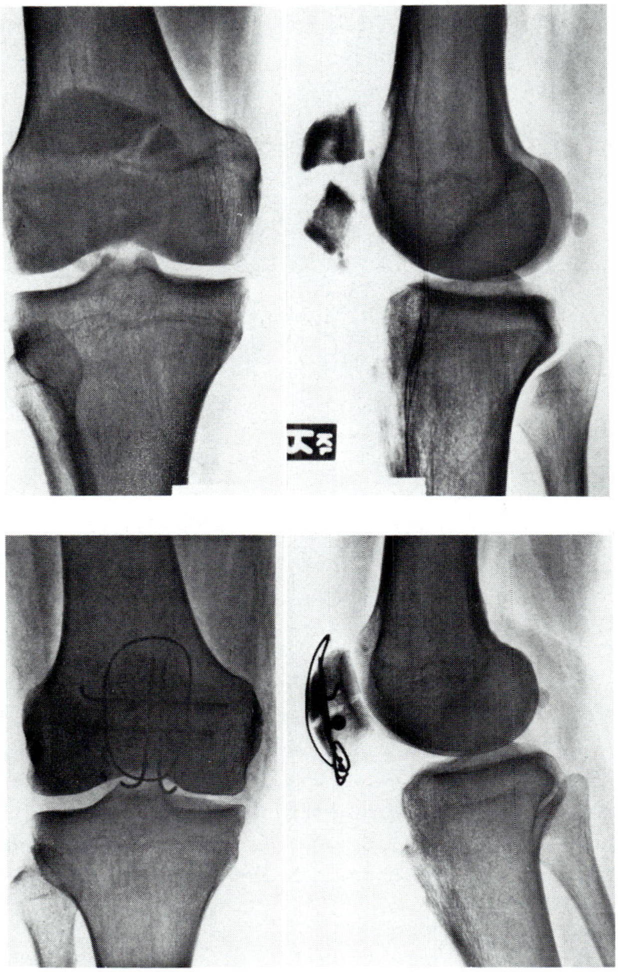

Abb. 6.13 Versorgung einer Patellamehrfragmentfraktur
a) Unfallbild
b) Kontrolle nach Zuggurtung. Vorherige Vereinigung der einzelnen Fragmente durch Kleinfragmentschrauben und *Kirschner*-Drähte

Abb. 6.14 festgehalten: Nach drei Eingriffen mit ungenügender Fixation durch Schrauben und Cerclagedrähte bestand ein Zustand, der für die weitere Belastungsfähigkeit hoffnungslos erschien. Die Korrektur brachte medial ideale Verhältnisse, lateral verblieb eine leichte Kippung. Der Patient konnte jedoch sein Kniegelenk um 70° bewegen.

Dieses Beispiel zeigt, wie auch in veralteten, bis vor wenigen Jahren als hoffnungslos angesehenen Fällen, bei adäquater Indikationsstellung und Technik eine Rekonstruktion möglich sein kann.

Nachbehandlung

Durch die postoperative Lagerung und frühe postoperative Behandlung vermeidet man vier Gefahren: das Hämatom im Gelenk durch Einlegen von Saugdrainagen, das Wundödem durch Hochlagerung der verletzten unteren Extremität für vier bis sechs Tage in mindestens 60° Beugestellung des Kniegelenkes, die feuchte Kammer des Verbandes durch eine offene Wundbehandlung und die Frakturkrankheit durch eine frühe aktive Mobilisation der verletzten Extremität. Spätestens nach Entfernung der Drainagen am zweiten postoperativen Tag beginnen die aktiven Gelenkübungen mit Unterstützung des Physiotherapeuten. Nach wenigen Tagen soll der Patient am Bettrand sitzen können, nach etwa einer Woche mit Stützkrücken unter Abrollen des Fußes ohne Belastung gehen. Die Entlastungszeit beträgt bei einfachen Frakturen ohne Gelenkbeteiligung etwa sechs bis acht Wochen. Unkomplizierte, stabil mit Osteosynthese versorgte Brüche mit Gelenkbeteiligung werden acht bis zehn

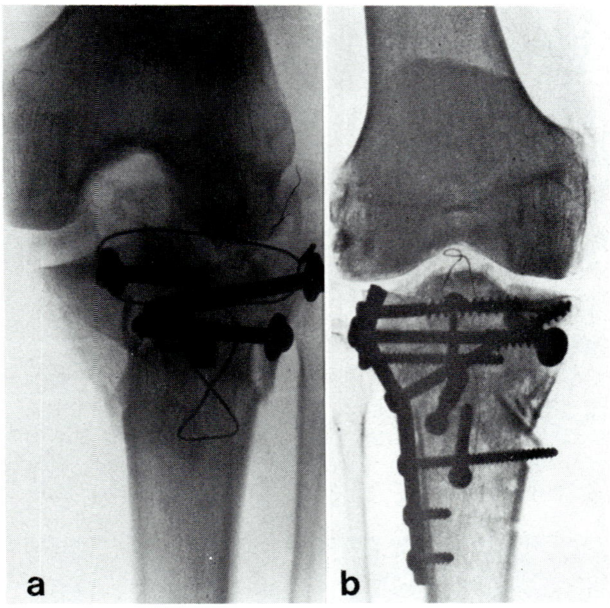

Abb. 6.14 Spätrekonstruktion einer Tibiakopftrümmerfraktur
a) Zustand nach dreimaligem Eingriff mit Inkongruenz und fast vollständiger Einsteifung
b) Korrektur nach Osteotomie der einzelnen Fragmente, Abstützung lateral, Kreuzbandreinsertion. Befriedigende Funktion.

Wochen entlastet. Komplizierte Frakturen im Kondylen- oder Tibiakopfbereich können erst nach 12–14 Wochen zunehmend belastet werden. Wichtig ist, daß in dieser Zeit Übungen zur Kräftigung der Muskulatur verschrieben werden und das Gelenk möglichst im vollen Bewegungsumfang bewegt wird. Je nach dem Befund bei den Röntgenkontrollen des knöchernen Durchbaus der Fraktur wird der individuelle Behandlungsplan während dieser Zeit festgelegt. Dies sollte am besten von dem erstbehandelnden Chirurgen oder wenigstens im engen Kontakt mit ihm geschehen.

Literatur

1. *Benninghoff, A.*, und *Goerttler, K.*: Lehrbuch der Anatomie des Menschen, 9. Aufl., Bd. 1. Urban & Schwarzenberg, Berlin 1964
2. *Birzele, H.*, *Bergleiter, R.*, und *Kuner, E. H.*: Traumatische Röntgendiagnostik. Georg Thieme Verlag, Stuttgart 1975
3. *Freuler, F.*, *Brunner, Ch.*, und *Rüter, A.*: Spätresultate bei operierten Patellafrakturen. Hefte Unfallheilk. 120 (1975) 68
4. *Ganz, R.*: Isolierte Knorpelabscherungen am Kniegelenk. Hefte Unfallheilk. 127 (1979) 79
5. *Müller, M. E.*, *Allgöwer, M.*, und *Willenegger, W.*: Manual der Osteosynthese. Springer Verlag, Berlin, Heidelberg, New York 1977
6. *Muggler, E.*, *Bartzke, G.*, und *Burri, C.*: Die Tibiakopffraktur – Problematik, operative Therapie und Resultate. Unfallchirurgie 4 (1978) 157
7. *Trentz, O.*, *Tscherne, H.*, und *Oestern, H. J.*: Operationstechnik und Ergebnisse bei distalen Femurfrakturen. Unfallheilk. 80 (1977) 441
8. *Vollmar, J.*, und *Jung, M.*: Kombinierte Gefäß-Knochenverletzungen. Akt. Traumat. 6, (1977) 309

Nachweis der Abbildungen

aus Zeitschrift für Allgemeinmedizin 56, 31, 1980

7. Akute und chronische Knorpelläsionen

G. Helbing, W. Mutschler

Einleitung

Erkrankungen und Verletzungen des Gelenkknorpels am Knie sind außerordentlich häufig. Patienten mit Knorpelläsionen sind daher zu einem erheblichen Anteil in der Sprechstunde des praktischen Arztes, mehr aber noch in traumatologischen und orthopädischen Ambulanzen anzutreffen. Da akute und chronische Knorpelläsionen nicht in einem homogenen Krankheitsbild zusammengefaßt werden können, sollen um einer besseren Systematik willen hier die drei am häufigsten vorkommenden und abzugrenzenden Krankheitsbilder behandelt werden: Es handelt sich um die osteochondrale Abscherfraktur, die in Anlehnung an den angloamerikanischen Sprachgebrauch auch flake fracture genannt wird, die Chondropathie oder genauer die Chondromalazie vor allem des retropatellaren Knorpels und die Osteochondrosis dissecans. So verschieden die drei Krankheitsbilder ätiologisch sind, so unterschiedlich müssen sie auch therapeutisch angegangen werden.

Daneben gibt es noch eine ganze Reihe anderer Knorpelläsionen, wie z. B. reine Knorpelprellungen und subchondrale Hämatome oder Stauchungsfrakturen. Diese Verletzungen können leider nicht so häufig diagnostiziert werden. Man muß daher eine gewisse Dunkelziffer unterstellen. Trotzdem treten sie zahlenmäßig gegenüber den drei vorgenannten abgrenzbaren Krankheitsbildern zurück.

Pathophysiologie

Zum Verständnis von Knorpelläsion und -»Regeneration« erscheinen hier ein paar histologische Vorbemerkungen angebracht. Neben den zellulären Bestandteilen des Gelenkknorpels kommt seiner Grundsubstanz eine im wahrsten Sinne des Wortes tragende Bedeutung zu. Diese im wesentlichen aus kollagenen Fasern und einer Füllsubstanz, den Proteoglykanen bestehende Matrix verleiht dem Knorpel im Normalzustand die gewünschte Elastizität und Dämpfungsfähigkeit. Die Ernährung der Chondrozyten erfolgt überwiegend durch Diffusion aus der Synovialflüssigkeit. Dabei kommt der Hyaluronsäure eine besondere Bedeutung zu. Nach Abschluß des Wachstums scheint ausschließlich die hyaline Grundsubstanz einem Umbau zu unterliegen, die kollagenen Fasern gelten dagegen als inert.

Die Tatsache, daß beim Erwachsenen keine Neubildung knorpelspezifischen Kollagens erfolgen kann, erklärt zum Teil die Regenerationsunfähigkeit des Gelenkknorpels nach Verletzungen. Knorpeldefekte können vom Organismus nur über Umwege aufgefüllt werden, indem vom subchondralen Knochen aus Narben- bzw. Granulationsgewebe gebildet wird oder indem – bei Defekten in Randbezirken – von der benachbarten Synovialmembran ein pannusartiges Ersatzgewebe vorwächst. Beide »Regenerationsformen« können regelmäßig angetroffen werden und sind auch therapeutisch nutzbar, z. B. in Form der sogenannten *Pridie*-Bohrung. Es gilt aber als erwiesen, daß dieses Ersatzgewebe beim Erwachsenen niemals zu hyalinem Knorpel, bestenfalls durch metaplastische Umwandlung zu Faserknorpel werden kann. Sind aber größere Gelenkflächen von einer Läsion betroffen und durch Narbengewebe respektive Faserknorpel ersetzt, kommt es in Ermangelung adäquater biomechanischer Fähigkeiten des Faserknorpels zu abnormen Belastungen des subchondralen Knochens und sukzessive zur Ausbildung einer Arthrose. Knorpelläsionen des Erwachsenen sind daher immer als Präarthrose anzusehen.

Bei Kindern und Adoleszenten erscheint eine echte, vom Knorpel ausgehenden Regeneration noch möglich, was bei allen therapeutischen Erwägungen zu berücksichtigen ist.

Spezielle Pathophysiologie

Akute Knorpelläsionen sind praktisch immer traumatischer Genese. Die pathophysiologische Deutung kann sich hier auf den Ablauf des Unfallereignisses beschränken. Dabei sollten natür-

Tab. 7.1 Pathogenese der Chondromalacia patellae

I. Mechanische Überbeanspruchung durch		
Störung des ***Patellagleitweges*** bei – Dysplasien: Wiberg III, IV, Patella parva, partita – Fehlstellungen: Lateralisation rezidiv. Luxation Patella alta	Störung der ***Patellagleitfläche*** bei – direkten Traumen: Knorpelkontusion -abscherung Frakturen mit Stufenbildung, Achsenbildung oder Rotationsfehlstellung – indirekten Traumen: Distorsionen – chronischer Überbelastung: Sport, Beruf, Gewicht	
II. gestörte Knorpelregeneration durch		
Veränderung der Synovia bei Infektion Autoimmunreaktionen (PcP) Gicht, Diabetes mellitus	***Veränderung der Zirkulation*** bei Arteriosklerose	***endokrine Veränderung*** bei postklimakt. Osteoporose Hypothyreose

lich Vorstellungen über die Art der Gewalteinwirkung mit berücksichtigt werden.

Bei der mehr oder weniger willkürlichen Einteilung in akute und chronische Knorpelläsionen muß die Möglichkeit einer akut einsetzenden Symptomatik bei einer an sich chronischen Läsion bedacht werden.

Die *osteochondrale Fraktur* am Kniegelenk findet sich überwiegend an der retropatellaren Knorpelfläche, weniger an den korrespondierenden Kondylenanteilen und nur ausnahmsweise im belasteten Gelenkanteil. Bei den auslösenden Traumen steht neben der direkten Anprallverletzung die Patellaluxation im Vordergrund. Auffällig ist, daß rein knorpelige Abscherungen entweder außerordentlich selten sind oder nicht diagnostiziert werden. Sie können mehr oder weniger asymptomatisch vorkommen. Die klinisch und vor allem therapeutisch relevante Form ist die osteochondrale Fraktur mit einem mehr oder weniger großen knöchernen Fragmentanteil.

Als Ursache für eine *Chondromalazie* kommen diverse Noxen in Frage. Sie lassen sich in eine Gruppe der mechanischen Überlastung und eine Gruppe der gestörten Regenerationsfähigkeit einteilen. Die mechanischen Überlastungsschäden stehen dabei weit im Vordergrund. Sie können Folge direkter Traumen sein, aber auch das Resultat einer chronischen Überlastung durch Leistungssport, Übergewicht oder Schwerarbeit. Daneben kommen die zahlreichen Formvariationen des Femoro-Patellargelenkes in Betracht, die sich ebenfalls biomechanisch im gleichen Sinne auswirken können (Tab. 7.).

Zu den Ursachen einer gestörten Regenerationsfähigkeit zählen entzündliche und rheumatische Gelenkerkrankungen, Zirkulationsstörungen im Rahmen degenerativer Gefäßerkrankungen und Stoffwechselstörungen, z. B. Gicht oder Diabetes mellitus (Tab. 7.).

Ungeachtet der vielfältigen ätiologischen Faktoren ist das morphologische Bild der Chondromalazie einheitlich. Pathologisch-anatomisch werden drei Schweregrade unterschieden (Abb. 7.1).

Grad I – Der Gelenkknorpel erscheint gelbbräunlich verfärbt und ist in seiner Elastizität gemindert. Er kann so weich sein, daß eine Faltenbildung möglich ist. Der Proteoglykangehalt der Grundsubstanz nimmt ab.

Grad II – Der Knorpel weist umschriebene Risse und Schuppen auf, die noch auf die oberen Schichten begrenzt sind. Histologisch sind eine Demaskierung der fibrillären Struktur, ein verstärkter Verlust an Grundsubstanz und teilweise degenerierte Chondrozyten nachzuweisen.

Grad III – Die Fissuren am Knorpel reichen bis an den Knochen. Charakteristisch sind im histologischen Präparat sogenannte Brutnester oder Cluster, die als Ausdruck eines frustranen Knorpelregenerationsversuchs angesehen werden. In diesem Stadium lösen abgeschilferte Knorpelpartikel eine hypertrophe aseptische Synoviitis aus.

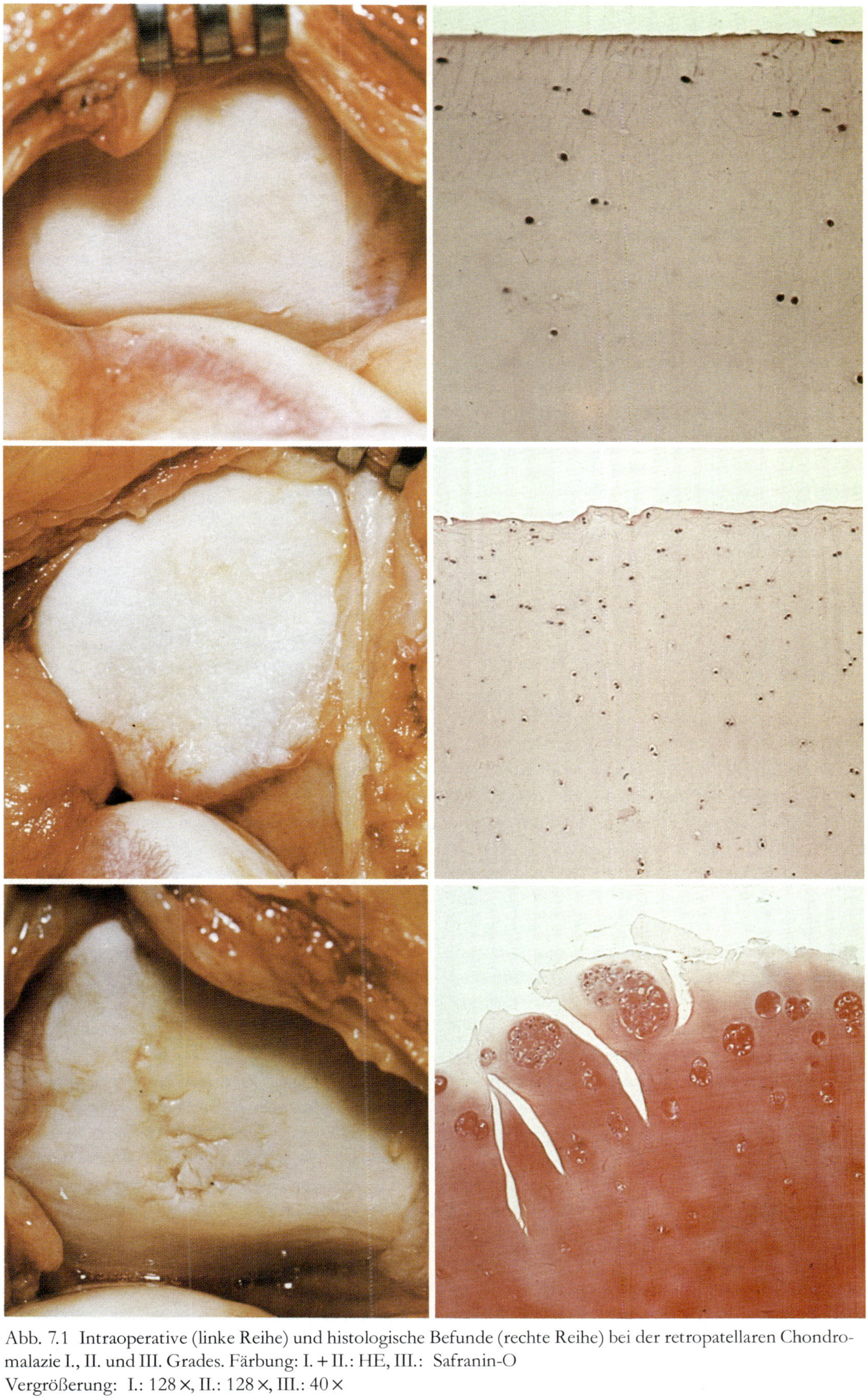

I.

II.

III.

Abb. 7.1 Intraoperative (linke Reihe) und histologische Befunde (rechte Reihe) bei der retropatellaren Chondromalazie I., II. und III. Grades. Färbung: I. + II.: HE, III.: Safranin-O
Vergrößerung: I.: 128×, II.: 128×, III.: 40×

Ein viertes Stadium kann angefügt werden, es stellt jedoch bereits den Übergang zur Arthrose dar; hier finden sich Knorpelulzera über große Flächen.

Die Ätiologie der *Osteochondrosis dissecans* ist letztlich unklar. Ursächlich werden direkte Traumen, eine Ischämie sowie konstitutionelle Faktoren und Stoffwechseldefekte angeschuldigt (Tab. 7.3). Neben der Theorie, daß es sich um Formen der aseptischen Knochennekrose handeln könne, erscheint die Deutung der Osteochondrosis dissecans als pseudarthrotisch verheilte osteochondrale Fraktur entweder als Folge eines adäquaten Traumas oder als Folge einer lokalen Überbeanspruchung, wie sie *Bandi* für die typische Lokalisation am medialen Femurkondylus aufgezeigt hat (Abb. 7.2), plausibel.

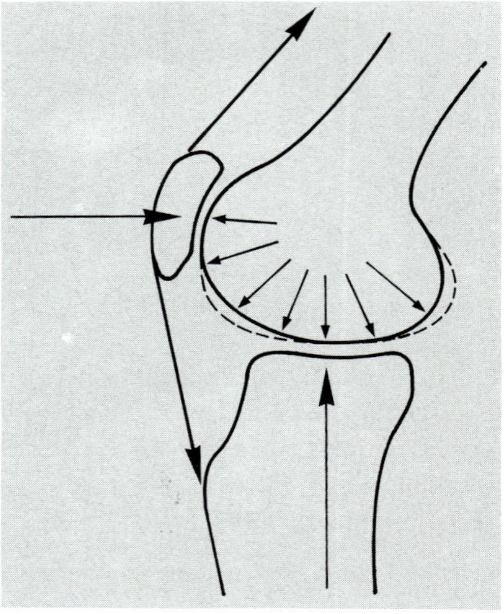

Abb. 7.2 Theorie nach *Bandi:* Am Kniegelenk wirksame Kräfte, die zu Stauchungswellen führen

Tab. 7.3 Theorien zur Entstehung einer Osteochondrosis dissecans

Traumatheorie
Ischämie (Fett, Bakterien, Thrombose)
Hyperlipidämie
Konstitutionelle Faktoren
Vererbung im Rahmen von Dysostosen

Danach findet sich die Osteochondrosis dissecans immer an der konvexen Gelenkpartie und befällt nur Gelenke mit langen Hebelarmen. Die Ausbruchstelle des Dissekates liegt dort, wo ein Gelenksegment zwischen zwei Bruchzonen gerät, so daß eine zangenartige Kompression ausgeübt wird. Dadurch wird die subkortikale Spongiosa gestaucht und ins Gelenkinnere vorgewölbt, was sich bei jeder Gelenkbewegung wiederholt. Stauchung und anschließende Distraktion im Wechsel führen nach dieser Theorie zur Mikrofraktur. Durch die ständige Schaukelbewegung wird die knöcherne Ausheilung verhindert.

Diagnostik

Anamnese

Die Exploration beginnt selbstverständlich mit der Erhebung der Anamnese. Dabei ist zu eruieren, ob der Erkrankungsbeginn akut oder schleichend war, ob ein ursächlicher Zusammenhang mit einem Trauma wahrscheinlich ist oder ob andere kausale Faktoren, wie z. B. Erkrankungen des rheumatischen Formenkreises und ähnliches in Frage kommen können. Des weiteren muß erfragt werden, ob die Beschwerden symmetrisch oder einseitig sind, ob sie bei Ruhe, in bestimmten Positionen oder belastungsabhängig auftreten. Vorangegangene Gelenkergüsse, evtl. mit der Notwendigkeit einer Punktion, sind für die Anamneseerhebung ebenso wichtig wie der Hinweis auf mögliche Infektionserkrankungen.

Die *akute Knorpelläsion* setzt ein markantes Trauma voraus. Dabei sind osteochondrale Frakturen sowohl als Folge direkter Knieanpralltraumen wie auch im Rahmen von Patellaluxationen zu beobachten. Entsprechende Angaben über den Unfallhergang sind meistens eindeutig zu erhalten. Schwieriger sind Knorpelkontusionen, subchondrale Hämatome oder Impressionen des subchondralen Knochens anamnestisch einzugrenzen. Hier kommen von der sogenannten Distorsion über axial einwirkende Kräfte bis zum Hyperextensionstrauma zahlreiche Möglichkeiten in Betracht, wobei häufig Läsionen des Bandkapselapparates oder der Menisken im Vordergrund stehen und den symptomarmen Knorpelschaden kaschieren.

Die *Chondromalazie* ist außerordentlich verbreitet. Bei Autopsien wiesen 65% aller Kniegelenke bei über 30jährigen entsprechende retropatellare Veränderungen auf. Die Chondromalazie hat in der überwiegenden Anzahl der Fälle einen asymptomatischen Verlauf. Wird eine Chondromalazie klinisch manifest und wegen der Beschwerden behandlungsbedürftig, sprechen wir von Chondropathie.

Charakteristisch sind dumpfe Schmerzen unter der Patella, aber auch parapatellar, die vor allem nach längerem Sitzen mit gebeugtem Kniegelenk (Autofahrt, Kinobesuch) sowie beim Treppauf- und Treppabgehen auftreten. Auslösend scheint die vermehrte Druckbelastung der retropatellaren Fläche bei entsprechender Beugestellung bzw. bei Beanspruchung zu sein. Nicht selten tritt auch ein sogenanntes Giving way auf; durch plötzlich einschießenden Schmerz kommt es zu einem reflektorischen Nachgeben der stabilisierenden Streckmuskulatur, so daß das Knie wegknickt.

Häufig läßt sich der Erkrankungsbeginn noch auf das Adoleszentenalter zurückdatieren. Hier ist eine anamnestische Abgrenzung einer Osteochondrosis dissecans kaum möglich. Meistens werden die Beschwerden im jugendlichen Alter mit dem Etikett Wachstumsschmerzen versehen (s. auch Kapitel 3).

Das weibliche Geschlecht scheint stärker disponiert zu sein, Frauen sind dreimal so häufig betroffen wie Männer. Der Morbiditätsgipfel liegt bei beiden Geschlechtern im sogenannten besten Alter.

Läßt sich anamnestisch ein Unfall, z. B. in Form eines direkten Knieanpralltraumas eruieren, so findet sich typischerweise ein schmerzfreies posttraumatisches Intervall von drei bis vier Monaten Dauer, bevor sich die Beschwerden einstellen.

Uncharakteristisch ist die Anamnese bei der *Osteochondrosis dissecans*. Man muß vor allen Dingen bei Adoleszenten und jungen Erwachsenen an diese Erkrankung denken, wenn ohne ersichtliche Ursache unklare und nicht lokalisierbare Schmerzen im Kniegelenk auftreten. In fortgeschrittenen Stadien kann die Ausbildung eines Reizergusses auf eine Osteochondrosis dissecans hinweisen.

Klinische Befunde

Jede Kniegelenksuntersuchung beginnt mit einer Inspektion beider Beine. Dazu muß der Patient sich bis auf die Unterhose entkleiden. Prima vista kann hierbei schon der Zustand der Quadricepsmuskulatur festgestellt und die Gelenkkontur im Seitenvergleich beurteilt werden.

Daneben sind Form und Position der Patella sowie die Achsenverhältnisse am Kniegelenk zu beachten. Hautnarben geben Hinweise auf früher stattgehabte Traumen.

Bevor der Untersucher Hand an ein Kniegelenk legt, empfiehlt es sich, die spontan möglichen Bewegungen zu prüfen. Daneben kann die Funktion unter Belastung durch normales Gehen oder durch Kniebeugen getestet werden.

Die manuelle Untersuchung beider Kniegelenke erfolgt immer am liegenden Patienten. Es empfiehlt sich auch, auf möglicherweise schmerzhafte Manipulationen vorsorglich hinzuweisen und nicht etwa den Patienten damit zu überrumpeln.

Das Vorgehen zur Erhebung eines kompletten Kniestatus ist in Kap. 2 ausführlich dargestellt. Es genügt deshalb, noch einmal auf die Besonderheiten der Untersuchung bei Knorpelläsionen hinzuweisen, sofern sie den retropatellaren Knorpelbelag betreffen: Durch seitliche Subluxation der Patella nach medial oder lateral werden die entsprechenden Gelenkfacetten einer Palpation zugänglich; dabei lassen sich gröbere Unregelmäßigkeiten bereits tasten. Desgleichen kann durch Auf- und Abschieben der Kniescheibe in ihrem Gleitlager ein vermehrtes Reiben oder Knacken festgestellt werden.

Bei der klinischen Untersuchung gibt es praktisch keine, für eine frische *Knorpelläsion* beweisenden Symptome. Ein posttraumatischer Hämarthros – von einem Erguß durch das raschere Auftreten zu unterscheiden – ist bei intaktem Kapselbandapparat immer stark auf eine Knorpelknochenläsion suspekt. Dann kann das Fragment gelegentlich medial, lateral oder im oberen Rezessus getastet werden.

Charakteristisch für die *Chondropathia patellae* sind am ehesten der verstärkte Klopfschmerz der Patella sowie das *Zohlen*'sche Zeichen: mit zwei Fingern wird die Patella von ihrem oberen Pol aus nach distal dorsal gedrückt, wobei der Patient das gestreckte Bein anheben soll. Eine Chondromalazie verursacht dabei gewöhnlich erhebliche Schmerzen; man muß aber berücksichtigen, daß die Untersuchung auch an einer gesunden Kniescheibe für den Betroffenen unangenehm ist.

Die *Osteochondrosis dissecans* kann klinisch nicht

sicher diagnostiziert werden, es sei denn, das Dissekat habe sich als freier Gelenkkörper komplett gelöst. Eine solche Gelenkmaus wird vom Verletzten häufig selbst an wechselnder Stelle getastet oder führt zu rezidivierenden Einklemmungen.

Die Kniegelenkspunktion halten wir im Rahmen von Knorpelläsionen nicht für eine obligatorische Maßnahme. Nur ein Hämarthros nach frischem Trauma macht u. E. immer die Revision, mindestens aber die Arthroskopie notwendig.

Röntgendiagnostik

Obwohl sich der Knorpel selbst röntgenologisch nicht darstellt, ist die radiologische Untersuchung bei jedem Verdacht auf eine akute oder chronische Knorpelläsion unerläßlich. Schon allein um reine Knorpelläsionen gegen degenerative Veränderungen in Form der Arthrosis deformans abzugrenzen, sind Routineaufnahmen in den beiden Standardebenen notwendig. Hier liefert die Reaktion des subchondralen Knochens genügend Hinweise für pathologische Veränderungen des Knorpels. Die radiologischen Arthrosezeichen reichen von einer Verschmälerung des Gelenkspaltes über eine vermehrte subchondrale Sklerosierung, Randzackenbildung und zystische Degeneration des Knochens bis hin zur Deformation des ganzen Gelenkes. Im Bereich der Patella sind es vor allem die Randzacken am oberen und unteren Patellapol sowie die Form der patellaren Gleitfläche, die zu berücksichtigen sind.

Bei Verdacht auf eine *osteochondrale Fraktur* (Hämarthros!) müssen die Bilder besonders aufmerksam, evtl. vor einer punktförmigen Lichtquelle betrachtet werden. Ein osteochondrales Fragment ist röntgenologisch immer unscheinbar, weil der knöcherne Anteil im Vergleich zum knorpeligen meist sehr klein und nicht zu erkennen ist, wenn er sich über die Kondylen oder den Tibiakopf projiziert (Abb. 7.3). Nur bei Projektion zwischen den Gelenkspalt oder in das Femoro-Patellargelenk auf der seitlichen Aufnahme ist er auf Anhieb zu erkennen. Bei entsprechender Fragestellung müssen die Routineaufnahmen in den beiden Standardebenen durch Spezialaufnahmen ergänzt werden.

Für die Diagnostik bei der *Chondropathie,* aber auch zum Nachweis einer möglichen retropatellaren Osteochondrosis dissecans sind Patella-Défilé-Aufnahmen in 30, 60 und 90° Beugestellung des Kniegelenkes unerläßlich. Sie liefern Hinweise auf die Patellaform mit ihren möglichen Varianten, auf die Kongruenzverhältnisse im Femoro-Patellargelenk in verschiedener Gelenkstellung und können darüber hinaus Arthrosezeichen oder Sklerosesäume nachweisen, die sich auf der seitlichen Aufnahme nicht darstellen.

Auch zum Nachweis einer *Osteochondrosis dissecans* an typischer Stelle genügen die Aufnahmen in den beiden Standardebenen in der Regel nicht. Hier muß entsprechend der Lokalisation im Randbereich des medialen Kondylus zur Fossa intercondylica hin eine sogenannte Tunnelaufnahme gemacht werden, bei der die Strahlen tangential durch die Fossa intercondylica gerichtet sind. Das röntgenologische Zeichen der Osteochondrosis dissecans ist der zur Gelenkfläche hin konkave Sklerosesaum des subchondralen Knochens, der das Mausbett abgrenzt. Er stellt sich nur dann markant dar, wenn er tangential getroffen wird; bei der normalen ap-Aufnahme ist er, wenn überhaupt, oft nur verwaschen wahrzunehmen (s. auch Kap. 2).

Nicht vergessen werden soll die Möglichkeit, pathologische Veränderungen durch Schichtaufnahmen zu erfassen. Damit lassen sich vor allem Knorpelimpressionen im Bereich der Kondylen oder der Tibiaköpfe darstellen. Die Schichten können je nach Fragestellung transversal oder sagittal gelegt werden.

Eine mehr invasive Diagnostik in Form der Arthrographie oder Doppelkontrastarthrographie ist durchaus indiziert, wenn die bislang genannten Verfahren bei begründetem klinischem Verdacht noch nicht zu einer ausreichend sicheren Diagnose geführt haben. Die Arthrographie ist bei der Diagnostik von Knorpelläsionen sehr leistungsfähig, da Fissuren oder nicht dislozierte osteochondrale Frakturen sowie nur partiell gelöste osteochondrotische Dissekate mit dem Verfahren noch dargestellt werden können. Sie hat aber in den letzten Jahren durch die Verbreitung der Arthroskopie eine gleichwertige, für viele Fragestellungen sogar überlegene Konkurrenz bekommen.

a

b

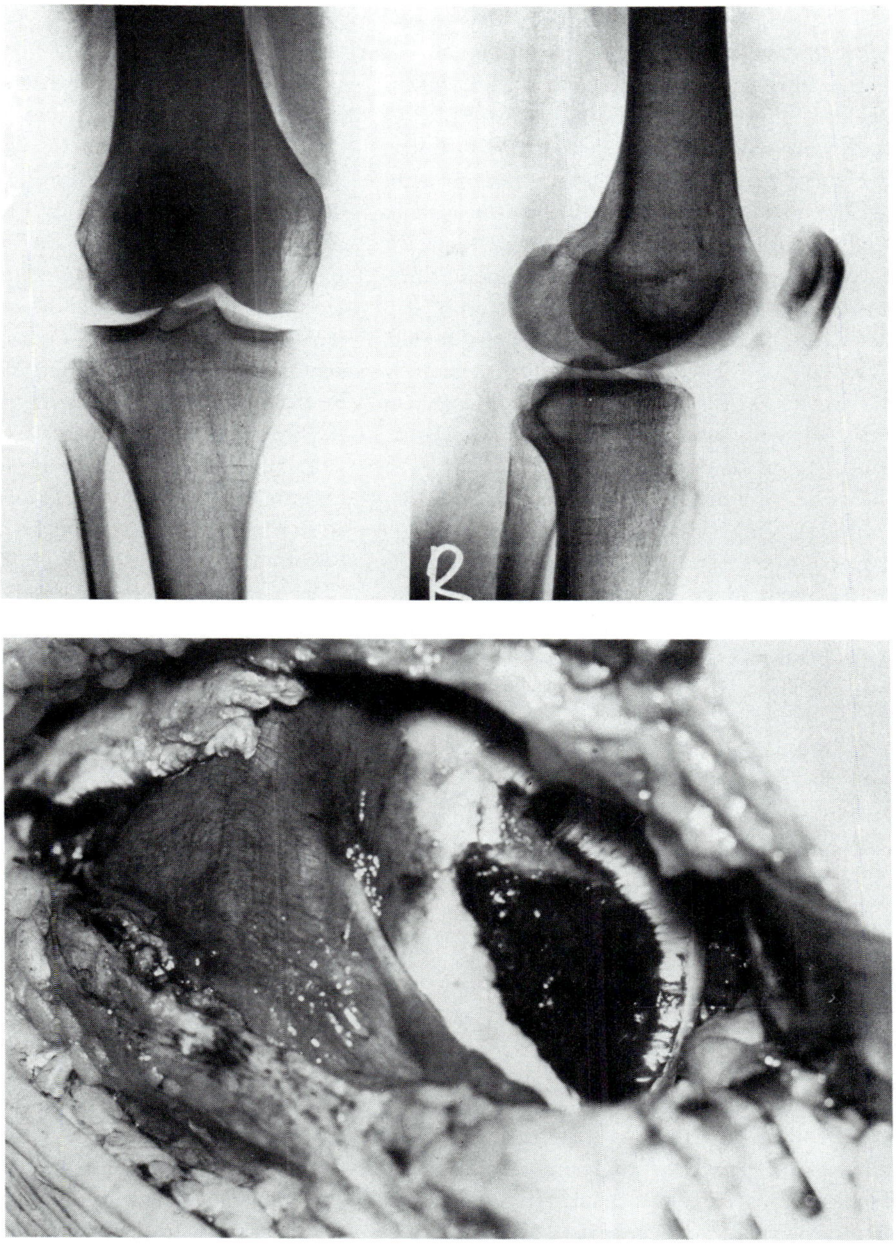

Abb. 7.3 Osteocartilaginäre Fraktur des lateralen Femurkondylus
a) Röntgenbild
b) Intraoperativer Befund

Arthroskopie

Die Arthroskopie ist gerade aus der Diagnostik chronischer, aber auch als Notfallarthroskopie bei akuten Knorpelläsionen nicht mehr wegzudenken. Sie kann wie keine andere Untersuchung zuverlässige Informationen über das Gelenkinnere liefern. Sie ist allerdings eine aufwendige Untersuchung, die nicht gedankenlos eingesetzt werden sollte, sondern dort Klarheit schaffen kann, wo die Aussage anderer Untersuchungstechniken aufhört. Das ist besonders im Rahmen der unmittelbaren präoperativen Diagnostik der Fall, wenn es gilt, die Notwendigkeit einer Operation abzuklären oder das operationstaktische Vorgehen festzulegen.

Bei der akuten Knorpelläsion ist die Endoskopie des Kniegelenkes als Alternative zur Probearthrotomie bei jedem Hämarthros indiziert, das durch den röntgenologischen Befund nicht geklärt werden kann. Nach Klarspülen des Gelenkes können in diesen Fällen häufig Knorpel-Knochenläsionen lokalisiert oder andere Kniebinnenschäden erkannt werden. Dadurch, daß der Knorpel direkt einer Inspektion zugänglich wird, werden auch Knorpelkontusionen, erkenntlich an einer Verfärbung des betroffenen Knorpelareals durch ein subchondrales Hämatom, diagnostiziert.

Bei der Chondromalazie ermöglicht die Arthroskopie eine Klassifizierung nach dem Schweregrad und erspart dem Patienten möglicherweise einen operativen Eingriff. Das gleiche gilt im Prinzip für die Osteochondrosis dissecans, die speziell bei Jugendlichen dann noch konservativ behandelt werden kann, wenn die Knorpeloberfläche intakt ist.

Inwieweit andere diagnostische Verfahren wie z. B. die Computertomographie eine Bedeutung in der Diagnostik von Knorpelläsionen am Kniegelenk erlangen werden, muß bislang dahingestellt bleiben.

Therapie

Bei allen therapeutischen Erwägungen sollte bedacht werden, daß der Gelenkknorpel Erwachsener nicht regenerationsfähig ist, und daß der Knorpel zur Ernährung die physiologische Funktion des Gelenkes braucht. Deshalb muß der vorhandene, intakte hyaline Knorpel unbedingt erhalten werden, Knorpelschäden müssen mit den derzeit möglichen Mitteln repariert und pathogenetische Faktoren eliminiert werden.

Liegt eine leichte Schädigung oder ein Frühstadium einer chronischen Knorpelläsion vor, sollten immer zuerst konservative therapeutische Maßnahmen eingesetzt werden. Erst in Fällen schwerer Knorpelschädigung oder fortgeschrittener Veränderungen kommen operative Maßnahmen zum Einsatz.

Konservative Behandlung

Ein konservatives Vorgehen ist vor allem bei jugendlichen Patienten mit mäßigen Beschwerden indiziert, sofern im Röntgenbild keine pathologischen Veränderungen nachgewiesen werden können. Die konservative Behandlung zielt dabei auf eine Linderung der Schmerzen durch physikalische und medikamentöse Therapie, auf eine Beeinflussung des pathologischen Gelenkstoffwechsels durch die sogenannten Knorpelschutzpräparate und auf eine Verbesserung der Statik z. B. durch Gewichtsreduktion bei Übergewichtigen ab.

Das Kniegelenk soll dabei geschont oder auch entlastet, jedoch nicht ruhiggestellt werden. Die Ruhigstellung im Tutor oder Oberschenkelgehgips führt wegen des Ausfalls der Knorpelwalkbewegungen zu Ernährungsstörungen und ist daher eher geeignet, das Leiden zu verschlimmern. Akute posttraumatische Schmerzzustände ohne Hämarthros oder akute Reizzustände sprechen häufig gut auf Kälteapplikation an. Als weitere Maßnahmen haben sich Fango-, Moor- und Paraffin-Packungen in der Physiotherapie bewährt. Ebenso verbreitet wie therapeutisch wirksam ist auch die Hochfrequenztherapie mit Kurzwellen und Ultra-Kurzwellen. Bei der Iontophorese werden die angelegten Elektroden befeuchtet und mit Medikamenten getränkt. Damit wird die Penetration z. B. von Salicylaten durch die Haut gefördert.

Die symptomatische medikamentöse Therapie beinhaltet die lokale und systemische Verabreichung von Analgetika, sowie steroidfreien Antirheumatika. Sie sollen jedoch nur kurzfristig eingesetzt werden, da tierexperimentell bei langdauernder Applikation eine Schädigung des Knorpelstoffwechsels nachgewiesen wurde.

Obwohl intraartikulär injizierte Kortikosteroid-Kristallsuspensionen kurzfristig oft einen eindrucksvollen therapeutischen Erfolg herbeiführen, muß vor ihrer Anwendung gewarnt werden. Die injizierten Kristalle schädigen die Knorpelschichten mechanisch. Wenn überhaupt, sollte deshalb nur der kristallfreie Überstand gespritzt werden. Mehr als sechs Injektionen insgesamt über einen Zeitraum von sechs Wochen sind zu vermeiden.

Mit den sogenannten Knorpelschutzpräparaten sollen die am Knorpelabbau beteiligten Enzyme inhibiert bzw. der Knorpelaufbau durch ein Angebot an geeigneten Substanzen unterstützt werden. Die Wirkung des Proteinaseinhibitors Trasylol® auf entzündliche Kapselinfiltrationen ist umstritten, ein positiver Einfluß auf enzymatische, knorpelschädigende Prozesse nicht definiert.

Arteparon® ist als Glukosaminoglykanpolysulfat strukturell den Mukopolysacchariden der Knorpelgrundsubstanz verwandt. Mit der Applikation soll der Einfluß lysosomaler Enzyme gehemmt, die Hyaluronkonzentration und somit die Viskosität der Synovialflüssigkeit erhöht werden. Eine Behandlungsserie umfaßt in der Regel 10 intraartikuläre oder intramuskuläre Injektionen.

Ähnlich soll Dona 200-S® wirken, bei dem es sich um ein Glukosaminsalz handelt, das als Baustein des Chondroitinsulfats möglicherweise direkt zur Biosynthese herangezogen wird.

Die genannten Maßnahmen allein oder in Kombination kommen in Frage bei leichten akuten Knorpelschädigungen, bei der erstgradigen Chondropathie sowie bei Frühformen der Osteochondrosis dissecans, wenn die Knorpeloberfläche intakt ist. Sie sind nicht mehr ausreichend bei akuten, mit einem Hämarthros einhergehenden Knorpel-Knochenläsionen, bei allen schwereren Formen der Chondropathie sowie bei der Osteochondrosis dissecans, wenn das Dissekat demarkiert und partiell oder zum Teil gelöst ist.

Operative Behandlung

Bei allen *frischen Läsionen* ist das Ziel der Behandlung die Rekonstruktion der Gelenkoberfläche mit Erhaltung der Kongruenz. Sofern nicht durch eine Notfallarthroskopie der Schaden exakt lokalisiert wurde, wird in den meisten Fällen ein lateraler Zugang über einen *Payr*-Schnitt sinnvoll sein. Das weitere Vorgehen richtet sich danach, was die Inspektion ergibt: Ist ein subchondrales Hämatom mit eindrückbarer Knorpeloberfläche vorhanden, kann eine seitliche Entlastungsbohrung notwendig sein. Finden sich gelöste osteochondrale Fragmente, so müssen sie refixiert werden. Prädilektionsstellen für die traumatischen Knorpelknochenläsionen sind die mediale Patellafacette und der Rand des lateralen Condylus. Weniger häufig finden sich Brüche im Bereich des distalen Patellapols und nur ausnahmsweise solche im Bereich der Kondylen.

Zur Fixation der Fragmente werden kleine Schrauben empfohlen, die von der Gelenkfläche her eingebracht werden können, wobei jedoch der Schraubenkopf unter das Niveau des Knorpels versenkt werden muß, um keine Schleifdefekte am korrespondierenden Gelenkanteil zu riskieren. In gleicher Weise können *Kirschner*-Drähte, deren abgeschnittenes Ende ähnlich dem Kopf eines Nagels etwas breit geschlagen wurde, verwendet werden oder auch autologe Knochenspäne. Größere Fragmente werden vorzugsweise mit Zugschrauben, nötigenfalls nach Abknipsen einiger Gewindegänge, von außerhalb des Gelenkes gefaßt. Vor kurzem wurden hierzu *Kirschner*-Drähte mit einem Gewindeanteil an der Spitze konstruiert.

Durch die Einführung des Fibrinklebesystems haben sich neue Möglichkeiten zur Refixation ergeben (Abb. 7.5). Der Fibrinkleber läßt sich besonders vorteilhaft bei kleinen Fragmenten mit geringem ossärem Anteil verwenden. Gerade diese Fragmente werfen sich an den Rändern auf, wenn man sie nur zentral mit einem Schräubchen oder einem *Kirschner*-Draht fixiert. Der Fibrinkleber ermöglicht jedoch einen formschlüssigen Kontakt des ganzen Fragmentes. Mißtraut man der nicht gerade großen Klebekraft oder möchte man eine primäre Bruchstabilität erreichen, dann kann das Fragment zusätzlich mit ein oder zwei *Kirschner*-Drähten gegen die auftretenden Scherkräfte gesichert werden.

Die Möglichkeit rekonstruktiver Maßnahmen besteht bei der operativen Behandlung der *Chondromalazie* nicht. Ziel des chirurgischen Vorgehens ist hier die Glättung zerstörter Gleitflächen, eine Reduktion des gesamten retropatellaren Druckes und die Eliminierung pathogenetischer Faktoren. Mit der Abrasio können oberflächliche Knorpelfissuren behandelt werden, um eine glatte, für die weitere enzymatische Arrosion möglichst nicht angreifbare und gleitfähige Knorpeloberfläche herzustellen. Eine Regeneration des Restknorpels ist jedoch nicht möglich.

Tiefe, unterminierende Fissuren oder Knorpelulzerationen müssen komplett beseitigt werden, indem der gesamte Knorpelbezirk bis in gesunde Bereiche exzidiert wird. Der freiliegende subchondrale Knochen soll dann angebohrt werden (*Pridie*-Bohrung), damit Granulationsgewebe auswachsen und den Defekt auffüllen kann (Abb. 7.6). Eine metaplastische Umwandlung dieses Granulationsgewebes in Faserknorpel

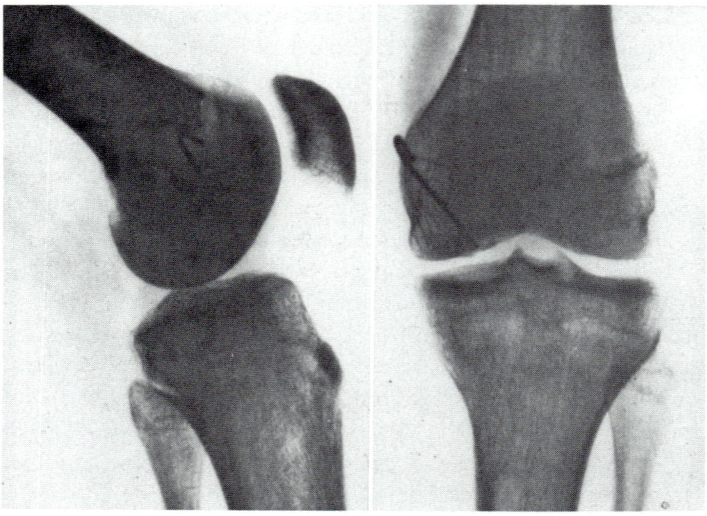

Abb. 7.4 Röntgenbild nach Fixation eines osteochondrotischen Dissekats mit Gewinde-*Kirschner*-Draht

scheint möglich zu sein und verhindert kurzfristig arthrotische Veränderungen.

Diese beiden genannten Maßnahmen werden mit einer Exzision oder plastischen Erweiterung des lateralen Retinakulums verbunden, damit die laterale Zügelung der Patella aufgehoben bzw. gelockert wird. Die früher häufiger geübte Ventralisation der Tuberositas zur allgemeinen Druckentlastung der Patella zeigte häufig nicht den gewünschten therapeutischen Effekt. Demselben Zweck dient eine Medialversetzung der Tuberositas nach *Elmslie*.

Für größere Defekte speziell in belasteten Gelenkanteilen besteht die Möglichkeit der Knorpeltransplantation, sei es autolog durch Entnahme aus nicht belasteten Anteilen oder homolog. Über die Leistungsfähigkeit der Knorpeltransplantation kann noch nicht definitiv geurteilt werden, zumal sie mit einem nicht unerheblichen Aufwand verbunden ist: Die autologe Transplantation macht eine Erweiterung des Eingriffs notwendig, die homologe setzt die Bereitstellung von Spendermaterial voraus. Das langfristige Überleben der Transplantate gilt derzeit noch nicht als gesichert.

Eine im Ansatz neue Methode, die wir derzeit erproben, ist die Transplantation isolierter, fötaler menschlicher Chondrozyten. Die uneingeschränkte Regenerationsfähigkeit dieses Transplantationsmaterials auch nach Konservierung in flüssigem Stickstoff könnte der Therapie von Knorpelläsionen neue Wege erschließen (Abb. 7.7).

Bei der operativen Therapie der *Osteochondrosis dissecans* wird sich entsprechend der häufigsten Prädilektionsstelle am medialen Kondylus ein medialer Zugang anbieten. Die weiteren Maßnahmen folgen keinem festen Schema, sondern richten sich vielmehr nach den Gegebenheiten: Sofern die Knorpeloberfläche über dem nekrotischen Knochen intakt und nicht vom benachbarten Knorpel demarkiert ist – das Areal ist oft gleichwohl durch eine seichte zirkuläre Rinne an der Knorpeloberfläche zu erkennen –, wird der Knorpel gar nicht tangiert. Der Sklerosesaum des subchondralen Knochens wird in diesen Fällen von extraartikulär aus angebohrt, mit dem Löffel ausgeräumt und mit autologer Spongiosa aufgefüllt.

Ist das osteochondrotische Dissekat partiell gelöst, kann man die Sklerose vom Gelenk her ausräumen und mit Spongiosa auffüllen. Danach wird das aufgeklappte Knorpelfragment wieder refixiert. Dabei werden die gleichen Fixationsmaßnahmen, wie sie bei der osteochondralen Fraktur weiter oben beschrieben wurden, angewendet.

Ein komplett gelöstes und als freier Gelenkkörper disloziertes Dissekat ist in der Regel nicht replantierbar, da es ausgeprägten degenerativen Veränderungen unterliegt (Abb. 7.8). Nur wenn die Dislokation nicht zu lange zurückliegt, läßt es sich nach Anfrischen des Dissekatlagers gelegentlich einpassen.

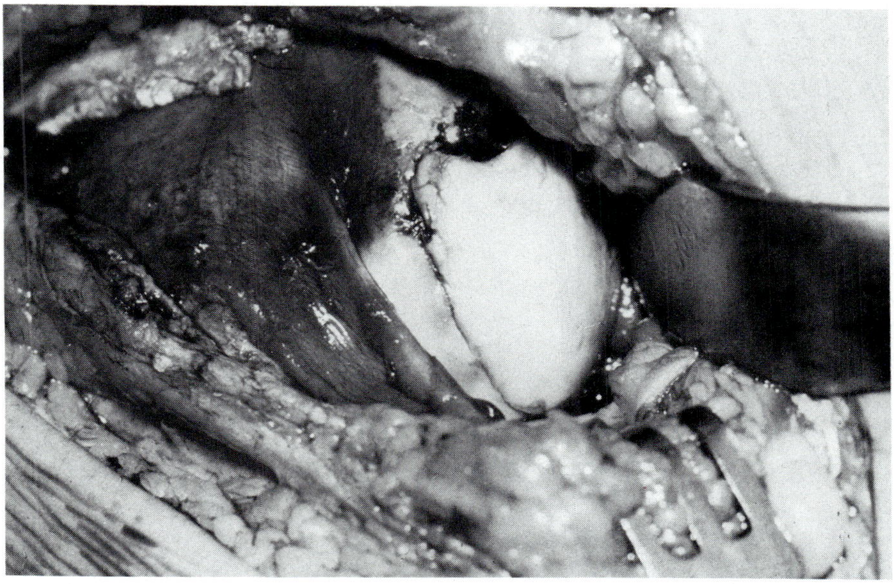

Abb. 7.5 Versorgung einer osteocartilaginären Fraktur des lateralen Femur (gleicher Fall wie Abb. 3) Aspekt nach Refixierung des Fragmentes durch Fibrinkleber

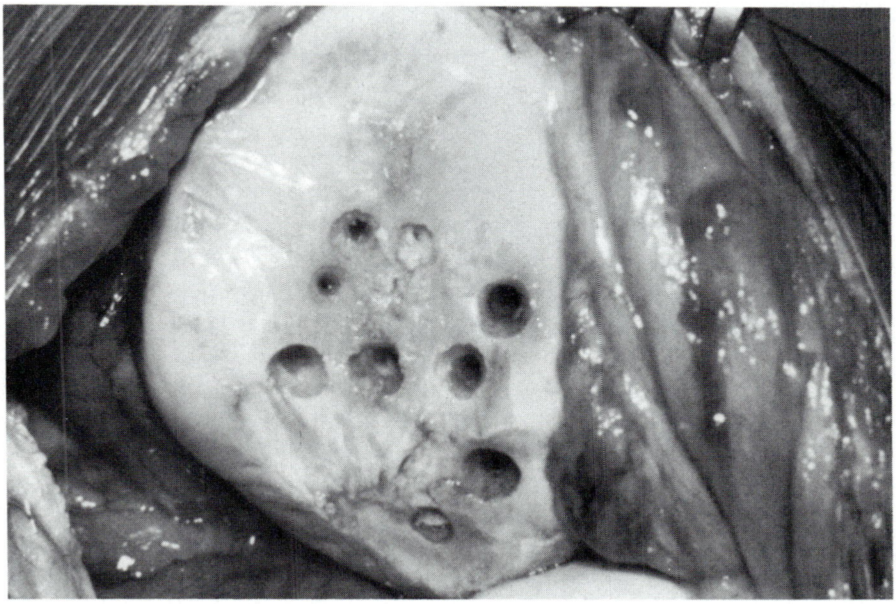

Abb. 7.6 Intraoperative Ansicht der Patellarückfläche nach Abrasio und *Pridie*-Bohrungen bei einer Chondromalazie III. Grades

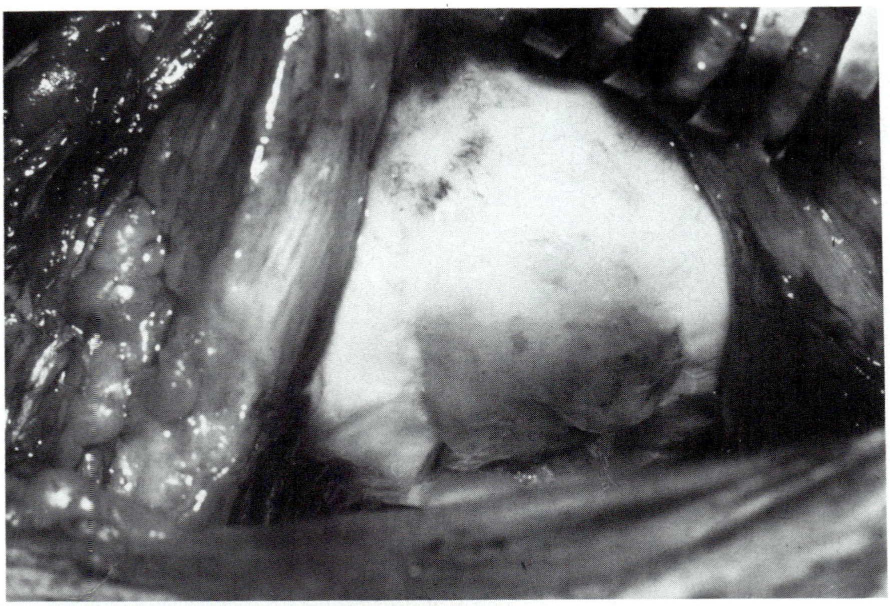

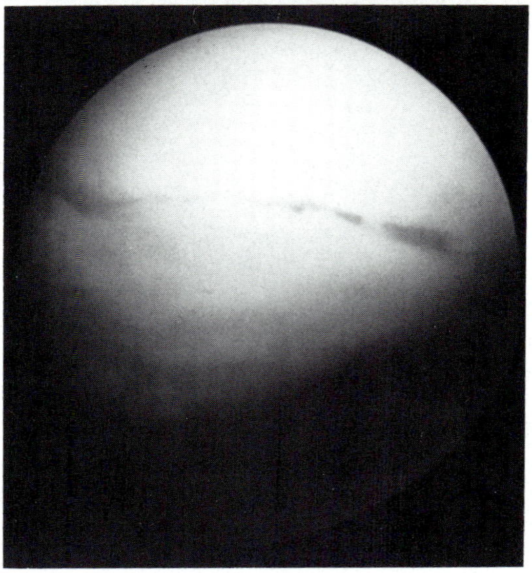

Abb. 7.7 Retropatellares Chondrozytentransplantat (suspendiert in einem Fibrinclot)
a) Operationssitus,
b) arthroskopische Kontrolle nach 3 Monaten

Nachbehandlung

Bei der Nachbehandlung nach operativer Therapie muß sowohl der Ernährungssituation des Knorpels durch die Synovia, die Bewegung voraussetzt, Rechnung getragen werden als auch der Notwendigkeit, ein Einheilen von Fragmenten oder Dissekaten durch Immobilisation zu ermöglichen. Nach der Abrasio patellae, der *Pridie*-Bohrung und nach Eingriffen im Bereich der Retinakula ist eine Ruhigstellung nicht notwendig. Wurden Fragmente oder osteochondrotische Dissekate refixiert, genügt meistens eine zehntägige Ruhigstellung mittels dorsaler Gipsschiene. Es muß dann jedoch darauf geachtet werden, daß das immobilisierte Bein durch isometrische Übungen und, je nach den Gegebenheiten, vorsichtige passive Bewegungsübungen aktiviert wird.

In den meisten Fällen ist eine Entlastung des operierten Kniegelenkes über drei bis sechs Wochen notwendig. Dazu müssen die Patienten an zwei Krücken gehen, dürfen aber durch Abrollen des Fußes ohne Gewichtsbelastung einen normalen Gang simulieren. Eine Physiotherapie mit Bewegungsübungen und Quadricepstraining ist in dieser Zeit sinnvoll.

Nach spätestens sechs Wochen wird dann die Belastung freigegeben. Der Einbau gelöster Knorpelteile bzw. der Umbau autolog transplantierter Spongiosa ist dann soweit erfolgt, daß die unter Belastung auftretenden Kräfte wieder getragen werden können. Natürlich sind die Ein- oder Umbauprozesse durch regelmäßige Röntgenkontrollen zu kontrollieren. Dazu hat sich die Anfertigung sogenannter Vergrößerungsaufnahmen bewährt (s. auch Kap. 2).

a

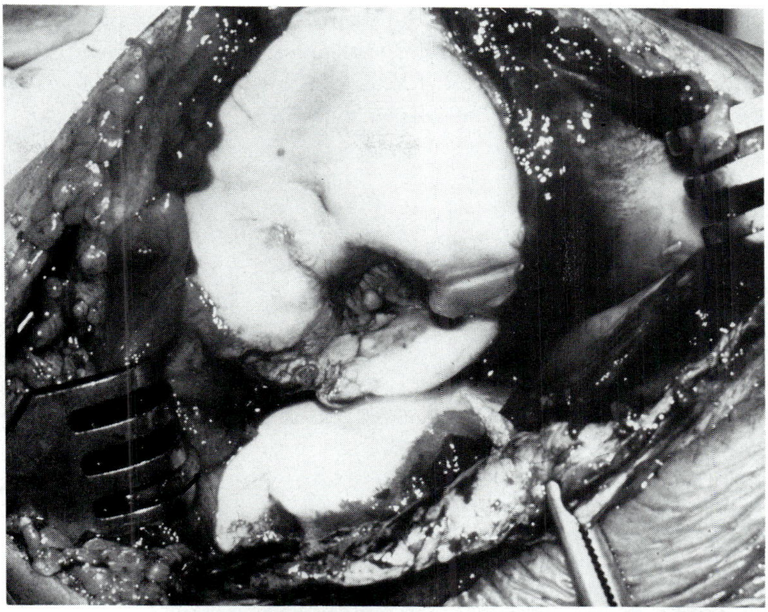

b

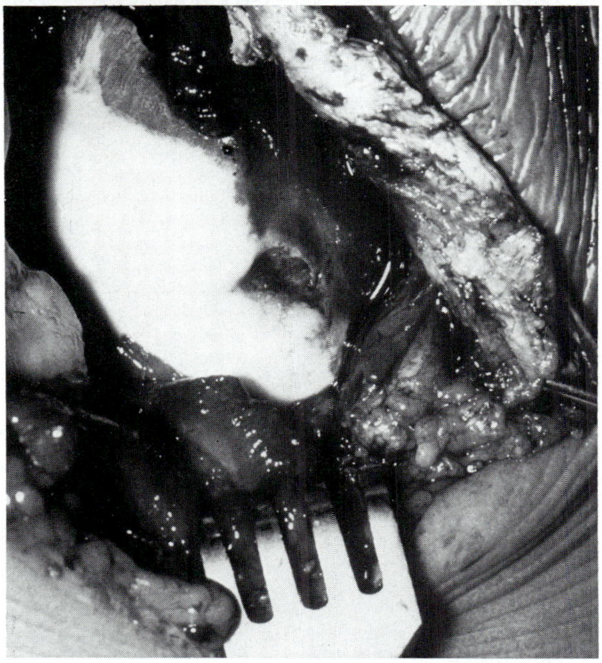

Abb. 7.8 a–c Ausgedehnte Osteochondrosis dissecans-Herde retropatellar und am lateralen Femurkondylus (a, b). c) entfernte Dissekate

c

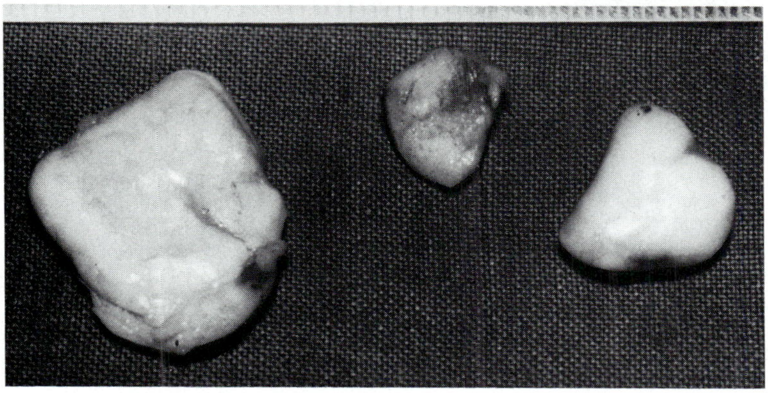

Zur Nachsorge gehört auch die Entfernung von eingebrachten Implantaten wie Kleinfragmentschrauben oder *Kirschner*-Drähten. Als Minimum müssen acht bis zehn Wochen angesehen werden, da vorher keine ausreichende Refixation zu erwarten ist. Die Metallentfernung bietet auch die Möglichkeit, den Therapieerfolg zu beurteilen.

Literatur

1. *Bandi, W.:* Zur Pathogenese der Osteochondrosis dissecans. Unfallheilkunde 81, (1978) 29
2. *Campbell, C. J., Kanawat, C. S.:* Osteochondritis dissecans: The question of etiology. J. Trauma 6, (1966) 201
3. *Ganz, R.:* Isolierte Knorpelabscherungen am Kniegelenk. Hefte zur Unfallheilkunde 127 (1979) 79
4. *Hertl, P., Schweiberer, L.:* Die Akutarthroskopie des Kniegelenkes als diagnostischer und therapeutischer Eingriff. Unfallheilkunde 83, (1980) 233
5. *Paul, B., Franke, K.:* Die Chondropathia patellae und die intraartikuläre Injektionstherapie mit einem Mukopolysaccharidpolyschwefelsäureester. Beitr. Orthop. 21, (1974) 169
6. *Petri, P. W. R.:* Etiology of Osteochondrosis dissecans. J. Bone Jt. Surg. 59B, (1977) 366
7. *Pridie, K. H.:* A method of resurfacing osteoarthritic knee joints. J. Bone Jt. Surg. 41B, (1959) 618
8. *Zohlen, E.:* Chondrophatie patellae, über ihre Bedeutung und ihr Wesen. Brun's Beitr. Klin. Chir. 124, (1942) 69

Nachweis der Abbildungen

Abb. 7.2, 7.3, 7.5, 7.8 aus Zeitschrift für Allgemeinmedizin 56, 31, 1980

8. Kniegelenksarthrose

L. Kinzl

Häufigkeit, Ätiologie und Pathomorphologie

Die Gonarthrose stellt nach *Copeman* (2) und *Mohing* (8) zweifelsfrei die häufigste Arthrosemanifestation an den Extremitäten dar.

Etwa 6% der Gesamtbevölkerung leiden an einer derartigen degenerativen Gelenksveränderung, wobei ein Fünftel dieser Patienten schwere bis schwerste Formen mit Gelenkeinsteifungen aufweisen (6). Der bedeutsamste Anstieg der Gonarthrosehäufigkeit fällt in das 6. Lebensjahrzehnt, wobei die Geschlechtsverteilung keine Bevorzugung der einen oder anderen Gruppe erkennen läßt (8).

Ätiologie und Pathogenese der Arthrose sind bis heute zwar immer noch nicht schlüssig aufgeklärt, dennoch kann für das Kniegelenk angenommen werden, daß sowohl mechanische Faktoren als auch trophische und enzymatische Schädigungen des Gelenkknorpels eine entscheidende Rolle spielen (3).

Die Arthrosenentwicklung muß dabei als Circulus vitiosus gesehen werden, bei dem alle ätiologischen Faktoren zu einer pathogenetischen Wechselbeziehung führen.

Mechanische Schädigungen des Gelenkknorpels werden beispielsweise verursacht durch Meniskusläsionen oder intraartikuläre Frakturen. Ungenügende Reposition mit Gelenkstufenbildung führt zur latenten Überbeanspruchung mit völligem Abrieb des Gelenkknorpels.

Arthritiden, gleich welcher Genese, verändern einerseits durch Verschiebung der rheologischen Bedingungen in der Synovialflüssigkeit die Gleitfähigkeit des Knorpels, andererseits kommt es zur Vermehrung der Granulozyten in der Gelenksflüssigkeit, die durch proteolytische Enzyme in der Lage sind, den Knorpel anzudauen. Darüber hinaus ist es aber auch möglich, daß Gelenkknorpel durch Enzymsysteme der eigenen Zellen zerstört werden kann. Sterben nämlich Chondrozyten durch mechanische oder trophische Schädigungen ab, so werden knorpeleigene Enzyme frei, die ihrerseits die umgebende Knorpelmatrix abbauen und die regressiven Veränderungen bis hin zu ausgedehnten Ulzerationen einleiten.

Von sekundären Arthrosen sprechen wir , wenn auslösende Ursachen wie mechanische Fehlbelastungen, Stufenbildungen nach intraartikulären Frakturen oder Entzündungen eruierbar sind.

Bei den primären Gonarthrosen hingegen bleiben verursachende Mechanismen unerkannt, idiopathische Fehlentwicklungen sind zu postulieren.

Pathomorphologisch imponiert wegen einer stetig abnehmenden Knorpelgrundsubstanz bei der primären wie auch der sekundären Arthroseform eine zunehmende Demaskierung der Kollagenfasern des Knorpels. Die Knorpeloberfläche fasert auf und zeigt immer tiefer werdende Einrisse. Gelegentlich ereignen sich großflächige Knorpelabrisse. Begleitet wird dieser zunehmende Knorpelschwund von einer kompensatorischen subchondralen Knochenverdichtung.

In der Regel entwickelt sich dieser degenerative Prozeß symptomarm und kann ganz ohne Bewegungseinschränkung ablaufen. Eine Prozeßaktivierung tritt immer dann auf, wenn sequestrierte Knorpelpartikel von synovialen Leukozyten phagozytiert und lysosomale Enzyme freigesetzt werden, die ihrerseits zu einer ausgeprägten, äußerst schmerzhaften Begleitsynoviitis führen. Die synoviale Versorgung des ohnehin schon schlecht ernährten Knorpels wird dadurch weiter verschlechtert und sein totaler Untergang vorprogrammiert. Bricht dann noch unter Eröffnung des Markraumes die immer dünner werdende sklerosierte gelenkstragende Knochenlamelle ein, so entsteht durch in den Gelenksraum wucherndes Markgewebe eine exsudativ proliferative Entzündung mit überschießender Pannusbildung (5).

Diagnostik

Anfänglich wird ausschließlich über belastungsabhängige diffuse Schmerzen im ganzen Kniegelenk oder aber an einem Kniegelenkspalt

Tab. 8.1 Klinik der Gonarthrose

1. Subjektive Symptome	
Allg. Krankheitsgefühl	–
Ruheschmerz	–
Belastungsschmerz	++
Gelenkseinsteifung	(+) +
2. Klinischer Befund	
Muskelatrophie	(+)
Kapselschwellung	– (+)
Erguß	– (+)
Druckschmerz	+
Bewegungseinschränkung	+
Kniebandinstabilität	– (+)
3. Röntgenbefund	
Achsenfehlstellung	(+)
Subchondrale Sklerose	+
Gelenkspaltverschmälerung	
– exzentrisch	++
– konzentrisch	+
Randwulstbildung	++
Geröllzysten	+
4. Laborbefunde	
BSG-Beschleunigung	–(+)
Hyperlipidämie	(+)
Rheumafaktoren	–
Leukozytose	–

Tab. 8.2 Anamnese bei Gonarthrose

1. Schmerzlokalisation:
- subpatellar, parapatellar
- medialer/lateraler Gelenksabschnitt
- Kniekehle
- Insertion des Pes anserinus

2. Belastungs-bewegungsabhängige Schmerzen:
- Anlaufschmerz
- nach längerem Gehen
- beim Treppensteigen
- Besserung in Ruhe oder Wärme

3. Funktionseinschränkungen:
- Gangunsicherheiten
- plötzliches Weggleiten des Unterschenkels
- Steifigkeitsgefühl
- Gelenkgeräusche
- Gelenkblockaden

geklagt. Später, wenn entzündliche Prozesse ablaufen, imponieren anhaltende Ruheschmerzen.

Die Funktionseinschränkungen können von unwesentlichen Gangunsicherheiten mit Schonhinken bis hin zu partiellen Versteifungen und Einklemmungserscheinungen reichen (Tab. 8.2).

Bei der Inspektion ist auf die Kniegelenksachse (Seitenvergleich), die Gelenkskonturen sowie Schwellungszustände zu achten. Oft besteht eine leichte Beugekontraktur oder in fortgeschrittenen Krankheitsstadien auch eine muskuläre Atrophie am Oberschenkel. Die das Gelenk bildenden Knochenkonturen sind verplumpt, die Kapsel verdickt. Gelegentlich wird ein eiweiß- und zellarmer Erguß nachweisbar sein. Der mediale Gelenkrand ist oft druckempfindlich. Beim Durchbewegen tastet und hört man ein unterschiedlich stark ausgeprägtes Reiben (Tab. 8.3).

Tab. 8.3 Klinische Untersuchungen

1. Inspektion
- Knieachsen
- Gelenkverformung
- Schwellung/Erguß
- Muskelkontrakturen/Muskelatrophie

2. Palpation
- Druckdolenz
- Patellaverschiebeschmerz, Patellareiben
- Synoviale Schwellung, Überwärmung

3. Funktionsprüfung
- Bewegungseinschränkung
- Endphasenschmerz
- Kniebandlockerung
- Meniskuszeichen

Die klinische Verdachtsdiagnose einer Gonarthrose ist durch Anfertigung von Röntgenaufnahmen zu sichern. Vom betreffenden Kniegelenk sind vier Röntgenaufnahmen zu machen: eine anterior-posteriore, eine seitliche, eine axiale Aufnahme der Patella und eine Tunnelaufnahme nach *Frik*. Zur Abklärung von Achsenfehlstellungen sind zusätzlich lange Aufnahmen vom Ober- und Unterschenkel beim stehenden Patienten zu fordern.

Dezente Deformierungen beider Interkondylenhöcker sowie zarte Marginalexophyten am Femoropatellar- sowie Femorotibialgelenk stellen erste radiologische Zeichen degenerativer Veränderungen dar (Gonarthrose Grad I) (Abb. 8.1).

Ausziehungen der Femur- oder Tibiagelenksränder bis zu sogenannten Randwulstbildungen charakterisieren die Veränderungen des Stadiums II.

Im weiteren Verlauf offenbart sich der deformierende Charakter der Arthrose in einer Begradigung der artikulierenden Flächen, Verplum-

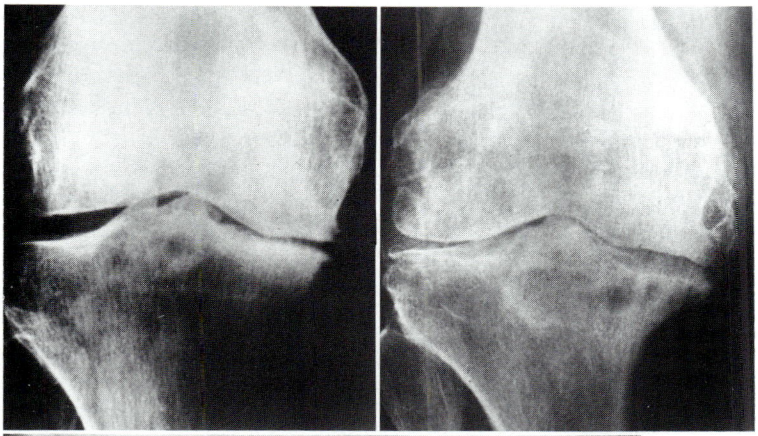

Abb. 8.1 a/b

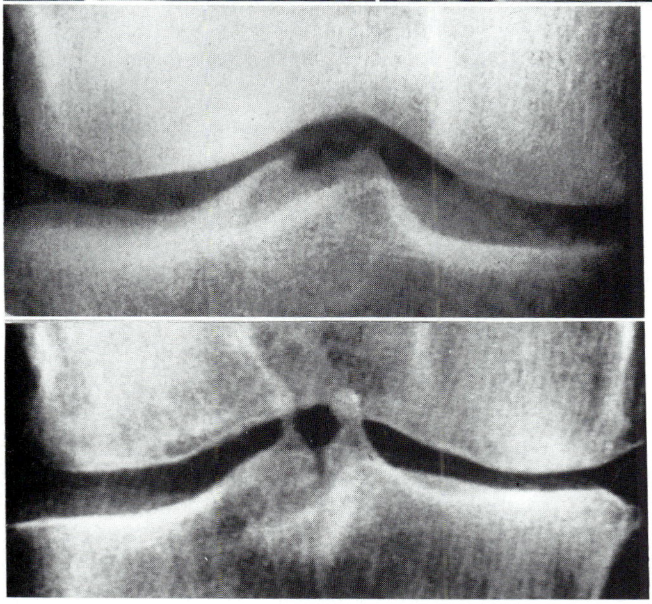

Abb. 8.1 c/d

Abb. 8.1 Röntgenzeichen bei den 4 Stadien der Gonarthrosis deformans

a) Dezente Deformierung der beiden Interkondylenhöcker als frühestes radiologisches Zeichen

b) Das Stadium II ist charakterisiert durch Marginalexophyten, Gestaltumbau und beginnende Verschmälerung des Gelenkspaltes

c) Entrundung der Femurkondylen und Verschmälerung des Gelenkspaltes meist auf einer Seite mit dadurch entstehender Varus- oder Valgusfehlstellung

d) Das Stadium IV ist durch extreme Gelenkveränderungen mit massiven Randwülsten, einer starken polygonalen Entrundung der Gelenkkörper und durch einen stark verschmälerten oder nicht mehr einsehbaren Gelenkspalt gekennzeichnet. Gelenksnah ist eine deutliche subchondrale Sklerosierung neben zystischen Aufhellungen entstanden

pung der gelenktragenden Knochen und steten Verschmälerung des Gelenkspaltes auf einer oder an beiden Seiten mit dadurch entstehender Varus- oder Valgusfehlstellung (Gonarthrose Grad III).

Das Stadium IV ist durch extreme Gelenkveränderungen mit massiven Randwülsten gekennzeichnet. Die subchondrale Spongiosa – am medialen Gelenkspalt des Genu varum arthroticum besonders ausgeprägt – erfährt einen zunehmenden Gestaltumbau in Form von Sklerosierung und Zystenbildung (Geröllzysten). Gleichzeitig einhergehende Demineralisationsvorgänge der gelenktragenden Knochen weisen auf eine lokale

Ruhigstellung, d. h. Schonung der Extremität, hin (Inaktivitätsosteoporose).

Neben diesen rein knöchernen Veränderungen imponieren im Falle von aktivierten Gonarthrosen zusätzliche Weichteilzeichen im Röntgenbild, indem sich häufig der durch Ergußbildung bzw. Synovialproliferation ausgeweitete suprapatellare Recessus als weichteildichter Schatten abgrenzen läßt.

Die Laborbefunde sind meist unauffällig, wenn keine andere Erkrankung besteht. Bei sekundären Gonarthrosen im Rahmen von Arthritiden oder Stoffwechselerkrankungen sind im allgemeinen die spezifischen Laborparameter pathologisch erhöht.

Therapie

Konservativ

Im Stadium I und II der Gonarthrose und bei arthrosegefährdeten Patienten ist die Prophylaxe und Ausschaltung arthrosefördernder Faktoren die entscheidende Aufgabe (1):

- Unnötige Überbelastungen oder Mikrotraumen sind zu vermeiden.
- Frühzeitige Behandlung von Stoffwechselstörungen (Fettsucht, Diabetes) ist konsequent anzustreben.
- Rigorose Gewichtsreduktion und körperliche Betätigung ohne große Belastung wirken sich zweifellos günstig aus, wobei Schwimmen und Radfahren empfehlenswerte sportliche Betätigungen darstellen.
- Der Patient soll über das Wesen seiner Krankheit aufgeklärt werden, unbedingt muß mit ihm die berufliche Belastung erörtert und die Frage eines evtl. notwendigen Arbeitsplatzwechsels diskutiert werden.

Klagen die Patienten bereits über Anlaufschmerzen und sind klinische wie radiologische Befunde bereits manifest (Stadium II), so ist mit einer kombinierten medikamentös-physikalischen Therapie zu beginnen.

Oft führen derartige Maßnahmen zu deutlichen Remissionen. Völlige Beschwerdefreiheit darf man den Patienten bei der zu erwartenden Progredienz jedoch nicht versprechen.

Obwohl z. Z. eine Reihe von Substanzen existieren, die einen sogenannten Knorpelschutz gewährleisten sollen, ist es bisher nicht gelungen, mit diesen Pharmaka eine Knorpeldegeneration zuverlässig zu stoppen, geschweige denn rückgängig zu machen. Möglicherweise wird jedoch durch die intraartikuläre Verabreichung von Mukopolysacchariden (Arteparon®), Glukosaminsalzen (Dona 200®) oder Knorpel-Knochenmarksextrakten (Rumalon®) der körpereigene Einbau von Mukopolysacchariden begünstigt (4), was sekundär über eine erhöhte Wasserbindungskapazität die Prallelastizität der Knorpelgrundsubstanz und damit die mechanische Tragfähigkeit des Knorpels erhöht.

Bei aktivierten Arthrosen lassen sich die schmerzhaften Reaktionen durch den Einsatz steroidfreier Antiphlogistika beeinflussen. Allerdings ist vor einer Langzeittherapie zu warnen, da Phenylbutazon sowie Indometacil einen deutlich hemmenden Effekt auf die Mukopolysaccharidsynthese haben.

Ebenfalls ungünstig auf die Biosynthese von Proteoglykanen und Kollagen wirken sich häufig wiederholte intraartikuläre Kortikoidapplikationen aus. Daher sollte die Steroidtherapie nur den entzündlichen Schüben degenerativ veränderter Gelenke mit dem Vorliegen einer Begleitsynoviitis vorbehalten bleiben und lediglich wasserlösliche Kristallsuspensionen Anwendung finden. Außer der Gefahr einer lokalen Osteoporose vermögen diese Substanzen lokale Vaskulitiden auszulösen, die dann zu aseptischen Knochennekrosen führen können.

Fast überflüssig erscheint es, darauf hinzuweisen, daß alle intraartikulären Injektionen wegen der Gefahr eines Gelenkempyems nur unter strengen aseptischen Bedingungen vorgenommen werden dürfen.

Dies gilt selbstverständlich auch für die Applikation von Proteinasehemmern (Trasylol), welche wohl die Reizwirkung von Gewebstrümmern in der Synovia zu blockieren vermögen und dadurch die Freisetzung schmerzerzeugender Enzyme verhindern (12).

Bei Arthrosen mit rezidivierenden Ergußbildungen besteht neuerdings die Möglichkeit einer Radiosynoviorthese mit Yttrium 90, was einer chirurgischen Synovektomie nahezu gleichzusetzen ist (9).

Die die medikamentöse Therapie begleitenden physikalischen Maßnahmen zielen mit örtlichen und allgemeinen Wärmeanwendungen (Fango-, Elektro-, Balneotherapie) auf eine bessere Durchblutung der Gelenkkapsel hin, mit aktiven und passiven Bewegungsübungen auf eine bessere Durchsaftung des Knorpels sowie mit muskulären Spannungsübungen auf eine Förderung des Muskeltonus.

Als Verfahren zur lokalen Wärmeanwendung stehen die sogenannten Heißpackungen sowie die Hochfrequenzmethoden zur Verfügung. Auf der anderen Seite existieren eine Reihe von Wärmeanwendungen, die eine ungezieltere Körpererwärmung beabsichtigen und einen eigenen therapeutischen Stellenwert aufweisen, wie z. B. Thermal- und Überwärmungsbäder.

Als Packungsmaterial für die örtlichen Wärmeanwendungen stehen Substanzen auf der Basis subaquatischer oder terresträrer Lockersedimente bzw. paraffinhaltige Materialien zur Verfügung. Zu den Heißpackungen gehören z. B. auch mehrfach gefaltete feucht-heiße Tücher mit und ohne Wärmeflasche, aber auch aufbereitete Säcke, die mit erhitztem Torf, mit zerkleinerten heißen Pellkartoffeln, mit Heublumen oder Heusäckchen gefüllt sind. Schließlich finden hier trocken-heiße Packungen mit Sand, Wärmeflaschen, die sogenannte heiße Rolle und die Packung mit Schlick Verwendung.

Die Hochfrequenztherapie ist eine Wärmetherapie, wobei die der Erwärmung dienende Energie dem Körper in Form hochfrequenter elektrischer oder magnetischer Felder oder mittels einer elektromagnetischen Welle zugeführt wird. Sie nutzt den Frequenzbereich von 10^6–10^{10} Hz, wird auch als Diathermie bezeichnet, da die Körpermitte durchflutet, somit auch tiefer liegende Gewebe erwärmt werden und steht als Kurzwellen, Dezimeterwellen sowie Mikrowellen zur Verfügung. Zu diesen wärmeerzeugenden Verfahren kommt die therapeutische Verwendung des Ultraschalls, der über hochfrequente mechanische Schwingungen die Wärmeinduktion herbeiführt.

Im akut-entzündlichen Schub einer Gonarthrose ist vor der örtlichen Wärmeapplikation zu warnen, da hierdurch die Schmerzsymptomatik nur noch gesteigert wird. Kryotherapeutische Maßnahmen hingegen führen in dieser Situation zur Schmerzlinderung und werden vom Patienten als äußerst wohltuend empfunden.

Einen breiten Raum nimmt in der Arthrosebehandlung die aktive Bewegungstherapie ein. Ihre Aufgabe ist es, die Belastung des geschädigten Kniegelenkes unter Erlernung von Gebrauchsmustern möglichst gering zu halten. Ein begleitender Effekt sind die Entspannung des Bandapparates und die Anpassung des Muskelspiels an bestehende Gelenkdestruktionen.

Die krankengymnastische Übungsbehandlung sollte sinnvoll kombiniert werden mit Massageanwendungen, welche neben einer Auflockerung der Muskulatur auch die lokale Durchblutung fördern, zusätzlich aber auch den Flüssigkeitsabstrom aus den Geweben in die Blutbahn begünstigen und daher zu einer Stoffwechselsteigerung beitragen.

Die Schmerzausschaltung an gonarthrotisch veränderten Kniegelenken durch Röntgenreizbestrahlung wird zwar von einzelnen Autoren beschrieben, sollte unseres Erachtens jedoch nicht als Routineverfahren gebraucht werden, da einerseits keine Klarheit über den Wirkungsmechanismus derartiger Bestrahlungen besteht, und zum anderen in vielen Fällen die Nachwirkungen der Bestrahlung eine später notwendig werdende chirurgische Therapie ungünstig beeinflussen.

Bei noch nicht zu weit fortgeschrittenen degenerativen Veränderungen kann die Entlastung der veränderten Gelenkflächen durch konservativ orthopädische Maßnahmen erreicht werden. Einerseits gelingt dies durch elastische Gummi-Schuhabsätze, die die Stoßwirkung abfangen, andererseits kann je nach Achsenfehlstellung des Gelenkes (Varus- oder Valgusdeformität) eine Erhöhung des Außen- bzw. Innenrandes der Lauffläche des Schuhes vorgenommen werden.

Operativ

Neben der Schmerzbeseitigung müssen alle operativen Verfahren die Wiedergewinnung der Gebrauchsfähigkeit der behinderten Extremität zum Ziele haben.

Vier grundsätzlich verschiedene Methoden des chirurgischen Vorgehens kommen in Betracht:

1. Intraartikuläre Eingriffe
2. gelenkerhaltende Umstellungsosteotomien
3. gelenksersetzende Alloarthroplastiken
4. gelenksaufhebende Arthrodesen.

Magnuson (7) war einer der ersten, der die rauhen Oberflächen der degenerativ veränderten Gelenkkörper als Ursache einer dauernden Reizung betrachtete und sie für die gesamte Arthrosesymptomatik verantwortlich machte. Konsequenterweise empfahl er die totale Entfernung

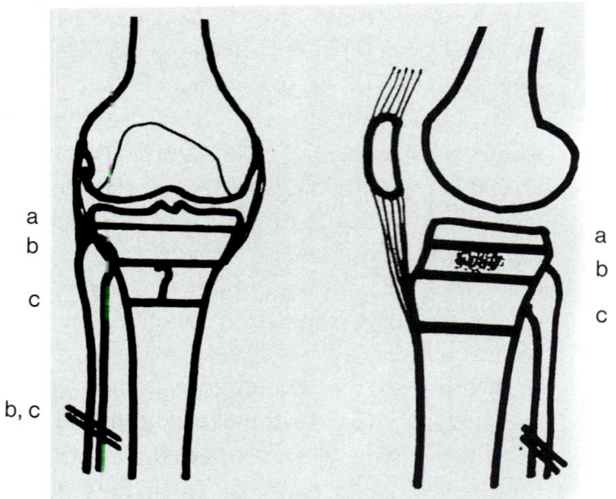

Abb. 8.2a Schematische Darstellung von Tibiakopfosteotomien
a) interligamentär
b) oberhalb der Tuberositas
c) unterhalb der Tuberositas

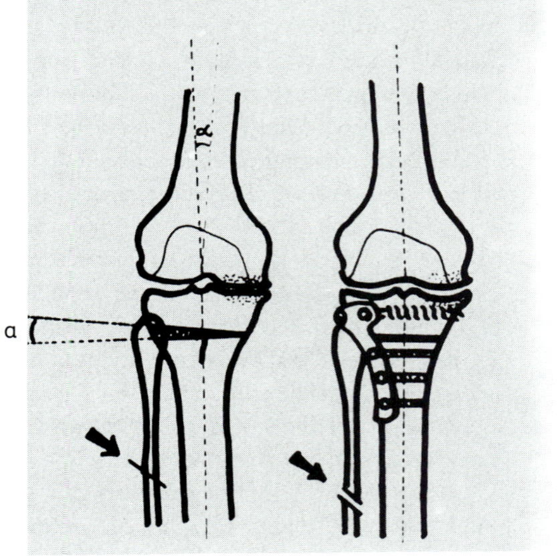

Abb. 8.2b Schematische Darstellung einer Varusgonarthrose – Valgisationsosteotomie durch laterale Keilbildung mit anschließender Plattenosteosynthese (Keilentnahme – Verkürzungseffekt)

aller mechanisch störenden Strukturen und konnte mit diesem Vorgehen teilweise sogar einen Stillstand des an sich progressiven Verlaufes erreichen. Allerdings stellte er mehrfach fest, daß die Patienten für das sogenannte *Joint-Debridement* gut ausgesucht werden müssen und daß der Erfolg der Operation von der Mitarbeit und der Motivation der Patienten abhängt.

Technisch führt man die Gelenkstoilette über eine mediale parapatellare Inzision durch. Der Zugang sollte groß genug sein, damit die Patella umgekippt und nach lateral luxiert werden kann. Die Osteophyten an Femurkondylen und Tibia werden mit scharfem Meißel abgetragen, so daß die Gelenkkörper eine gleichmäßige Oberfläche aufweisen. Der degenerierte Knorpel wird soweit abradiert, bis eine homogene Knorpelschicht vorliegt. Evtl. muß bis auf die subchondrale Knochenlamelle abgetragen werden. Der dann freiliegende Knochen ist der Empfehlungen *Pridies* (10) folgend mit einer Serie von Bohrlöchern, die einen Durchmesser bis zu 6 mm haben sollen, zu perforieren. Aus dem gut durchbluteten, tiefer liegenden spongiösen Knochen kann dann Granulationsgewebe auswachsen und sich unter der besonderen Belastung zu Faserknorpel differenzieren. Eine hypertrophe Synovialis sollte im Rahmen des Debridements entfernt werden, da sich durch diese Maßnahme die lästigen Reizergüsse wenigstens vorübergehend beheben lassen. Ein degenerierter Meniskus mit kleinen horizontalen oder transversalen Einrissen sollte nicht entfernt werden, da ihm bei schwerem Knorpelschaden am Femur oder an der Tibia noch eine Teilfunktion zukommt. Andererseits wird die partielle oder totale Meniskektomie erforderlich, wenn eine typische Meniskussymptomatik das Gonarthrosebild kompliziert. Erhebliche Veränderungen im interkondylären Gleitlager oder aber an der Patellarückfläche können Anlaß geben zu *Patellaplastiken,* z. B. mit Cialit-konservierter Haut, Hemipatellektomien oder aber gänzlicher Entfernung der Kniescheibe. Allerdings wird die Patellektomie bei der manifesten Gonarthrose selten indiziert sein, da in Spätstadien meist dem Femoro-Tibialgelenk das Hauptaugenmerk gilt. Auch wenn die Schmerzausschaltung durch Denervierung des Kniegelenkes nach *Tavernier* (11) nicht immer völlig überzeugende Resultate erbringt, sollte diese zusätzliche Maßnahme bei Patienten mit extremer Schmerzsymptomatik versucht werden.

Durch die selektive Anwendung der intraartikulären Eingriffe kann die Indikation zur prothetischen Versorgung degenerativ veränderter Kniegelenke in vielen Fällen auf Patienten in fortgeschrittenem Alter beschränkt bleiben.

Wenn aber eine uni-condyläre Gonarthrose mit Varus- oder Valgusdeformität vorhanden ist, dann sollte die korrigierende *Osteotomie* der erste operativ therapeutische Schritt sein. Durch die Umstellung lassen sich die einseitig wirkenden mechanischen Kräfte reduzieren bzw. umverteilen und die Beschwerden an den überlasteten Gelenkanteilen durch effektvolle Entlastung lindern sowie die Progredienz der Erkrankung verzögern.

Als »Konkurrenzmöglichkeiten« stehen zur Wahl die suprakondyläre Femurosteotomie und die Osteotomien an der Tibia, wobei diese im Bereich des Schienbeinkopfes oder der Diaphyse durchgeführt werden können.

Aus biologischen, biomechanischen und operationstechnischen Gründen haben sich die Tibiakopfosteotomien in Form der interligamentären Osteotomie, sowie der unterhalb des Patellarsehnenansatzes liegenden Osteotomie durchgesetzt. Voraussetzung für die kniegelenksnahe Umstellung am Tibiakopf sind suffiziente Seitenbänder des degenerativ veränderten Kniegelenkes (Abb. 8.2).

Ist eine Achsenkorrektur der Tibia in der Frontalebene um nicht mehr als 5 bis 10° vorgesehen, so bewährt sich die einseitige Schienbeinaufklappung oberhalb des entsprechenden distalen Seitenbandansatzes mit Einbolzung eines Keiles. Fixationsmaßnahmen sind nicht notwendig, da der eingebolzte Keil durch die vermehrte Anspannung des gleichseitigen Kollateralbandes im Osteotomiespalt fest verankert bleibt. Aufgrund des größeren Abstandes zwischen Gelenkspalt und distalem Ansatz des tibialen Seitenbandes sind Varusdeformitäten mit dieser Technik leichter korrigierbar. Die Achsenkorrektur auf der fibularen Seite wird eingeschränkt durch die entsprechend kleinere Distanz zwischen Bandansatz und Gelenklinie und der Gefahr einer Nervus peronaeus-Überdehnung. Bei Durchführung der Osteotomie muß die Gegenkortikalis auf jeden Fall intakt bleiben und das Einbolzen des glatt präparierten spongiösen autologen Beckenkammspanes vorsichtig erfolgen, damit Plateaufrakturen, die insbesondere beim Vorliegen einer stärkeren Osteoporose auftreten können, vermieden werden. Die bei tieferen Osteotomien am Tibiakopf notwendige Fibulaosteotomie ist wegen der Höhe der Korrektur bei der interligamentären Umstellung am Tibiakopf nicht notwendig. Postoperativ ist durch den Zuggurtungseffekt des Ligamentum patellae und der Seitenbandstraffung eine Ruhigstellung nicht notwendig, während der sechs- bis achtwöchigen Entlastungsphase kann voll funktionell nachbehandelt werden.

Sind am Tibiakopf Korrekturosteotomien von mehr als 10 bis 15° notwendig, so ist nach Durchführung einer Fibulaosteotomie die günstigste Höhe für die Tibiakopfosteotomie am distalen Ende der Tuberositas tibiae gelegen. Die Osteotomie wird dabei am besten mit einer langsam laufenden oszillierenden Säge unter Benetzung mit Ringerlösung ausgeführt. Die Osteotomie sollte zur Gegenseite der Tibia ansteigend verlaufen, um in einen Bereich mit dünner flexibler Kortikalis zu kommen, die nicht mitdurchtrennt wird, sondern der Achsenkorrektur folgt und durch ihre erhaltene Kontinuität und Zugfestigkeit den Osteotomiespalt gegen Aufklappen sichert. Da bei dieser Lokalisation die Tibiakopfosteotomie fast immer im Drehpunkt der Achsenabweichung liegt, ist die Basis des entnommenen Knochenkeiles sehr niedrig, man rechnet etwa 4 mm Keilbasishöhe für 10 Winkelgrade Korrektur. Der Knochenkeil muß flach ausgeschnitten werden, seine Spitze muß bis nahe an die Gegenkortikalis heranreichen. Die Stabilisation erfolgt durch Plattenosteosynthese, was dem Patienten den Vorteil einer gipsfreien funktionellen Nachbehandlung bis zur

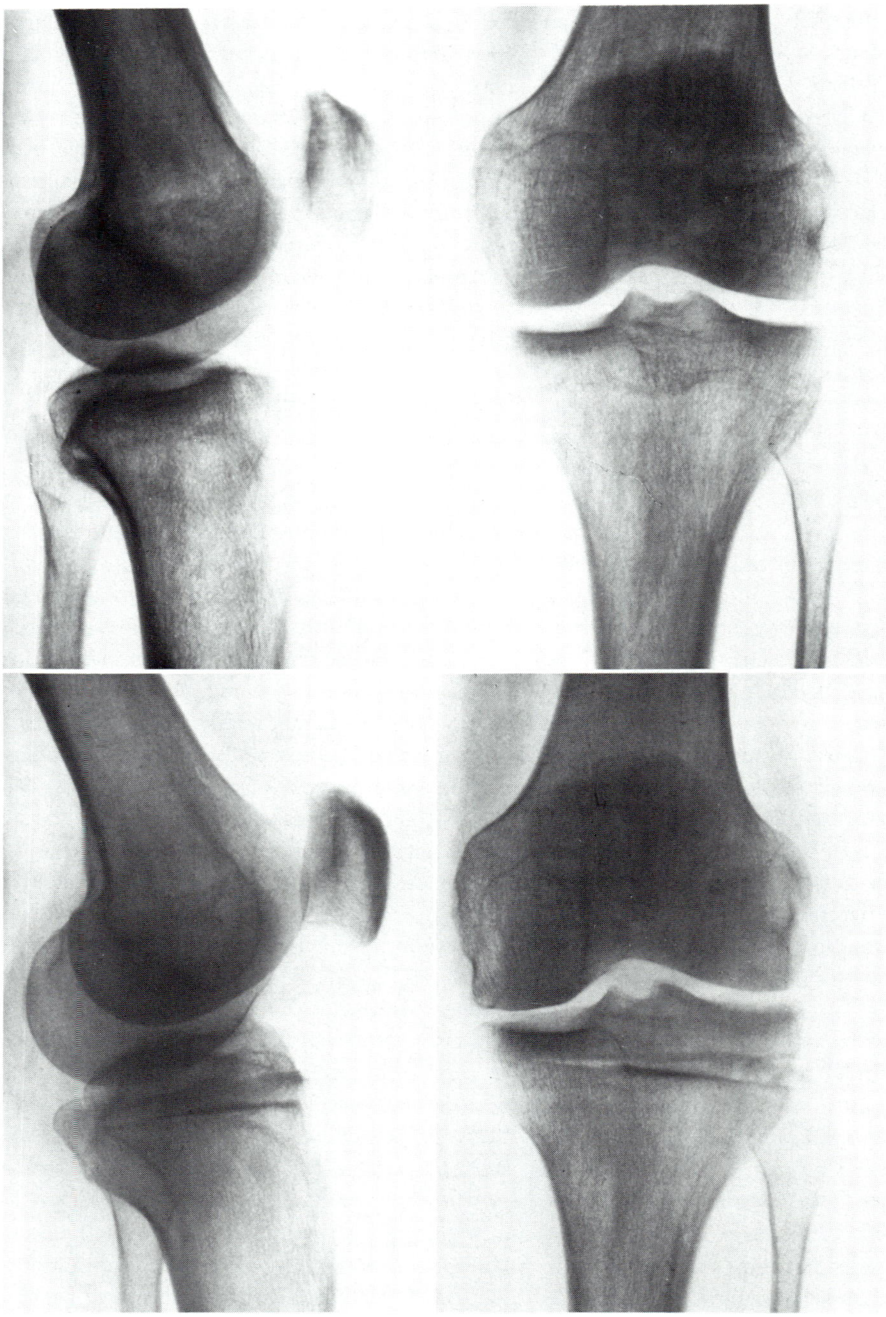

Abb. 8.2c Klinisches Beispiel einer Tibiakopfumstellungsosteotomie

Vollbelastung, etwa 10 bis 12 Wochen post operationem, bietet.

Technisch weniger aufwendig sind Osteosynthesen mit Hilfe von äußeren Spannapparaten. Sie ermöglichen in begrenztem Umfang noch postoperative Achsenkorrekturen in allen Ebenen, beeinträchtigen jedoch die Lebensqualität des Patienten während der gesamten Dauer ihrer Anwendung beträchtlich.

Beruht die posttraumatische Arthrose des Kniegelenkes auf einer Fehlstellung im Bereich der Diaphyse von Ober- oder Unterschenkel,

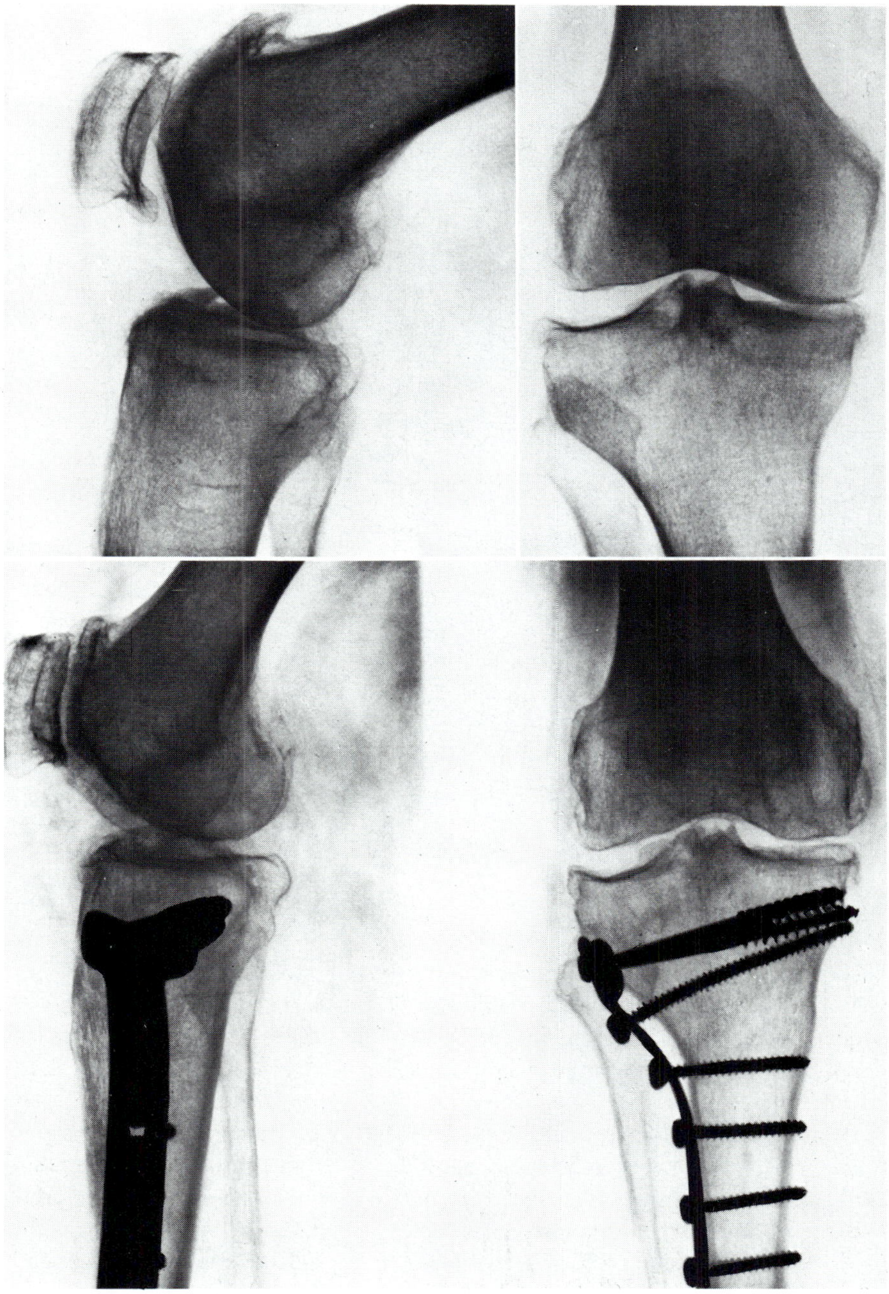

Abb. 8.2d Varusgonarthrose – postoperative Kontrolle nach Valgisationsosteotomie

sollte, zumindest bei noch jüngeren Patienten, die Korrektur auf Höhe des Krümmungsscheitels, also diaphysär, durchgeführt werden. Dies nimmt zwar meist längere Ausheilungszeiten in Anspruch, führt jedoch zu anatomischen Verhältnissen. Eine Korrektur in Gelenknähe hinterläßt eine S-förmige Verkrümmung der Skelettachse, die insbesondere am Oberschenkel durch unphysiologische Richtung des Muskelzuges das Patellaspiel stört und zu sekundären Arthrosen im Femoro-Patellargelenk Anlaß geben kann.

Der partielle oder totale *Gelenksersatz* ist nur

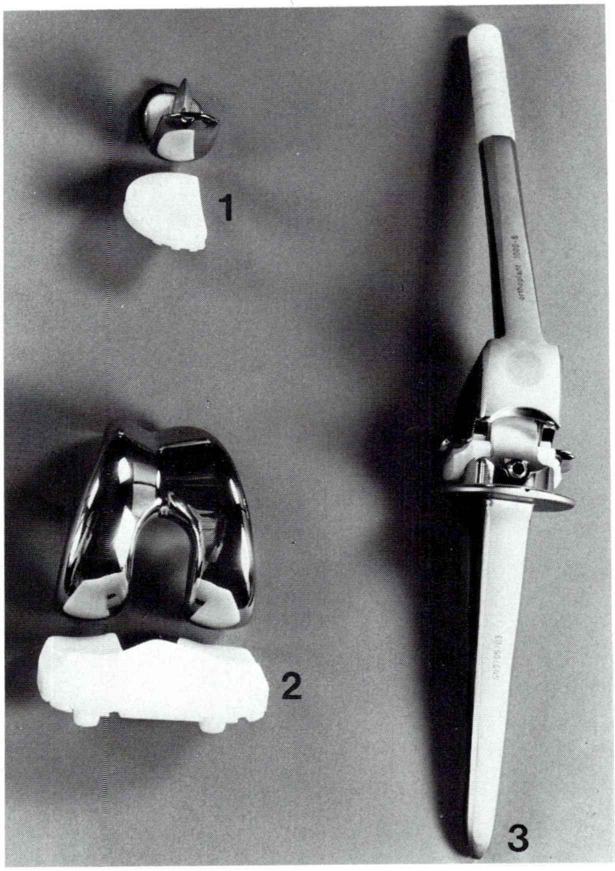

Abb. 8.3 Das Implantat 1 stellt ein einfaches Schlittenimplantat in der Aufsicht dar, 2 eine totale Schlittenprothese, 3 eine Endoprothese mit Achsengelenk (Kniegelenksachsenprothese)

bei schwersten Gonarthrosen indiziert und nur, wenn keine »biologischere« Methode wie Synovektomie, Debridement des Gelenkes oder Osteotomie mehr erfolgversprechend zu sein scheinen.

Ferner muß die Lebenserwartung des Patienten in einer angemessenen Relation zur mutmaßlichen Lebensdauer der Prothese stehen. Bei Patienten unter 60 Jahren wird man beispielsweise bei einseitigem Kniegelenksbefall die Arthrodese vorziehen. Die technischen Schwierigkeiten, die bei der guten und dauerhaften endoprothetischen Kniegelenksversorgung bestehen, lassen sich am besten aus der großen Anzahl von Modellen ablesen, die für diesen Zweck konstruiert und heute auf dem Markt sind.

Grundsätzlich unterscheiden wir zwei Prothesentypen (Abb. 8.3):

1. die achsenlosen zwei- oder vierteiligen Gelenke ohne Verbindung der Prothesenanteile *(Schlittenprothesen)* und
2. die Achsengelenke mit Haken- bzw. Kugelverschluß oder starren Scharnierachsen *(Achsenprothesen)*.

Die Indikation für den einen oder anderen Prothesentyp ergibt sich jeweils aus klinischen Gegebenheiten sowie operationstaktischen Überlegungen: So erfordern die achsenlosen Schlittenprothesen, die insbesondere bei Halbseitenarthrosen als Hemiprothesen unter Korrektur der Fehlstellung durch verschieden hohe Implantate eingesetzt werden können, einen intakten Bandapparat. Das Streckdefizit sollte unter 20° liegen, die Varus- oder Valgusfehlstellung nicht mehr als 20° betragen und der Bewegungsumfang größer als 60° sein (Abb. 8.4 und 8.5). Die notwendigen Knochenresektionen des femoralen und tibialen Lagers sind bei der Implantation von Schlittenprothesen gering und gestatten bei ungünstigem Behandlungserfolg stets ohne größere Schwierigkeiten die sekundäre Versorgung mit einer Arthrodese.

Handelt es sich um ausgeprägte Panarthrosen mit gleichzeitig vorhandener Insuffizienz der

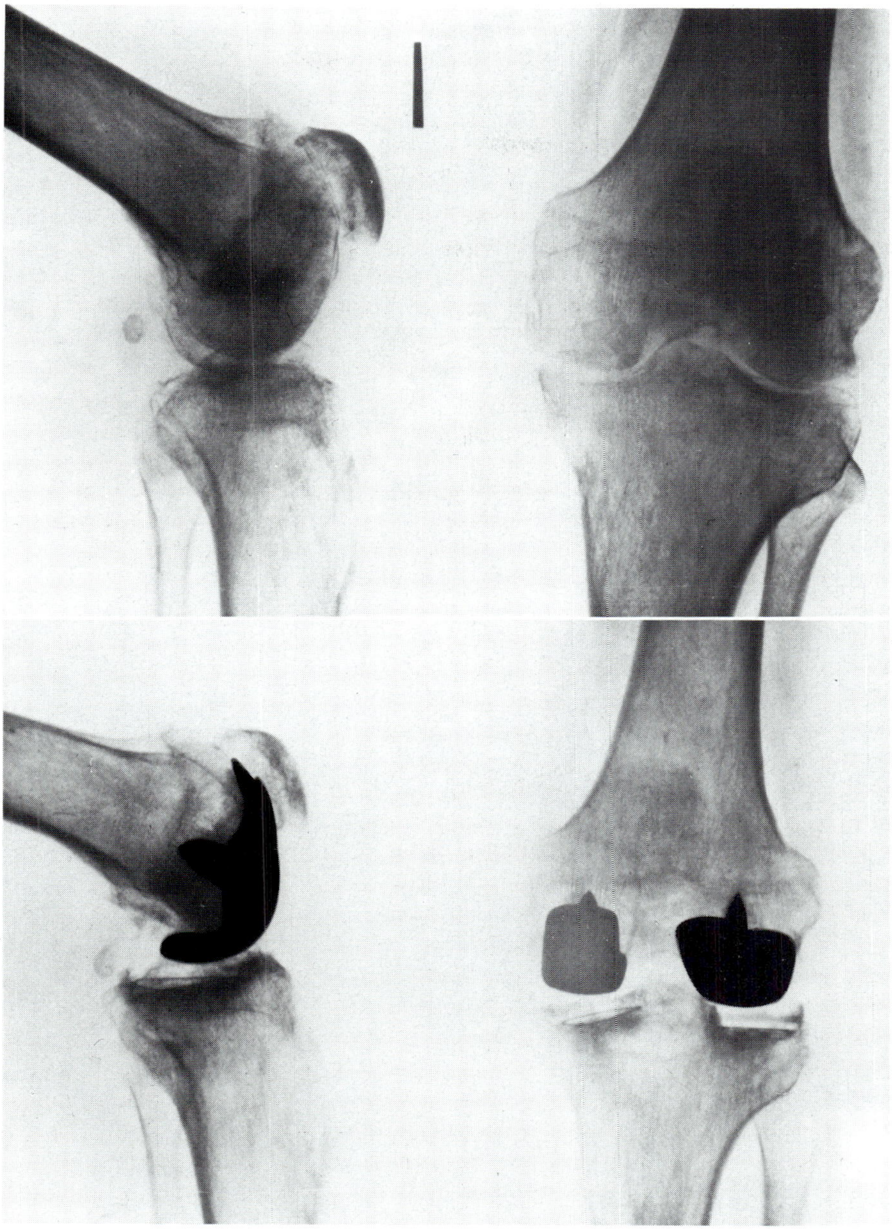

Abb. 8.4 Operative Versorgung einer Gonarthrose mit doppeltem Schlittenpaar

Kollateralbänder des Kniegelenkes, so kann die Kniegelenksstabilität nur durch den Einsatz von Schaftprothesen mit einem Achsengelenk erzielt werden (Abb. 8.6).

Ein gutes funktionelles Endergebnis nach Kniegelenksprothesen ist nur bei technisch exakt durchgeführten Operationen und einer tatkräftigen Mitarbeit des Patienten zu erwarten. Der Kranke kommt kaum in den Genuß eines künstlichen Gelenkes, wenn ihm der Wille zur oft mühsamen Rehabilitation fehlt. In der Nachsorge des Patienten muß eine enge Zusammenarbeit zwischen dem Hausarzt und der Klinik gewährleistet sein. Engmaschige Nachkontrollen sind angebracht, da etwaig auftretende Prothesenlockerungen oder Infektionen, wenn sie früher erkannt werden, den Patienten vor größerem Schaden bewahren können.

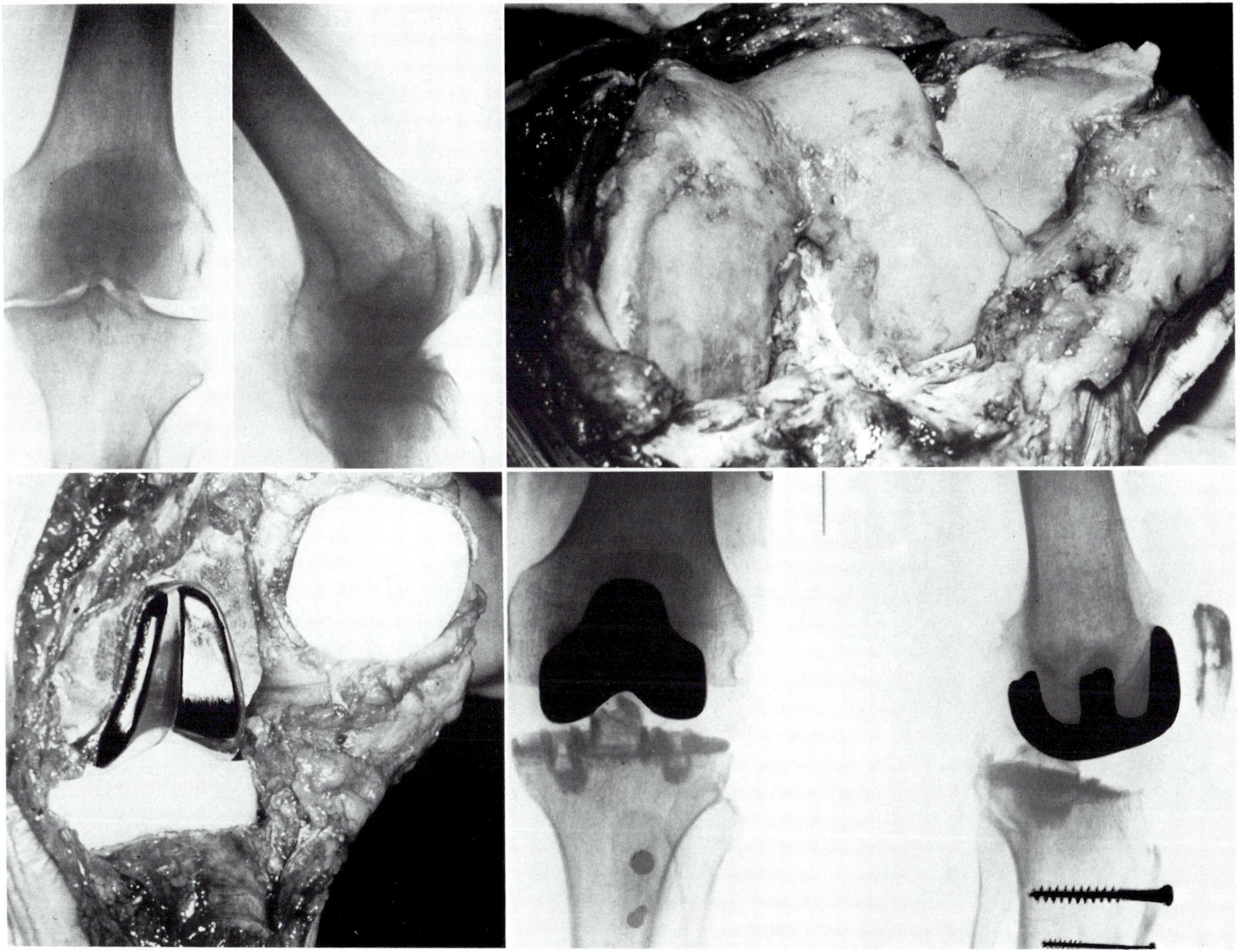

Abb. 8.5 a) Linksseitige Gonarthrose – b) Intraoperativer Situs mit vornehmlich medialer Gelenkdestruktion und aufgebrauchter Patellagelenkfläche –

c) Operationssitus nach Implantation einer totalen Schlittenprothese sowie Patellaprothese (die Patella mit dem Ligamentum patellae ist nach lateral hin aufgeklappt) – d) Postoperative Röntgenaufnahmen

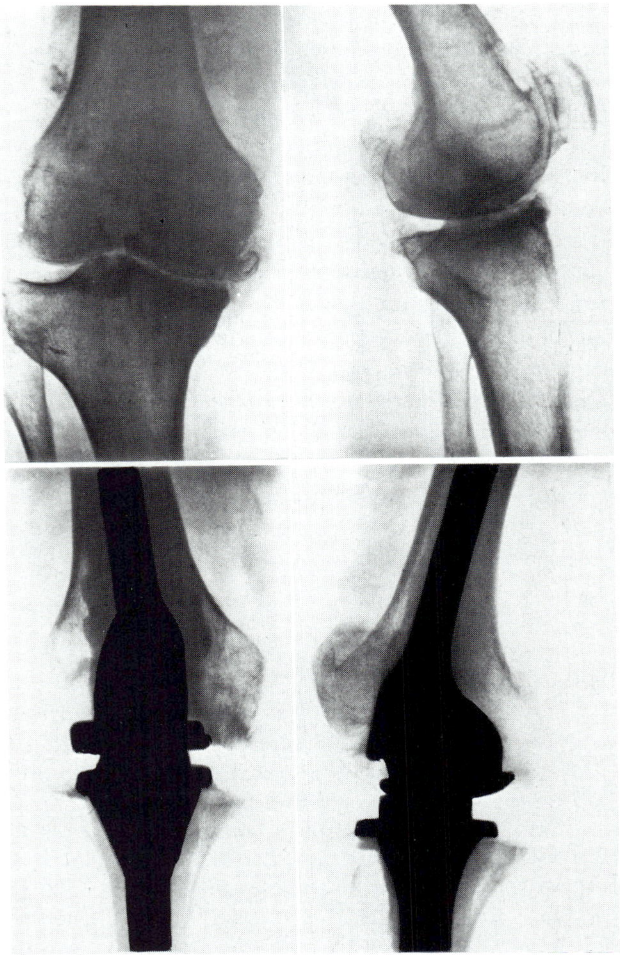

Abb. 8.6 Panarthrose des rechten Kniegelenkes. Operative Versorgung mit einer Kniegelenksachsenprothese

Gegen die *Kniegelenksversteifung* als therapeutisches Verfahren zur Behandlung von Gonarthrosen besteht in einer Zeit, da Mobilität und Dynamik alles bedeuten, verständlicherweise eine große Abneigung. Diese Aversion wird beim Patienten wie Arzt unterstützt durch das Wissen um die Möglichkeit eines künstlichen Gelenkersatzes. Mit zunehmender Verbreitung der künstlichen Gelenke wurde aber auch deren Komplikationsrate deutlicher, was den verantwortungsvollen Operateur zwingt, eine genaue Abgrenzung der Indikationen vorzunehmen und die Arthrodese wiederum in das therapeutische Konzept mit einzubeziehen.

Der negative Aspekt der definitiven Umwandlung eines noch beweglichen Gelenkes in die Versteifung tritt vor allem dann in den Hintergrund, wenn ohnehin nur noch geringe und schmerzhafte Funktionen des Gelenks über längere Zeit bestanden haben. Der große Vorteil der Arthrodese, nämlich die Erzielung einer schmerzfreien, stabilen und voll belastbaren Extremität ist dann klar erkennbar. Dominiert der Schmerz oder die Instabilität bei noch gut erhaltener Funktion, so werden bei der Alternative Arthrodese oder Arthroplastik vor allem das Lebensalter und die persönlichen und beruflichen Belange des Patienten zu berücksichtigen sein.

Zweifelsfrei ist die Arthrodese bei posttraumatischen Gonarthrosen des jungen Patienten angezeigt, wenn schmerzhafte Restbeweglichkeit, rezidivierende Reizzustände und Bandlaxitäten durch andere operative Maßnahmen nicht ausgeheilt und mit konservativen Möglichkeiten nicht entscheidend beeinflußt werden können. Des weiteren stellen postinfektiöse Gelenksdestruktionen eine zwingende Indikation zur Arthrodese dar. Neben den posttraumatischen Kniegelenksinfektionen treten Infektionen nach Injektionen von Medikamenten, nach Arthrotomien, Osteosynthesen und nicht zuletzt dem Einbau von Gelenksprothesen auf.

Technisch stellen sich bei Durchführung einer Kniegelenksversteifung zwei Probleme. Einmal muß intraoperativ eine saubere plane Resektion der Gelenkflächen im gesunden spongiösen Bereich durchgeführt werden, wobei Valgus- und Varusdeformitäten berücksichtigt und durch keilförmige Resektionen korrigiert werden können. Zum anderen ist der knöcherne Durchbau nur durch eine genügend lange und sichere Ruhigstellung zu erreichen. Dies läßt sich durch Kompression garantieren, wobei die Osteotomieflächen entweder über äußere Spannapparate, Platten oder Klammern unter Druck gesetzt werden können. Die Beugestellung am Knie sollte nicht mehr als 10° betragen, ein leichter Valgus von 5° sowie eine Außenrotation des Unterschenkels von 10 bis 15° gelten als ideal. Die nach einer Arthrodese stets vorhandene Verkürzung des Beines von 2 bis 3 cm muß durch Absatzerhöhung am Schuhwerk ausgeglichen werden, damit Beckenschiefstand oder kompensierende Spitzfußstellung ausbleiben. Der notwendige Beinlängenausgleich durch Zurichtung des Schuhwerkes sollte eine bleibende Seitendifferenz von etwa 1 cm aufweisen, damit ein freies Durchschwingen des im Kniegelenk versteiften Beines gewährleistet bleibt. Unter Berücksichtigung der genannten Einstellungsmaße und des Beinlängenausgleichs durch orthopädisches Schuhwerk gelingt es in den allermeisten Fällen, Sekundärarthrosen an den benachbarten Gelenken weitgehend zu vermeiden und dem Patienten eine schmerzfreie, wieder voll belastbare Extremität zu erhalten.

Literatur

1. *Albrecht, H.:* Rheumatologie für die Praxis. Hoffmann-La Roche AG., Grenzach-Wyhlen 1975
2. *Copeman, W.:* Textbook of Rheumatic Diseases. 3rd ed. Livingstone, Edingburgh, London 164
3. *Cotta, H.,* und *Dustmann, H. O.:* Zur Ätiopathogenese der Gonarthrose. Orthop. Praxis 6, (1979) 488
4. *Dettmer, N.:* Betrachtungen zum Wirkungsmechanismus von Mukopolysaccharidpolyschwefelsäureestern am arthrotischen Knorpel. Z. Rheumaforsch. 25 (1966) 122
5. *Fassbender, H. G.:* Pathologie rheumatischer Erkrankungen. Springer Verlag, Berlin/Heidelberg/New York 1975
6. *Graf, U.,* und *Rosenthal, M.:* Gonarthrose, moderne Aspekte der Entstehung, Entwicklung und Behandlung. Ther. Umschau 34 (1977) 100
7. *Magnuson, P. B.:* Joint Debridement. Surg. gynaec. Obstet. 73 (1974) 1
8. *Mohing, W.:* Die Arthrosis deformans des Kniegelenkes. Springer Verlag, Berlin, Heidelberg, New York 1966
9. *Müller, W., Friedrich, R.,* und *Pavelka, K.:* Radiosynoviorthese. Ther. Umschau 31 (1974) 483
10. *Pridie, K. H.:* A method of resurfacing osteoarthritic knee joints. J. Bone Jt. Surg. 41 B (1959) 618
11. *Tavernier, L.:* Traitement de l'arthrite sèche du genou. Paris: Mason 1945
12. *Uebel, H.:* Klinische Erfahrungen mit Trasylol. Orthop. Praxis 6 (1970) 220

Nachweis der Abbildungen

aus Zeitschrift für Allgemeinmedizin 56, 31, 1980

9. Entzündliche Erkrankungen des Kniegelenkes

G. Kratzsch

Einleitung

Die Arthritis des Kniegelenkes als monoartikuläre Gelenkmanifestation einer entzündlich-rheumatischen Systemerkrankung ist ein differentialdiagnostisches und therapeutisches Problem ersten Ranges; umso mehr, als Rheumatologie an Deutschlands Hochschulen nie ein spezielles Fach war. Die Vernachlässigung eines wichtigen Fachgebietes in der akademischen Lehre erklärt den unter Ärzten anzutreffenden Mangel an rheumatologischen Grundkenntnissen; ferner die Tendenz, entzündliche Gelenkerkrankungen unter dem verschwommenen Terminus »Rheuma« zu verharmlosen. Dabei ist eine nicht erkannte oder fehlinterpretierte Arthritis des Kniegelenkes (zum Beispiel bei chronischer Polyarthritis) für das Schicksal des Gelenkes von ähnlicher Folgenschwere wie eine traumatische Gelenkläsion! Die *entzündliche Arthritis*

Tab. 9.1

1. *Chronische Polyarthritis*	Varianten, Untergruppen □ Felty-Syndrom □ Sjögren-Syndrom
2. *Juvenile chronische Polyarthritis*	□ Systemisch mit viszeraler Beteiligung (Still-Syndrom) □ Polyarthritisch □ Mono-, oligoarthritisch
3. *Spondylarthropathien* Spondylitis ankylopoetica Morbus Reiter Psoriasis-Arthritis	
Enteropathische Arthropathien	□ Colitis ulcerosa □ Morbus Crohn □ Reaktive Arthritis nach Infektion mit ■ Yersinia enterocolitica ■ Yersinia pseudotuberculosis ■ Salmonella typhimurium ■ Salmonella enteritidis ■ Salmonella Heidelberg II ■ Shigella Flexneri ■ Campylobacter jejuni ■ Brucella abortus ■ Brucella melitensis □ Morbus Whipple
4. *Streptokokkenrheumatismus* (Akutes rheumatisches Fieber)	
5. *Lupus erythematodes viszeralis*	□ Mischkollagenosen ■ „Mixed connective tissue disease"
6. *Vaskulitische Syndrome*	□ Nekrotisierend □ Riesenzell-Arteriitis und Polymyalgia rheumatica □ Morbus Behçet
7. *Fibrosierende Bindegewebserkrankungen* systemische Sklerose	□ Morphea

Tab. 9.2

8. *Entzündliche Muskelerkrankungen*
   Polymyositis
   Dermatomyositis
   Kombinationsformen

9. *Septische Arthritiden*

10. *Arthritis bei Sarkoidose*

11. *Rheumatische Affektionen bei Stoffwechsel- und endokrinen Erkrankungen einschließlich Defektproteinämien*
    Gicht
    Chondrokalzinose (Pseudogicht)
    Ochronose (Alkaptonurie)
    Hämochromatose
    Morbus *Wilson*
    Agammaglobulinämie
    Hyper- und Hypoparathyreoidismus
    Akromegalie
    Hyper- und Hypothyreose
    Hyperlipoproteinämie

12. *Rheumatische Affektionen bei hämatologischen Erkrankungen*
    Hämophilie
    Leukämie
    Plasmozytom u. a.

kann *Symptom einer immunologischen, infektionsallergischen, metabolischen* oder *hämatologischen Störung* sein; Diagnostik und Therapie setzen damit besondere Kenntnisse auf dem Gebiet dieser medizinischen Subspezialitäten voraus.

Chronische Erkrankungen des rheumatischen Formenkreises bedürfen einer jahrelangen sachgemäßen Überwachung und Behandlung. Der in diesem Zusammenhang verwendete Begriff *Behandlungsstrategie* verdeutlicht, daß umfassende Versorgung des Rheumakranken – also Diagnose, Therapie, Überwachung, Rehabilitation – sich aus einer Vielzahl *langfristig* angelegter, *multidisziplinärer* Einzelmaßnahmen zusammensetzt, die der niedergelassene Arzt nur in enger *Kooperation mit spezialisierten Zentren* erfüllen kann.

Kooperation

Interdisziplinäre Kooperation bei der Diagnostik und Therapie der entzündlichen Arthritiden ist erforderlich. Dem Hausarzt des Patienten kommt dabei die Schlüsselrolle zu: indem er über Art und Umfang zusätzlicher Diagnostik entscheidet: die von Spezialisten erhobenen Befunde wertet und integriert; sich der sozialmedizinischen Probleme annimmt und die Therapiestrategie koordiniert.

Abb. 9.1 gibt einen *diagnostischen Stufenplan* wieder, wobei das derzeitige strukturelle Defizit auf dem Gebiet der Rheumatologie erst auf der Ebene des Universitätskrankenhauses oder des rheumatologisch spezialisierten Krankenhauses durch Zusammenarbeit spezialisierter Abteilungen überwunden wird.

Differentialdiagnose der Arthritis des Kniegelenkes

Die Tab. 9.1 und 9.2 fassen die wichtigsten rheumatischen Erkrankungen zusammen.

Das Kniegelenk ist bei rheumatischen Erkrankungen außerordentlich häufig mitbeteiligt; das Spektrum möglicher Diagnosen umfaßt daher alle in der Tabelle aufgeführten Krankheiten. In zumindest affirmativer Form muß daher eine Diagnose erzwungen werden: Eine nicht erkannte Arthritis kann – wie die infektiöse – in kurzer Zeit das Gelenk irreversibel schädigen; andererseits kann die Arthritis erstes Indiz einer folgenschweren Allgemeinerkrankung sein. Für das diagnostische Vorgehen gelten *folgende Regeln:*

1. Ausschluß einer Arthralgie, eines periartikulären oder Weichteilprozesses
2. Sicherung der Entzündungszeichen am Gelenk: Kapselschwellung und Erguß; Spontan- und Dauerschmerz (siehe Tab. 9.4); Zeichen der Hyperämie wie Überwärmung und – nicht obligat - Rötung; Functio laesa, deren Ausdruck bei *akuter* Synovialitis das Schonhinken ist.
Im Unterschied zur akuten Arthritis hat die Functio laesa im *chronischen* Stadium bereits ein morphologisches Äquivalent: Muskelschwund, Fehlstellung, Kontraktur und radiologisch nachweisbare Destruktion.
3. Fahndung nach zusätzlich befallenen Gelenken oder paraartikulären Manifestationen wie Tendovaginitiden, Tendinitiden, Bursitiden, Rheumaknoten. Diese Affektionen können früher erfolgt oder gleichzeitig vorhanden sein (siehe Tab. 9.6).

Die Erhebung der Krankengeschichte zielt letzten Endes darauf ab, den systemischen Charakter einer unter dem Symptom »Arthritis des Kniegelenkes« auftretenden Erkrankung aufzuspüren. Bei dem gleichzeitigen Befall weniger Gelenke steht für den Patienten häufig die Manifestation an einem Gelenk (Knie) im Vordergrund: etwa gleichzeitig vorhandene Schmer-

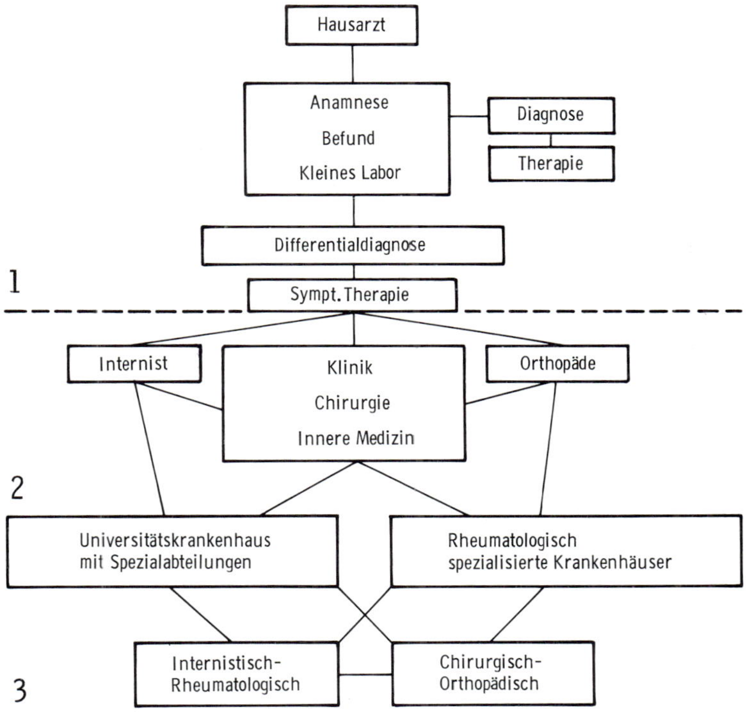

Abb. 9.1 Diagnostischer Stufenplan bei Arthritis des Kniegelenkes
1. Der Hausarzt leitet bei gesicherter Diagnose die Behandlung ein; differentialdiagnostische Überlegungen rechtfertigen nur symptomatische Behandlung und erfordern die Weiterleitung des Patienten
2. Möglichkeiten regionaler Zusammenarbeit
3. Zusammenarbeit spezialisierter Abteilungen (Universität, rheumatologisch spezialisiertes Krankenhaus)

Tab. 9.3 Arthritis des Kniegelenkes: Differentialdiagnostische Überlegungen I

1. Zusätzlich befallene Gelenke und deren Verteilungsmuster		
– keine weiteren Gelenke	→ Monarthritis:	*Primär polyartikuläre Erkrankung?*
		Differentialdiagnose (DD)
		Spondylarthropathien
		Juvenile chronische Polyarthritis
		Arthritis bei Sarkoidose
		Pseudogicht
		Hämophilie
		Hämochromatose
		Septische Arthritis
– 1 bis 2 weitere Gelenke	→ Oligoarthritis:	DD:
		Spondylarthropathien
		Streptokokkenrheumatismus
		Juvenile chronische Polyarthritis
– viele Gelenke (symmetrisch)	→ Polyarthritis:	DD:
		Chronische Polyarthritis

Tab. 9.4 Arthritis des Kniegelenkes: Differentialdiagnostische Überlegungen II

2. Schmerzanamnese Beginn		
– innerhalb von Stunden	→ akut:	DD: Kristallarthropathien reaktive und postinfektiöse Arthritiden akute Sarkoidose (Löfgren-Syndrom) eitrige Arthritis
– innerhalb von Tagen	→ subakut:	DD: Arthropathia psoriatica Ankylosierende Spondylitis Chronische Polyarthritis
– innerhalb von Wochen	→ chronisch:	DD: Chronische Verlaufsformen der initial akuten Arthritiden. Arthritiden bei sog. Kollagenosen
Schmerzqualität		
– Ruheschmerz; Nacht- und Morgenschmerz; Nachlassen im Laufe des Tages	→ entzündlich:	DD: alle immunologisch bedingten rheumatischen Systemerkrankungen
– schwerster Dauerschmerz, unabhängig von den Tageszeiten und körperlicher Aktivität	→ septisch:	DD: Pyarthrose Kristallarthropathien
– „furchtbarer Schmerz“ „Überall und immer“ bei unauffälligem Befund	→ psychogen:	DD: Psychosomatisch bedingte Schmerzsyndrome des Bewegungsapparates

Tab. 9.5 Arthritis des Kniegelenkes: Differentialdiagnostische Überlegungen III

3. Lebensalter, Geschlecht und Morbiditätsmaxime		
– Kinder und Jugendliche	→ hereditär:	DD: Erkrankungen auf Grund von abnormalen Strukturproteinen Lysosomale Speicherkrankheiten
	→ entzündlich:	DD: Juvenile chronische Polyarthritis Akutes rheumatisches Fieber Hämophilie ***Lesch-Nyhan***-Syndrom
– mittleres und hohes Lebensalter	entzündlich → und degenerativ:	DD: alle entzündlich-rheumatischen Erkrankungen
– geschlechtsspezifische Prädisposition	→ weiblich:	DD: Chronische Polyarthritis „Kollagenosen“
	→ männlich:	DD: Spondylarthropathien Gicht Morbus ***Behçet***

Tab. 9.6 Arthritis des Kniegelenkes: Differentialdiagnostische Überlegungen IV

4. Extraartikuläre Symptome		
– allgemeines Krankheitsgefühl, Antriebslosigkeit; Inappetenz, Gewichtabnahme; vermehrtes Schwitzen; subfebrile Temperaturen; Nervosität, depressive Verstimmung	→ unspezifisch	Differentialdiagnose (DD) Chronische Polyarthritis „Kollagenosen"
– transitorische Arthralgien; Parästhesien der Hände; Akro-Zyanose; kurze Morgensteifigkeit der Hände; gelenknahe oder diffuse Muskel- und Sehnenschmerzen	→ verdächtige Prodomi am Bewegungsapparat	DD: Chronische Polyarthritis „Kollagenosen"
– ***Auge***: Keratokonjunktivitis, Skleritis und Episkleritis Uveitis. ***Haut***: Kutane nekrotisierende Venulitis, Keratodermia blenorrhagica, Psoriasis mit Onychodystrophie, Skleroderma, Purpura, Alopezie. ***Organbefall***: Niere, Herz, Lunge, Gefäße, ZNS, Lymphknoten.	→ extraartikuläre und viszerale Symptome	DD: „Kollagenosen" wie Lupus erythematodes und Überlappungssyndrome Dermatomyositis Sklerodermie Vaskulitiden Maligne chronische Polyarthritis Spondylarthropathien (Tab. 9.5) Rheumatisches Fieber
5. Systemische Symptome	→ mehrere Organe betreffend	Amyloidose

zen zum Beispiel im temporomandibulären Gelenk werden vom Patienten nicht spontan angegeben, weil er sie mit der Kniegelenksarthritis nicht in Verbindung bringt. Frühere »traumatisch bedingte« Gelenkaffektionen waren möglicherweise bereits rheumatisch bedingt. Die kausale Verknüpfung mit einem Bagatelltrauma beruht auf dem Erklärungsbedürfnis des Patienten oder hat ihren Ursprung in einer früheren ärztlichen Fehlinterpretation.

4. Suche nach extraartikulären Symptomen rheumatischer Erkrankungen. Diagnostisch besonders ergiebig sind dabei die häufigen Mitbeteiligungen von Haut und -anhangsgebilden, Augen, Ohren, serösen Drüsen und Lymphknoten.

5. Komplikationen einer paraartikulären Gelenkmanifestation erscheinen häufig als eigenständige Krankheitsbilder: Karpaltunnelsyndrome, Sehnenrupturen, Baker-Zysten müssen unter dem Eindruck einer floriden Gonarthritis neu interpretiert werden.

6. Viszerale Beteiligung spart kein Organsystem aus: sämtliche Organerkrankungen müssen auf einen möglichen pathophysiologischen Zusammenhang mit der Gelenkerkrankung überprüft werden (siehe Tab. 9.6).

Lokale Diagnostik. Bei monoartikulärer Erkrankung muß notgedrungen die lokale Diagnostik besonders intensiv sein. Ist es nicht möglich, eine entzündliche Gelenkerkrankung über ihre systemischen Krankheitszeichen zu diagnostizieren, kann auf keine der folgenden Maßnahmen verzichtet werden (Tab. 9.7).

Allgemein-internistische Diagnostik. Die entzündlichen Gelenkerkrankungen lassen sich in drei Hauptgruppen im Hinblick auf die Mitbeteiligung parenchymatöser Organe unterteilen (Tab. 9.8). Die Erfordernis einer gründlichen internistischen Untersuchung bei rheumatischen Affektionen wird damit evident: so erlaubt in der Regel erst der Nachweis einer bilateralen hilären Adenopathie im Röntgenbild der Lunge die Diagnose einer Sarkoidose und macht weitere Funktionsdiagnostik der Lunge notwendig.

Laboruntersuchungen. Für diese Untersuchungen gilt: für sich allein gestattet kein Laborparameter die Diagnose einer entzündlichen Gelenkerkrankung. Die klinisch-chemische Analyse ermöglicht einerseits den Nachweis von Organschäden als Sekundärfolge der entzündlich-rheumatischen Systemerkrankung; andererseits sind bestimmte Werte in Synopsis mit der Klinik für die Stellung der Diagnose entscheidend (siehe Tab.

Tab. 9.7 Lokale Diagnostik bei Arthritis des Kniegelenkes

Röntgen	Beide Kniegelenke in zwei Ebenen. Spezialaufnahmen
Nuklearmedizinische Skelettdiagnostik	Anreicherung der ^{99M}TC-markierten SN-Phosphatkomplexe sowohl im arthrotisch wie im arthritisch veränderten Gelenk Vermehrte Aktivitätsanreicherung im Gelenkbereich im entzündeten Gelenk in der frühen Phase mit ^{99M}TC-Pertechnetat
Ergußanalyse	Konsekutive Untersuchungen sorgfältig planen! (siehe Laborunters.)
Arthroskopie	Gelenkinspektion: Synovialisbiopsie
Histologie, Immunologie	Typische histologische Veränderungen

Tab. 9.8 Mitbeteiligung innerer Organe bei entzündlichen Gelenkerkrankungen

1. Primäre Manifestation an den Strukturen des Bewegungsapparates gelegentliche Einbeziehung viszeraler Organe	Chronische Polyarthritis: viele Spondylarthropathien
2. Gleichzeitige Manifestation an Gelenken und extraartikulär	Kollagenosen: Enteropathische Arthropathien: akutes Rheumatisches Fieber
3. Die internistische Erkrankung steht im Vordergrund. Der Gelenkbefall ist fakultativ	Sarkoidose: Hämatologische, Stoffwechselerkrankungen

9.15). Nichtspezifische humorale und zelluläre Mediatoren der Entzündung ermöglichen die Zuordnung einer rheumatischen Erkrankung unter bestimmte Obergruppen und reflektieren die Aktivität einer Erkrankung.

Assoziationen verschiedener rheumatischer Erkrankungen zu Histokompatibilitätsantigenen erlauben die Abtrennung einzelner Krankheitsentitäten und stellen – bei hoher Signifikanz der Assoziation – eine wertvolle diagnostische Hilfe dar (siehe Tab. 9.20). Immunbiologische Sonderuntersuchungen – Nachweis von Autoantikörpern, Immunkomplexen, Defekten der Immunregulation auf zellulärer Ebene – belegen den autoaggressiven Charakter einer rheumatischen Erkrankung.

Die differentialdiagnostischen Tab. 9.3–9.6 verbinden klinische, epidemiologische und anamnestische Daten mit der jeweils wahrscheinlichsten Diagnose.

Pathogenese und Klinik häufiger rheumatischer Erkrankungen

Die Darstellung erfolgt teilweise in tabellarischer Form.

1. Chronische Polyarthritis

Ätiologie und Pathogenese (siehe Abb. 9.2)

Arbeitshypothese: Durch ein Fremdantigen wird im Individuum eine starke Immunreaktion mit Entzündung ausgelöst. Dabei sind Qualität und Quantität der Immunreaktion genetisch kontrolliert. Innerhalb des Gelenkraumes bilden sich Antigen-Antikörper-Komplexe (Immunkomplexe), die sich im nichtvaskularisierten Gelenkknorpel niederschlagen. Innerhalb des Gelenkraumes entsteht ein Entzündungsprozeß, der sich selbst unterhält und an welchem mehrere miteinander interferierende Systeme teilnehmen: Komplement, Kinine, Gerinnung und Fibrinolyse, Phagozytosevorgänge, lysosomale Enzyme. Mediatoren, die durch mononukleäre Zellen produziert werden, stimulieren Synovialiszellen zur Proliferation und zur Produktion von Proteinasen und Prostaglandinen. Unter dem Einfluß der Entzündungsmediatoren (darunter das CTAP = connective tissue activating peptide) kommt es in tieferen Schichten der Gelenkhaut zur Fibroblastenaktivierung. Subsynoviale Lymphozyten und Plasmazellen bilden Rheumafaktor. IgG wird entweder durch Konformationsänderung oder durch Toleranzverlust immunogen. Es bilden sich Immunkomplexe aus aggregiertem IgG- oder IgG-IgM-Komplex, die ebenfalls Komplement aktivieren und die Entzündung damit weiter perpetuieren. Die Proliferation der Gelenkhaut unter Einwirkung des permanenten entzündlichen Stimulus führt durch Enzymfreisetzung zur Knorpel- und Knochenschädigung; an der Gewebeauflösung sind beteiligt die neutrale Protease, Kathepsine, Sulfatasen, kohlenhydratspaltende Enzyme,

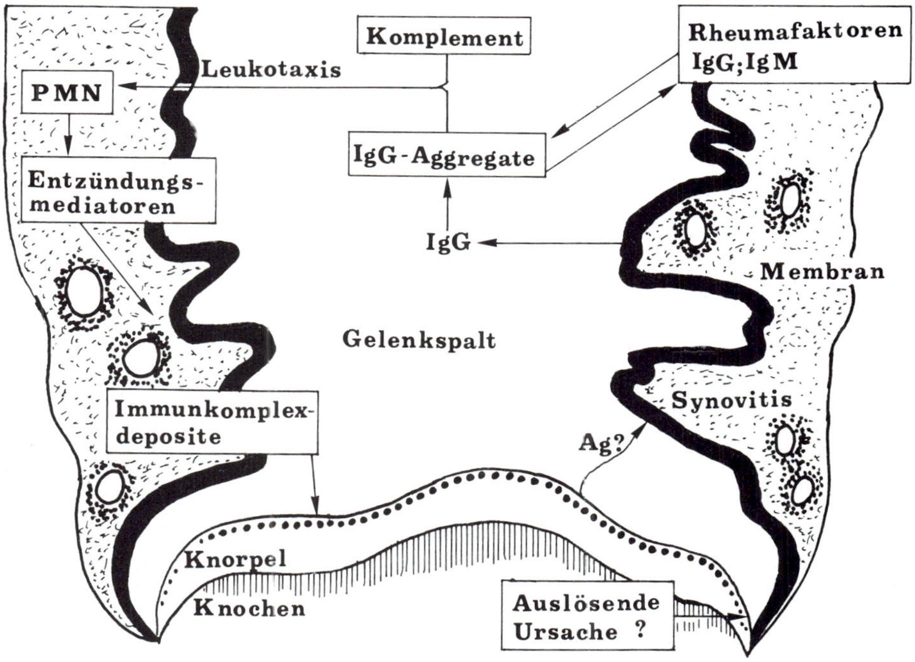

Abb. 9.2 Schema zur Pathogenese der chronischen Polyarthritis. Die gepunktete Linie längs der Knorpeloberfläche stellt Immunkomplexe dar. Allmähliches Freiwerden des darin gebundenen Antigens wird als einer der chronischen Stimuli für die Produktion von IgG durch perivaskuläre Lymphozyteninfiltrate angesehen. PMN = Polymorphkernige Neutrophile

Tab. 9.9 Kriterien der primär chronischen Polyarthritis nach Vorschlägen der ARA

1. Morgensteifigkeit der Gelenke
2. Bewegungsschmerz oder Druckempfindlichkeit in mindestens einem Gelenk (ärztlich beobachtet)
3. Ärztlich beobachtete Schwellung wenigstens eines Gelenkes (Synovialschwellung oder Erguß, jedoch nicht nur Knochenproliferation)
4. Schwellung wenigstens eines weiteren Gelenkes (ärztlich festgestellt), symptomfreies Intervall zwischen den beiden Gelenkschwellungen darf nicht länger als drei Monate dauern.
5. Symmetrische Gelenkschwellung (ärztlich beobachtet), d. h. gleichzeitige Schwellung des gleichen Gelenkes an beiden Körperseiten
6. Subkutane Knoten über den Knochenvorsprüngen, auf den Strecksehnen oder im Gelenkbereich
7. Für chronische Polyarthritis typische röntgenologische Zeichen, d.h. zumindest gelenknahe Osteoporose und nicht nur degenerative Veränderungen
8. Positive Agglutinationsreaktion zum Nachweis des Rheumafaktors
9. Herabgesetzter Mucingehalt der Synovialflüssigkeit
10. Charakteristische histologische Veränderungen der Synovialmembran mit mindestens drei charakteristischen Zeichen
11. Charakteristische histologische Veränderungen im subkutanen Knoten

Elastase und Kollagenase. Kollagenbruchstücke wirken stark chemotaktisch auf Monozyten und Fibroblasten. Osteoklastenaktivierung erfolgt durch Prostaglandine und lösliche Mediatoren mononukleärer Zellen.

Epidemiologische Kennzeichen. Morbidität: 1–3% der Bevölkerung; Verhältnis Mann zu Frau etwa 1:3 (4). Häufigkeitsmaximum zwischen 35 und 45 Jahren. In allen ethnischen Gruppen besteht eine Assoziation zu dem Histokompatibilitätsantigen DR 4.

Klinisches Bild und Verlauf. Am häufigsten beginnt die chronische Polyarthritis schleichend, symmetrisch, mit Bevorzugung kleiner Gelenke.

Aber uncharakteristische Erstmanifestationen sind bei einem Drittel der Patienten zu beobachten: Die Erkrankung kann akut, asymmetrisch,

Tab. 9.10 Systemischer Lupus erythematodes: vorläufige Kriterien der ARA (1971)

1. Gesichtserythem
2. Lupus discoides
3. *Raynaud*-Phänomen
4. Alopezie
5. Photosensibilität
6. Orale oder nasopharyngeale Ulcera
7. Arthritis ohne Deformation mit – Bewegungsschmerz
oder – Druckschmerz
oder – Schwellung
8. LE-Zellen-Nachweis (einmal 2 oder mehrmals 1 Zelle)
9. Chronisch falsch positive Luesreaktion
10. Proteinurie
11. Positiver Urinsedimentbefund (Erythrozyturie, Hämoglobinurie, Leukozyturie, Zylindrurie)
12. Pleuritis oder Perikarditis
13. Psychose oder Konvulsionen (bei sonst stummer Anamnese)
14. Hämolytische Anämie oder Leukopenie (unter 4000) oder Thrombopenie (unter 100 000)

oligo- und monoartikulär beginnen. Beim Manne steht nach einigen Autoren der Erstbefall des Kniegelenkes an erster Stelle. Aus den statistischen Angaben ist zu folgern, daß bei unklaren, atypischen Arthritiden immer an eine beginnende chronische Polyarthritis gedacht werden muß.

Der chronischen Polyarthritis gehen häufig (meist unspezifische) Prodromi voraus, wobei einige allerdings auf die beginnende Erkrankung verdächtig sind. Die großen differentialdiagnostischen Schwierigkeiten bei der Diagnose der chronischen Polyarthritis veranlaßte die Amerikanische Gesellschaft für Rheumatologie (ARA) 11 *diagnostische Kriterien* aufzustellen (Tab. 9.9), von denen wenigstens drei erfüllt sein müssen, wenn der Verdacht auf eine chronische Polyarthritis ausgesprochen werden darf.

Bei akuter Kniegelenksarthritis ergibt sich daraus, daß – bei positiver Rheumaserologie – mindestens eine Synoviaanalyse und eine Synovialisbiopsie mit jeweils positivem Ergebnis notwendig wären, um die Verdachtsdiagnose »monartikuläre rheumatische Arthritis« zu bekräftigen.

Laborbefunde. Siehe Abschnitt Laboruntersuchungen.

Differentialdiagnosen: Die Varianten der chronischen Polyarthritis – *Felty*-Syndrom und *Sjögren*-Syndrom – unterscheiden sich im Hinblick auf den Gelenkbefall klinisch nicht.

Abgegrenzt werden muß die Erkrankung gegenüber den Spondylarthropathien, einigen vaskulitischen Syndromen, dem Lupus erythematodes einschließlich der Mischkollagenosen.

Tab. 9.11

Befallenes Organ	SLE	MCTD	PS	PM	PAN
Herz	+++	(+)	++	+++	+
Periphere Gefäße					
Vasculitis	++	+	++	(+)	+++
Raynaud-Syndrom	++	+++	+++	++	∅
Atemorgane	++	+	++	(+)	++
Magen-Darm-Trakt	++	+++	+++	+	+++
Niere	+++	(+)	++	(+)	+++
ZNS	++	∅	∅	∅	+
Periphere Nerven	+	(+)	∅	(+)	+++
Muskulatur	++	++	++	+++	++
Augen	+	∅	∅	∅	+
Haut	+++	++	+++	+++	+
Lymphknoten	++	++	∅	(+)	(+)
Gelenke	+++	+++	++	+	+

Organbefall bei „Kollagenkrankheit": SLE-System = Lupus erythematodes, MCTD = mixed connective tissue disease", pS = progressive Sklerodermie, PM = Polymyositis, PAN = Panarteriitis

2. Die Spondylarthropathien

Ätiologie und Pathogenese. Gemeinsam ist diesen Erkrankungen die genetische Disposition; nämlich die hochsignifikante Assoziation mit dem Histokompatibilitätsantigen B 27. Weiterhin bestehen Analogien bezüglich der Topographie des Gelenkbefalls; das gilt vor allem für die typische Lokalisation destruierender, ossifizierender Tendoostitiden, weshalb diese Erkrankungen auch als entzündliche *Enthesopathien* bezeichnet werden.

Obwohl gerade für die ankylosierende Pelvispondylitis die Ätiologie noch nicht aufgeklärt ist, verdichten sich die Hinweise dafür, daß es sich um eine immunologisch bedingte Erkrankung handelt, die durch eine initiale Infektion ausgelöst wird.

Gesichert ist der Zusammenhang des *Reiter*schen Syndroms mit Darm- und venerischen Infektionen. – Die Psoriasis-Arthritis ist als Entität gekennzeichnet durch die begleitende Hauterkrankung, Heredität und HLA-Assoziation (B 27, Bw 38, siehe Tab. 9.20).

Bei den enteropathischen Arthropathien ist ihre Kombination mit der chronisch-entzündlichen Darmerkrankung wegweisend, während die reaktive Arthritis nach Darminfektionen in Beziehung zu definierten Darminfektionen steht, die durch Kultur und bakteriologisch-serologische Untersuchungen gesichert werden können.

Epidemiologische Kennzeichen. Ganz überwiegend (90–95%) sind Männer betroffen. Der Manifestationsgipfel liegt zwischen dem 20. und 30. Lebensjahr. Die Morbidität beträgt bei Spondylitis ankylosans 0,5 bis 1%; keine genauen Daten gibt es für das *Reiter*-Syndrom; für die Psoriasis-Arthritis wird sie mit 0,1% angegeben, wobei das Verhältnis der Geschlechter etwa 1:1 beträgt (insofern bildet die Psoriasis-Arthritis innerhalb der Enthesopathien eine Ausnahme).– Für die reaktiven Arthritiden existieren keine Zahlen.

Klinisches Bild und Verlauf. Schwerpunktmäßig wird das Achsenskelett befallen. Diagnostisch entscheidend ist die Iliosakralarthritis. Bevorzugter Befall der unteren Extremitäten ist häufig, das Knie ist oft – auch in monoartikulärer Form – involviert.

3. Lupus erythematodes systemicus

Ätiopathogenese. Bei genetisch disponierten Individuen kommt es zum Auftreten von Antikörpern gegen native DNS sowie gegen andere Zellkernbestandteile. Die Autoantikörper bilden mit dem korrespondierenden Antigen Immunkomplexe, die sich an verschiedenen Stellen des Körpers ablagern: Nierenglomerula (Basalmembran), Gefäßintima, Endokard und Haut. Konsekutive Komplementaktivierung führt über weitere Mediatoren zur Entzündung.

Autoantikörper gegen sämtliche Elemente der Hämopoese treten im Verlaufe der Erkrankung häufig auf.

Epidemiologie. Frauen werden 5mal häufiger befallen als Männer. Der Manifestationsgipfel liegt zwischen dem 15. und dem 45. Lebensjahr. Die Prävalenz des LES beträgt rund 1‰.

Klinische Symptomatik. Wesentliche Symptome wurden in Form zunächst vorläufiger Kriterien von der ARA zusammengestellt (Tab. 9.10).

4. Progressive Sklerodermie und Überlappungssyndrome

Die Arthritis bei Sklerodermie und den Überlappungssyndromen ist gekennzeichnet durch die nur geringe Destruktionstendenz der Synovialitis. Organmanifestationen stehen demgegenüber ganz im Vordergrund. Die wesentlichen Symptome sind in der Tab. 9.11 zusammengefaßt.

5. Akutes rheumatisches Fieber

Ätiologie: Zweiterkrankung nach Racheninfektion mit betahämolysierenden Streptokokken der Gruppe A.

Epidemiologie: Kinder (früher) am häufigsten befallen. Die Erkrankung ist außerordentlich selten geworden!

Diagnostik: siehe Antistreptolysin-Titer und Tab. 9.12.

Tab. 9.12 Hauptkriterien des rheumatischen Fiebers (nach *Jones*)

1. Akute Polyarthritis
2. Karditis
3. Rheumatische Knötchen
4. Erythema anulare rheum.
5. Chorea minor

Tab. 9.13 Typisches Befundspektrum bei Gicht

- ○ Übergewichtiger Pykniker mit „Facies urica“
- ○ Fettleber, tastbare Lebervergrößerung, Transaminasen gering erhöht
- ○ gestörter Kohlenhydratstoffwechsel: Diabetes in der Familie, latenter Diabetes, manifester Diabetes (2,5 bis 20%)
- ○ gestörter Fettstoffwechsel: Cholesterin-, Triglyzeriderhöhungen, Hyperlipoproteinämie Typ IV
- ○ Spondylosis hyperostotica; Arthrosen
- ○ Arterielle Hypertonie
- ○ Arteriosklerose, Coronarsklerose, Herzinfarkt
- ○ Direkte Gichtfolgen: Gicht-Nephropathie, Steindiathese (Harnsäuresteine), Niereninsuffizienz

6. Gicht

Pathogenese: Ursache und biochemischer Leitbefund der Gicht ist die Hyperurikämie. Hyperurikämie entsteht bei gesteigerter Neubildung oder verminderter Ausscheidung von Harnsäure, oder aus einer Kombination von beidem. Klassifiziert wird die Gicht als primär, sekundär und idiopathisch.

Die primäre Gicht steht nicht im Zusammenhang mit einer anderen Erkrankung. Die sekundäre Gicht ist Folge einer anderweitigen Erkrankung oder Medikamentenfolge. Die idiopathische Gicht ist in ihrer Genese unklar.

Zu den pathogenetisch wirksamen Mechanismen bei der primären Gicht zählen eine Verminderung der renalen Harnsäureelimination, Enzymdefekte (Mangel an Hypoxanthin-Guanin-Phosphoribosyl-Transferase, gesteigerte Aktivität der 5-Phospho-1-pyrophosphatsynthetase, Mangel an Glucose-6-phosphatase).

Die sekundäre Gicht entsteht bei verschiedenen Störungen: eingeschränkte Nierenfunktion; Medikamente, die über renale Mechanismen Hyperurikämie auslösen wie Diuretika, Nikotinsäure, Ethambutol; übermäßiger Alkoholgenuß; Akkumulation organischer Säuren, die die Harnsäuresekretion kompetitiv hemmen und auftreten bei alkoholbedingter Ketose, diabetischer Ketoazidose und unter Fastenbedingungen.

Überproduktion von Harnsäure tritt auf bei gesteigertem Nukleinsäureumsatz, vor allem bei myeloproliferativen und lymphatischen Syndromen.

Unter den genannten Bedingungen kann sich erstmals ein Gichtanfall manifestieren, so daß ihr anamnestischer Nachweis diagnostische Relevanz besitzt.

Epidemiologie. In Ländern mit hohem Lebensstandard haben 1 bis 3% der männlichen Bevölkerung einen erhöhten Harnsäurespiegel im Serum. Die Geschlechtsverteilung der Gicht beträgt Männer zu Frauen 20 zu 1. Exogene Faktoren – wie schon dargelegt– haben manifestationsfördernde Wirkung.

Tab. 9.14 Kennzeichen der Chondrokalzinose (bzw. des Pseudogicht-Syndroms)

1. Nosologie	Lokalisierte Chondrokalzinose	
	– auf Knie und Faserknorpel beschränkt (Meniskusverkalkung)	
		○ primär doppelseitig
		○ symptomatisch bei vorgeschädigtem Gelenk einseitig
	Polyartikuläre (systematische) Chondrokalzinose	
	– primär, idiotypisch, erblich	
		○ familiär
		○ sporadisch
	– sekundär, symptomatisch, metabolisch	
		○ Hyperparathyreoidismus (primär, sekundär)
		○ Hämochromatose
		○ Diabetes
	Chondrokalzinose der Wirbelsäule	
2. Klinische Erscheinungsbilder		
	– Völlige Latenz	
	– seltene monarthritische Anfälle	
	– häufigere polyarthritische Anfälle	
	– polyarthritisch-chronisches Bild	
	– destruierende Arthropathie	
	– (klinisch stummer) Wirbelsäulenbefall	

Klinisches Bild und Verlauf (Tab. 9.13). Akuter Beginn, mitunter im Zusammenhang mit einer auslösenden Ursache: akuter Infekt, Operation, lokales Trauma. Reichliche Mahlzeiten und Alkoholexzesse wirken manifestationsfördernd. Befallen ist zumeist das Metatarsophalangealgelenk der Großzehe (Podagra) in 80%, seltener Finger- und Handgelenke (Chiragra) in 7%. Bei Befall mehrerer Gelenke überwiegt asymmetrischer Befall.

Allgemeinsymptome wie Fieber, Tachykardie, Kopfschmerzen, Erbrechen treten zeitlich parallel oder auch schon Stunden vorher auf.

Laborbefunde: Leitbefund ist eine erhöhte Harnsäure im Serum. Neben Harnsäurekristallen findet man in der Synovia ebenfalls erhöhte Harnsäurewerte und Leukozytose. Daneben besteht ein für Entzündung typisches laborchemisches Spektrum.

Differentialdiagnose: In der akuten Phase muß vor allem die diagnostische Abgrenzung gegenüber der traumatischen und bakteriellen Arthritis erfolgen. Neben der Hyperurikämie ist bei der Gicht die schlagartige Besserung auf Colchicingabe wegweisend.

Therapie der Gicht und der Pseudogicht. Einzelheiten siehe Lehrbücher der Inneren Medizin.

Laboruntersuchungen

Das grundsätzliche Vorgehen in jeweils erweiterten diagnostischen Schritten gibt Tab. 9.15 wieder.

Untersuchungen werden durchgeführt an

1. Blut einschließlich seiner zellulären Bestandteile und
2. Synovialflüssigkeit.

Tab. 9.15a

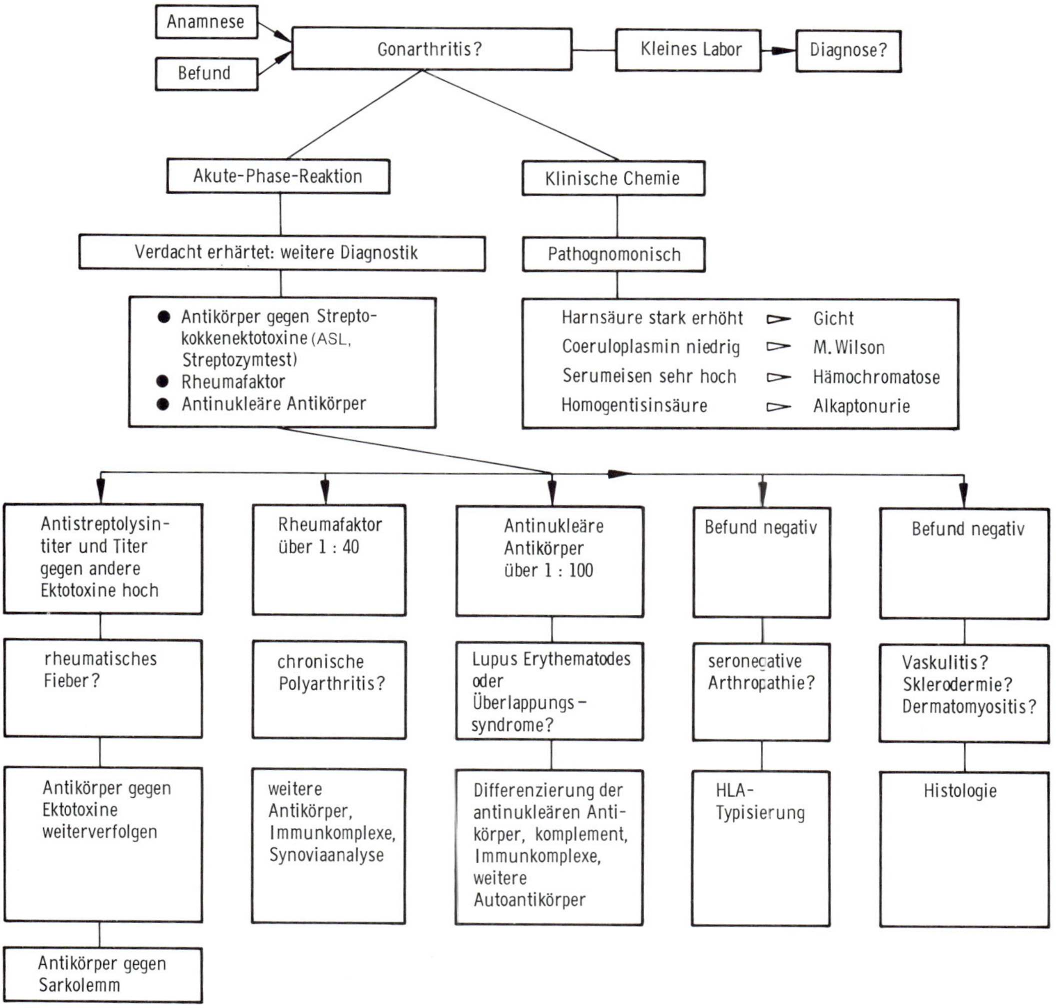

Tab. 9.15 b

Laborchemisches Basisprogramm bei rheumatischen Beschwerden – „Kleines Labor"
Blutsenkungsgeschwindigkeit
Blutbild und Differentialblutbild
Serum-Eiweiß-Elektrophorese
Rheumafaktor (Latextest)
Harnsäure

1. Blutuntersuchungen

Die Reihenfolge der Untersuchungen gibt die Tab. 9.15 wieder. Die diagnostische Wertigkeit der Laborparameter ist unterschiedlich; zur Diagnose führt das Labormosaik. Für den praktischen Arzt ist wichtig, daß viele diagnostisch hochwertige Laborbestimmungen im eigenen Labor leicht durchgeführt werden können; die meisten übrigen werden von Instituten für medizinische Laboratoriumsuntersuchungen angeboten. Einige Spezialuntersuchungen mit teilweise erheblicher Aussagekraft sind an wissenschaftliche Laboratorien gebunden; damit ist keineswegs gesagt, daß sie in Einzelfällen nicht verfügbar sind. Sofern die unter »Kleines Labor« zusammengefaßten Einzelbestimmungen noch keine affirmative Diagnose ermöglichen, sollten Spezialuntersuchungen eingeleitet werden.

a) Klinisch-chemische Analyse und ihre Bewertung

Diagnostisch wegweisende Laborparameter gibt die Tab. 9.15 wieder. Die Bewertung hämatologischer und enzymatischer Parameter enthalten die Tabellen 9.16 u. 9.17. Die Laborwerte der akuten-Phase-Reaktion sind in Tab. 9.18 wiedergegeben: Diese Größen reflektieren einen entzündlichen Prozeß und korrelieren zu dessen Aktivität; vor allem das C-reaktive Protein, das quantifiziert werden kann und bisweilen auf das über Hundertfache der Ausgangskonzentration ansteigt.

b) Serologische Diagnostik bei Verdacht auf reaktive Arthritis

Der Nachweis umfaßt die Bestimmung von Agglutininen gegen die in Tab. 9.1 aufgeführten Erreger, wobei Titerschwankungen erfaßt werden sollten. Yersinien zeigen Kreuzreaktionen mit Brucella abortus und Salmonellen; deshalb sind zu ihrem sicheren serologischen Nachweis Absättigungsversuche erforderlich. Eine lange eingeführte serologische Untersuchung zum Nachweis des akuten rheumatischen Fiebers ist die Bestimmung des Antistreptolysintiters. Bei Verdacht auf eine rheumatische Erkrankung gehört die Bestimmung des AST traditionsgemäß zum diagnostischen Repertoire. Zwei wesentliche Punkte sollen in diesem Zusammen-

Tab. 9.16 Hämatologie

Hypo- bis normochrome Anämie		● sämtliche rheumatische Erkrankungen mit Autoimmunpathogenese
Leukozytose mit Linksverschiebung		● septische Arthritis ● rheumatisches Fieber ● vaskulitische Syndrome ● (chron. Polyarthritis)
Leukopenie	mit relativer Lymphopenie mit relativer Granulozytopenie	● Lupus erythematodes ● *Felty*-Syndrom
Thrombozytose		● chron. Polyarthritis
Thrombozytopenie		Lupus erythematodes
Störung der Gerinnung		Lupus erythematodes

Tab. 9.17 Enzyme

Kreatinphosphokinase	erhöht	Polymyositis Dermatomyositis
Laktatdehydrogenase	erhöht	Dermatomyositis
Aldolase	erhöht	Dermatomyositis
Glutaminsäureoxalessigsäuretransaminase	erhöht	Dermatomyositis

Tab. 9.18 Parameter der akuten Phase-Reaktion

1. Blutkörperchensenkungsreaktionen		erhöht
2. Akute Phase - Proteine		
Serumelektrophorese	Alpha-1	erhöht
	Alpha-2	erhöht
Alpha-2-Caeruloplasmin		erhöht
Alpha-1-Antitrypsin		erhöht
Haptoglobin		erhöht
Fibrinogen		erhöht
C-reaktives Protein		erhöht
Protein SAA (Serum Amyloid A)		erhöht
3. Serum-Eisen		erniedrigt
Transferrin		erniedrigt

hang hervorgehoben werden: 1. Das akute rheumatische Fieber ist in Mitteleuropa außerordentlich selten geworden. Andere reaktive Arthritiden, wie die Yersinia-Arthritis, sind häufiger. Außerdem bleibt nach wie vor gültig, daß das akute rheumatische Fieber sein Inzidenzmaximum im jugendlichen Lebensalter hat. 2. Der zeitliche Zusammenhang einer rheumatischen Erkrankung mit einer Streptokokkenreaktion muß nachgewiesen werden; das ist nur über Titerverläufe möglich. Ein (hoher) Einzeltiter besagt nichts; Kinder im Schulalter haben von vornherein hohe Titer. Bei Verdacht auf rheumatisches Fieber sollte daher wenigstens zweimal (in 14tägigen Abständen) der AST bestimmt werden, dazu die Antikörpertiter gegen weitere Ektotoxine.

Die häufigsten Arthritiden nach Viruserkrankungen werden hervorgerufen durch Hepatitis-B-Virus, Röteln- und Mumps-Virus. Falls die Klinik nicht eindeutig ist, kann die Infektion serologisch gesichert werden.

c) Autoantikörper

Rheumafaktoren: Der Nachweis von IgM-Rheumafaktoren (Latextest, Waaler-Rose-Test) ist das wichtigste serologische Kriterium der chronischen Polyarthritis. Rheumafaktoren sind Autoantikörper gegen den Fc-Teil von immunkomplexgebundenem oder strukturell alteriertem Immunglobulin G. Die klassischen Nachweismethoden weisen nur IgM-Rheumafaktoren nach. Rheumafaktoren vom IgG-Typ finden sich vor allem in der Synovialflüssigkeit. Der Nachweis ist noch nicht standardisiert.

Der Nachweis des Rheumafaktors ist nicht gleichzusetzen mit einer chronischen Polyarthritis: er ist bei anderen Erkrankungen (Tab. 9.19) *anzutreffen,* und er kann bei chronischer Polyarthritis fehlen (sogenannte seronegative Fälle). In der Frühphase der chronischen Polyarthritis ist der Rheumafaktor nur in 50% der Fälle nachweisbar und ist nach mehrjähriger Krankheitsdauer in 74,4% vorhanden.

Tab. 9.19 Auftreten des Rheumafaktors bei rheumatischen und nichtrheumatischen Erkrankungen

A.	Rheumatische Erkrankungen: Chronische Polyarthritis, Lupus erythematodes, „mixed connective tissue disease", *Sjögren*-Syndrom
B.	Akute Virusinfektionen: Infektiöse Mononukleose, Influenza und andere; nach Impfungen
C.	Parasiten-Infektionen: Erkrankungen durch Trypanosomen, Kala-azar, Malaria u. a.
D.	Chronisch-entzündliche Erkrankungen: Tuberkulose, Lepra, Frambösie, Syphilis, Brucellose, subakute bakterielle Endocarditis, Salmonellose
E.	Neoplasmen: nach Bestrahlung oder Chemotherapie
F.	Andere Erkrankungen mit pathologisch erhöhten Immunglobulinwerten: Hypergammaglobulinämische Purpura, Kryoglobulinämie, chronische Lebererkrankungen, Sarkoidose, andere chronische Lungenerkrankungen

Weitere Autoantikörper bei chronischer Polyarthritis. Neben dem Rheumafaktor existieren weitere Autoantikörper, die zum immunologischen Laborspektrum der chronischen Polyarthritis zählen. Keiner von ihnen ist pathognomonisch, kann aber in einzelnen Fällen die Diagnose erhärten.

Antikörper gegen nukleäre Substanzen. Die in diagnostischer Hinsicht wichtigsten Autoantikörper bei der Diagnose von Lupus erythematodes viszeralis, Mischkollagenosen, Sklerodermie, Polymyositis sind die antinukleären Antikörper (ANA), von denen heute mehr als 20 verschiedene Spezifitäten bekannt sind. Wichtigste Nachweismethode ist die indirekte Immunfluoreszenz an Gefrierschnitten oder Zellausstrichen von Mensch und Tier. Mit radioimmunologischen Methoden werden die Antikörper gegen Doppelstrang-DNS (ds-DNS), die pathognomonisch für den Lupus erythematodes sind, gemessen und quantifiziert. Bei der fluoreszierenden Antikörpertechnik können, abhängig vom Typ des antinukleären Antikörpers, verschiedene Fluoreszenzmuster unterschieden werden, denen eine gewisse differentialdiagnostische Bedeutung zukommt.

Auch die exakte Bestimmung des Zielantigens der ANA ist in spezialisierten Laboratorien möglich, womit in einzelnen Fällen die endgültige Diagnose ermöglicht wird.

d) Nachweis von Immunkomplexen

Verschiedene Methoden stehen zur Verfügung, deren Durchführung an Speziallaboratorien gebunden ist. Oft stellt der Nachweis von Immunkomplexen eine wertvolle diagnostische Hilfe dar, zum Beispiel bei vaskulitischen Syndromen und Kollagenosen.

e) Komplementmessungen

Sämtliche Immunkomplexerkrankungen gehen mit Komplementverbrauch einher; vor allem der Lupus erythematodes. Die Bestimmung der gesamthämolytischen Aktivität, der Faktoren C4 und C3 eignet sich zur Beurteilung der Krankheitsaktivität.

f) Bioptische Untersuchungen

Beim systemischen Lupus erythematodes kann man an makroskopisch nicht veränderter Haut Immunkomplexe längs der epidermalen Basalmembran nachweisen, das sogenannte Lupusbandphänomen.

Bei Vaskulitis bei LED und cP können Immunkomplexe, die sich an der Gefäßwand abgelagert haben, immunhistologisch nachgewiesen werden. Bei chronischer Polyarthritis ist der Nachweis von immunglobulinproduzierenden Plasmazellen immunhistologisch möglich.

g) Gewebetypisierung

Viele rheumatische Systemerkrankungen sind mit bestimmten Histokompatibilitätsantigenen assoziiert. Besonders von Bedeutung ist das gehäufte Auftreten von HLA-B27 bei Morbus *Bechterew* und anderen Spondylarthropathien; umso mehr, als dieses Gewebeantigen in der Gesamtpopulation selten ist.

Auch andere HLA-Antigene können wichtige Hinweise auf das Vorliegen einer bestimmten Erkrankung geben, wobei immer betont werden muß, daß letztlich erst das Mosaik der Laborbestimmungen zur Diagnose führt.

Eine ganz besondere Bedeutung hat in Zukunft auch die Untersuchung von Oberflächenantigenen bestimmter Lymphozytensubpopulationen (pauciartikuläre juvenile rheumatoide Arthritis).

2. Synoviauntersuchungen

Eine Synoviaanalyse sollte bei jedem Patienten mit Gelenkerkrankung angestrebt werden. Kristallarthropathien, septische Arthritiden, mitunter auch der Lupus erythematodes bieten pathognomonische Befunde. Führt die Synoviaanalyse allein nicht zur Diagnose, stellt sie in jedem Fall eine wertvolle Ergänzung zu den sonst erhobenen Befunden dar. Wenige Tropfen genügen, um qualitative Aussagen über die Ergußbeschaffenheit zu machen, um einen Ausstrich anzufertigen und um eine Zellzählung durchzuführen. Bei ausreichend Material eröffnen sich weitere Möglichkeiten der Analyse.

Tab. 9.20 HLA-Assoziation verschiedener rheumatischer Erkrankungen

Erkrankung	Assoziiertes Antigen	relatives Risiko in %
Ankylosierende Spondylitis	HLA - B 27	88.00
Endemisches Reitersyndrom	- B 27	36.00
Psoriasis-Arthritis mit	- B 27	8.6
Wirbelsäulenbeteiligung	- Bw 38	9.0
Arthropathien nach Infektionen mit		
○ Yersinien	HLA - B 27	24.0
○ Salmonellen	- B 27	18.0
○ Shigellen	- B 27	18.0
Chronische Polyarthritis	HLA - DR 4	7.2
Morbus Behçet	- B 5	7.5
Sjörgen-Syndrom	- B 8	3.2
Psoriasis vulgaris ohne	HLA - B 27	2.5
Gelenkbeteiligung	HLA - Bw 38	4.5
Juvenile rheumatoide Arthritis	TMo	67.7

a) Einzelschritte bei der Synoviaanalyse

1. Punktion unter streng aseptischen Bedingungen (siehe Kapitel 2).
2. Qualitative Beurteilung: Farbe – Trübung – Blutbeimengung – Xanthochromie – Viskosität (siehe Kap. 2).
3. *Bestimmung der Zellzahl, Zelldifferenzierung.* Zellzählung in der *Neubauer*-Kammer: Frische Synovialflüssigkeit wird mit der Leukozytenpipette aufgezogen, wobei die Gelenkflüssigkeit mit EDTA (3 mg/ml) ungerinnbar gemacht wird. Als Verdünnungsflüssigkeit dient physiologische Kochsalzlösung, Marcano-Lösung oder Gentianaviolett. *Die Verwendung von Essigsäure ist nicht möglich, da sie zur Mucinausfällung führt.*

   Für das Differentialzellbild wird frische Gelenkflüssigkeit (mit EDTA- oder Heparinzusatz) 10 min bei 1000 U/min zentrifugiert und vom Sediment Ausstriche angefertigt. Die panoptische Färbung nach *Pappenheim* ermöglicht eine optimale Differenzierung der Zellen.
4. *Beurteilung des Synovialzellbildes.* Nichtentzündliche Gelenkerkrankungen sind im Synovialzellbild eindeutig von den entzündlichen abgrenzbar. Entzündliche Gelenkerkrankungen zeigen in der Regel eine ausgeprägte Granulozytose, wobei die Kerne häufig übersegmentiert sind; vor allem bei chronischer Polyarthritis. Ob den sogenannten Ragozyten eine differentialdiagnostische Bedeutung zukommt, ist umstritten. (Ragozyten sind Zellen, die im Zytoplasma traubenförmige Inklusionen aus Immunkomplexen, Zell- und Knorpelabbauprodukten enthalten; eine Spezialfärbung dieser Zellen ist die *Sternheimer-Malbin*-Färbung). Unter den »*Reiter*-Zellen« versteht man große Monozyten, welche polymorphkernige Leukozyten mit pyknotischen Kernen phagozytiert haben. Sie sind nicht für das *Reiter*-Syndrom pathognomonisch, treten aber bei dieser Erkrankung am häufigsten auf.
5. *Kristalle.* (Tab. 9.21). Der ungefärbte Ausstrich wird polarisationsoptisch untersucht. Bei der Gicht findet man Mononatriumuratkristalle in Nadelform, häufig (und pathognomonisch) von Leukozyten phagozytiert, intrazellulär. Bei der Chondrokalzinose (Pseudogicht) treten Kalziumpyrophosphatkristalle auf, die im Gegensatz zu den Mononatriumuratkristallen in 10%iger EDTA-Lösung löslich sind. Eine eindeutige Differenzierung wird durch infrarotspektroskopische und andere kristalloptische Verfahren möglich. – Nach intraartikulärer Injektion von Kortikosteroiden (Kristallsuspensionen) sind häufig Medikamentenkristalle nachweisbar, die beim Ungeübten zu differentialdiagnostischen Fehlinterpretationen führen können.
6. *Serologisch-immunologische Untersuchungen.* Vorbehandlung der Ergußflüssigkeit: Abtrennung der geformten Elemente durch Zentrifugation der Synovialflüssigkeit über 10 min bei 3000 U/min. Zu 5 ml Synovialflüssigkeit vom Überstand werden 750 IE Hyaluronidase zugegeben (entsprechend 250 µl einer Hyaluronidaselösung in physiolog. NaCl von 3000 IE/ml) und der Überstand 30 min bei 37°C inkubiert. Aus dem so vorbehandelten Erguß können wie aus dem Serum Untersuchungen durchgeführt werden: Quantitative Bestimmung der Immunglobuline (IgG, IgA und IgM), Bestimmung des Komplements (C3, C4, gesamthämolyti-

Tab. 9.21 Eigenschaften von Urat- und Kalziummikrokristallen

	Uratkristalle	Kalziumphosphatkristalle
Form	Angespitzte, spitz zulaufende oder abgerundete Stäbchen	Stäbchen mit rechteckigen Rändern
Größe	meist über 10 µ	meist unter 5 µ
Polarisation	stark negative Doppelbrechung	schwach positive Doppelbrechung
Auflösung der Kristalle	durch Urikase	durch EDTA

sche Aktivität), Rheumafaktoren (IgM, IgG), antinukleäre Faktoren und zirkulierende Immunkomplexe. Zur Beurteilung der Immunglobulinkonzentrationen und der Komplementkonzentrationen ist eine Umrechnung über den Proteingehalt des Punktates auf den Gesamteiweißwert des Serums notwendig.

7. *Klinisch-chemische Untersuchungen.* Wird die Viskosität der Synovialflüssigkeit herabgesetzt, ist die Untersuchung sogar im Autoanalyzer möglich. Beim entzündlichen Erguß finden sich erniedrigte Glucose- und erhöhte Lactatkonzentrationen, erhöhte Triglyzerid- und Cholesterinkonzentration, angestiegene Aktivität der glykolytischen Enzyme wie LDH, Aldolase, schließlich ein Anstieg der lysosomalen Enzyme.

Therapie

Ein streng monoartikulärer Prozeß in Form der Kniegelenksarthritis mit Entzündungszeichen erfordert zunächst symptomatisches Vorgehen, wobei vor allen therapeutischen Maßnahmen eine Gelenkinfektion ausgeschlossen werden muß.

Die Intensität der therapeutischen Maßnahmen wird bestimmt durch folgende Größen: 1. Ursache der Arthritis; 2. Ausmaß der entzündlichen Veränderungen; 3. Dauer der Arthritis.

Die Behandlungsmaßnahmen können sich auf das Gelenk selbst konzentrieren – lokale Therapie –, oder sie können systemisch sein: dazu zählen in erster Linie die verschiedenen Möglichkeiten der medikamentösen Behandlung.

a) Nichtsteroidale Antirheumatika, lokale Therapie mit Kortikosteroiden und Cyclophosphamid

Metaboliten der Arachidonsäure (Prostaglandin-Endoperoxide und Prostaglandine) entstehen infolge von Zellwandläsionen und induzieren die Entzündungsreaktion. Nichtsteroidale Antirheumatika sind Hemmstoffe der Bildung von Prostaglandinen. Das Ausmaß ihrer Hemmwirkung auf die Prostaglandinsynthese korreliert mit ihrer therapeutischen Wirksamkeit.

Tab. 9.22 Möglichkeiten der Behandlung bei Arthritis des Kniegelenkes (nicht Kristallarthropathien)

1. Medikamentös	systemisch	intraartikulär (= lokal)
Nichtsteroidale Antirheumatika	+	
Synthetisches ACTH	+	
Kortikosteroide	+	+
Cyclophosphamid	+	(+)
Chrysotherapie	+	
D-Penicillamin	+	
Immunsuppressiva	+	
2. Synoviorthese		
Yttrium-90		+
Osmiumtetroxyd		+
Varicocid		+
3. Chirurgisch		
Synovektomie		+

Tab. 9.23

Substanzgruppe	Präparate
Acetylsalicylsäure	Aspirin Colfarit
Arylessigsäurederivate	Amuno Voltaren Proxen u. a.
Arylpropionsäurederivate	Alrheumun Froben u. a.

Die einzelnen nichtsteroidalen Antirheumatika unterscheiden sich in der Wirkstärke und Wirkungsdauer; jedoch nicht grundsätzlich im Profil erwünschter und unerwünschter Nebenwirkungen.

Hinsichtlich der substanzabhängigen toxischen Wirkungen sind die Phenylbutazongruppe und die Anthranilsäurederivate an erster Stelle zu nennen. Relativ gut verträglich sind – neben der Acetylsalicylsäure – Substanzen der Arylessigsäure- und Arylpropionsäuregruppe.

Einige empfehlenswerte Präparate faßt Tab. 9.23 zusammen.

Trotz der prinzipiellen Austauschbarkeit der Präparate sollte der Arzt sich für einige wenige Substanzen entscheiden, damit er Therapieerfahrung sammelt.

Kommt es bei akuter Arthritis nach mehrwöchiger Behandlung mit nichtsteroidalen Antirheumatika zu keiner Besserung, kann ein Versuch mit intraartikulärer Kortikosteroidapplikation gemacht werden: Eine zwei- bis dreimalige Verabreichung dieser Präparate (Kristallsuspensionen, Dosis ca. 40 mg Prednisolonäquiv.) ist vertretbar. – Cyclophosphamid hat gegenüber den Kortikosteroiden den Vorteil, daß es die zelluläre Proliferation der Synovialmembran wesentlich stärker unterdrückt. Es muß allerdings in Abständen von zwei bis drei Tagen mehrfach injiziert werden.

b) Synoviorthese

Durch Fibrosierung des Stratum synoviale wird im entzündlich veränderten Gelenk die Sy-

Tab. 9.24 Möglichkeiten der Synoviorthese

Substanz	Dosis	Bemerkung
Cyclophosphamid	200-300 mg, 3- bis 6 mal	
Yttrium-90	4 bis 6 mCi	Kniegelenk
Rhenium-186		kleine Gelenke
Erbium-169		
Osmiumtetroxyd	10 ml 1%ige Lösung (100 mg)	nur am Knie, Kombination mit Anästhetika!
Varicocid	6 ml, 5%ige Lösung	

Tab. 9.25 Maßnahmen der Physiotherapie

Verfahren	therapeutisches Ziel
Lagerung	Verhinderung von Kontrakturen: Für das entzündete Kniegelenk gilt: flache Rückenlage - gestreckte Hüfte und Knie
Isometrische Spannung in der Phase der Ruhigstellung	Vermeidung von Inaktivitätsatrophie der Muskulatur
Anwendung von Wärme und Kälte	Akute Entzündung: lokaler Wärmeentzug durch kalte Packungen, evt. Eis (Kryotherapie). Remission: Wärmeanwendung zur Unterstützung reparativer Vorgänge
Entstauung, Schmerzstillung	Elektrotherapie (niederfrequente Ströme), vorsichtige Muskelmassagen
Bewegungstherapie	aktiv: alle nichtbetroffenen Gelenke; kontrakturvorbeugende, assistierte Bewegung des kranken Gelenkes; Training der gelenkbedienenden Muskulatur.

novialmembran funktionell ausgeschaltet. Die Durchführung der Behandlung ist auch in der Praxis möglich. In günstigen Fällen bleibt ein so behandeltes Gelenk zwei und mehr Jahre beschwerdefrei. Vorteile der chemischen oder radiologischen Synoviorthese gegenüber der chirurgischen Synovektomie sind: 1. eine Operation mit möglichen Komplikationen und konsekutiver Immobilitätsperiode ist nicht erforderlich. 2. das Verfahren ist billiger. 3. das Verfahren ist für Patienten angenehmer. Deshalb ist insbesonders für ältere Patienten die Synoviorthese eine echte Alternative zur Synovektomie.

c) Chirurgische Synovektomie

Die chirurgische Intervention ist indiziert bei 1. persistierender therapierefraktärer Monoarthritis, ohne daß gleichzeitig systemisch eine hohe entzündliche Aktivität nachgewiesen werden kann. 2. bei ausgeprägter Pannusbildung. Mit günstigen Resultaten vor allem am Kniegelenk kann gerechnet werden.

d) Antirheumatische Basistherapie und systemische Kortikosteroidtherapie: siehe Lehrbücher der Inneren Medizin und der entzündlich-rheumatischen Erkrankungen

e) Physiotherapeutische Maßnahmen

Aus Platzgründen können hier nur einige Richtlinien genannt werden; grundsätzlich soll ein rheumatisch affiziertes Gelenk bewegt werden, denn die Hauptgefahr ist die Kontraktur. Andererseits muß im Stadium der floriden Arthritis das Gelenk geschont werden. Physiotherapeutische Maßnahmen müssen beide Faktoren berücksichtigen.

Physikalische und Ergotherapie stellen wesentliche Maßnahmen der Behandlung dar. Rationaler Einsatz berücksichtigt die aktuelle pathophysiologische Situation.

Praktische Hinweise

Dem niedergelassenen Arzt steht die Möglichkeit zur Verfügung, durch Versand von Serum und Synovia an klinisch-chemische, bakteriologische und pathologische Institute sich Befunde zu verschaffen, die ihm in der Praxis die Diagnose einer entzündlichen Gelenkerkrankung ermöglichen; vor allem dann, wenn der Patient nicht selbst in einer Spezialambulanz vorgestellt werden kann.

1. Blutuntersuchungen

Für den Nachweis von Autoantikörpern genügen wenige Milliliter Serum, die – frisch gewonnen – mit der Post verschickt werden können. Rheumafaktoren werden ebenfalls aus dem Serum bestimmt (Postversand). Für klinisch-chemische Analysen ist meist ein regionales Laboratorium in Reichweite. Anweisungen, die Verarbeitung und den Versand des Materials betreffend, sind Informationsmanualen zu entnehmen, die jedes gute Laboratorium zur Verfügung stellt.

Die HLA-Typisierung erfordert vitale Patientenlymphozyten. *Bestimmung in auswärtigen Laboratorien ist möglich, wobei sich allerdings Versand per Eilboten empfiehlt.* Wochenenden müssen berücksichtigt werden. (0,2 ml Liquemin 25 000 werden in einer Spritze aufgezogen und mit 20 ml Vollblut gemischt. In dieser Form sind die Lymphozyten bei Raumtemperatur 24 Stunden haltbar).

Für serologisch-bakteriologische Untersuchungen kann ebenfalls Serum verschickt werden, wobei allerdings bestimmte Untersuchungen an spezielle Institute gebunden sind.

2. Synoviaanalyse

Vor einer Gelenkpunktion müssen klare Vorstellungen darüber bestehen, was mit der Punktionsflüssigkeit geschehen soll; d. h.: die weiteren Untersuchungen müssen vorbereitet sein. Da die Punktion Einblicke in ein Kompartiment erlaubt, wo sich die wesentlichen pathophysiologischen Vorgänge abspielen, wäre es nicht verständlich, die sich daraus ergebenden diagnostischen Vorteile nicht zu nutzen! Für die Untersuchung im eigenen Labor sind bereits Hinweise gegeben worden. Für den Versand muß der Erguß wie folgt verarbeitet werden:

1. Aufnahme von Ergußflüssigkeit in ein steriles Röhrchen, sofortige Weiterleitung in ein bakteriologisches Institut.
2. Ausstriche: ein eitriger Gelenkerguß wird auf dem Objektträger ausgestrichen und mit

SPRAYFIX fixiert. Immer sollten mehrere Ausstriche angefertigt werden.

Bei entzündlichen Ergüssen muß für die zytologische Untersuchung der Erguß zunächst zentrifugiert werden (ca. 1000 g), das Sediment wird auf dem Objektträger ausgestrichen und fixiert. (Eine weitere Möglichkeit, aus verschiedenen Körperflüssigkeiten Zellen zu isolieren, ist die Verwendung von *MILLIPORE-Filtern:* Die Flüssigkeit wird über den Filter, der über das Ansatzstück einer Spritze gesteckt wird, ausgepreßt. Zellen bleiben auf dem Filter liegen und stehen für ein Abklatschpräparat zur Verfügung.)

Serologische und klinisch-chemische Untersuchungen, die an Synovia durchgeführt werden sollen, sollten mit dem entsprechenden Labor vorher besprochen werden.

Literatur

Standardwerke und Kompendien der Rheumatologie

Albrecht, H. J.: Rheumatologie für die Praxis (Hoffmann-La Roche, Grenzach-Wyhlen 1974)

Dubois, E. L.: Lupus erythematousus. University of Southern California Press, Los Angeles 1976

Katz, W. A. : Rheumatic diseases. Diagnosis and management. Lippincott, Philadelphia 1977

Kelly, W., Harris, E. Ruddy, W. und *Sledge, C.:* Textbook of Rheumatology. W. B. Saunders Company, Philadelphia 1981

Miehlke, K., Wessinghage, D.: Entzündlicher Rheumatismus, Springer Verlag, Berlin/Heidelberg/New York 1976

Differentialdiagnose der rheumatischen Erkrankungen

Keitel, W.: Differentialdiagnostik der Gelenkerkrankungen, VEB Gustav Fischer Verlag, Jena 1979

Müller, W., Schilling, F.: Differentialdiagnose rheumatischer Erkrankungen. Aesopus Verlag, München 1977

Therapie rheumatischer Erkrankungen

Mathies, J., Wagenhäuser, F. J., Siegmeth, W.: Richtlinien zur Therapie rheumatischer Erkrankungen. Eular Publishers, Basel 1980

Labordiagnostik

Deicher, H.: Untersuchungsmethoden der Gelenkflüssigkeit. In: *R. Schoen, A. Boeni, K. Miehlke:* Klinik der rheumatischen Erkrankungen. Springer Verlag, Berlin 1970

Fudenberg, H. et al.: Basic & Clinical Immunology. Lange Medical Publications, Los Altos 1980

Thomas, L.: Labor und Diagnose, Die Medizinische Verlagsgesellschaft. Marburg/Lahn 1978

Referenzadressen für die Durchführung spezieller Untersuchungen

1. Pathologisch-anatomische Untersuchungen
   Prof. H. G. Fassbender, Zentrum für Rheumatologie, Kleine Windmühlenstraße 2 A, 6500 Mainz
   Prof. W. Mohr, Abt. Pathologie, Universität Ulm, Oberer Eselsberg, M 23, 7900 Ulm
2. Immunbiologische Untersuchungen
   Institut für Immunologie und Klinische Pathologie, Postfach 5609, Kriegstraße 99, 7500 Karlsruhe *(Prof. H. P. Seelig, Dr. R. Seelig)*
   Rheumaforschungsinstitut der Rheumaklinik Landesbad, Burtscheider Markt 24, 5100 Aachen
   Institut und Poliklinik für Immunologie und Rheumatologie, Krankenhausstraße 12, 8520 Erlangen (*Prof. J. Kalden*)
   Abteilung Klinische Immunologie, Medizinische Hochschule, Karl-Wiechert-Allee 9, 3000 Hannover (*Prof. H. Deicher*)
   Medizinische Universitäts-Polyklinik, Rodthohl 6, 6300 Gießen, (*Prof. K. Federlin*)
   Rheumatologische Ambulanz der II. Med. Univ. Klinik und Institut für Medizinische Mikrobiologie der Universität Mainz, Langenbeckstraße 1, 6500 Mainz (*Prof. E.-M. Lemmel*)
3. Bakteriologisch-serologische Untersuchungen
   Institut für Hygiene und Mikrobiologie der Universität Erlangen-Nürnberg, Wasserturmstr. 3, 8530 Erlangen (*Prof. W. Knapp*): Yersinien-Serologie

Der Großteil möglicher Analysen wird durch regionale Institute in der Regel zuverlässig erledigt. Die Referenzliste erhebt auch keinen Anspruch auf Vollständigkeit, und sie stellt keine Wertung dar.

10. Das infizierte Kniegelenk

G. Lob

Die Infektion des Kniegelenkes ist relativ selten. So berichtet *Dick* (5) in einer Sammelstatistik aus 6 Kliniken über 3714 Kniegelenksarthroskopien, bei denen kein einziger postoperativer Infekt aufgetreten war. Die Auswertung der rekonstruktiven Eingriffe am Kniegelenk in unserer Klinik aus den Jahren 1975 bis 1980 ergab 3719 Operationen an Bändern, Kapsel und Menisken, wobei Eingriffe am Knochen nicht mitgerechnet wurden. Postoperativ traten 2 Kniegelenksinfekte = 0,06% auf.

Im gleichen Zeitraum wurden an unserer Klinik jedoch 24 Kniegelenksinfekte verschiedener Genese behandelt. 4 Infekte waren nach Implantation einer Kniegelenksendoprothese entstanden.

Die Infektion des Kniegelenkes ist besonders gefährlich, da häufig Dauerschäden zurückbleiben, die die Funktion erheblich einschränken.

Pathogenese

Das Kniegelenk besteht vereinfacht aus einem Hohlraumsystem, das ausgekleidet ist von Synovia, Gelenkkapsel und hyalinem Knorpel. Bakterien finden hier einen idealen Nährboden. Das bradytrophe Knorpelgewebe ist sehr empfindlich gegen pH-Verschiebungen und leistet nur eine geringe eigene Infektabwehr (26). Die physiologische Ausgewogenheit der Synovialflüssigkeit ist Voraussetzung für die Erhaltung des Knorpels (Tab. 10.1).

Tab. 10.1 Zusammensetzung der Synovialflüssigkeit – Kniegelenk

Hyaluronsäure	1 000 000 – 2 000 000 MG
Viskosität	50 - 100 rel
pH	7,2 – 7,4
Kollosmot. Druck	25 mm H_2O
Menge	2 – 4 cm^3
Feststoffe	51,5%

Die Infektion kann hämatogen entstehen oder durch Eindringen der Keime auf direktem Wege von außen. Man spricht dann von einer exogenen oder posttraumatischen Infektion (Tab. 10.2).

An der hämatogenen Infektion erkranken vor allem Kinder. Beim Säugling bis zu sechs Wochen ist die körpereigene Infektabwehr noch nicht voll ausgebildet. Die antibakteriellen Antikörper stammen von der Mutter. Bei hämatogener Aussaat (Nabelschnurinfekt, Mittelohreiterung, Impetigo contagiosa usw.) kann es zu einer bakteriellen Ansiedelung in den Epiphysenfugen kommen. Diese Form der Erkrankung ist durch die spezielle Gefäßanordnung erklärbar: Die Kapillaren gehen in weite venöse Sinus der Wachstumsfuge über. Der Durchfluß pro Zeiteinheit in diesen Sinus ist langsam, so daß Keime an den Gefäßwänden haften können. Hinzu kommt eine hier besonders niedrige Zahl an phagozytierenden Zellen, was wiederum einer verminderten zellulären Abwehr entspricht (16). Die betroffenen Kinder werden mit Schonhaltung der Extremität zum Arzt gebracht. Es findet sich häufig ein Gelenkerguß, der zunächst als begleitender Erguß auf das Geschehen in der Wachstumszone hinweist. Erst später nach Durchbruch der Eiterung kommt es zum echten Kniegelenksempyem. Bei Säuglingen verläuft die Infektion eher schleichend, während ältere, reaktionsfähige Kinder stürmisch mit Fieberschüben, Schüttelfrost, Erbrechen, Unruhe und Benommenheit reagieren (4).

Die hämatogene Kniegelenksinfektion beim Erwachsenen ist selten. Bei bestimmten Grunderkrankungen sollte man jedoch bei Kniegelenksergüssen an diese Möglichkeit denken. So sind zum Beispiel alle Patienten unter immunsuppressiver Therapie besonders gefährdet (Nierentransplantation!). Patienten mit Agranulozytose oder sonstigen Immundefiziten erkranken ebenfalls relativ häufig an hämatogenen Gelenkinfekten. Das gleiche gilt für Patienten mit alloplastischem Gelenkersatz, da alle implantierten Kunstgelenke einen Locus minoris resistentiae darstellen (2).

Die posttraumatische Infektion des Kniegelenkes entsteht durch Eindringen von Keimen aus der Umwelt. Die Bakterien werden entweder

Tab. 10.2 Pathogenese der Infektion des Kniegelenks

	posttraumatisch		hämatogen	
primär	offene Gelenksverletzung Injektion Punktion Operation		spezifisch unspezifisch	Tbc Gonorrhoe Staphylokokken
sekundär	Osteitis:	Femur Patella Tibia	paraartikuläre Infektion: Bursitis	

durch eine offene Verletzung, Punktion, Injektion oder Operation eingeschleppt. Die Infektion kann auch sekundär durch Einwanderung aus der unmittelbaren Nachbarschaft des Gelenkes entstehen, so nach infizierten paraartikulären Bagatellverletzungen, infizierten Schleimbeuteln und Frakturen von Femur, Patella und Tibiakopf (3, 24, 25).

Tab. 10.3 Wirkung und Nebenwirkung der Kortikoide

erwünscht	unerwünscht
antiphlogistisch	Immunsuppression (Infektionsgefahr)
antiallergisch	Osteoporose
antitoxisch	Magen-Ulcus
antipyretisch	Diabetes
analgetisch	Glaukom
	Psychose

Besonders muß auf die Gefahr der intraartikulären Steroidinjektion hingewiesen werden (Tab. 10.3). Bereits 1968 berichtete *Perret* (19) über 121 schwere Kniegelenksempyeme nach Steroidinjektion. Steroide weisen neben ihren erwünschten Wirkungen erhebliche hoch gefährliche Nebenwirkungen auf (12). So konnte *Stelzner* (21) zeigen, daß schon bei einer sehr geringen Bakterienmenge zusammen mit Steroiden und einer Minderdurchblutung ausgeprägte Gelenkinfektionen entstehen. Die Injektion von Steroiden in ein Gelenk bedarf daher der speziellen Indikation und speziellen Technik.

Bakteriologie

Es muß unterschieden werden zwischen spezifischer und unspezifischer Infektion des Kniegelenkes.

Die spezifischen Infektionen entstehen fast alle hämatogen, so bei Tuberkulose, Gonorrhoe, Brucellose, Typhus und anderen. Die unspezifischen hämatogenen Gelenkinfekte sind zu 50% durch Staphylokokken oder Streptokokken hervorgerufen. Es können jedoch auch alle anderen Keimarten beteiligt sein.

Bei offenen Verletzungen des Kniegelenkes sind die Keime vom Ort der Verletzung abhängig (Landwirtschaft, Straßenverkehr, Krankenhaus usw.).

Besonders gefährlich sind die nach Punktion, Injektion oder Operation entstandenen Gelenkinfekte. Es handelt sich meistens um Keime, die bereits dem menschlichen Milieu angepaßt sind und häufig gegen Antibiotika Resistenzen aufweisen (Hospitalkeime).

Bei der nicht sachgemäßen Behandlung mit Spüldrainagen kann es zum Keimwechsel kommen. Es finden sich dann sogenannte Naßkeime wie zum Beispiel Pseudomonas aeruginosa (3).

Diagnostik

Die Diagnose »infiziertes Kniegelenk« muß frühzeitig gestellt werden. Nur die sofortige chirurgische Behandlung kann einen Infektschaden des Knorpels verhindern und damit vor einem Dauerschaden mit Funktionseinbuße und Arthrose schützen (1, 3, 17).

Jede Verletzung im Gelenkbereich löst ein Begleitödem und einen mehr oder weniger starken Gelenkerguß aus (7). Der akute Gelenkinfekt ist vom posttraumatischen Gelenkerguß durch Anamnese und Inspektion des Kniegelenkes meist leicht abgrenzbar. Es finden sich alle Zeichen der Entzündung:

- Heftiger Schmerz mit Fixation des Gelenkes in leichter Beugestellung.

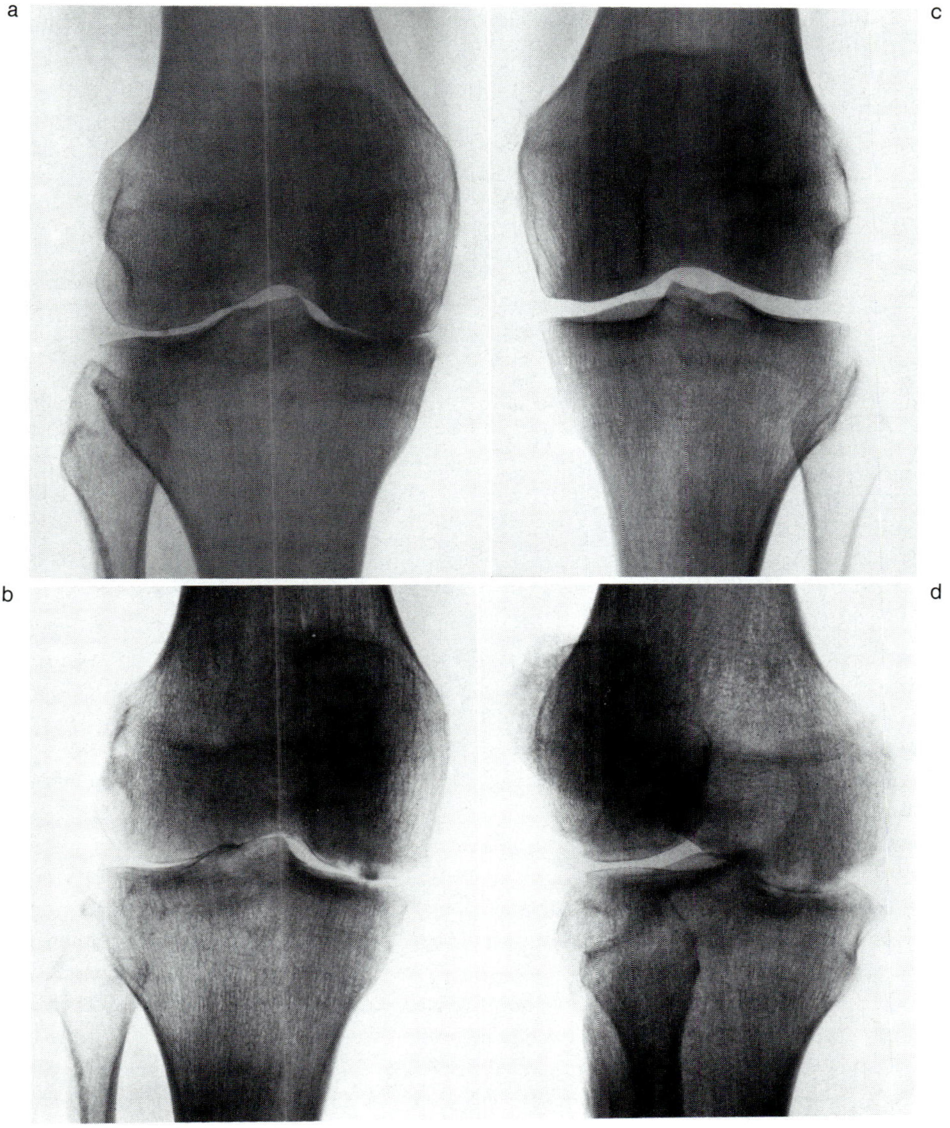

Abb. 10.1
a) Empyem nach Kortikoid-Injektion, medial beginnende feine Usuren der Kortikalis
b) Gesundes Kniegelenk der gleichen Patientin
c) Fortschreitende Knorpelzerstörung, Knochendefekt medial
d) Im Schrägbild ist der Knochendefekt an der medialen Oberschenkelrolle gut erkennbar.

- Schwellung durch den Gelenkerguß mit mehr oder weniger starkem Tanzen der Patella.
- Rötung des gesamten Gelenkbereiches, besonders stark beim Infekt (Vergleich zur Gegenseite).
- Überwärmung des gesamten Gelenkbereiches ebenfalls besonders stark beim Infekt (Vergleich zur Gegenseite) (1/25).

Der Patient ist häufig schwer krank, es finden sich frühzeitig septische Temperaturen. Die Laborwerte sind wie bei anderen akuten Infektionen verändert. Die BKS ist stark erhöht, es kommt zur Leukozytose mit Linksverschiebung der Granulozyten.

Der Bakteriennachweis durch Kniegelenkspunktion erhärtet die Diagnose (11). Die Ge-

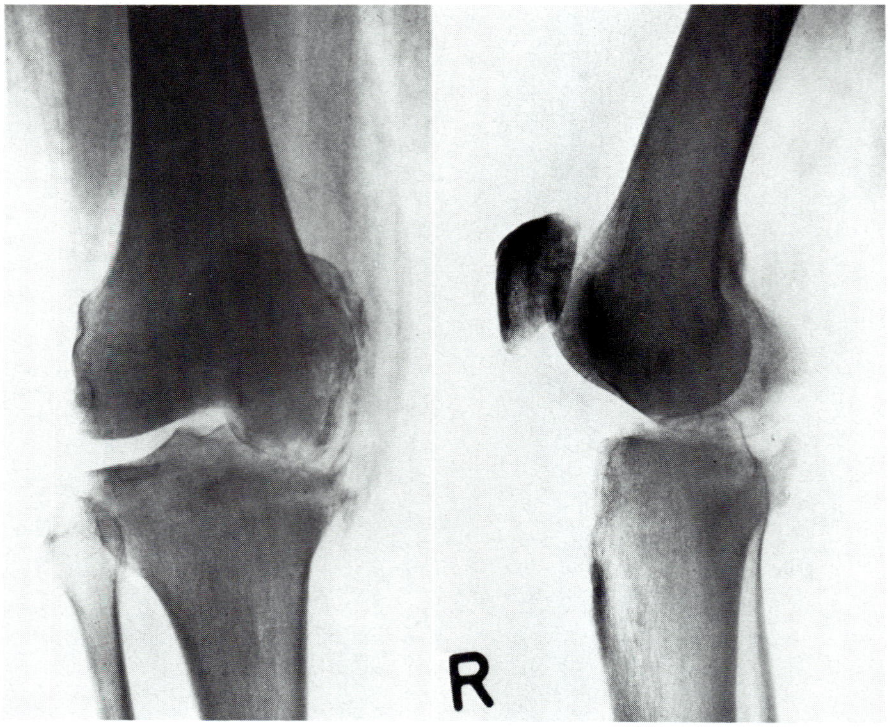

Abb. 10.2
a) Zerstörung der medialen Gelenkanteile nach Bandrekonstruktion und postoperativem Infekt, ap.-Aufnahme
b) seitliche Aufnahme

lenkpunktion ist zunächst ein aseptischer operativer Eingriff, der als solcher geplant und vorbereitet sein muß.

Ein purulenter Gelenkerguß bei der Aspiration ist ausreichend, um die sofortige chirurgische Revision einzuleiten. Gelingt der Nachweis von Bakterien nicht, so können in sehr seltenen Fällen Pilz- oder Virusinfektionen vorliegen, die entsprechend verifiziert und gezielt behandelt werden müssen.

Die Differentialdiagnose zu den spezifischen Infekten, wie zum Beispiel Gonorrhoe oder Tuberkulose ist ebenfalls durch die Bakteriologie gegeben (20).

Für einen Gichtanfall sind die auf ein Gelenk beschränkten Beschwerden, der akute Beginn und natürlich der Harnsäurespiegel beweisend.

Die Erkrankungen des rheumatischen Formenkreises lassen sich durch Anamnese und Serologie abgrenzen.

Das Röntgenbild zeigt beim akuten Kniegelenksinfekt allenfalls eine Verbreiterung des Gelenkspaltes, der durch den Flüssigkeitsstau bedingt ist. Knöcherne Lysezeichen können frühestens 14 Tage nach Krankheitsbeginn festgestellt werden. Sind bereits Lysezeichen vorhanden, so müssen sie durch wöchentliche Röntgenaufnahmen in ihrem Verlauf kontrolliert werden (3) (Abb. 10.1 a–d).

Auch die chronische Kniegelenksinfektion ist leicht zu diagnostizieren (14) (Abb. 10.2a, b). Meistens finden sich Fisteln oder ausgedehnte Vernarbungen nach früheren Fistelschüben. Eine Fistelfüllung kann das Ausmaß der Gelenkveränderung demonstrieren. Durch Röntgenschichtaufnahmen oder durch die Computertomographie werden Defekte genau dargestellt und lokalisiert.

Keinen zusätzlichen Vorteil bringt die routinemäßige Anwendung von Arthroskopie, Arthrographie oder Knochenszintigramm beim infizierten Kniegelenk.

Therapie

Nur eine schnelle operative Revision kann die Zerstörung eines infizierten Kniegelenkes verhindern (Tab. 10.4) (Abb. 10.3 a, b).

a

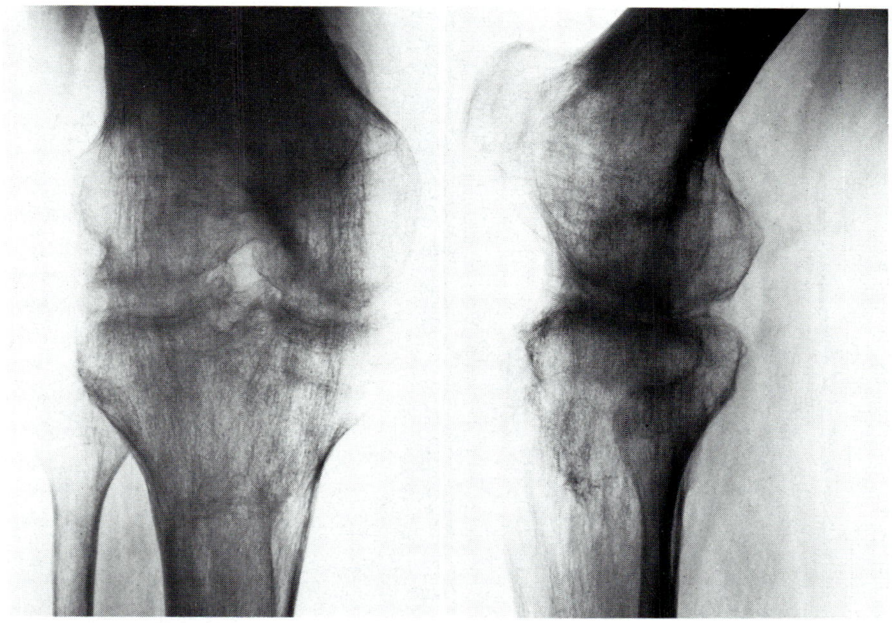

b

Abb. 10.3
a) Zustand nach offenen Frakturen des Ober- und Unterschenkels. Mehrfache Operationen mit Osteitis und Pseudarthrose, ein Jahr Beckengips. Kniegelenksempyem, spontane knöcherne Durchbauung in zu starker Beugestellung, ap.-Aufnahme
b) seitliche Aufnahme

Tab. 10.4 Das infizierte Kniegelenk muß sofort chirurgisch behandelt werden

Sofortige Diagnose	Verspätete Erkennung
▼	▼
Ruhigstellung	Zerstörung des Knorpels
▼	▼
Sofortige operative Revision	Fortgeleitete Osteitis
▼	▼
Spül-Saugdrainage/ Antibiotika	Verlust des Gelenkes
▼	▼
Restitutio ad integrum möglich	Arthrodese

Für die Praxis ist streng zu unterscheiden zwischen der extraartikulären Infektion, zum Beispiel der infizierten Bursa praepatellaris und der echten Infektion des Kniegelenkes.

Die extraartikuläre Infektion muß so behandelt werden, daß keine Bakterien in das Gelenk eingeschleppt werden. Jeder paraartikuläre Verhalt wird ausgiebig eröffnet und drainiert. Das Kniegelenk wird ruhiggestellt. Häufig finden sich sympathische, nicht infizierte Kniegelenksergüsse. Kniegelenkspunktionen bei infizierten Weichteilen und nicht sicher infiziertem Gelenk sind daher kontraindiziert.

Bereits beim Verdacht auf einen Kniegelenksinfekt wird das Gelenk in leichter Beugung ruhiggestellt. Strenge Bettruhe mit Hochlagerung der betroffenen Extremität ist einzuhalten. Der Gelenkerguß wird abpunktiert und das Punktat zur Bakteriologie mit Resistenzbestimmung eingesandt. Findet sich bereits makroskopisch Eiter, wird eine sofortige operative Revision durchgeführt.

Das Gelenk wird breit eröffnet und ausgiebig mit *Ringer*-Lactat-Lösung gespült. Nach Ausspülen des Gelenkes wird die gesamte Gelenkhöhle genau inspiziert. Sequester und abgestoßene Knorpelanteile müssen sorgfältig entfernt werden. Ist die Synovia bereits stark infektiös verändert, so wird sie entfernt. *Giebel* und *Tscherne* (6) berichten über sehr gute Ergebnisse bei 12 infizierten Kniegelenken mit der sofortigen Synovektomie. In der Synovia wird das Hauptkeimreservat vermutet, so daß mit deren Entfernung auch der »Herd« entfernt wäre. Dem widersprechen jedoch physiologische Überlegungen. Die Synovia ist die gefäßführende Ausklei-

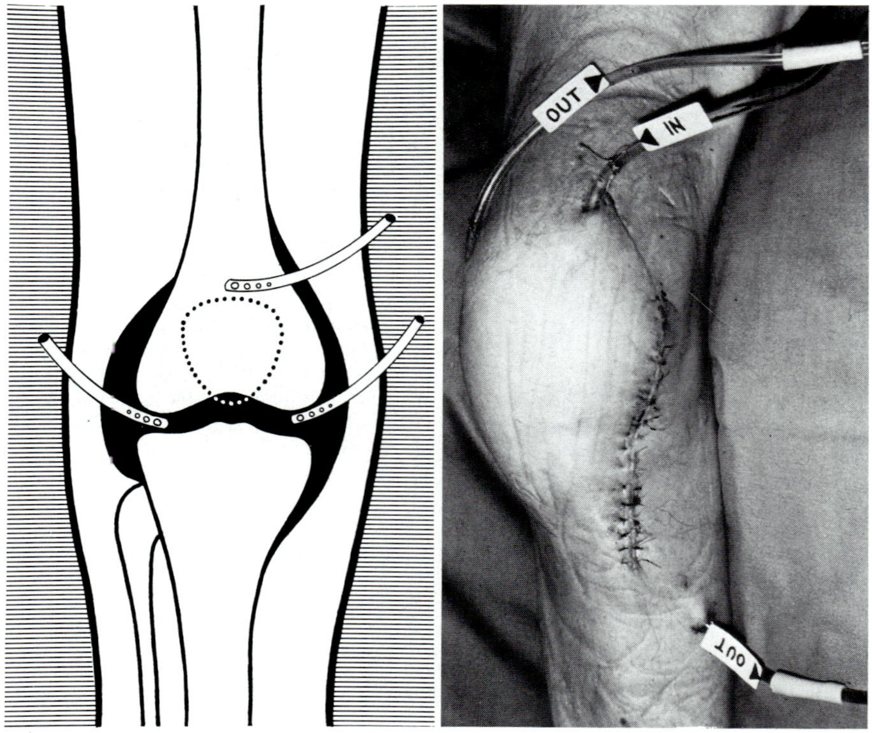

Abb. 10.4

a) Schema der Spül-Saugdrainage des Kniegelenkes, Lage der Redondrains in der Bursa suprapatellaris und beidseits im Gelenk dorsal.

b) Spül-Saugdrainage, Markierung von Zu- und Abflüssen

dung des Gelenkes. Sie bildet die für den Knorpel lebensnotwendige Synovialflüssigkeit. Über sie erfolgt der Antransport aller antibakteriellen Immunstoffe sowie der Abtransport der entsprechenden Spaltprodukte und Toxine. Wenn auch Einzelergebnisse für diese Methode sprechen, so ist bisher nicht beantwortet, ob die radikale Synovektomie ein sinnvolles Verfahren beim frischen Kniegelenksinfekt darstellt.

Der Befund, insbesondere das Aussehen der Gelenkfläche wird im Operationsbericht festgehalten.

Tab. 10.5 Wirkung der Spül-Saugdrainage

Druckentlastung		
Verminderung der Keimzahl		
	mechanische Reinigung	Bakterien Toxine Zellreste Fibrin . . .
	Bakterizidie	Antibiotika (Polybactrin) Antiseptika?

Zur weiteren kontinuierlichen Reinigung wird eine Spül-Saugdrainage angelegt (Tab. 10.5). Die geschlossene Spülung muß die gesamte Gelenkhöhle erreichen und reinigen (Abb. 10.4a, b). Als Spüllösung sollte *Ringer*-Lactat-Lösung verwendet werden, da physiologische Kochsalzlösung einen zytotoxischen Effekt hat (10). Inwieweit die Zugabe von Antibiotika zur Spülflüssigkeit sinnvoll ist, kann noch nicht sicher beurteilt werden. Der wesentliche Effekt der Spülung ist die mechanische Reinigung der Gelenkhöhle. Da gerade der Gelenkknorpel gegen pH-Verschiebungen sehr empfindlich reagiert, sollte man auch aus diesem Gesichtspunkt mit dem Antibiotikazusatz zur Spülflüssigkeit vorsichtig sein (26).

Die Spül-Saugdrainage muß genau überwacht werden. Ein- und Ausfuhr werden bilanziert. Die Verbandwechsel werden sorgfältig und unter Beachtung der Asepsis durchgeführt. Keimwechsel, insbesondere zu Naßkeimen wie Pseudomonas aeruginosa können so weitgehend vermieden werden. Die Infusionsflaschen für die in-

a

b

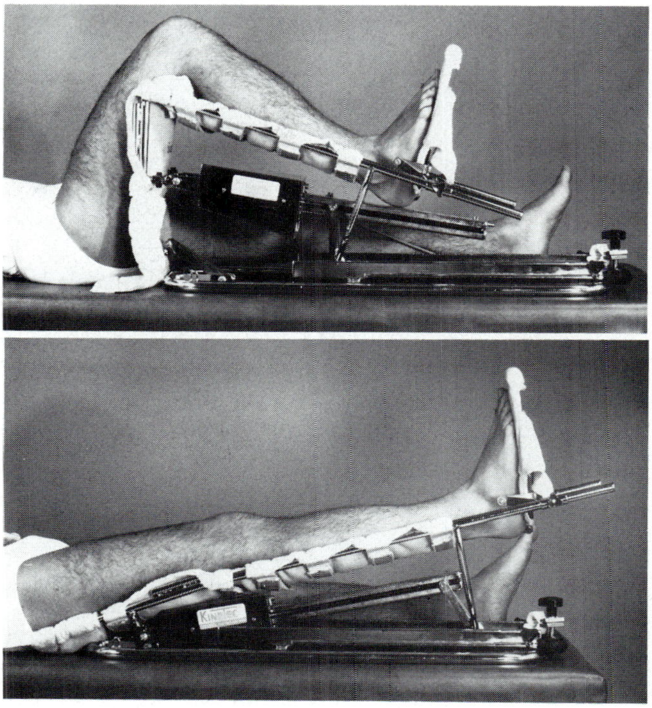

Abb. 10.5 a)/b) Remobilisation nach Kniegelenksinfekt mit Bewegungsschiene

travenöse Gabe müssen sich optisch klar, für jeden sichtbar von den Flaschen mit der Spüllösung unterscheiden (cave: Verwechslung intravenöse Infusion – Kniegelenksspülung!).

Die Spül-Saugdrainage soll bei ruhiggestelltem Gelenk für höchstens 8 Tage belassen werden. Nach 2 bis 3 Tagen einer kontinuierlichen Spülung mit 2–3 l *Ringer*-Lactat-Lösung sollte die rückgewonnene Spülflüssigkeit klar sein. Nach 4–5 Tagen wird dann für einige Tage nur mehr gesaugt und die Drains allmählich gezogen.

Erst wenn mehrere Tage nach dem Entfernen der Drainagen keine Allgemein- oder lokale Reaktion auftritt, kann mit vorsichtiger, aktiv unterstützter Gelenkmobilisation begonnen werden. Zur Remobilisation hat sich eine Bewegungsschiene gut bewährt (Abb. 10.5) (15).

Nach vollständigem Abklingen des Reizzustandes darf dem Patienten die Teilbelastung erlaubt werden.

Eine systemische Gabe von Antibiotika ist beim frischen Gelenkinfekt indiziert. Solange keine Keimbestimmung und kein Antibiogramm vorliegen, ist ein Breitbandantibiotikum in ausreichender Dosierung am besten parenteral zu geben. Selbstverständlich werden Antibiotika gezielt eingesetzt, sobald das entsprechende Antibiogramm vorliegt. Auf die Angabe bestimmter Substanzen wird hier bewußt verzichtet. Sowohl die Resistenzmuster der einzelnen Keime, wie auch die Entwicklung neuer Chemotherapeutika erfordern eine ständige Anpassung (8, 22).

Neben der lokalen, kausalen Behandlung werden die Allgemeinbeschwerden des Patienten symptomatisch behandelt (Antipyretika, Analgetika usw.).

Bei foudroyanten Infektgeschehen kann es schon nach wenigen Tagen zur ausgedehnten Zerstörung des Gelenkknorpels kommen. Eine in die subchondrale Spongiosa einwandernde Osteitis zwingt dann zur Arthrodese (Abb. 10.6a, b) (9, 18).

Die akute Infektion des Kniegelenkes kann in ein chronisches therapieresistentes Stadium übergehen.

Die chronische Infektion führt zu ausgedehnten Zerstörungen von Knorpel, Knochen und Bandapparat des Kniegelenkes. Die Funktion kann häufig nicht erhalten werden. Nur durch eine frühzeitige Arthrodese ist dem Patienten ein langes Krankenlager mit all seinen Folgen zu ersparen.

Die Kniegelenksarthrodese im Infekt wird am besten mittels Fixateur externe ausgeführt (18).

a b

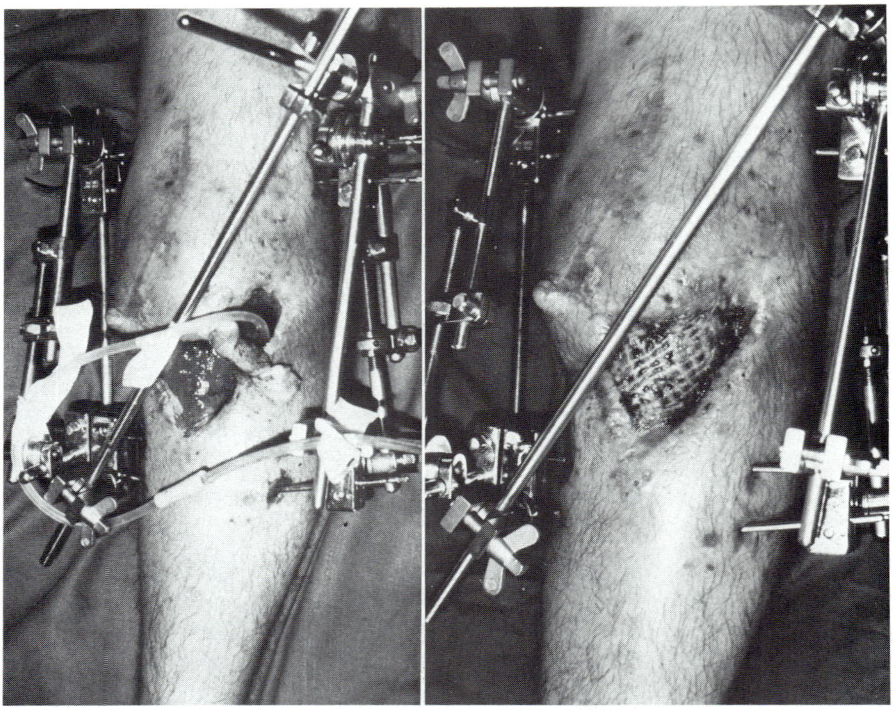

Abb. 10.6
a) Posttraumatischer Kniegelenksinfekt, Arthrodese mittels Fixateur externe, offene Saugdrainage
b) Mesh-Graft-Deckung nach Beruhigung des Infekts

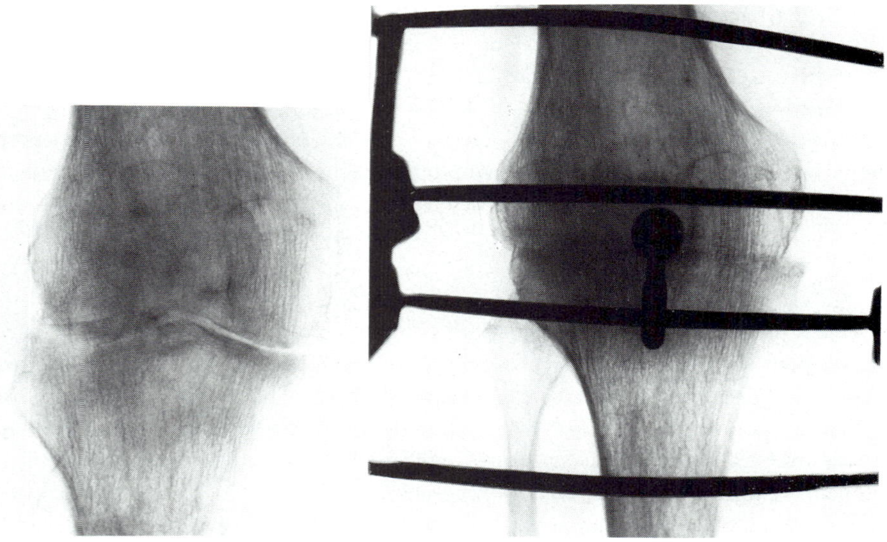

Abb. 10.7
a) Schwere Infektion des Kniegelenkes mit schmerzhafter Wackelsteife nach Punktionen und Injektionen
b) Arthrodese mit äußerem Spanner

Die dreidimensionalen Verspannungen im Doppelrahmen oder in Zeltanordnung haben sich bewährt (9). Der Fixateur externe überbrückt den infizierten Abschnitt, ohne daß Osteosynthesematerial in den gefährdeten Bereich eingebracht werden muß (Abb. 10.7a, b). Ein späteres Nachspannen kann jederzeit durchgeführt werden. Die Metallentfernung gelingt leicht ohne Narkose.

Infektionen von Kniegelenksendoprothesen verlaufen meistens zunächst schleichend, um dann in ein chronisches Stadium überzugehen. Als Rückzugsmethode bleibt nur die Entfernung des gesamten Fremdmaterials (Metallschlitten, Plastik-Gelenkflächen und sämtliche Zementanteile) und die Versteifung des Gelenkes.

Nach Gelenkinfektionen ist eine Restitutio ad integrum nur bei einem Drittel der Patienten zu erreichen.

Bei einem weiteren Drittel kommt es zu mehr oder minder starken dauernden Funktionseinbußen mit meist fortschreitender posttraumatischer Arthrose.

In einem weiteren Drittel kann der Infekt nur durch eine Arthrodese bzw. durch Amputation saniert werden.

Prophylaxe

Das oberste Gebot bei allen Eingriffen am Kniegelenk ist die Verhütung einer Infektion. Nur durch die Befolgung aller Regeln der Asepsis kann die Zahl der Infektionen niedrig gehalten werden.

Eingriffe am Kniegelenk dürfen nur im aseptischen Operationssaal unter entsprechender Operationsvorbereitung durchgeführt werden. Die Injektion von Medikamenten in ein Kniegelenk, insbesondere wenn sie häufiger erfolgt, setzt die strengste Indikationsstellung voraus. Bei Patienten, denen eine Kniegelenksprothese implantiert werden soll, muß vor diesem Eingriff auf die Sanierung chronischer Infektionsherde gedrängt werden (2, 3, 23).

Literatur

1. *Baumgartl, F.:* Das Kniegelenk. Springer Verlag, Berlin/Göttingen/Heidelberg 1964
2. *Buchholz, K.:* Spätinfektionen nach künstlichem Gelenkersatz mit septischem Verlauf. Chirurg. 50, (1979) 573
3. *Burri, C.:* Posttraumatische Osteitis, 2. Auflage. Huber, Bern, Stuttgart, Wien 1979
4. *Contzen, H.:* Die sogenannte Osteomyelitis des Neugeborenen. DMW 88, (1961) 121
5. *Dick, W.:* Komplikationen der Arthroskopie. Arch. Orthop. Traumat. Surg. 92, (1978) 69
6. *Giebel, G., Muhr, G., Tscherne, H.:* Synovektomie bei pyogenem Kniegelenksinfekt. Z. f. Phys. Med. (1980) 21
7. *Havemann, D., Voigt, J.:* Gelenkergüsse nach Traumen und therapeutischen Eingriffen. Aktuelle Chirurgie 11, (1976) 297
8. *Hierholzer, G., Lob, G.:* Antibiotika in der Unfallheilkunde. Unfallheilk. 81, (1978) 64
9. *Hörster, C., Ludolph, E., Schlosser, L.:* Knie- und Sprunggelenksarthrodesen in der Behandlung der gelenksnahen Knocheninfektion. Hefte Unfallheilk. 138, (1979) 267
10. *Kallenberger, A., Roth, W., Ledermann, M.:* Experimentelle und bakteriologische Untersuchungen zur Wahl des Spülmittels für die antibakterielle Spüldrainage. In: Die posttraumatische Osteomyelitis, ed. Hierholzer, G., Rehn, J., F. K. Schattauer, Stuttgart, New York 1969
11. *Ketty, P. J., Martin, W. J., Conventry, M. B.:* Bacterial (suppurative) arthritis in the adult. J. Bone Jt. Surg. 52A, (1970) 1595
12. *Köhn, G., Rex, J.:* Morphologische Befunde am Skelettsystem bei Cortisonbehandlung. Hefte Unfallheilk. 99, (1969) 136
13. *Lanz, T. v., Wachsmuth, W.:* Praktische Anatomie Erster Band / Vierter Teil Bein und Statik. Springer Verlag, Berlin 1938
14. *Lindberg, L., Lindgren, L.:* Bone and joint infections. Int. Orthop. (Sicot) 1, (1977) 191
15. *List, M.:* Krankengymnastische Behandlung in der Traumatologie. Springer Verlag, Berlin/Heidelberg/New York 1978
16. *Lob, G.:* Osteomyelitis. Fortsch. der Med. 93, (1975) 1775

17. *Mohing, W.:* Die postinfektiöse Arthrosis deformans. In: Die posttraumatische Osteomyelitis ed. Hierholzer, G., Rehn, J., F. K. Schattauer, Stuttgart/New York 1969
18. *Müller, M. E.:* Die Kompressionsosteosynthese unter besonderer Berücksichtigung der Kniearthrodese. Helv. Chir. Acta 6, (1955) 474
19. *Perret, W.:* Komplikationen nach intraartikulärer Cortisoninjektion und ärztliche Haftpflicht. Hefte Unfallheilk. (9, (1969) 145
20. *Smillie, J. S.:* Disease of the knee joint. Livingstone, London 1974
21. *Stelzner, F.:* Cortison und Injektion. Hefte Unfallheilk. 99, (1969) 129
22. *Stolle, D.:* Antibiotika-Prophylaxe in der Traumatologie. Hefte zur Unfallheilk. 143 (1980)
23. *Trede, M., Rückert, U., Laubach, K.:* Septische Gefäßkomplikationen. Med. Welt 28 , (1977) 838
24. *Tscherne, H., Trentz, O.:* Gelenkinfekte nach perforierenden Wunden, Punktionen und Injektionen. Langenbecks Arch. Chir. 334, (1973) 521
25. *Weller, S., Köhnlein, E.:* Die Traumatologie des Kniegelenkes. Georg Thieme Verlag, Stuttgart 1962
26. *Weller, S.:* Möglichkeiten der Knorpelschädigung durch intraartikuläre pH-Milieu-Veränderungen. Hefte zur Unfallheilk. 128, (1976) 98

Nachweis der Abildungen

Abb. 10.1, 10.3, 10.4, 10.7 aus: *C. Burri*, Posttraumatische Osteitis. Huber, Bern, Stuttgart, Wien, 1979

11. Kniegelenksnahe Tumoren

L. Kinzl

I. Allgemeiner Teil

Die Kniegelenksregion ist, wie statistische Erhebungen zeigen, für knöcherne Geschwülste ein bevorzugter Manifestationsort. Begründet mag diese Tatsache sein in einem offensichtlich bestehenden Zusammenhang zwischen Tumorentstehung und extrem ausgeprägter Zell- und Wachstumsaktivität der kniegelenksnahen Epiphysen (4).

Bezüglich der Geschlechtsverteilung lassen sich keine statistisch gesicherten Aussagen machen; eine spezifische Altersverteilung ist für spezielle Tumortypen charakteristisch.

So beobachtet man Osteosarkome, maligne Riesenzelltumoren oder das *Ewing*-Sarkom vornehmlich zwischen dem 10. und 25. Lebensjahr, wohingegen das Chondrosarkom oder metastatische Knochendestruktionen gehäuft nach dem 40. Lebensjahr auftreten (1).

Tumoröse Veränderungen am Knochen bleiben oft lange unerkannt, da die von ossären Tumoren ausgehende klinische Symptomatik völlig uncharakteristisch ist.

Meist werden die Knochengeschwülste zufällig anläßlich eines Unfalls entdeckt oder aber, wenn bereits eine pathologische Fraktur vorliegt.

Bisweilen wird über nächtliche ziehende Schmerzen geklagt und das Auftreten einer sich langsam entwickelnden Schwellung im Kniegelenksbereich vom Patienten beschrieben.

Funktionsbehinderungen, lokale Überwärmung sowie Gewebsverhärtungen durch Infiltrationen des Tumors in die umgebenden Gewebe treten in der Regel erst in sehr fortgeschrittenen Stadien auf.

Laborchemische Parameter sind unspezifisch, vermögen jedoch wichtige Hinweise zu geben, wie z. B. die BSG, die gewisse Rückschlüsse auf die Aktivitäten des neoplastischen Prozesses zuläßt. Weiterhin kann der Serumspiegel der alkalischen Phosphatase als prognostisches Kriterium verwendet werden (6). Weisen beispielsweise Osteosarkompatienten stark erhöhte Werte auf, so ist mit einem äußerst ungünstigen Verlauf zu rechnen. Gleiches gilt für die Fälle, bei denen es nach Tumorresektion zu einem deutlichen Wiederanstieg der Serumphosphatase kommt, als Zeichen für zurückgelassenes Tumorgewebe oder aber bereits vorhandene Metastasierung.

Die definitive Aufdeckung eines verdächtigen Knochenherdes ist letztlich nur durch das Röntgenbild möglich, wobei allerdings die Artdiagnose der gefundenen Veränderung nur in begrenztem Ausmaße zu stellen ist (2). Stets sind gegeneinander abzugrenzen Knochentumoren, tumorähnliche Veränderungen, Entzündungen, Knochensystemerkrankungen, Mißbildungen oder Verletzungsfolgen. Dabei bleibt zu beachten, daß die meisten Knochenveränderungen gutartiger Natur sind und die häufigste Fehldiagnose »Knocheninfekt« lautet.

Die endgültige Artdiagnose und Dignitätszuordnung einer tumorverdächtigen Knochenläsion kann nur durch die histologische Untersuchung des Gewebes erfolgen. Dem Chirurgen fällt in diesem Zusammenhang die verantwortungsvolle Aufgabe zu, aus dem Herd repräsentatives Gewebe für die pathologisch-anatomische Untersuchung zu gewinnen.

Nach exakter Festlegung der Entnahmestellen anhand des Röntgenbildes oder einer vorliegenden Angiographie muß der Hautschnitt so gewählt werden, daß er nachfolgende Amputationen oder Resektionen nicht tangiert. Die Gewebsproben sind aus der Tumorperipherie, dem Zentrum und aus der den Tumor umgebenden Randzone zu entnehmen (10). Die Angst vor einer verstärkten Tumoraussaat durch die offene Biopsie erscheint unbegründet, da sich beispielsweise für das *Ewing*- und Osteosarkom anhand neuerer Studien zeigte (7), daß die Länge des Zeitintervalls zwischen Biopsie und Beginn der Therapie keinen Einfluß auf die Prognose hat. Demzufolge erscheint es auch wenig sinnvoll, notwendige therapeutische Konsequenzen aufgrund einer unsicheren Schnellschnittdiagnostik zu ziehen, sondern vielmehr auf die Beurteilung entkalkter, paraffineingebetteter Schnitte zu warten.

Vor Therapiefestlegung sind insbesondere

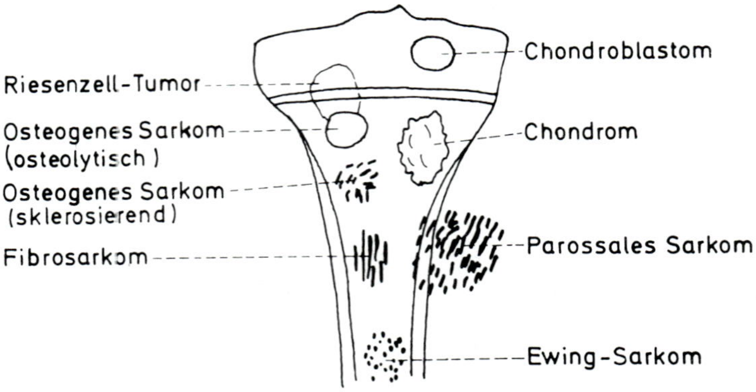

Abb. 11.1 Bevorzugte Lokalisation einiger benigner und maligner Knochentumoren im Bereich des Tibiakopfes

beim Verdacht auf das Vorliegen eines malignen Knochentumors unbedingt notwendig Zusatzuntersuchungen durchzuführen (5).

Dabei ist das Röntgenbild der Lunge in zwei Ebenen ebenso obligatorisch wie die Anfertigung von Szintigrammen.

Zwar können Isotopenanreicherungen auch durch völlig unspezifische Prozesse hervorgerufen werden, bieten jedoch bei manifestem Tumorgeschehen eine Beurteilung der sogenannten Skipmetastasen proximal des Primärherdes.

In neuester Zeit hat sich das Computertomogramm als eine der wertvollsten dieser Zusatzuntersuchungen erwiesen. Bezüglich der Größe und Ausdehnung der Geschwulst vermag es genauere Informationen als z. B. das Angiogramm zu vermitteln und hat somit entscheidenden Einfluß auf die Planung einer evtl. einzuschlagenden chirurgischen Behandlung.

Bei benignen Knochentumoren stellt die Resektion des Tumors die alleinige und ausreichende Behandlungsmaßnahme dar, so daß ausgenommen bei ausgedehnten Resektionsdefekten rekonstruktiv-plastische Maßnahmen nicht erforderlich werden.

Bei den semimalignen wie malignen Tumoren sind einschneidendere Maßnahmen zu fordern. Dabei hat sich aber während der letzten 10 Jahre durch die verstärkte Zusammenarbeit mit nichtchirurgischen Disziplinen und die Kombination operativer und adjuvanter radio-chemotherapeutischer Möglichkeiten eine Änderung des Radikalitätsprinzips insofern ergeben, als heute der früher eingefahrene Reflex »maligner Knochentumor = Amputation« im proximal benachbarten Knochen einer Resektionsbehandlung mit Funktionserhaltung der Extremität gewichen ist.

Ablative Eingriffe müssen jedoch weiterhin vorgenommen werden bei Tumorrezidiven oder aber auch den hoch malignen Tumorformen wie dem Osteosarkom, obwohl sich auch hier in Kombination mit der Chemotherapie derzeit ein Wandel im therapeutischen Vorgehen abzuzeichnen scheint.

Letztlich wird die Amputation oder Exartikulation auch immer dann angezeigt sein, wenn bei infauster Prognose eine Exulzeration oder aber eine schmerzhafte Gebrauchslosigkeit der entsprechenden Extremität vorliegt.

Immer ist bei malignen Knochengeschwülsten die Möglichkeit einer adjuvanten Radio-Chemotherapie einzuplanen.

Die theoretische Grundlage für die Chemotherapie bilden experimentelle Befunde, wonach ein Tumor in fortgeschrittenem Zustand zwar chemotherapieresistent sein kann, er in seinem frühen Stadium oder aber bei kleiner Tumormasse durch spezifische Chemotherapeutika zerstörbar ist (9). Demzufolge ist die Annahme berechtigt, daß die schon zum Zeitpunkt der Tumorresektion vorhandenen Mikrometastasen in der Lunge oder die im Operationsbereich zurückgebliebenen kleinen Tumorzellverbände durch die frühzeitige und langanhaltende adjuvante Chemotherapie vernichtet werden.

Für die Beurteilung des Langzeiterfolges der adjuvanten Chemotherapie sind noch längere Verlaufsbeobachtungen notwendig. Bei Betrachtung der kurzfristigen Ergebnisse (zwei bis fünf Jahre) läßt sich jedoch derzeit schon eine deutliche Verbesserung der Überlebensraten nachweisen (3).

Für die Wirksamkeit präbioptischer Bestrahlungen fehlt bislang die klinische Rechtfertigung. Lediglich bei zu operierenden angiogenen

a b

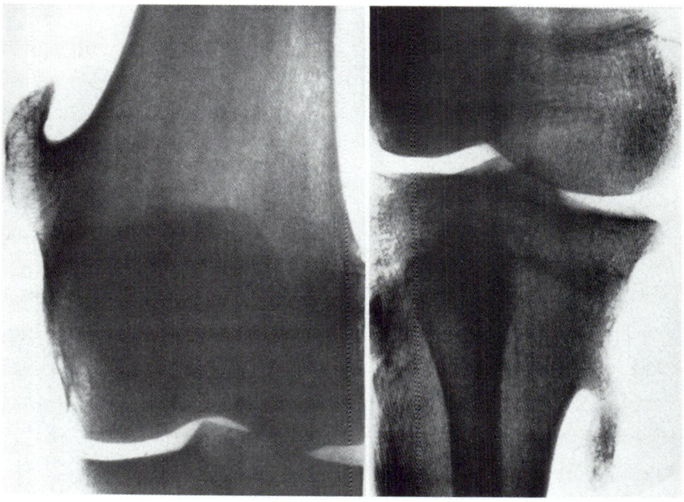

Abb. 11.2 Breitbasige kartilaginäre Exostose im Bereich der Femurmetaphyse (a), sowie als dünn gestielter Tumor an der Medialseite des Tibiakopfes (b)

Tumoren kann die Gefäßverödung eine gewichtige Verminderung der Blutungsneigung bedeuten.

Die postoperative Bestrahlung bleibt solitärmetastatischen Prozessen, vornehmlich in der Lunge, vorbehalten oder all jenen Sarkomen, die aus dem Knochenmark hervorgegangen sind.

II. Spezieller Teil

Prinzipiell können alle Formen benigner wie maligner Knochentumoren im Bereich der Kniegelenksregion auftreten, obwohl, wie aus dem folgenden hervorgeht, für eine ganze Reihe dieser Tumoren die Kniegelenksregion gegenüber anderen Skelettlokalisationen einen bevorzugten Sitz darstellt (Abb. 11.1).

Osteochondrom (kartilaginäre Exostose)

Der häufigste gutartige Tumor der Kniegelenksregion ist die solitäre kartilaginäre Exostose, welche aus versprengten Knorpelzellen der Wachstumsfuge im Bereich der Metaphyse entsteht und oft an der Medialseite des Tibiakopfes oder der Femurkondyle lokalisiert ist (Abb. 11.2).

Durch Weichteilvorwölbung kann die langsam wachsende Geschwulst erkannt werden und störend wirken. Unter Umständen sind Beeinflussungen der benachbarten Wachstumsfuge möglich, woraus Fehlwachstum und Gelenkdeformierungen resultieren.

Radiologisch imponiert ein metaphysär gelegener, unmittelbar aus dem Bereich der Wachstumszone in die Weichteile herauswachsender, dünn gestielter oder breitbasig aufsitzender Tumor mit basaler Knochenstruktur. Mit zunehmendem Wachstum verlagern sich die Osteochondrome mehr diaphysenwärts, nach Abschluß des Wachstums spricht eine Größenzunahme des Tumors für eine an sich sehr seltene maligne Entartung.

Therapeutisch ist insbesondere bei schnellem Wachstum und störenden Deformierungen die operative Entfernung unter sorgfältiger Mitnahme der Tumorbasis notwendig.

Multiple kartilaginäre Exostosen

Dieses dominant vererbbare Leiden ist charakterisiert durch symmetrisch angelagerte multiple kartilaginäre Exostosen, welche beim Befall des distalen Femur oder des proximalen Tibiaendes durch Störung der Wachstumsfuge zu Achsenfehlern, Gelenksverformungen und damit zu Funktionsstörungen führen können (Abb. 11.3).

Radiologisch sind metaphysäre Verbreiterungen, Gelenksverformungen und Achsenfehlstellungen typisch.

Erstaunlicherweise sind Beschwerden kaum vorhanden und operative Maßnahmen in Form von Korrekturosteotomien nur bei erheblich funktionsbeeinträchtigenden Achsenabweichungen notwendig.

Enchondrom (Chondrom)

Dieser meist solitär, jedoch auch hereditär als Systemerkrankung multipel vorkommende Tu-

a b

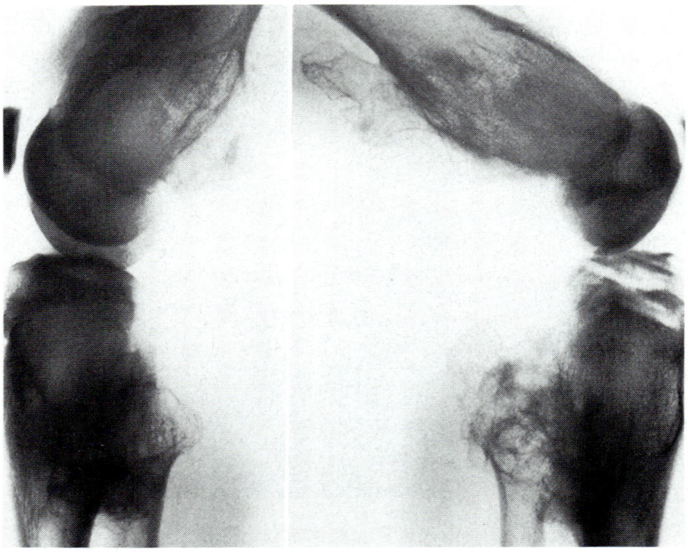

Abb. 11.3 Multiple kartilaginäre Exostosen im Bereich der kniegelenksnahen Metaphysen (a), durch Störung der Wachstumsfugen resultieren erhebliche Achsenfehler (b)

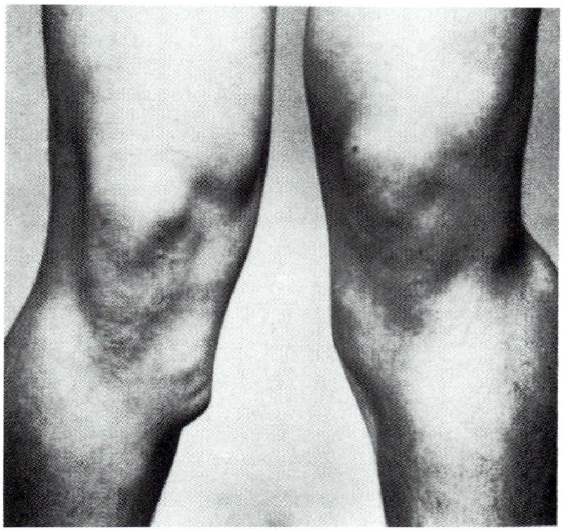

Abb. 11.3 c

mor besteht aus ausgereiften Knorpelzellen, die eine gesteigerte Mukopolysaccharidproduktion aufweisen. Kniegelenksnah ist die Gefahr der malignen Entartung dieses Tumortyps kaum gegeben.

Radiologisch imponieren zystische Auftreibungen am distalen Femur bzw. der proximalen Tibia. Fehlwachstum und Deformierungen sind Sekundärerscheinungen.

Differentialdiagnostisch sind solitäre Knochenzysten, Osteoklastome, *Brodie*abszesse oder die fibröse Dysplasie abzugrenzen.

Wegen drohender Infraktion sollte stets die operative Entfernung vorgenommen und der entstandene Knochendefekt bei entsprechender Größe mit autologem spongiösem bzw. corticospongiösem Material aufgefüllt werden. Sekundäre Deformierungen und Fehlstellungen sind darüber hinaus frühzeitig zu korrigieren.

Knochenfibrome, Osteoidosteome

Knochenfibrome mit rundlichen, unter Umständen traubenartig beieinanderliegenden zystischen Knochenaufhellungen oder das Osteoidosteom mit seiner ovalären Aufhellung, umgebendem Sklerosesaum und zentralem Nidus können vereinzelt in Kniegelenksnähe auftreten, sind jedoch häufiger in den diaphysären Abschnitten des Femur und der Tibia lokalisiert.

Therapeutisch sind bei engumschriebenen metaphysären Defekten dieser gutartigen Tumoren nicht unbedingt chirurgische Maßnahmen erforderlich, da Spontanheilungen bekannt sind. Bei großen Defekten hingegen mit drohenden Spontanfrakturen muß die Ausräumung mit anschließender Defektauffüllung durch autologes Material erfolgen.

Riesenzelltumoren (Osteoklastom)

Wegen einer relativ hohen Entartungsrate von etwa 10% werden die Riesenzelltumoren als semimaligne Geschwülste eingestuft. Etwa die Hälfte der Osteoklastome ist kniegelenksnah lokalisiert, zerstört zunächst die epiphysär gelegene Spongiosa und führt dann zu Corticaliseinbrüchen.

Durch die gelenksnahe Lokalisation sind uncharakteristische Gelenkbeschwerden oder Spon-

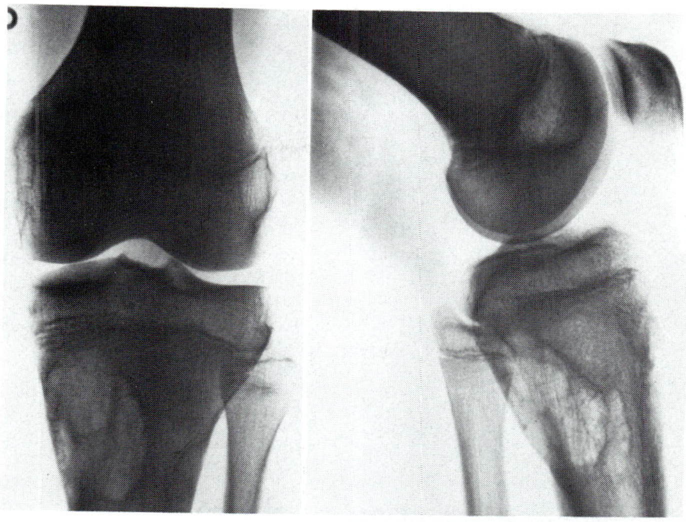

Abb. 11.4
a) Riesenzellgeschwulst der proximalen Tibia
b) Intraoperativer Aspekt
Die gelenktragende Knochenschicht konnte erhalten werden. Die Defektauffüllung erfolgte durch autologe und enteiweißte Spongiosa

tanfrakturen Anlaß zur Erstuntersuchung der meist noch sehr jugendlichen Patienten.

Radiologisch imponiert eine epiphysär gelegene, meist gekammerte polyzyklische Aufhellung der Knochenstruktur ohne wesentliche Randsklerose. Die umgebende Corticalis kann stellenweise arrodiert sein oder Infraktionen aufweisen (Abb. 11.4).

Differentialdiagnostisch sind aneurysmatische Knochenzysten, Osteoblastome, ein Hyperparathyreoidismus sowie Osteosarkome in ihrer osteolytischen Variante abzugrenzen.

Bei der Therapie der Osteoklastome ergibt sich die Notwendigkeit, diese Tumoren unabhängig von ihrem akutell diagnostizierten Malig-

Abb. 11.4 b

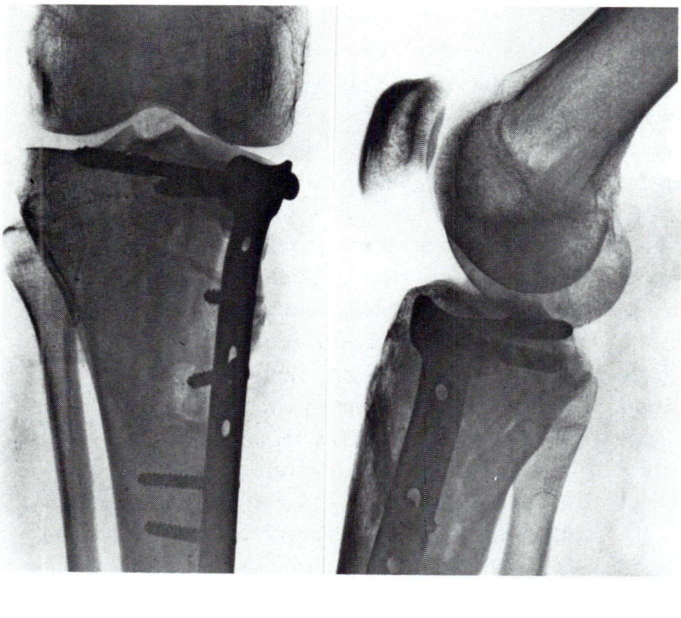

Abb. 11.4c) 1 Jahr nach der Operation zeigt das Röntgenbild eine weitgehende Normalisierung der Struktur des Tibiakopfes

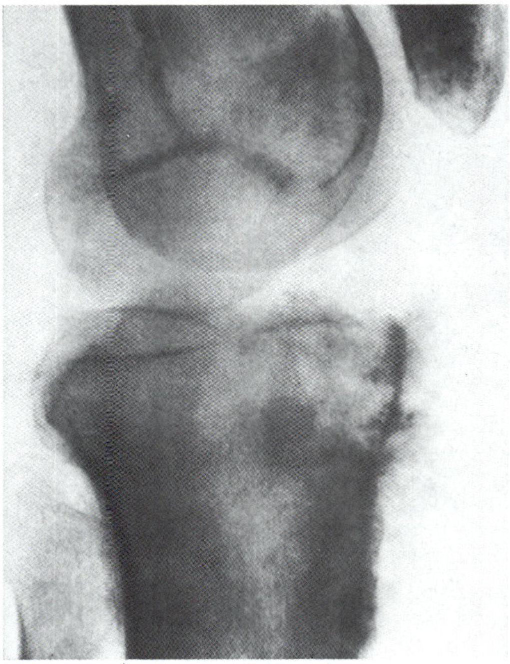

Abb. 11.5 Röntgenbild eines *Ewing*-Sarkoms des Tibiakopfes mit Destruktion sowohl in der Spongiosa wie auch der Corticalis und radiär angeordneten spiculaähnlichen Knochenneubildungen

nitätsgrad sicher im Gesunden zu resezieren. Eine ausschließliche Kürettage des Prozesses führt in einem hohen Prozentsatz zu Rezidiven, deren gesteigerte Neigung zu einer sarkomatösen Entartung bekannt ist. Je nach Ausdehnung des Prozesses muß der entstandene Resektionsdefekt wieder autoplastisch aufgebaut werden. Wird die Resektion des Gelenkes bzw. eines Gelenksanteiles notwendig, führt eine knöcherne Überbrückung um den Preis der Versteifung zu einer bleibenden Sanierung. Die Frage, ob eine tragende Gelenkfläche trotz Forderung nach Resektion im Gesunden erhalten werden kann, ist jeweils sorgfältig zu prüfen. Die Abb. 11.4 b) zeigt einen ausgedehnten Resektionsdefekt der proximalen Tibia nach Entfernung einer Riesenzellgeschwulst. Zur Wiederherstellung der ossären Kontinuität nach der kurativen partiellen Segmentresektion wurde autologe Spongiosa in Kombination mit konserviertem homologem Material verwandt, die ausreichende mechanische Stabilität mit einem überbrückenden Metallimplantat erreicht.

Strahlentherapeutische Maßnahmen sind bei Riesenzellgeschwülsten generell abzulehnen, da dieses Vorgehen in einem hohen Prozentsatz zu entarteten Rezidiven führt.

Ewing-Sarkom (undifferenziertes Retikulosarkom)

Ausgehend von unausgereiften Retikulumzellen des Knochenmarkes ist dieser bösartige Tumor vorwiegend beim männl. Geschlecht im ersten und zweiten Dezennium zu beobachten.

Fieberschübe, Schmerzen, Schwellung und allgemeines Krankheitsgefühl lassen die immer wieder vorkommende Verwechselung mit einer Osteitis verständlich erscheinen.

Das Röntgenbild wird bestimmt durch fleckige Destruktionen, sowohl in der Spongiosa als auch der Corticalis, sowie radiär angeordneten spiculaähnlichen Knochenneubildungen (Abb. 11.5).

Bei der Behandlung des *Ewing*-Sarkoms dominiert die Bestrahlung in Kombination mit einer Chemotherapie, allerdings sind chirurgische Maßnahmen stets in Erwägung zu ziehen, wenn es sich entweder um kniegelenksnahe Tumoren bei Patienten im Wachstumsalter oder aber Tumoren mit pathologischen Frakturen, die nach der Bestrahlung nicht ausheilen, handelt.

Nach den Vorstellungen und Ergebnissen von *Rosen* und Mitarbeitern (8) ist folgendes Vorgehen angezeigt:

Nach Diagnosesicherung durch Probeexzision sollte eine intensive Induktionschemotherapie nach dem Polychemotherapieprotokoll T 6 als Initialbehandlung im Rahmen zweier Zyklen erfolgen (Abb. 11.6). Anzuschließen wäre die lo-

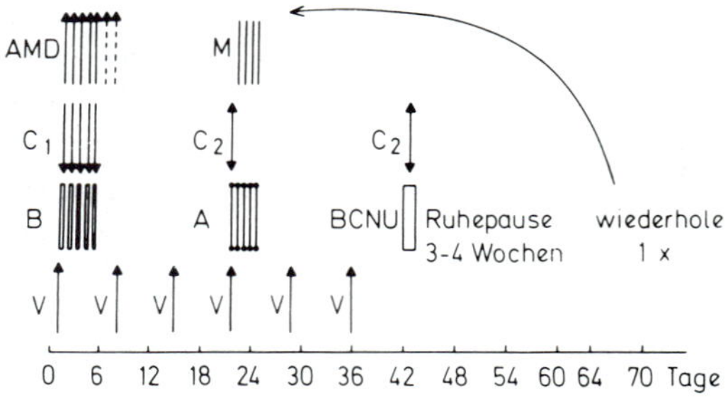

Abb. 11.6 Polychemotherapieprotokoll T6 zur Initialbehandlung beim *Ewing*-Sarkom

Einzeldosierungen: AMD (= Actinomycin D): 300 µg/m², C_1 (= Endoxan): 300 µg/m², B (= Bleomycin): 6 mg/m², V (= Vincristin): 1,5 mg/m², maximal 2,0 mg, M (= Methotrexat): 10 mg/m², A (= Adriamycin): 12 mg/m², C_2 (= Endoxan): 1200 mg/m², BCNU: 90 mg/m²

Abb. 11.7 Polychemotherapieprotokoll T2 zur Dauerbehandlung von *Ewing*-Sarkomen Einzeldosierungen: AMD (= Actinomycin D): 450 µg/m², A (= Adriamycin): 20 mg/m², V (= Vincristin): 1,5 mg/m², maximal 2,0 mg, C (= Endoxan): 1200 mg/m²

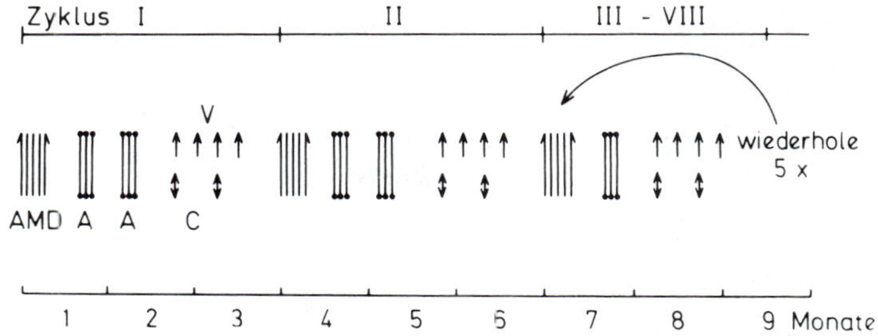

kale Strahlentherapie, wobei eine Gesamtdosis von 5000 bis 8000 rad in 5 bis 6 Wochen zu fordern ist. Unter Umständen käme äquivalent im Falle der beiden oben gemachten Voraussetzungen eine chirurgische Resektionsbehandlung in Frage. Daran anschließen würde sich eine 24 Monate anhaltende Erhaltungstherapie nach dem Polychemotherapieprotokoll T 2 (Abb. 11.7), welches von den Patienten im allgemeinen gut vertragen wird und ambulant durchzuführen ist, wohingegen die Behandlung mit dem T 6-Protokoll unbedingt stationär durchgeführt werden muß, da Knochenmarksuppression und dadurch bedingte Infekte im Vordergrund stehen.

Früher lag die Fünfjahresüberlebensrate bei 5 bis 10%. Nach Anwendung der zytostatischen Chemotherapie in Kombination mit der Strahlentherapie sind zumindest die Frühergebnisse wesentlich besser, da mehr als 75% der Patienten über zwei Jahre rezidivfrei sind (8).

Chondrosarkom

Das primäre Chondrosarkom geht vom Knorpelgewebe aus, das sekundäre entwickelt sich durch maligne Entartung aus Osteochondromen und Enchondromen. Die Kniegelenksregion ist wiederum bevorzugter Lokalisationsort, die betroffenen Patienten stehen meist jenseits des 40. Lebensjahres.

Röntgenologisch lassen sich an dem betroffenen kniegelenksnahen Skelettabschnitt scharf begrenzte Aufhellungs- und Verdichtungszonen erkennen. Neben periostalen Reaktionen dominiert eine ausgeprägte Corticalisdestruktion. Zusätzlich finden sich im Tumor verstreut liegende Verkalkungsherde (Abb. 11.8). Eine bereits in die umgebenden Weichteile erfolgte Infiltration des Tumors läßt sich in der Regel gut anhand von Angiogrammen erkennen.

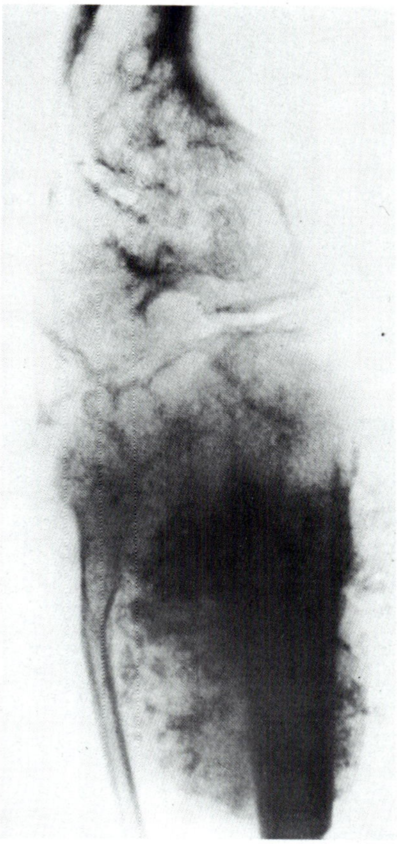

Abb. 11.8 Röntgenbild eines exzessiv wuchernden Chondrosarkoms im Bereich des Tibiakopfes

Die Therapie der Wahl ist die Operation, da Strahlentherapie und Zytostatika erwiesenermaßen erfolglos sind. Ausdifferenzierte intramedullär wachsende Chondrosarkome, die die Corticalis sicher nicht durchbrochen haben, und von denen angenommen werden kann, daß eine Metastasierung selten oder aber erst sehr spät eintritt, machen nach der heutigen Anschauung eine Amputation nicht erforderlich, sondern sind eher radikalen Resektionsbehandlungen zu un-

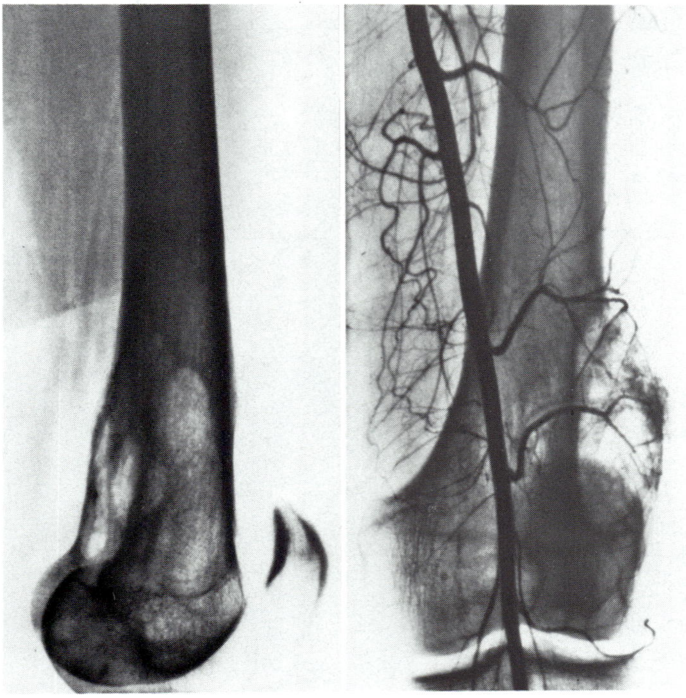

Abb. 11.9
a) Chondrosarkom im Bereich der distalen Femurmetaphyse lateralseitig

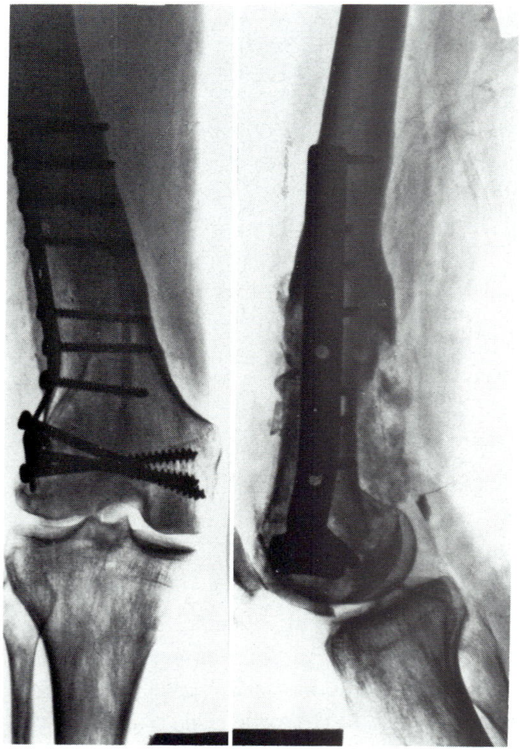

Abb. 11.9f) 3 Monate nach der Knochentransplantation zeigt das Röntgenbild eine weitgehende Assimilation des eingebrachten Knochens

terziehen. Unter Umständen kann dabei das Kniegelenk erhalten bleiben und der entstandene Resektionsdefekt primär mit Knochenzement aufgefüllt werden. Bei Rezidivfreiheit über zwei Jahre oder Auslockerung der Montage ist dann die ossäre Rekonstruktion mit autologem Material zu planen (Abb. 11.9).

Erweist sich die Gelenkerhaltung wegen Tumoreinbruches in das Gelenk für nicht möglich, so ist das Kniegelenk en bloc mitsamt dem umgebenden Weichteilgewebe und der Biopsiewunde zu resezieren und anschließend entweder mit Hilfe einer Juvaraumkehrplastik (11) die Arthrodese anzustreben (Abb. 11.10) oder ein erweiterter totalendoprothetischer Gelenkersatz durchzuführen (Abb. 11.11).

Auch beim Nachweis von Fernmetastasen erscheint bei Chondrosarkomen die Entfernung des Primärtumors durch Resektion noch angebracht, da wegen des langsamen Wachstums dieses Tumors ein noch jahrelanges Überleben wahrscheinlich ist.

Fibrosarkom

Das vom Bindegewebe des Knochens ausgehende Malignom zeigt ein gehäuftes Auftreten im vierten Dezennium, wobei die Kniegelenksregion wiederum vorrangig betroffen wird. We-

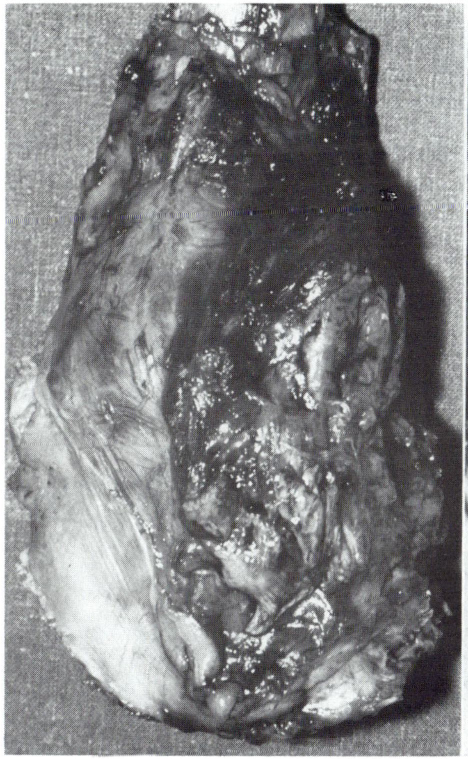

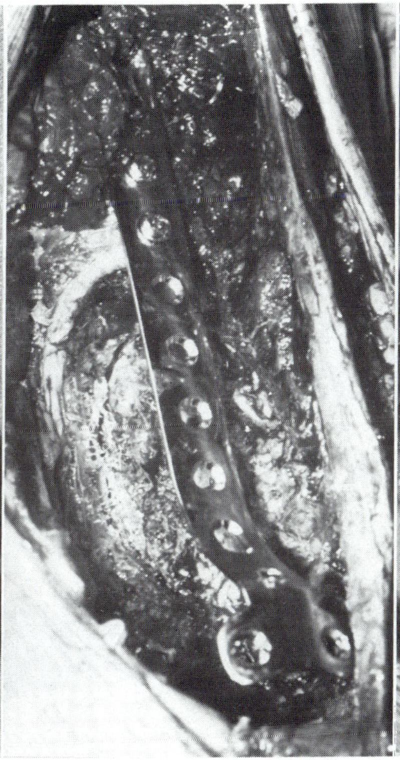

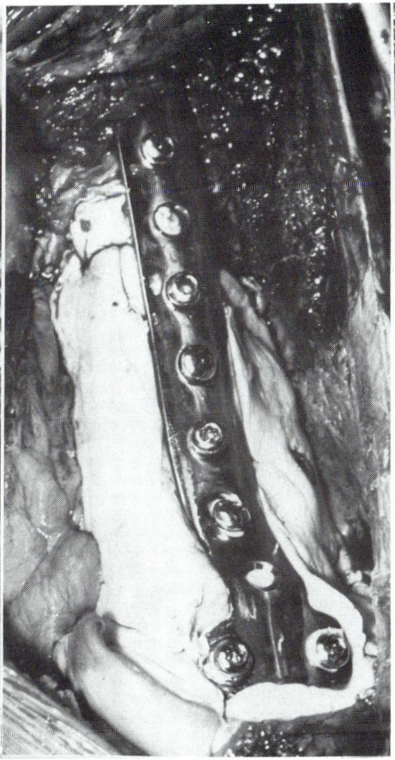

Abb. 11.9

b) Präparat nach Tumorresektion

c) Resektionsdefekt durch Plattenosteosynthese überbrückt. Distal konnte eine gelenktragende Lamelle erhalten werden

d) Defektauffüllung mit Knochenzement

e) Bei Rezidivfreiheit Ersatz des Knochenzementes durch autologe Spongiosa in Kombination mit Bankspongiosa sowie Anlagerung eines großen corticospongiösen Spanes

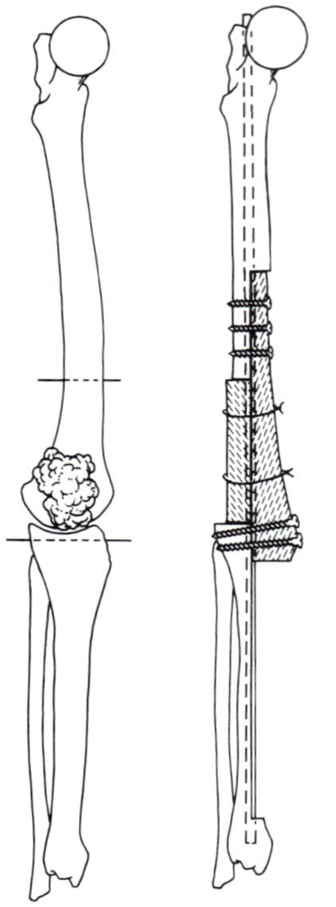

Abb. 11.10 Schematische Darstellung der Juvaraumkehrplastik, wobei nach Kniegelenkresektion der entstandene Knochendefekt durch die nach kranial hin verschobene Tibiahälfte überbrückt wird

gen des gelenknahen Sitzes sind frühzeitig reflektorische Kontrakturen und Bewegungseinschränkungen sowie derbe Weichteilschwellungen feststellbar.

Die ausgedehnte Knochendestruktion bestimmt das Röntgenbild.

Wegen der Resistenz des Fibrosarkomes gegenüber Strahlen- und Chemotherapie ist lediglich die radikale operative Therapie erfolgversprechend. Dabei sollte in gleicher Weise vorgegangen werden wie für das Chondrosarkom besprochen.

Osteosarkom

Das Osteosarkom ist die häufigste primäre maligne Knochengeschwulst. Es geht entweder mit Osteolysen einher oder mit einer Knochenneubildung und tritt gehäuft während der Adoleszenz in Knochen mit starkem Längenwachstum auf und findet sich daher besonders häufig im metaphysären Abschnitt des distalen Femur und der proximalen Tibia. Da der Tumor im Ge-

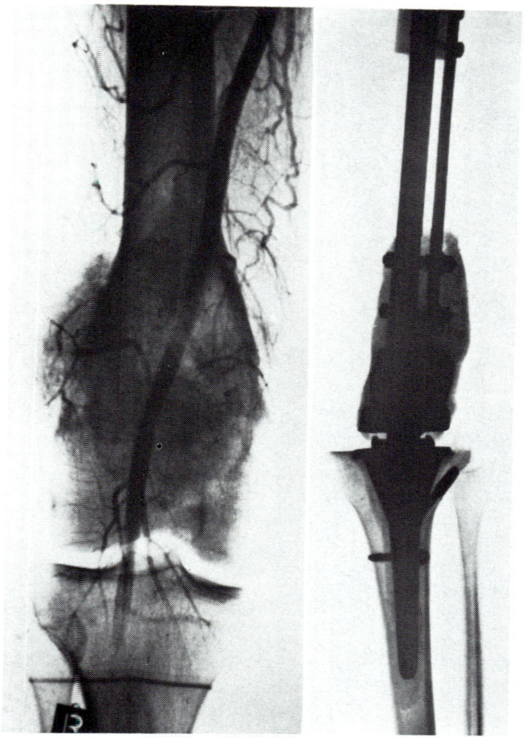

Abb. 11.11 Nach Kniegelenkresektion wegen ausgedehntem Tumorbefall des gesamten distalen Femurs erfolgte hier die Defektüberbrückung durch erweiterten endoprothetischen Gelenksersatz

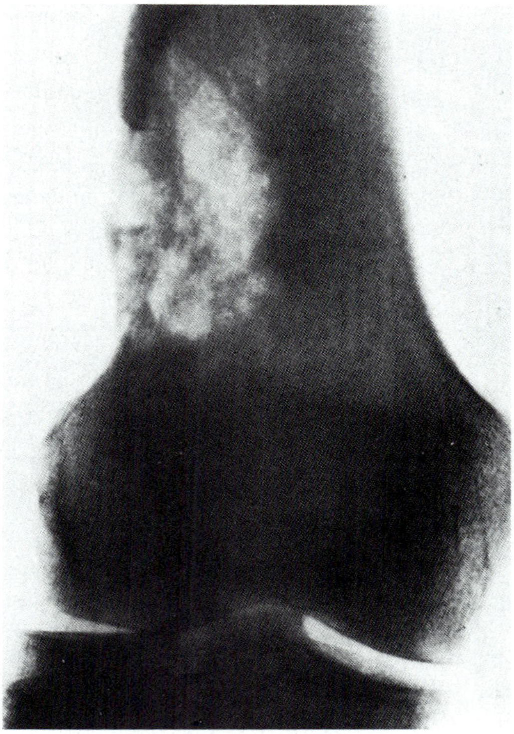

Abb. 11.12 Osteogenes Sarkom mit osteolytischer und osteoplastischer Komponente im Bereich des distalen Femurs

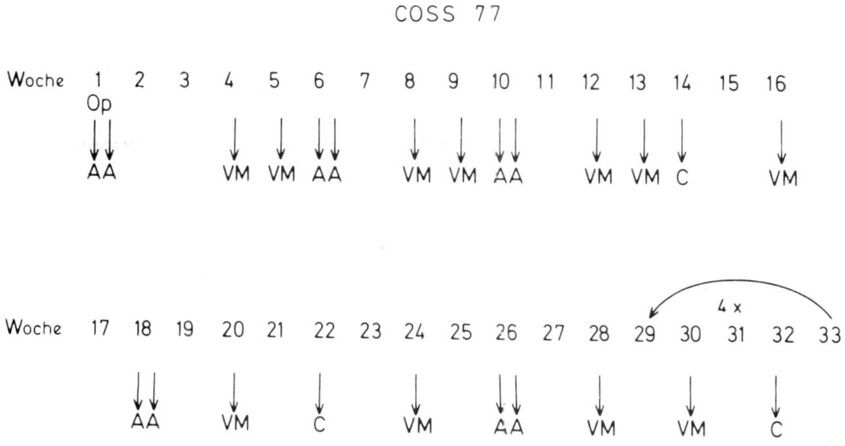

Abb. 11.13 Polychemotherapieprotokoll Coss 77 zur Behandlung von Patienten mit primärem Osteosarkom Einzeldosierung: A (= Adriamycin): 45 mg/m², V (= Vincristin): 1,5 mg/m², maximal 2 mg, M (= Methotrexat): 8 g(!)/m² für Erwachsene, 12 g(!)/m² für Kinder, CF (= Leukovorin): 9–15 mg/m², C (= Endoxan): 1200 mg/m²

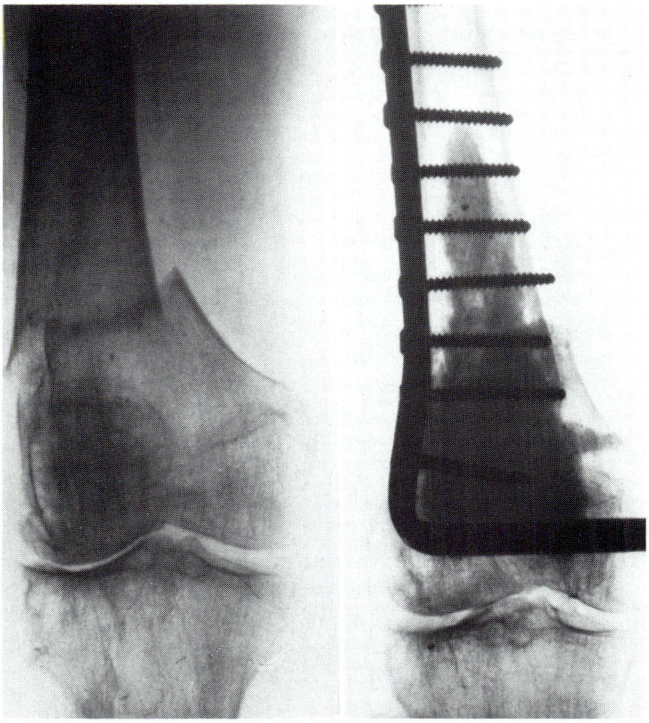

Abb. 11.14 Stabilisierung einer kniegelenksnahen pathologischen Fraktur durch Verbundosteosynthese

gensatz zum Chondro- und Fibrosarkom frühzeitig Lungenmetastasen setzt, sind diese bei etwa 80% der Patienten zum Zeitpunkt der Primärdiagnose bereits nachweisbar.

Der Röntgenbefund wird geprägt durch die osteoklastischen oder osteolytischen Aktivitäten der Geschwulst. So können entsprechend dieser unterschiedlichen histologischen Differenzierung im Innern des Knochens unscharf begrenzte Osteolysen, aber auch vermehrt Sklerosierungen zu beobachten sein (Abb. 11.12). Periostale Reaktionen in Form von Spiculae und Zwiebelschalen sind charakteristisch. Im Angiogramm finden sich die typischen Zeichen eines gefäßreichen, bösartigen Tumors mit verstärkter Vaskularisation und multiplen Gefäßabbrüchen.

Trotz der ermutigenden Erfolge einer intensiven Chemotherapie sind derzeit die meisten Autoren nach wie vor der Meinung, daß eine Amputation unter Einhaltung eines gebührenden Sicherheitsabstandes zum Tumor Grundlage eines jeden »kurativen« Behandlungsprotokolls sein muß. Dabei geht man von der Tatsache aus, daß zum Zeitpunkt der Diagnose bei der überwiegenden Anzahl der Patienten mit Primärtumor bereits Mikrometastasen vorliegen. Die Chemotherapie beginnt am Operationstage und wird zur Zeit entsprechend dem Polychemotherapieprotokoll Coss 77 (Abb. 11.13) durchgeführt.

Die derzeitigen Ergebnisse nach Amputationen mit adjuvanter Chemotherapie, die allerdings wegen der ultrahohen Metotrexatdosierung erhebliche Nebenwirkungen für den Patienten mit sich bringt, zeigen bei etwa 64% der Patienten Metastasenfreiheit über fünf Jahre, wohingegen früher die Fünfjahresüberlebensrate zwischen 15 und 20% lag.

Knochenmetastasen

Das Skelett ist häufig Sitz von Metastasen. Sie machen dort weit mehr als 2/3 der bösartigen Tumoren aus. Die Kniegelenksregion stellt jedoch im Gegensatz zur Wirbelsäule, dem Bekken, den Rippen und dem proximalen Femurende keine bevorzugte Skelettregion für derartige Absiedelungen dar. Treten sie dennoch auf (Abb. 11.14), so ist bei der besonders ausgeprägten Mobilität dieser Region bald mit einer pathologischen Fraktur zu rechnen. Präventiv oder aber zur raschen Remobilisierung nach eingetretener Fraktur hat man den osteolytischen Bezirk auszuräumen und mit Hilfe einer Verbundosteosynthese zu stabilisieren. Durch diese palliative Maßnahme gelingt es in den allermeisten Fällen, wieder eine voll belastbare Extremität zu gewinnen und dem Patienten eine qualitativ bessere Fortsetzung des Lebens trotz der eingeschränkten Lebenserwartung zu ermöglichen.

Literatur

1. *Dahlin, D. C.:* Bone tumors. Ed. 2. Charles C., Thomas Publisher, Springfield/Illinois 1970
2. *Freyschmidt, J.:* Radiologische Diagnostik von Knochentumoren. Unfallheilkunde 82, (1979) 485
3. *Jaffe, N., Traggis, D., Salian, S., Cassady, R.*: Improved outlook of Ewing's sarcoma with combination chemotherapy and radiation. Cancer 38, (1976) 1925
4. *Johnson, L. C.:* A General therapy of bone tumors. Bull. N. 4 Acad. Med. 29, (1953) 164
5. *Keyl, W.*: Angiographie, Szintigraphie und Thermographie bei Knochentumoren. Münch. Med. Wochenschr. 116, (1974) 307
6. *McKenna, R. C.*: Sarcomata of osteogenic series. J. Bone Joint Surg. (Am.) 48, (1966) 1
7. *Pritchard, D. J., Dahlin, C., Taylor, W.*: Ewing's sarcoma. J. Bone Joint Surg. (Am.) 57, (1975) 10
8. *Rosen, G., Wollner, N., Hajdu, S., Cham, W., Murphy, M.*: Disease-free survival in children with Ewing's sarcoma. Cancer 33, (1974) 384
9. *Sutow, W. W.* et al.: Adjuvant chemotherapy in primary treatment of osteogenic sarcoma. Cancer 36, (1975) 1598
10. *Willert, H. G.:* Klinik und chirurgische Diagnostik von Knochentumoren. Unfallheilkunde 82, (1979) 500
11. *Wilson, P. D., Lance, E. M.*: Surgical reconstruction of the skeleton following segmental resection for bone tumors. J. of Bone Joint Surg. 47A, (1965) 1629

12. Begutachtung von Knieverletzungen

W. Spier

1. Einleitung

Die Begutachtung von Knieschäden ist ein besonders schwieriges Kapitel der Unfallmedizin. Neuere Erkenntnisse der Anatomie und Physiologie des Kniegelenkes haben gezeigt, daß selbst leichtere Störungen des Kniegelenksgefüges zu Spätschäden führen können, die erst nach Jahren klinisch manifest werden. Andererseits hat die Neigung des Patienten zugenommen, körperliche Schäden möglichst einer Versicherung zur Entschädigung anzulasten. Der Arzt muß also immer häufiger versuchen, als Gutachter zwischen den Interessen von Patient und Versicherung zu entscheiden.

Die Versicherungen stellen meist die Frage nach dem Zusammenhang eines Knieschadens mit einem vom Patienten angeschuldigten Ereignis und nach dem Ausmaß des Knieschadens, nach welchem die Versicherungsleistung erbracht werden soll. Verschiedene Versicherungszweige haben dabei ganz spezielle Fragestellungen, die man als Gutachter berücksichtigen muß. Einige Begriffe sollen hier definiert und auf ihre Anwendung bei Knieschäden hingewiesen werden.

2. Begriffe

2.1. Arbeitsfähigkeit

Arbeitsfähig ist ein Patient nach den Richtlinien der *Krankenversicherung* dann, wenn er seiner früheren oder einer ähnlichen Tätigkeit wieder nachgehen kann. Medizinisch gesehen ist die Arbeitsunfähigkeit oft identisch mit der Behandlungsbedürftigkeit. Auf die Möglichkeit einer Bescheinigung für den Arbeitgeber oder das Arbeitsamt zum Einsatz bei leichterer Arbeit zur Wiederherstellung der Arbeitsfähigkeit wird hingewiesen. Teilweise Arbeitsfähigkeit sieht die Krankenversicherung nicht vor.

2.2. Erwerbs- und Berufsunfähigkeit

Die *Rentenversicherung* nimmt Erwerbsunfähigkeit an, wenn der Patient nicht mehr in der Lage ist, die Hälfte dessen zu erwerben, was eine gesunde Person mit ähnlicher Ausbildung zu verdienen pflegt. Die Ursache des Leidens ist dabei unerheblich. Bei Knieschäden ist hier die Umsetzung auf einen Arbeitsplatz mit sitzender Tätigkeit zu erwägen. Die Beurteilung der Berufsfähigkeit hat zu berücksichtigen, daß schwere Knieschäden ganztägiges Gehen und Stehen, Knien, schweres Heben und Tragen und Gehen auf unebenem Boden nicht erlauben.

2.3. Minderung der Erwerbsfähigkeit (MdE)

Die *gesetzliche Unfallversicherung* (Berufsgenossenschaften) benützt diesen Begriff als Grundlage für die Rentenzahlung. Der erlernte oder ausgeübte Beruf des Patienten bleibt dabei weitgehend unberücksichtigt, die Prozentzahlen beziehen sich auf den »Allgemeinen Arbeitsmarkt«. Anhaltspunkte sind Tabellen, die annähernd gleichartige Schäden zum Vergleich auflisten und ihnen Prozentzahlen der MdE zuordnen (s. unten).

2.4. Gliedertaxe

Die *private Unfallversicherung* stellt ihre Leistung auf die Gebrauchsfähigkeit einer Extremität bzw. auf deren Leistungsminderung ab. Der Gutachter hat also anzugeben, um welchen Bruchteil das verletzte Bein gegenüber einer gesunden Extremität beeinträchtigt ist (s. unten).

2.5. Erwerbsminderung

Die *Haftpflichtversicherungen* sind gehalten, den konkreten materiellen Schaden zu ersetzen. Der Gutachter muß dabei die individuelle Situation des Betroffenen in den Mittelpunkt seiner Beurteilung stellen und aufzeigen, inwieweit die persönlichen Fähigkeiten des Verletzten durch die Knieschädigung im Berufs-, aber auch im Privatleben beeinträchtigt sind.

2.6. Berufskrankheit

Als Arbeitsunfälle im Sinne der *gesetzlichen Unfallversicherung* gelten auch Berufskrankheiten, allerdings nur solche, die in die »Liste der Berufskrankheiten« aufgenommen sind und die eine versicherte Person bei einer der in der Liste genannten Tätigkeiten erleidet. Am Knie sind hier vor allem die Meniskusschäden bei Bergleuten zu nennen (s. unten).

Erst die genaue Kenntnis des individuellen Befundes, darüber hinaus aber auch der speziellen Fragestellungen des einzelnen Versicherungsträgers befähigen den Gutachter zu Äußerungen, die den berechtigten Ansprüchen und Erfordernissen von Patient und Versicherer gleichermaßen gerecht werden.

Aufgabe des Gutachters ist es also, die Vorgeschichte nach den Akten und nach den Angaben des Versicherten zu erheben und kritisch zu würdigen, einen ausführlichen Befund niederzulegen, ärztliche Schlußfolgerungen zu ziehen und Versicherungsträgern Vorschläge zur Entschädigung von Erkrankungen oder Unfallfolgen zu machen. Der Arzt muß sich darüber klar sein, daß er nur als Berater von Versicherungen und Gerichten tätig ist, die letzte Entscheidung steht dem Auftraggeber des Gutachtens zu. Man kann jedoch davon ausgehen, daß sich der Auftraggeber in aller Regel an die Vorschläge des Gutachters hält, ist doch der Gutachtenauftrag an den Arzt der Beweis, daß sich der Auftraggeber der Kompetenz des Gutachters unterwerfen möchte. In Streitfällen aber wird zum Beispiel ein Sozialgericht dem Gutachten folgen, das wegen seiner Klarheit, logischen Konsequenz und kritischen Würdigung aller Fakten überzeugt. Die Ausführlichkeit, gemessen an der Seitenzahl des Gutachtens, hat nur untergeordnete Bedeutung.

Zur Beurteilung des Unfallzusammenhanges haben sich Begriffe eingebürgert, die klar definiert sind. Nur der definitionsgerechte Gebrauch im Gutachten verhindert Unklarheiten und Widersprüche, daher sollen diese Fachausdrücke hier angeführt und erläutert werden.

2.7. Unfallbegriff

Ein »Unfall« im Sinne der Unfallversicherung ist ein von außen bewirktes, den Körper schädigendes, plötzliches Ereignis. Der genaue Zeitpunkt braucht nicht festzustehen, es muß aber wahrscheinlich sein, daß die Schädigung innerhalb eines kurzen Zeitraumes (Arbeitsschicht) erfolgte. Voraussetzung für den Unfall ist nicht ein aus dem Rahmen der betriebsüblichen Tätigkeit herausfallendes Ereignis oder eine Gewalteinwirkung von außen, vielmehr können auch bei der gewöhnlichen Arbeit auftretende Einwirkungen die Schädigung herbeiführen. Notwendig ist nur, daß die Schädigung ohne die betriebliche Einwirkung nicht eingetreten wäre (etwa bei alltäglichen Verrichtungen), daß Arbeit und Schädigung also im Verhältnis von Ursache und Wirkung stehen. Besteht ein Vorschaden, so muß der Unfallbegriff besonders sorgfältig untersucht werden. Eine Arthrose z. B. macht häufig auch ohne einen Unfall irgendwann einmal Beschwerden. Eine Anerkenntnis ist nur möglich, wenn das Kniegelenk von einem wesentlichen Trauma betroffen wurde.

Ein Arbeitsunfall ist ein Unfall während einer versicherten Tätigkeit. Die normale Arbeit stellt kein Tatbestandsmerkmal eines Unfalles dar (s. oben). Ein Arbeitsunfall liegt nicht vor, wenn zwar eine äußere Gewalt eingewirkt hat, eine Gesundheitsschädigung aber nicht stattgefunden hat. Auch handelt es sich nicht um einen Arbeitsunfall, wenn ein Patient die ersten Zeichen einer Erkrankung während der Arbeit bemerkte, z. B. die erste Meniskuseinklemmung ohne Unfallereignis am Arbeitsplatz auftrat.

2.8. Ursächlichkeit

Es ist zu untersuchen, ob der Unfall wesentliche Ursache für die Schädigung war, ob also nicht auch ohne Unfall die Schädigung eingetreten wäre. Ein Unfall ist nur als »Gelegenheitsursache« zur »Auslösung« des Schadens zu betrachten und nicht zu entschädigen, wenn es auch unter den Bedingungen des täglichen Lebens zum Schaden gekommen wäre. Haben mehrere Teilursachen mitgewirkt, so ist zu fordern, daß der Unfall die wesentliche Rolle spielte, um eine Anerkennung als Unfallfolge zu erreichen.

2.9. Wahrscheinlichkeit

Die Wahrscheinlichkeit eines Zusammenhanges der Schädigung mit dem Unfall ist Voraussetzung für die Anerkenntnis, die bloße Möglichkeit genügt nicht.

2.10. Verschlimmerung

Bestand ein Vorschaden, so kann dieser durch einen Unfall verschlimmert werden. Man unterscheidet eine vorübergehende, dauernde und richtunggebende Verschlimmerung. Eine vorübergehende Verschlimmerung mündet nach einer gewissen Zeit wieder in den Zustand ein, welcher sich auch ohne das Hinzutreten eines Unfalles entwickelt hätte. Nur diese Zeit ist zu entschädigen (Beispiel: Eine Kniearthrose mit gelegentlichen Beschwerden gerät durch einen Unfall in einen Reizzustand. Ist dieser abgeklungen, ist der Vorzustand wieder erreicht, alle späteren Reizzustände stehen nicht mehr im Unfallzusammenhang). Eine dauernde Verschlimmerung nimmt man z. B. dann an, wenn eine vorher stumme Kniearthrose seit einem adäquaten Knietrauma erwiesenermaßen zu häufigen schmerzhaften Reizzuständen führt. Eine richtunggebende Verschlimmerung schließlich ist z. B. anzunehmen, wenn ein Unfall einen raschen Aufbrauch des Gelenkknorpels verursacht, der schließlich zur Arthrodese zwingt, also für den ganzen weiteren Verlauf bestimmend wirkt. Wird eine richtunggebende Verschlimmerung anerkannt, so ist das ganze Leiden als Unfallfolge zu entschädigen.

2.11. Zusammenhang

Die Frage nach dem ursächlichen Zusammenhang soll klären, ob der Unfall wesentliche Ursache für die als Unfallfolgen bezeichneten Schmerzen und Funktionsstörungen ist. Ein zeitlicher und örtlicher Zusammenhang der Folgen mit dem Unfall ist dabei zu fordern.

3. Technik der Begutachtung

3.1. Anamnese

Die Familienanamnese ist meist unergiebig, familiäre Knieerkrankungen sind eher selten (z. B. Gicht, Rheumatismus). Die Eigenanamnese deckt Vorschäden auf, man fragt nach Kniebeschwerden, Schwellungen, Einklemmungserscheinungen. Die Krankenlistenauszüge der zuständigen Krankenkassen geben Aufschluß über Behandlungsdaten und Arbeitsunfähigkeiten während der letzten Jahre. Ärztliche Berichte hierüber sollten möglichst beigezogen werden. Intensive sportliche Betätigung (Fußball, Skilauf) könnte auf einen Vorschaden hinweisen, Tätigkeiten im Knien (Bergbau, Fliesenleger) werden unter bestimmten Umständen als Ursache von Berufskrankheiten anerkannt (s. unten). Extreme Lebensbedingungen in Kälte und Nässe (Gefangenschaft, Krieg) und schwere körperliche Arbeit spielen zwar möglicherweise eine gewisse Rolle beim Auftreten einer Kniearthrose, für eine Entschädigung jedoch fehlen die rechtlichen Grundlagen.

3.2. Unfallanamnese

Der Hergang des Unfalles sollte so genau wie irgend möglich erhoben und schriftlich niedergelegt werden. Evtl. ist die Aussage des Patienten wörtlich wiederzugeben. Die Erfahrung zeigt, daß die Erinnerung von Patienten und sonstwie Beteiligten rasch schwindet und daß nicht selten die Schwere des Unfallereignisses mit der Zeit in der Erinnerung zunimmt. Man hat später nie wieder so große Aussicht auf eine wahrheitsgemäße Schilderung des Herganges wie kurz nach dem Unfall. Angaben im Erstbefund wie »bei der Arbeit das Knie verletzt« sollten also unterbleiben. Bei der Rekonstruktion des Herganges im Gutachten sollten alle zugänglichen Beweismittel kritisch gewürdigt werden. Es kann jedoch nicht Aufgabe des Gutachters sein, die Ermittlungsarbeit zu leisten, hierfür sollte der Auftraggeber selbst sorgen. Bei völlig widersprüchlichen Angaben z. B. sollte das Sozialgericht darlegen, welche Version man der Begutachtung zugrunde legen sollte.

3.3. Verhalten des Patienten nach dem Unfall

Hat eine wesentliche Knieverletzung stattgefunden, treten Schmerzen und Funktionsstörungen unmittelbar nach der Verletzung auf. Der Verletzte wird also meist die Arbeit unterbrechen oder zumindest den Arbeitskollegen Mitteilung von seinen Beschwerden machen. Auch wird er in der Regel unmittelbar nach dem Unfall oder in den ersten Tagen danach den Arzt aufsuchen. Bei arthrotischen Vorschäden können die Beschwerden durch langsame Zunahme eines Reizergusses allmählich schlimmer werden, die Wahrscheinlichkeit eines Unfallzusammenhanges nimmt aber mit wachsendem Abstand der Erstsymptome vom Unfallereignis stark ab. Langdauernde, symptomfreie Intervalle sprechen gegen einen Unfallzusammenhang, man muß also nach Brückensymptomen fragen.

Hat der Patient nach dem angeschuldigten Unfallereignis wochenlang weitergearbeitet und dabei schwere Arbeit geleistet, ist ein Zusammenhang äußerst unwahrscheinlich.

3.4. Klagen des Patienten

Die vom Patienten angegebenen Beschwerden sollten sich durch den klinischen und röntgenologischen Befund objektivieren lassen. Es besteht jedoch häufig eine ganz wesentliche Diskrepanz zwischen den röntgenologischen Veränderungen und der Schmerzangabe. Berufsfußballspieler z. B. haben oft schwerste Arthrosen und praktisch keinerlei Beschwerden, solange sie aktiv tätig sind. Andere Patienten dagegen weisen bei schwersten subjektiven Schmerzen keinerlei faßbaren pathologischen Befund am Knie auf. Man kann also versuchen, die Schmerzen durch Zeichen der Minderbelastbarkeit des Beines zu objektivieren, wie Muskelatrophie am Oberschenkel, Skelettentkalkung, Minderung der Fußsohlenbeschwielung. Manchmal erbringt die Beobachtung des Gangbildes des Patienten nach der gutachterlichen Untersuchung, wenn sich der Verletzte unbeobachtet glaubt, verblüffende Erkenntnisse über die geklagte Schmerzhaftigkeit.

3.5. Klinischer Befund

Von entscheidender Bedeutung für die Begutachtung ist der klinische Befund, der bei der ersten ärztlichen Untersuchung erhoben wurde. Man findet als Gutachter immer wieder äußerst vage Befundangaben, die keinerlei Rückschlüsse auf die tatsächlich erlittene Verletzung zulassen. Die Berufsgenossenschaften haben einen Ergänzungsbogen zum Durchgangsarztbericht erarbeitet, der als Muster für die Erhebung des Erstbefundes am Kniegelenk dienen könnte. Auf äußere Verletzungszeichen (Prellmarken, Schürfungen, Bluterguß) ist besonders zu achten. Diffuse Weichteilschwellungen sind von intraartikulären Ergüssen abzugrenzen. Entzündungszeichen sind zu prüfen, evtl. durch Bestimmung von Leukozytenzahl und Senkung zu objektivieren. Die klinische Prüfung des Kapselbandapparates ist obligatorisch, ebenso die Feststellung von Meniskuszeichen (siehe einschlägiges Kapitel). Ein Gelenkerguß ist unter hochaseptischen Bedingungen zu punktieren. Die Diagnose »Bluterguß im Gelenk« darf nur gestellt werden, wenn tatsächlich Blut punktiert wurde. Ein solcher Hämarthros weist fast immer auf eine schwere Kniebinnenschädigung hin, kann jedoch auch durch die Berstung eines degenerierten Meniskus im vaskularisierten Bereich entstehen (s. unten). Seröses Punktat kann durch Blut verfärbt sein, das aus der Punktionsstelle stammt. Die Beweglichkeit sollte in Winkelgraden nach der Neutral-Null-Methode gemessen und nicht nur geschätzt werden. Die vergleichende Messung der Umfänge am Oberschenkel am Unfalltag weist auf eine vorbestehende Muskelatrophie (Vorschaden im Knie?) hin, nach Ruhigstellung des Knies für wenige Tage tritt ebenfalls eine Umfangsdifferenz ein, die dann nicht mehr verwertbar ist. Knarrende Geräusche im Knie sind Zeichen einer vorbestehenden Arthrose.

Die klinische Untersuchung zur Begutachtung sollte alle gängigen Untersuchungsmethoden beinhalten, besonderer Wert ist auf den Funktionszustand des Kniegelenkes zu legen, denn nur danach bemißt sich die spätere Entschädigung. Die Streckung im Kniegelenk ist für die Funktion wichtiger als die vollständige Beugung. Man sollte stets auch die Gegenseite zum Vergleich und die angrenzenden Gelenke sowie die Wirbelsäule untersuchen, um Fernschäden zu erkennen. Auch ist nach Insuffizienz des übrigen Stütz- und Bindegewebes zu fahnden. Vergleichende Umfangsmessungen und Beurteilung der Fußsohlenbeschwielung helfen oft da weiter, wo subjektive Schmerzhaftigkeit und klinischer und röntgenologischer Befund nicht in Einklang zu bringen sind.

3.6. Röntgenuntersuchung

Röntgenbilder in zwei Ebenen werden heute kaum je bei einem frischen Knieunfall unterlassen. Spezielle Aufnahmetechniken, wie gehaltene Aufnahmen, Kniescheiben-Spezialaufnahmen u. dgl. sind nach frischem Trauma meist wegen der damit verbundenen Schmerzhaftigkeit nur eingeschränkt ausführbar, sie sind jedoch meist unter Lokalanästhesie möglich. Der klinische Erstbefund hat Vorrang vor komplizierten Röntgenmethoden. Zur gutachterlichen Untersuchung jedoch sind Vergleichsaufnahmen beider Kniegelenke obligatorisch. Die Défiléaufnahmen beider Kniescheiben lassen Gelenkstufen erkennen, ebenso Schichtaufnahmen des

Schienbeinkopfes. Vergrößerungsaufnahmen gestatten Einblick in den Zustand der subchondralen Zone. Werden Beschwerden geklagt, so sollte man in jedem Falle versuchen, ein klinisches Substrat hierfür zu finden. Dies ist nicht nur wegen der versicherungsrechtlichen Einschätzung der Behinderung nötig, sondern auch zur Feststellung evtl. weiterer Behandlungsmöglichkeiten. Arthrographien bringen erfahrungsgemäß nur geringe diagnostische Hinweise, ihre Treffsicherheit zur Beurteilung von Meniskusschäden ist nicht hoch genug, die Arthroskopie oder Arthrotomie liefert hier eindeutige Befunde.

3.7. Zusatzuntersuchungen

Die Bestimmung von Leukozytenzahl und Blutsenkung kann Entzündungen ausschließen. Die Rheumafaktoren im Blutserum und Punktat erlauben manchmal eine Abgrenzung gegen traumatische Einflüsse. Die Arthroskopie am Kniegelenk verschafft gute Erkenntnisse über den Zustand von Knorpel und Meniskusgewebe, sie kann über eine bessere Diagnostik auch die Beurteilung von Zusammenhangsfragen erleichtern.

3.8. Diagnose

Eine endgültige Diagnose kann man nicht immer stellen, manchmal läßt nur der direkte Einblick ins Gelenk eine sichere Diagnose zu. Eine Gelenkeröffnung aus rein diagnostischen Gründen ist jedoch wegen der Infektionsgefahr und wegen etwaiger Immobilisationsschäden nicht ganz unbedenklich, sie ist im übrigen nicht duldungspflichtig. Bei der Begutachtung gilt der Grundsatz, daß die mit hinlänglicher Wahrscheinlichkeit gestellte Diagnose Ausgangspunkt der weiteren Beurteilung sein muß.

3.9. Beurteilung der Verletzungsfolgen

Bei der Einschätzung der Schädigung steht die Funktion im Mittelpunkt. Für die gesetzliche Unfallversicherung sind in der gängigen Rentenliteratur folgende Prozentzahlen für die MdE zum Vergleich angegeben, wobei der Beruf des Patienten weitgehend unberücksichtigt bleiben muß. Die gesetzliche Unfallversicherung entschädigt die fiktive Minderung der Erwerbsfähigkeit auf dem allgemeinen Arbeitsmarkt wie folgt:

Knieversteifung im Winkel von 5°	30%
Knieversteifung im Winkel von 10°	40%
Knieversteifung im Winkel von 30°	50%
Knieversteifung in ausgesprochener Beugestellung	60%
Kniebeweglichkeit 0/10/60°, Beinschwäche	25%
Kniebeweglichkeit 0/0/90°, leichte Beinschwäche	20%
Kniebeweglichkeit 0/0/120°	10%
Wackelknie, Stützapparat nötig, Bein stark geschwächt	30–50%
leichtes Wackelknie	20%
Kniescheibenbruch, knöchern verheilt, ohne wesentliche Behinderung	0%
Kniescheibenbruch, nicht knöchern verheilt, Streckapparat funktioniert nicht, Beinschwäche	30–50%
Streckapparat funktioniert, Oberschenkelschwäche	10–30%
Arthrose, je nach Funktionsbehinderung	10–30%
rückfällige Synoviitis	40%
Totalprothese am Kniegelenk mindestens	30%
Meniskusschädigung mit gelegentlichen Einklemmungen	10%
operierte Meniskusschädigung, gute Funktion	20%
	für 3–6 Monate nach der OP.

Stets ist zu berücksichtigen, daß in den ersten Monaten nach Wiedereintritt der Arbeitsfähigkeit die MdE 10–20% höher zu bewerten ist, der Endzustand tritt erst nach einer gewissen Zeit der Gewöhnung und Anpassung ein.

Die »Gliedertaxe« der privaten Unfallversicherung nennt als Vergleichswerte folgende Bruchteile der Gebrauchsfähigkeit des Beines:

Kniegelenkversteifung in Streckstellung	1/2
Kniegelenkversteifung, ungünstige Beugestellung	1/2–4/5
Kniebandschwäche, leicht	1/10–1/4
Kniebandschwäche, schwer	2/5–3/5
Knieteilsteife bis zum rechten Winkel	1/4–1/3
Knieteilsteife über den rechten Winkel	1/5–1/4
Restschaden nach Meniskusverletzung	1/10–1/4
Zustand nach Kniescheibenbruch	1/5–1/2
Verlust der Kniescheibe	1/5–2/5.

Die Haftpflichtversicherung entschädigt die individuelle Erwerbsminderung. Der Arzt ist also gehalten, die Beeinträchtigung im privaten und beruflichen Leben des Patienten zu beurteilen, er kann hier die individuelle Erwerbsminderung in Prozenten schätzen.

Es ist eine undankbare Aufgabe und widerspricht der ärztlichen Grundauffassung, Körperschäden in Zahlen ausdrücken und mit finanziellen Entschädigungen abgelten zu wollen. Unser soziales Gefüge jedoch sieht eine solche Betrachtungsweise vor und nur der Arzt kann den Funktionszustand fachgerecht beurteilen. Er sollte sich also an die vorgegebenen Vergleichszahlen halten, um Ungerechtigkeiten zu vermeiden. Ein übertriebener Schematismus jedoch ist abzulehnen.

3.10. Beurteilung des Zusammenhanges

Die Beurteilung der Zusammenhangsfrage erfordert kritisches Denken und Einfühlungsvermögen in den Einzelfall. Es sollen hier nur wenige grundsätzliche Überlegungen angeführt werden, die bei den unten angeführten Krankheits- und Verletzungsbildern Anwendung finden:

Ein Unfallzusammenhang wird in der Regel nur dann anzunehmen sein, wenn

a) das angeschuldigte Ereignis geeignet war, die festgestellte Schädigung zu verursachen
b) nach dem Unfall tatsächlich Befunde erhoben wurden, die eine solche Schädigung objektivieren ließen
c) Brückensymptome zwischen Unfall und festgestellter Schädigung einen zeitlichen Zusammenhang erkennen lassen.

Letzte Sicherheit ist nur selten zu erlangen, Arzt und Rechtsprechung müssen sich mit der Wahrscheinlichkeit des Zusammenhanges begnügen, die bloße Möglichkeit genügt nicht. Es ist nochmals darauf hinzuweisen, daß in der gesetzlichen Unfallversicherung der örtliche, zeitliche und persönliche Zusammenhang zwischen festgestelltem Leiden und der Arbeitstätigkeit nicht zur Anerkenntnis genügen, ein Arbeits*unfall* muß stets als *wesentlich* mitwirkende Ursache für das Leiden herausgearbeitet werden, um einen kausalen Zusammenhang als gegeben annehmen zu können.

4. Spezielle Knieschäden im Unfallzusammenhang

4.1. Meniskusverletzungen

Meniskusverletzungen sind die Schädigungen am Knie, welche am häufigsten Anlaß zu Zusammenhangsbegutachtungen geben. Man sollte schon in der Nomenklatur unterscheiden zwischen Meniskusverletzungen oder -schädigungen (traumabedingt) und Meniskusschäden (innere Ursache), um so früh wie möglich Klarheit in die Diagnose zu bringen. Bei den natürlichen Bewegungen des täglichen Lebens weicht ein gesunder Meniskus, der am Vorder- und Hinterhorn fixiert ist, aus der Knochenzange zwischen Schienbeinkopf und Oberschenkelcondylen aus und entgeht einer Beschädigung. Auch bei jüngeren Leuten jedoch kann das Meniskusgewebe degenerieren und bei alltäglichen Anlässen bersten. Schwere klinische Symptome mit Einklemmungen und heftigsten Schmerzen treten dabei regelmäßig auf, beim Weiterreißen in vaskularisierte Meniskusanteile kann man sogar einen blutigen Erguß punktieren, vorbestehende Kniebeschwerden werden häufig verneint. Hier handelt es sich nicht um unfallbedingte Verletzungen, sondern um degenerative Schäden, die nicht entschädigt werden.

Eine unfallmäßige Entstehung der Meniskusschädigung ist unter folgenden Gesichtspunkten zu beurteilen:

a) Ein geeignetes Unfallereignis muß rekonstruierbar sein.
b) Direkte Traumen, die allerdings erheblich sein müssen, können gesundes Meniskusgewebe schädigen
c) Wesentlich häufiger wird eine Meniskusschädigung durch indirekte verwindende Kräfte in Beugestellung des Knies und bei Kreiselung hervorgerufen, etwa durch Verdrehung des Körpers bei festgestelltem Fuß (Einklemmung) oder bei gewaltsamer Drehung des Fußes gegen den Körper (Skisturz bei Versagen der Sicherheitsbindung)
d) Schmerzen, Bewegungsstörungen und Belastungsunfähigkeit müssen sich unmittelbar nach dem Unfall einstellen
e) Sofortige Unterbrechung der Arbeit, Meldung des Unfalles beim Arbeitgeber und baldige Konsultation des Arztes sind zu fordern
f) Ein Erguß entsteht in aller Regel. Er ist oft blutig (Punktion). Eine Blutung kann bei

Einrissen im knorpeligen avaskulären Anteil fehlen. Eine Gelenksperre (Streckhemmung) ist zwar beweisend, kann sich aber schnell lösen

g) Meniskuszerreißungen sind oft von Rissen der Kreuz- und Seitenbänder begleitet, auch Schienbeinkopfbrüche verletzen bisweilen den Meniskus

h) Histologische Untersuchung des entfernten Meniskus ist obligatorisch. Schwere degenerative Veränderungen kurz nach dem Unfall sprechen gegen einen Unfallzusammenhang, nach zwei bis drei Monaten verfällt auch das unfallmäßig geschädigte Meniskusgewebe der sekundären Degeneration

i) Eine traumatische Meniskusschädigung betrifft meist den Innenmeniskus. Außenmeniskusschäden sind besonders sorgfältig auf ihren Unfallzusammenhang zu prüfen. Ganglien im Außenmeniskus auf degenerativer Grundlage sind häufig

k) Vertreten, Umknicken, Gehen auf unebenem Boden sind keine typischen Unfallmechanismen. Sie führen im allgemeinen nur zu einer Lösung von vorgeschädigtem Meniskusgewebe, sind also Gelegenheitsursache, den degenerativen Meniskusschaden manifest werden zu lassen

l) Am Rande abgerissenes Meniskusgewebe kann wieder anheilen. Im gefäßlosen Bereich gerissene Menisken heilen nicht aus. Sekundäre Degenerationen mit späterer Spontanruptur sind beschrieben, diese sind somit als mittelbare Unfallfolge anzuerkennen

m) Röntgenologisch nachweisbare Verschmälerung eines Gelenkspaltes ist für sich allein nicht typisch für Meniskusverletzungen, sie kann Formvariante sein (Vergleich der Gegenseite). Nach Monaten werden sekundäre Verschleißerscheinungen (subchondrale Sklerosierungen, randständige Osteophyten = *Rauber*sches Zeichen) röntgenologisch sichtbar. Sind diese schon am Unfalltag vorhanden, spricht dies für einen Vorschaden

n) Instabilitäten im Kniegelenk, Gelenkstufen und Achsenfehler von Ober- und Unterschenkel können zu Kniearthrosen mit sekundärer Meniskusdegeneration führen. Sind erstere als Unfallfolgen anzuerkennen, so muß man auch eine spätere Spontanruptur des Meniskus als mittelbare Unfallfolge ansehen

o) Zerreißt ein geeignetes Trauma einen degenerativ vorgeschädigten Meniskus (Histologie!), so ist die dadurch hervorgerufene Verschlimmerung des unabhängigen Leidens als abgeklungen zu betrachten, wenn der Meniskus entfernt und die Operationsfolgen abgeklungen sind

p) Kniegelenke neigen nach Meniskektomie zu arthrotischen Veränderungen, die erst nach Jahren oder Jahrzehnten klinisch manifest werden. Sie sind zu entschädigen, wenn sie erhebliche funktionelle Ausfälle machen.

4.2. Kniearthrosen

Eine Kniearthrose kann durch Schädigung des Kniegelenkes selbst oder durch statische Veränderungen auftreten. Es kommen folgende Gelenkschädigungen als Ursache einer Arthrose in Frage:

a) Brüche von Kniescheibe, Schienbeinkopf oder Oberschenkelcondylen
b) Verletzungen von Meniskus und Bandapparat
c) Abscherverletzungen des Gelenkknorpels (Flake fracture)
d) Gelenkinfektionen
e) Blutiger Gelenkerguß (enzymatische Störungen der Knorpelregeneration)
f) Ernährungsstörungen des Knorpels nach langdauernder Immobilisation, Morbus *Sudeck*
g) Iatrogene Schädigungen, z. B. gewaltsame passive Kniemobilisation.

Statische Veränderungen durch Achsen- oder Rotationsfehler der angrenzenden Knochen, extreme Wirbelsäulenverbiegungen, neuromuskuläre Störungen oder insuffiziente Prothesenversorgungen bei Amputationen der Gegenseite können zu sekundären Kniegelenksarthrosen führen.

Ist die primäre Veränderung als Unfallfolge anzuerkennen, so muß man auch die sekundäre Arthrose im Unfallzusammenhang sehen. Meist wirken mehrere Faktoren (z. B. Fraktur, Knorpelschaden, blutiger Erguß, Immobilisation) beim Zustandekommen der Arthrose zusammen. Die Beurteilung des Zusammenhanges setzt allerdings sehr kritisches Vorgehen voraus. Etwa 6% der Gesamtbevölkerung leiden an mehr oder weniger starken Kniearthrosen, die fast stets unfallunabhängig aus innerer Ursache entstanden sind. Man muß also prüfen, ob die Arthrose nicht auch ohne das Hinzutreten eines Unfalles entstanden wäre. Vergleichsaufnahmen des unbeschädigten Knies sind hier zwar hilfreich, einseitiges Auftreten der Arthrose oder Betonung einer Seite sind jedoch auch ohne Unfall denkbar. Innere Erkrankungen (z. B. chronische Polyarthritis, Gicht, Diabetes mellitus) sollten ausgeschlossen werden. Stets ist zu prüfen, ob die traumatische Schädigung die wesentliche Ursache der später aufgetretenen Arthrose war. Brückensymptome zwischen Trauma und röntgenologisch nachweisbarer Arthrose sollten objektivierbar sein. Die Röntgenaufnahmen vom Unfalltag müssen stets genau auf das Vorbestehen arthrotischer Zeichen untersucht werden.

Die Tatsache, daß der Patient vor dem Unfall beschwerdefrei war, spricht nicht gegen einen arthrotischen Vorschaden. Es ist bekannt, daß auch schwere Arthrosen bisweilen lange Zeit symptomfrei bleiben und dann nur ein kleiner Anstoß genügt, die Erkrankung manifest werden zu lassen. Eine vorbestehende Arthrosis deformans ist reizempfindlich und antwortet auch auf unterschwellige Reize mit Schmerz und Entzündungszeichen.

Wird eine Verschlimmerung einer Arthrose durch einen Unfall geltend gemacht, so muß man stets prüfen, ob der Unfall wesentlich, also rechtserheblich war und ob er die Arthrose zeitlich begrenzt oder richtunggebend verschlimmert hat. Eine zeitliche Begrenzung ist anzunehmen, wenn eine unfallbedingte Reizphase der Arthrose mit Gelenkerguß, Kapselverdickung und lokalen Schmerzen wieder abgeklungen ist. Spätere Reizerscheinungen im Knie stehen dann nicht mehr im Unfallzusammenhang. Eine richtunggebende Verschlimmerung ist dann anzunehmen, wenn sich das klinische Bild grundlegend ändert, wenn also nach dem Unfall am vorher beschwerdefreien oder symptomarmen Knie nachweislich gehäufte Kapselschwellungen und Reizzustände objektiviert werden können.

Ausmaß und Dauer der Verschlimmerung sind in jedem Falle gesondert anzugeben. Die Beurteilung des Röntgenverlaufes weist hier häufig den Weg. Zur Anerkennung einer unfallbedingten Verschlimmerung ist ein erhebliches Trauma erforderlich, das geeignet war, auch ein gesundes Knie zu schädigen. Man sollte also äußere Verletzungszeichen (Prellmarken, Hämatom, Schwellung) unmittelbar nach dem Unfall objektivieren können. Die Zeichen eines Reizknies sollten sich schon kurz nach dem Unfall einstellen. Die Angabe des Patienten, daß seit dem Unfall verstärkt Kniebeschwerden bestehen, ohne daß ein Reizknie objektiviert werden kann, genügt nicht zur Anerkennung des Unfallzusammenhanges. Vielen Patienten wird beim Auftreten von arthrotischen Kniebeschwerden aus verständlichem Kausalitätsbedürfnis ein Unfallereignis aus der Vergangenheit erinnerlich, häufig aber sind dies Bagatelltraumen, die eine Anerkennung nicht rechtfertigen.

Allgemeine berufliche Überlastung ist nicht als Arthroseursache anerkannt. Ausnahme sind hier die Berufserkrankungen des Kniegelenkes (s. unten). Zur Arthrose am unversehrten gegenseitigen Knie beim Beinamputierten sagen die »Anhaltspunkte für das Versorgungswesen«, daß Überlastungsschäden (z. B. Arthrosen) im allgemeinen nicht auftreten. In seltenen Fällen sei bei erwiesener Fehlstatik ein ursächlicher Zusammenhang zu diskutieren. Arthrosen im Knie des amputierten Beines bei Unterschenkelamputation stehen nicht im Schädigungszusammenhang. Man geht davon aus, daß das Knie durch die Amputation entlastet und nicht vermehrt beansprucht wird.

Die Begutachtung der unfallbedingten Verschlimmerung von Kniearthrosen ist besonders schwierig und fordert viel kritischen Sachverstand. Stets ist nachzuprüfen, ob es sich um die erwartungsgemäße Fortsetzung eines anlagebedingten Verschleißvorganges handelt oder ob der Unfall den vorauszusehenden Verlauf wesentlich abänderte.

4.3. Bandverletzungen

Die genaue Diagnose kurz nach dem Unfall stellt die Weichen für die weitere Begutachtung. Man sollte so früh wie möglich zwischen Zerrung und Zerreißung unterscheiden und die Therapie darauf abstellen. Bandlaxitäten können auch ohne Trauma bestehen, vergleichende Untersuchungen am unverletzten Knie sind daher unerläßlich. Ein *Stieda*scher Röntgenschatten weist nicht immer auf eine frühere Bandruptur hin, er kann auch Zerrungsfolge sein. Knöcherne Ausrisse findet man meist weiter distal, jenseits der Condylenmitte. Bei Kalkschatten in den Kreuzbandansätzen muß man zwischen knöchernen Ausrissen und freien Gelenkkörpern unterscheiden. Muß ein inoperabler Kniebandschaden mit einem Schienenhülsenapparat versorgt werden, so resultiert hieraus eine hohe MdE (30–50%). Die Erfahrung zeigt, daß bei gutem Funktionszustand der Oberschenkelmuskulatur ein Stützapparat oft überflüssig ist. Es empfiehlt sich also der Versuch einer allmählichen Entwöhnung vom Apparat (stationäre Aufnahme!) und anschließend eine Neueinschätzung der MdE.

4.4. Chondropathia patellae

Chondromalazische Vorschäden sind nicht selten, meist werden die ersten klinischen Symptome durch ein Bagatelltrauma ausgelöst. Dabei muß die Röntgenaufnahme nicht immer pathologische Befunde bieten. Formanomalien der Kniescheibe begünstigen wegen der Inkongruenz zwischen Kniescheibenrückfläche und Gleitlager eine Retropatellararthrose. Axiale vergleichende Kniescheibenaufnahmen sind daher obligatorisch. Konfigurationsanomalien setzen die Schadensschwelle eines Traumas herab.

Ein Zusammenhang zwischen Unfall und Chondropathie setzt ein geeignetes, d. h. schweres Trauma der Knievorderseite voraus, das kurz nach dem Unfall objektivierbare äußere Zeichen (Prellmarken, Hämatom) hinterläßt. Meist entsteht ein intraartikulärer Erguß, der nicht immer blutig gefärbt ist. Nach dem Rückgang der primären Prellungsbeschwerden setzen dann die klinischen und röntgenologischen Zeichen der Chondropathie nach zwei bis vier Monaten ein. Eine Entkalkung der Kniescheibe Tage bis Wochen nach dem Unfall deutet auf posttraumatische Umbauvorgänge im Knorpel und Knochen hin und kann als »Brückensymptom« zwischen Trauma und klinischen Zeichen der Chondropathie gewertet werden. Die histologische Untersuchung läßt nur in den ersten vier Monaten eine Unterscheidung zwischen traumatischem Schaden und unabhängiger Degeneration zu.

Chondropathien nach Kniescheibenfrakturen sind häufig, auch Patellaluxationen setzen oft einen Knorpelschaden an der Kniescheibenrückfläche. Meist handelt es sich um chondrale Abscherfrakturen, die im Röntgenbefund nicht sichtbar sind. Sieht man schon am Unfalltag eine Knorpel-Knochenablösung im Röntgenbild, so liegt entweder eine osteochondrale Fraktur oder eine Osteochondrosis dissecans vor. Bei letzterer ist zwar eine unfallmäßige Lösung des Dissekates möglich, im allgemeinen wird man jedoch hier einen Unfallzusammenhang verneinen müssen. Der röntgenologische Verlauf läßt erkennen, ob es sich um eine frische traumatische Knorpellösung oder um ein älteres anlagebedingtes Leiden handelt. Heilt das Dissekat unter konservativer Behandlung wieder an, so ist der Unfallzusammenhang erwiesen. Stets müssen Disposition und Trauma kausal gegeneinander abgewogen werden.

4.5. Patellaluxationen

Die Kniescheibe luxiert nur unter erheblicher Gewalteinwirkung. Fehlen ein geeignetes Trauma und äußere Verletzungszeichen am Knie, so liegt die Ursache meist in einer Fehlform von Patella oder Oberschenkelcondylen. Auf die Möglichkeit von Knorpelschäden durch die Luxation wurde bereits hingewiesen.

4.6. Patella bipartita

Angeborene Zweiteilung der Kniescheibe kann eine Fraktur vortäuschen. Die Lokalisation im oberen äußeren Quadranten, die glatte Begrenzung des Spaltes und die häufige Doppelseitigkeit der Veränderung sichern die Diagnose. Traumatische Lockerungen sind möglich, sie setzen zur Anerkennung einen klinischen Erst- und röntgenologischen Ausheilungsbefund voraus.

4.7. Kniegelenksinfektionen

Kniegelenksinfekte entstehen auf dem Blutweg, meist aber durch offene Verletzungen oder iatrogen durch Punktionen. Ein hämatogener Infekt ist sehr selten Unfallfolge. Stumpfe Gewalteinwirkungen, die nicht zu einer durchgreifenden inneren Gewebs- bzw. Gelenkschädigung führen, sind nicht geeignet, ein Kniegelenksempyem zu verursachen. Soll eine exogene Knieinfektion als Folge eines Arbeitsunfalles anerkannt werden, so muß entweder die Wunde durch einen Arbeitsunfall entstanden sein oder sich durch die Arbeitstätigkeit infiziert haben. Infiziert sich ein Knie durch eine diagnostische oder therapeutische Punktion nach einem Unfall, so ist ein mittelbarer Unfallzusammenhang gegeben. Arthrosen nach bakteriellen Knieinfektionen sind häufig und müssen anerkannt werden. Als Manifestationszeitraum einer traumatisch bedingten Kniegelenkstuberkulose gilt eine Höchstzeit von sechs Monaten nach dem angeschuldigten Ereignis. Regelmäßig ist eine offene oder eine schwere geschlossene Verletzung Voraussetzung.

4.8. Arbeitsschäden am Kniegelenk

Die Liste der Berufskrankheiten nach der Berufskrankheitenverordnung vom 8. 12. 1976 nennt die Voraussetzungen, unter denen bestimmte Knieschädigungen als Berufskrankheiten anerkannt und von den Berufsgenossenschaften entschädigt werden. Es handelt sich um Schädigungen an Weichteilen, Zwischenscheiben und Knochen. Im einzelnen sind anerkannt:
a) Chronische Erkrankungen der Bursa praepatellaris durch Druck bei Bergleuten, Boden- und Fliesenlegern, Steinsetzern, Reinigungspersonal (Nr. 2105)
b) Meniskusschäden bei Bergleuten nach mindestens 3jähriger Tätigkeit unter Tage (Nr. 2102)
c) Drucklähmungen des Nervus fibularis bei Arbeiten, die bei extrem gebeugtem Knie durchgeführt werden, z. B. bei bestimmten landwirtschaftlichen Arbeiten, Fliesenlegern, Asphaltierern (Nr. 2106).
d) Röntgenologisch nachweisbare Arthrosen im Knie nach Gasembolien im Knochen durch Arbeit in Druckluft (Taucher). Bleibende Schädigungen an den großen Gelenken können schon nach sechsmonatiger Arbeit in Druckluft auftreten (Nr. 2201).

Nicht in die Liste der Berufskrankheiten aufgenommen sind z. B. Arthrosen und chronische Bandschäden bei Berufsfußballern sowie degenerative Veränderungen des Femoropatellargelenkes unter besonders ungünstigen Arbeitsbedingungen. Man wird hier jedenfalls einen Zusammenhang diskutieren müssen, eine gesetzliche Regelung jedoch steht noch aus.

5. Aufgabe und Verantwortung des Gutachters

In einer Zeit allgemeiner Unsicherheit erfüllen die Versicherungen die wichtige Funktion, den Menschen wenigstens materiell vor schweren Schäden durch Unfall oder Krankheit zu bewahren. Der Arzt als Gutachter braucht profunde Fachkenntnisse, kritische Analyse des Einzelfalles und Kenntnisse im Sozialrecht. Begutachtung ist angewandte Wissenschaft an der Nahtstelle zwischen Medizin und Recht. Nur gediegene wissenschaftliche Ausbildung, gesunder Menschenverstand, hohe Verantwortungsfreudigkeit und saubere Hände befähigen zu dieser nicht immer dankbaren Aufgabe (*Mohing*).

Literatur

1. Anhaltspunkte für die ärztliche Gutachtertätigkeit im Versorgungswesen. Bundesminister für Arbeit und Sozialordnung (1973)
2. *Arens, W.:* Begutachtungen der Kniebinnenverletzungen. Schriftenreihe Unfallmed. Tagungen der Landesverbände der gewerb. Berufsgenossenschaften 18, (1973) 117
3. *Bandi, W.:* Die retropatellaren Kniegelenksschäden. Huber Verlag, Bern 1977
4. *Baumgartl, F.:* Das Kniegelenk. Springer Verlag, Berlin 1964
5. *Brunner, K.:* Anmerkungen zu Diagnostik und Begutachtung der Kniebinnenverletzungen. Schriftenreihe Unfallmed. Tagungen der Landesverbände der gewerb. Berufsgenossenschaften 18, (1973) 125-130
6. *Günther, E., Hymmen, R.:* Unfallbegutachtung. De Gruyter, Berlin 1980
7. *Lininger-Molineus:* Der Unfallmann. J. A. Barth, Frankfurt 1974
8. *Lob, A., Probst, J., Asanger, R.:* Sozialgerichtliche Entschädigungen. F. Enke, Stuttgart 1958
9. *Mohing, W.:* Die Arthrosis deformans des Kniegelenkes. Springer Verlag, Berlin 1966
10. *Perret, W.:* Was der Arzt von der privaten Unfallversicherung wissen muß. J. A. Barth, Frankfurt 1973

Sachverzeichnis